타임머신

타임머신
The Time Machine

허버트 조지 웰스 소설선집 김석희 옮김

THE TIME MACHINE
by HERBERT GEORGE WELLS (1895)

이 책은 실로 꿰매어 제본하는 정통적인 사철 방식으로 만들어졌습니다.
사철 방식으로 제본된 책은 오랫동안 보관해도 손상되지 않습니다.

타임머신(1895)

1931년판에 붙인 머리말   9
타임머신   15
부록 — 회색 인간   153

단편들

〈크로닉 아르고〉호(1888)   163
수정 알(1897)   201
맹인들의 나라(1904)   227

역자 해설 소설가의 상상과 과학자의 통찰로 미래를 훔쳐보다   267
허버트 조지 웰스 연보   281

타임머신

1931년판에 붙인 머리말[1]

『타임머신』은 1895년에 처음 발표되었다. 그것은 분명 미숙한 작가의 작품이지만, 독창성 덕분에 소멸하지 않았고, 3분의 1세기가 지난 뒤에도 여전히 출판되고 있고, 독자들에게 읽히기까지 하고 있다. 사소한 수정은 제외하고 최종적인 형태의 『타임머신』을 쓴 곳은 켄트 주의 세버녹스에 있는 하숙방이었다. 작가는 당시 저널리스트로서 그날 벌어 그날 먹고 사는 생활을 하고 있었다. 그가 늘 기고했던 신문에 그의 기사가 거의 실리지 않거나 실렸다 해도 고료를 받지 못하는 달에는 생활이 곤란했다. 그를 너그럽게 봐주곤 했던 런던의 신문사나 잡지사들은 아직 발표하지 않은 기사를 충분히 확보하고 있었기 때문에, 앞을 가로막고 있는 이 방해물들이 치워질 때까지는 기사를 써봤자 실릴 전망이 없어 보였다. 따라서 웰스는 자신의 전망이 이렇게 변해 버린 데 안달하기보다는, 새로운 방면에서 시장을 찾을 기회가 오자 이 소설을 썼다. 그는 어느 여름날 밤늦게 열린 창문 옆에서 이 작품을 썼

---

[1] *The Time Machine: An Invention*(New York: Random House, 1931) 이하 모든 주는 옮긴이의 주이다.

는데, 그때 창밖에서는 무뚝뚝한 하숙집 여주인이 그가 램프 기름을 너무 많이 쓴다고 어둠 속에서 투덜거렸고, 그는 여주인의 투덜거림을 반주 삼아 글을 썼다. 그는 또 사랑하는 친구와 함께 공원을 거닐면서 작품을 토론하고 작품의 기본적인 개념을 토론한 일도 기억하고 있는데, 웰스가 몇 년 동안 부실한 식사에 매달리면서, 희망적이기는 하지만 불확실하고 위험이 많은 생활을 하고 있을 때, 그 친구는 그를 단단히 떠받쳐 주었다.

당시 〈타임머신〉에 대한 생각은 〈하나의 아이디어〉에 지나지 않았다. 언젠가는 그것에 관해 『타임머신』보다 훨씬 긴 책을 쓰겠다는 희망을 가지고, 지금까지는 그 생각을 아껴 두었다. 하지만 잘 팔리는 책을 써야 할 절박한 필요성이 생겼기 때문에, 그는 그 생각을 당장 써먹을 수밖에 없었다. 통찰력 있는 독자라면 알아차리겠지만, 『타임머신』은 매우 불균형한 책이다. 초반의 토론 부분은 후반보다 훨씬 세심하게 계획되고 쓰였다. 빈약한 이야기가 아주 깊은 뿌리에서 솟아 나온다. 그 아이디어를 설명하는 초반부는 헨리의 『내셔널 업저버』지에서 1893년(실제로는 1894년)에 이미 빛을 보았다. 1894년에 세버녹스에서 급히 쓰인 것은 후반부였다.

그 하나의 아이디어가 이제는 모든 사람의 아이디어다. 그것은 결코 저자 자신의 독특한 아이디어가 아니었다. 다른 사람들이 그 아이디어와 관련되어 있었다. 저자는 1880년대에 왕립 과학 대학의 연구실과 토론 클럽에서 학생들의 이야기를 듣고 그런 생각을 갖게 되었고, 이 책에 그것을 적용하기 전에 이미 다양한 형태로 여러 번 예행연습을 했다. 그것은 〈시간〉이 네 번째 차원이고 현재는 사차원 우주의 삼차원적 단면이라는 생각이다. 이런 관점에 따르면, 시간 차원과 나머지 세 차원의 유일한 차이는 현재의 진행을 이루는 의식의 흐름에 있다. 단면을 자르는 방향에 따라 다양한 〈현재〉가 존재할 수 있음은 분명하다. 이것은 훨씬 뒤에야 과학에서 쓰이기 시작한 〈상대성〉이라는 개념을 정확히 표현하는 방법이다. 〈현재〉라고 불리는 단면은 〈수학적〉이 아니라 현실이기 때문에, 다양한 깊이를 갖는 것도 분명하다. 따라서 〈지금〉은 순간적이 아니고, 그보다 더 짧거나 더 긴 시간 측정 단위다. 현대의 사상에서는 아직 이 점에 대한 엄밀한 평가를 찾지 못했다.

하지만 내 이야기는 이런 가능성을 계속 탐구하지 않는다. 나는 그런 탐구를 계속할 방법을 전혀 알지 못했다. 나는 그 분야의 교육을 충분히 받지 못했고, 확실히 소설은 더 많이 연구하고 조사하기에 적절한 수단이 아니었다. 그래서 서두의 제시부는 역설의 선을 따라 상상적인 로맨스로 달아난다. 그 부분은 이 소설이 쓰인 때와 같은 시대인 스티븐슨과 초기 키플링 시대의 많은 특징들을 나타내고 있다. 저자는 그 전에 이미 너대니얼 호손 스타일을 실험했는데, 이 실험은 『사이언스 스쿨스 저널』(1888~1889)에 실렸지만, 다행히 지금은 어디에서도 잡지를 구할 수 없다. 게이브리얼 웰스[2] 씨가 황금을 모두 준다 해도 그 실험적 작품을 되찾을 수는 없을 것이다. 1891년에도 『포트나이틀리 리뷰』에 싣기 위해 그 아이디어를 설명하는 글을 써서 제판까지 마쳤지만, 결국 잡지에 실리지 않았다. 이 글의 제목은 〈단단한 우주〉였다. 이것도 이

---

2 Gabriel Wells(1862~1946). H. G. 웰스와는 아무 관계도 없는 사람이지만, 희귀본과 필사본을 거래하여 많은 돈을 벌었다.

제 유실되어 어디에서도 구할 수 없다. 그 전에 쓴 작품으로 원자들의 개성을 주장하는 「독특한 것들의 재발견」은 적어도 그보다는 정통적이어서, 그해 7월에 햇빛을 보았다. 그 후 편집장인 프랭크 해리스 씨는 시대를 20년 앞서가는 작품을 출판하고 있다는 사실을 깨닫고, 작가를 무섭게 비난하면서 이미 짜놓은 조판을 다시 풀어 버렸다. 인쇄된 것이 남아 있다면 『포트나이틀리 리뷰』의 기록 보관소에 있을 게 분명하지만, 과연 아직까지 살아남아 있을지는 의심스럽다. 오랫동안 나는 사본을 한 부 갖고 있는 줄 알았는데, 찾아보니 사라지고 없었다.

원래의 아이디어와 구별되는 『타임머신』의 이야기는 그 처리 방식만이 아니라 개념에서도 〈시대에 뒤떨어져〉 있다. 이제 성숙한 저자가 그것을 다시 한 번 훑어보면 미숙한 대학생이 쓴 것처럼 보인다. 하지만 인간의 진화에 대한 그의 철학은 그 당시에도 존재했다. 인류가 사회적으로 엘로이와 몰록으로 분화한다는 생각은 이제 그에게는 미숙하지 않게 느껴진다. 작가는 청소년 시절에 스위프트에게 매료되었고, 인간의 미래에 대한 이 비관적 묘사는 이와 비슷한 작품인 『모로 박사의 섬』과 마찬가지로 그가 크게 빚을 지고 있는 스승 스위프트에게 바치는 설익은 공물이다. 게다가 당시의 지질학자들과 천문학자들은 세계 — 그리고 세계와 함께 지상의 모든 생명과 인류까지도 — 의 〈필연적인〉 냉각에 대해 우리에게 무서운 거짓말을 했다. 탈출할 길은 전혀 없어 보였다. 모든 생물은 적어도 1백만 년 뒤에는 사라질 것이라고, 그들은 자신들의 권위의 무게를 총동원하여 우리에게 각인시켰다. 이제 제임스 진스[3]는 『우리를 둘러싸고 있는 우주』에서 수십

억 년 뒤의 세계로 가라고 우리에게 손짓한다. 사람이 무엇이든 할 수 있고 어디에든 갈 수 있다면, 오늘날 인간의 미래에 대한 전망에 남아 있는 비관론의 흔적은 너무 일찍 태어났다는 후회의 희미한 냄새뿐이다. 현대의 심리적·생물학적 철학은 그런 고뇌에서도 달아날 길을 제공한다.

사람이 성장하려면 잘못을 저질러야 하고, 작가는 이 젊은 시절의 노력을 전혀 후회하지 않는다. 사실 그는 『타임머신』이 이따금 에세이와 연설에서 과거를 회상하거나 미래를 예언하는 편리하고 실제적인 방법으로 다시 제기되면 자신의 허영심을 기분 좋게 끌어안는다. 1929년에 출간된 『바턴 박사의 시간 여행』[4]은 그가 글을 쓰는 책상 위에 놓여 있다. 이 책에 담긴 온갖 것들은 우리가 36년 전에는 꿈도 꾸지 못한 것들이다. 그래서 『타임머신』은 그것이 처음 발표되었을 무렵 세상에 나온 다이아몬드형 프레임의 안전 자전거만큼 오랫동안 생명을 유지했다. 지금도 쇄를 거듭하며 계속 출판되고 있기 때문에, 저자는 이 책이 자신보다 오래 살 거라고 확신한다. 그는 책에 머리말을 쓰는 일을 오래전에 포기했지만, 이번은 예외적인 경우이고, 그는 시간 차원을 따라 36년 전에 살았던 그 가난하고 쾌활한 그의 동명이인을 회고하면서 그에 대한 찬사를 한두 마디 보태게 된 것을 무척 기쁘고 자랑스럽게 여긴다.

H. G. 웰스

[3] James Jeans(1877~1946). 영국의 물리학자·천문학자.
[4] 영국의 엔지니어이자 작가인 존 로렌스 호지슨이 편집한 『바턴 박사의 시간 여행 — 현재의 가능성에 바탕을 둔 기술 공학적·사회학적 예언들』.

1

〈시간 여행자〉(편의상 그를 이렇게 부르기로 하자)는 이해하기 어려운 문제를 우리에게 설명하고 있었다. 그의 잿빛 눈은 반짝반짝 빛났고, 평소에는 하얀 얼굴이 발갛게 상기되어 생기에 넘쳐 있었다. 난롯불은 밝게 타올랐고, 백합꽃 모양의 은제 촛대에서 퍼져 나오는 부드러운 불빛은 우리의 술잔 속에 갑자기 나타났다 사라지는 거품들을 포착하여 반짝반짝 빛났다. 우리가 앉아 있는 의자는 그의 특허품이었는데, 우리를 견뎌 낸다기보다 껴안고 애무하는 느낌이었다. 생각이 엄밀함의 속박에서 벗어나 우아하게 방랑하는, 식후의 그 쾌적한 분위기가 감돌고 있었다. 그는 가느다란 집게손가락으로 요점을 강조하면서 우리에게 말했고, 우리는 그가 이 새로운 역설(우리에게는 그렇게 여겨졌다)에 쏟는 진지한 열의와 수많은 궤변을 만들어 내는 풍부한 상상력에 감탄하면서 나른하게 앉아 있었다.

「내 이야기를 주의 깊게 들으셔야 합니다. 나는 거의 모든 사람이 보편적으로 받아들이고 있는 한두 가지 생각을 반박하게 될 거예요. 예를 들면 여러분이 학교에서 배운 기하학은 잘못된 생각에 근거를 두고 있습니다.」

「처음부터 너무 거창하게 나오는 거 아니야?」 논쟁을 좋아하는 빨강 머리 필비가 말했다.

「터무니없는 것을 받아들이라고 요구할 생각은 없네. 여러분은 내가 인정받고 싶어 하는 것을 곧 인정하게 될 겁니다. 물론 알고 있겠지만, 수학적인 선, 즉 두께가 없는 선은 실제로는 존재하지 않습니다. 이건 학교에서 배웠지요? 수학적인 평면도 마찬가집니다. 이런 것들은 단순한 추상적 개념일 뿐이에요.」

「그건 맞는 말이오.」 심리학자가 말했다.

「길이와 너비와 두께만 있는 정육면체도 실제로 존재할 수는 없습니다.」

「그 의견에는 반대야.」 필비가 말했다. 「고체는 당연히 존재할 수 있어. 현실에 존재하는 물체는 모두……..」

「상식적으로는 그 말이 맞아. 하지만, 순간적인 정육면체가 존재할 수 있을까?」

「무슨 말인지 모르겠는데?」 필비가 대꾸했다.

「잠시도 지속되지 않는 정육면체가 실제로 존재할 수 있을까?」

필비는 대답하는 대신 생각에 잠겼다. 그러자 시간 여행자가 말을 이었다.

「실제로 존재하는 입체는 네 방향으로 연장된 부분을 가져야 합니다. 네 방향이란 길이와 너비와 두께 그리고 지속 시간이지요. 하지만 육체가 타고난 결함 때문에 — 여기에 대해서는 곧 설명하겠지만 — 우리는 이 사실을 간과하는 경향이 있습니다. 실제로는 네 가지 차원이 존재하고, 그중 세 개를 우리는 공간의 세 평면이라고 부르고, 네 번째 차원은 시간이라고 부릅니다. 하지만 우리는 앞의 세 차원과 네 번째 차원을 부자연스럽게 차별하는 경향이 있습니다. 우리의 의식은 우리가 태어났을 때부터 죽을 때까지 시간이라는 네 번째 차원을 따라 한 방향으로만 단속적으로 이동하기 때문이지요.」

「그건……」 젊은 남자가 램프 불로 시가에 다시 불을 댕기면서 말했다. 「그건…… 정말로 아주 명백합니다.」

「그런데 이것이 일반적으로 널리 간과되고 있는 것은 매우 주목할 만합니다.」 시간 여행자는 다소 쾌활해진 태도로 말을 이었다. 「사차원에 대해 이야기하는 사람들 중에는 그게 무슨 뜻인지 모르는 사람도 있지만, 사실 사차원이 의미하는 것은 바로 이겁니다. 사차원은 〈시간〉을 바라보는 또 다른 방식일 뿐이죠. 시간은 우리의 의식이 그것을 따라 움직인다는 것을 제외하고는 공간의 세 가지 차원과 아무런 차이도 없습니다. 하지만 일부 어리석은 사람들은 그 개념을 잘못 파악했어요. 그들이 이 네 번째 차원에 대해 뭐라고 하는지는 모두 들어 봤겠지요?」

「나는 못 들었소.」 시장이 말했다.

「간단히 설명하면 이렇습니다. 수학자들의 표현을 빌리면, 공간은 가로와 세로와 높이라고 부를 수 있는 세 가지 차원을 가지고 있고, 세 개의 평면은 제각기 나머지 두 평면과 직각을 이루며, 공간은 항상 그런 세 평면의 관계에 따라 규정된다는 겁니다. 하지만 몇몇 철학자들은 왜 차원이 하필 세 개여야 하느냐, 나머지 세 차원과 직각으로 만나는 네 번째 방향이 있으면 왜 안 되느냐고 묻고, 사차원 기하학을 확립

하려고 시도하기까지 했습니다. 사이먼 뉴컴[5] 교수가 이것을 뉴욕 수학 협회에서 발표한 게 불과 한 달 전입니다. 두 개의 차원밖에 없는 평면 위에 삼차원의 입체 도형을 어떻게 표현할 수 있는지는 모두 아실 겁니다. 이와 마찬가지로, 그 철학자들은 삼차원의 모형으로 사차원의 모형을 표현할 수 있을 거라고 생각하고 있습니다. 사차원 모형을 표현하는 투시 도법을 터득할 수 있다면 말입니다. 아시겠습니까?」

「그럴듯하군.」 시장이 중얼거렸다. 그러고는 미간에 주름을 잡고 신비로운 주문을 외는 사람처럼 입술을 달싹거리며 자기 내면을 성찰하는 상태로 들어갔다. 그러더니 잠시 후 순간적으로 눈을 반짝이며 쾌활하게 말했다. 「아아, 이제 알 것 같소.」

「사실 나는 얼마 전부터 그 사차원 기하학을 연구하고 있었다고 말해도 좋습니다. 내가 얻은 결과 중에는 기묘한 것도 있습니다. 예를 들어 어떤 사람의 여덟 살 때 초상화와 열다섯 살 때 초상화, 열일곱 살 때 초상화와 스물세 살 때 초상화가 있다고 칩시다. 이 초상화들은 분명 그 사람의 단면들입니다. 그 사람의 고정 불변하는 사차원적 존재를 삼차원으로 표현한 것이죠.」

시간 여행자는 우리가 그 말을 충분히 이해하도록 잠시 사이를 두었다가 말을 이었다.

「과학자들은 시간도 일종의 공간에 불과하다는 것을 잘 알고 있습니다. 이것은 흔히 볼 수 있는 과학적 도표인 일기도(日氣圖)입니다. 내가 지금 손가락으로 더듬어 가는 이 선

---

5 Simon Newcomb(1835~1909). 미국의 천문학자. 대표적 저서로는 『천문학 요체』가 있다.

은 기압계의 움직임을 보여 줍니다. 어제는 기압이 아주 높았지만, 밤이 되자 기압이 떨어졌고, 오늘 아침에는 다시 높아지기 시작해서 여기까지 완만하게 상승했습니다. 물론 기압계의 수은은 일반적으로 인정되고 있는 공간의 어느 차원에서도 이 선을 따라 움직이지 않았죠? 하지만 분명히 수은은 그런 선을 따라 움직였고, 따라서 우리는 그 선이 시간이라는 차원을 따라 움직였다고 결론지을 수밖에 없습니다.」

「하지만……」 의사가 난로 속에서 타고 있는 석탄을 지그시 바라보며 말했다. 「시간이 정말로 공간의 네 번째 차원일 뿐이라면, 왜 사람들은 예나 지금이나 시간을 공간과는 다른 것으로 간주할까? 그리고 공간의 다른 차원들 속에서는 이리저리 돌아다닐 수 있는데, 왜 시간 속에서는 돌아다닐 수 없는 것일까?」

시간 여행자는 빙긋이 웃었다.

「공간 속에서는 자유롭게 돌아다닐 수 있다고 확신하십니까? 좌우로 갈 수도 있고, 앞뒤로도 충분히 자유롭게 갈 수 있습니다. 사람들은 언제나 그렇게 해왔지요. 우리가 두 개의 차원에서 자유롭게 움직일 수 있다는 것은 나도 인정합니다. 하지만 위아래 방향은 어떨까요? 여기서는 중력의 작용이 우리를 제약합니다.」

「꼭 그렇지는 않네.」 의사가 말했다. 「기구를 타면 위로 올라갈 수 있으니까.」

「하지만 기구가 생기기 전에는, 펄쩍펄쩍 뛰어오르거나 지표면의 기복을 오르내리는 것을 제외하면 인간은 수직 이동의 자유를 누리지 못했습니다.」

「그래도 조금은 위아래로 움직일 수 있었네.」 의사가 말했다.

「위로 올라가는 것보다는 아래로 내려가는 게 더 쉽죠. 훨씬 쉬워요.」

「그리고 시간 속에서는 전혀 움직일 수 없네. 절대로 현재의 순간에서 벗어날 수 없어.」

「그게 바로 선생이 잘못 생각하고 있는 점입니다. 그게 바로 전 세계가 잘못 생각해 온 점이죠. 우리는 매 순간 현재의 순간에서 벗어나고 있습니다. 우리의 정신은 비물질적이고 차원이 없는 존재이고, 요람에서 무덤까지 한결같은 속도로 시간이라는 차원을 따라 나아가고 있습니다. 우리가 지표면에서 80킬로미터 떨어진 공중에서 태어나 살기 시작했다면, 지표면을 향해 꾸준히 아래로 내려오겠지요. 그것과 꼭 마찬가집니다.」

「하지만 중대한 난점은 바로 이거요.」 심리학자가 끼어들었다. 「우리가 공간에서는 모든 방향으로 움직일 수 있지만, 시간 속에서는 돌아다닐 수 없다는 것.」

「그게 바로 내 위대한 발견의 씨앗입니다. 하지만 우리가 시간 속에서는 돌아다닐 수 없다는 선생의 말은 틀렸습니다. 예를 들어 내가 어떤 사건을 아주 생생하게 회상하고 있다면, 나는 그 사건이 일어난 순간으로 돌아가 있는 겁니다. 나는 방심 상태에 빠지게 됩니다. 잠시 과거로 펄쩍 뛰어 돌아가는 것이죠. 물론 그 과거 속에 오랫동안 머무를 수는 없습니다. 미개인이나 동물이 지면에서 2미터 높이에 오래 머무를 수 없는 거나 마찬가지지요. 하지만 이 점에서 문명인은 미개인보다 훨씬 낫습니다. 문명인은 기구를 타고 중력을 거슬러 하늘로 올라갈 수 있으니까요. 그렇다면 결국에는 시간이라는 차원을 따라 이동하는 것을 멈추거나 이동 속도를 빨리할 수도 있고, 심지어는 방향을 돌려 반대 방향인 과거로 돌아갈 수도 있으리라고 기대하면 왜 안 되죠?」

「아, 그건……」 필비가 말을 시작했다.

「왜 안 되지?」 시간 여행자가 다시 물었다.

「그건 이치에 맞지 않으니까.」 필비가 말했다.

「무슨 이치 말인가?」 시간 여행자가 물었다.

「흑이 백이라는 것을 논증할 수는 있지만, 나를 설득하지는 못할 거야.」 필비가 말했다.

「아마 그렇겠지.」 시간 여행자가 말했다. 「하지만 이제 여러분은 내가 사차원 기하학을 연구한 목적을 이해하기 시작했습니다. 오래전에 나는 어떤 기계를 어렴풋이 알게 됐는데……」

「시간 속을 여행하는 기계!」 젊은 남자가 외쳤다.

「공간과 시간 속을 어떤 방향으로든 운전자 마음대로 이동하는 기계지요.」 내가 설명을 보탰다.

필비는 껄껄 소리 내어 웃는 것으로 만족했다.

「하지만 나한테는 실험적 증거가 있습니다.」 시간 여행자가 말했다.

「역사가한테는 대단히 편리하겠군.」 심리학자가 말했다. 「과거로 돌아가서, 예를 들면 헤이스팅스[6] 전투에 대해 일반적으로 인정되고 있는 기록이 옳은지 그른지 확인할 수 있을 테니까!」

「과거로 돌아가면 사람들의 주목을 받을 거라고 생각지

---

6 영국 남동부의 항구 도시. 1066년에 노르망디 공 윌리엄의 군대가 앵글로색슨 군대를 격파하여 잉글랜드 정복을 완성한 전투가 벌어진 곳으로 유명하다.

않나?」 의사가 말했다. 「우리 조상들은 시대착오적인 사람이나 사물에는 별로 너그럽지 않았으니까.」

「호메로스와 플라톤한테 그리스어를 직접 배울 수도 있겠군요.」 이것은 젊은 남자의 생각이었다.

「그랬다가는 학위 예비 시험[7]에서 낙제하고 말 걸세. 독일 학자들이 그리스어를 많이 개량해 놓았으니까.」

「그럼 미래로 가죠.」 젊은 남자가 말했다. 「생각해 보세요! 가진 돈을 몽땅 투자해서 이자가 쌓이도록 내버려 두고, 서둘러 미래로 가는 거예요!」

「그랬다가는 공산주의 사회를 발견하게 될걸.」 내가 말했다.

「온갖 터무니없는 이론들 중에서 하필이면!」 심리학자가 말했다.

「예. 나한테도 그렇게 여겨졌고, 그래서 거기에 대해서는 지금까지 한마디도 하지 않았던 겁니다. 그런데…….」

「실험적 증거!」 내가 외쳤다. 「그러니까 자네는 그 이론을 실험으로 입증할 작정이군. 그렇지?」

「실험이라고?」 필비가 외쳤다. 그의 머리는 점점 지쳐 가고 있었다.

「어쨌든 그 실험이라는 걸 보기로 합시다.」 심리학자가 말했다. 「보나 마나 전부 다 엉터리 속임수겠지만.」

시간 여행자는 우리를 둘러보며 빙긋이 웃었다. 그러고는 여전히 미소를 지으면서 두 손을 바지 주머니에 찔러 넣고 천천히 방에서 걸어 나갔다. 우리는 그가 긴 복도를 지나 연구실로 슬리퍼를 끌며 걸어가는 소리를 들었다.

---

[7] 케임브리지 대학에서 학사 학위를 받기 위해 치러야 하는 시험.

심리학자가 우리를 바라보면서 말했다.

「도대체 뭘 가져올지 궁금하군.」

「교묘한 속임수를 쓰는 장난감이나 뭐 그런 거겠지.」 의사가 대답했다. 필비는 버슬렘[8]에서 본 마술사에 대해 이야기하려고 했지만, 서두를 끝내기도 전에 시간 여행자가 돌아왔기 때문에 필비의 이야기는 중단되었다.

시간 여행자가 손에 들고 온 것은 번쩍거리는 금속으로 뼈대를 만든 장치였다. 크기는 작은 시계만 했고, 무척 정교하게 만들어져 있었다. 안에는 상아와 무슨 투명한 결정체가 들어 있었다. 이제 나는 명백하고 솔직하게 말해야 한다. 다음에 나오는 이야기는, 그의 설명을 받아들이지 않으면 절대로 설명할 수 없는 불가사의한 일이기 때문이다.

그는 방 곳곳에 흩어져 있는 작은 팔각형 탁자들 가운데 하나를 벽난로 앞으로 가져와서 난로 앞 깔개 위에 탁자 다리 두 개를 올려놓았다. 그리고 이 탁자 위에 기계장치를 놓았다. 그런 다음 의자 하나를 끌어당겨 거기에 앉았다. 기계장치 이외에 탁자 위에 있는 물건은 등갓을 씌운 작은 램프 하나뿐이었다. 밝은 불빛이 기계장치를 비추었다. 촛불도 여남은 개가 켜져 있었다. 두 개는 벽난로 선반 위의 놋쇠 촛대에 꽂혀 있고, 나머지는 벽에 달린 돌출 촛대에 꽂혀 있어서 방 전체가 환하게 밝혀져 있었다. 나는 벽난로와 가장 가까이 있는 안락의자에 앉아 있었는데, 이 의자를 앞으로 더 끌어당겨서 시간 여행자와 벽난로의 중간쯤에 자리를 잡았다. 필비는 시간 여행자 뒤에 앉아서, 그의 어깨 너머로 기계장치

---

8 영국 스태퍼드셔 주에 있는 도시.

를 넘어다보고 있었다. 의사와 시장은 오른쪽에서, 그리고 심리학자는 왼쪽에서 시간 여행자의 옆얼굴을 바라보았다. 젊은 남자는 심리학자 뒤에 서 있었다. 우리는 모두 주의를 게을리하지 않았다. 이런 상황에서 우리한테 어떤 속임수를 쓸 수 있었다고는 도저히 믿을 수 없다. 아무리 교묘하게 고안된 속임수라 해도, 그리고 그 속임수를 아무리 능숙한 솜씨로 해치웠다 해도 우리를 속일 수는 없었을 것이다.

시간 여행자는 우리를 바라본 다음, 기계장치를 바라보았다.

「그래서요?」 심리학자가 말했다.

그러자 시간 여행자는 탁자 위에 두 팔꿈치를 괴고 두 손을 기계장치 위에서 맞잡으며 말했다.

「이 작은 장치는 하나의 모형일 뿐입니다. 시간 속을 여행하는 기계, 그러니까 타임머신을 만들기 위한 시제품이라고나 할까요. 이게 기묘하게 비뚤어져 보이고, 이 가로대 언저리가 이상하게 번쩍이는 것처럼 보이는 것을 알 수 있을 겁니다. 어떤 면에서는 비현실적인 것처럼 보이죠.」 그는 손가락으로 그 부분을 가리켰다. 「그리고 여기에 작은 하얀색 손잡이가 하나 있고, 여기에 또 하나가 있습니다.」

의사가 의자에서 일어나 기계장치를 들여다보았다.

「아주 잘 만들었군.」

「이거 만드는 데 2년이나 걸렸답니다.」 시간 여행자가 대답했다. 그러고는 우리가 모두 의사의 행동을 따르자 말을 이었다. 「이쪽 손잡이를 누르면 기계가 미래로 들어가고, 이쪽 손잡이를 누르면 과거로 돌아갑니다. 이 안장은 운전자가 앉는 자리를 나타내지요. 나는 이제 곧 손잡이를 누를 것이고,

그러면 기계는 떠나 버릴 겁니다. 여기서 사라지는 거죠. 미래로 들어가서, 우리 눈에 보이지 않게 되는 겁니다. 이걸 잘 보세요. 탁자도 잘 보시고, 어떤 속임수도 없다는 걸 확인하세요. 이 모형을 희생하면서 사기꾼이라는 소리나 듣고 싶지는 않으니까요.」

아마 1분쯤 침묵이 흘렀을 것이다. 심리학자는 나에게 말을 걸려는 것 같았지만, 마음을 바꾸었다. 그때 시간 여행자가 손잡이 쪽으로 손가락을 뻗다가 갑자기 심리학자를 돌아보면서 말했다. 「선생 손을 좀 빌립시다.」 그러고는 심리학자의 손을 잡더니, 집게손가락을 내밀라고 말했다. 그러니까 모형 타임머신을 끝없는 여행으로 떠나보내는 것은 심리학자가 될 터였다. 우리는 모두 손잡이가 도는 것을 보았다. 분명히 말하지만 속임수는 전혀 없었다. 한 줄기 산들바람이 일어났다. 램프 불꽃이 펄럭거렸다. 벽난로 선반 위에 있던 촛불 하나가 꺼졌다. 작은 기계가 갑자기 빙그르르 돌더니 점점 희미해졌다. 아마 1초 동안은 유령처럼 보였고, 희미하게 번득이는 놋쇠와 상아의 소용돌이처럼 보였다. 그러다가 갑자기 사라졌다! 없어져 버렸다! 탁자는 텅 비었다. 램프밖에는 남아 있지 않았다.

한동안 아무도 입을 열지 않았다. 그러다가 필비가 탄성을 터뜨렸다.

심리학자는 망연자실한 상태에서 깨어나자 갑자기 탁자 아래를 들여다보았다. 그러자 시간 여행자는 쾌활하게 웃었다. 「그래서요?」 그는 아까 심리학자가 한 말을 그대로 되풀이해서 말했다. 그러고는 일어나서 벽난로 선반 위에 있는 담배 단지로 다가가서, 우리에게 등을 돌린 채 파이프에 담배를 채우기 시작했다.

우리는 서로 얼굴을 마주보았다.

「이보게.」 의사가 말했다. 「진심인가? 자네는 그 기계가 시간 속으로 여행을 떠났다고, 진정으로 그렇게 믿나?」

「물론입니다.」 시간 여행자는 몸을 굽혀 난롯불로 점화용 심지에 불을 붙이면서 말했다. 그러고는 불붙은 심지로 파이프에 불을 댕기면서 고개를 돌려 심리학자의 얼굴을 바라보았다. (심리학자는 동요하지 않았다는 것을 보여 주려고 시가 한 대를 집어 들더니, 끝을 자르지도 않은 채 불을 붙이려고 했다.) 「게다가 나는 실물을 거의 다 완성해서 저기 두었습니다.」 그는 연구실을 가리켰다. 「조립이 끝나면 내가 직접 타고 시간 여행을 떠날 작정입니다.」

「그 기계가 미래로 여행을 떠났다고 말할 작정인가?」 필비가 말했다.

「미래인지 과거인지, 어느 쪽인지는 나도 확실히 몰라.」

잠시 후 심리학자가 뭔가 생각난 것처럼 말했다.

「그 기계가 어딘가로 갔다면, 분명히 과거로 돌아갔을 거요.」

「왜요?」 시간 여행자가 물었다.

「그 기계가 공간 속에서는 움직이지 않았을 테니까. 그리고 미래로 여행을 떠났다면 이 시간 속을 지나갔을 테니, 아까부터 지금까지 줄곧 여기 있을 테니까 말이오.」

「하지만······.」 내가 말했다. 「그 기계가 과거로 들어갔다면, 우리가 이 방에 처음 들어왔을 때 그 기계가 보였을 겁니다. 그리고 지난주 목요일에 여기 왔을 때도, 지지난주 목요일에도, 그 전에도!」

「중대한 반론이 제기됐군요.」 시장이 시간 여행자 쪽으로 고개를 돌리고 공정한 태도로 말했다.

「전혀 그렇지 않습니다.」 시간 여행자가 대답하고는 심리학자를 바라보며 말했다. 「생각해 보세요. 선생은 그걸 설명할 수 있습니다. 그건 식역(識閾)[9] 아래의 표상입니다. 말하자면 희석된 표상이죠.」

「아, 그렇군.」 심리학자가 말하고는 우리한테 설명했다. 「그건 심리학의 초보적인 요점이오. 진작 생각해 냈어야 하는 건데. 간단히 설명하지요. 우리는 빙글빙글 돌아가는 바퀴살이나 허공을 날아가는 총알을 볼 수 없는 것처럼 그 기계를 볼 수도 없고 인식할 수도 없어요. 그 기계가 우리보다 50배나 1백 배 빠른 속도로 시간 속을 여행하고 있다면, 그러니까 우리가 1초를 통과하는 동안 그 기계가 1분을 통과하고 있다면, 그것이 만들어 내는 인상이 시간 속을 여행하고 있지 않을 때 만들어 내는 인상의 50분의 1이나 1백 분의 1밖에 안 되는 것은 당연한 일이지요. 그건 아주 명백합니다.」 그는 기계가 있었던 공간을 손으로 휘저었다. 그러고는 웃으면서 덧붙였다. 「아시겠소?」

우리는 1분쯤 텅 빈 탁자를 바라보며 앉아 있었다. 이윽고 시간 여행자는 우리에게 이 일을 어떻게 생각하느냐고 물었다.

「오늘 밤에는 무척 그럴듯하게 들리는군.」 의사가 말했다. 「하지만 내일까지 기다리게. 아침에 사려 분별이 돌아올 때까지.」

「실물을 보고 싶으세요?」 시간 여행자가 물었다. 그러고는

---

[9] 감각이나 반응을 일으키는 경계에 있는 자극의 크기.

램프를 집어 들고 앞장서서 연구실로 통하는 복도를 걸어갔다. 긴 복도는 외풍이 심했다. 나는 어른어른 흔들리던 램프 불빛, 기묘하고 넓은 그의 머리 윤곽, 춤추는 그림자들을 생생하게 기억한다. 우리는 모두 어리둥절하면서도 의심을 품고 그를 따라갔다. 연구실에서 우리는, 우리 눈앞에서 사라지는 것을 목격했던 작은 기계장치의 확대판을 보았다. 기계의 일부는 니켈이었고 일부는 상아였다. 또한 일부는 수정을 줄이나 톱으로 잘라 낸 게 분명했다. 기계는 대체로 완성되어 있었지만, 뒤틀린 수정 막대들이 아직 완성되지 않은 채 작업대 위에 놓여 있었다. 그 옆에는 도면이 몇 장 놓여 있었다. 나는 좀 더 잘 보려고 막대 한 개를 집어 들었다. 그것은 석영처럼 보였다.

「이보게.」 의사가 말했다. 「진심인가? 아니면 속임수인가? 지난 크리스마스 때 자네가 우리한테 보여 준 그 유령처럼 말일세.」

「나는 저 기계를 타고……」 시간 여행자는 램프를 높이 들어 올리며 말했다. 「시간을 탐험할 작정입니다. 아시겠습니까? 내 평생 지금보다 더 진지했던 적은 없습니다.」

우리는 그 말을 어떻게 받아들여야 할지 몰랐다.

의사의 어깨 너머로 필비와 내 눈이 마주쳤다. 필비는 진지한 표정으로 나를 바라보며 눈을 깜박거렸다.

2

그 당시 우리는 아무도 타임머신의 존재를 믿지 않았던 것 같다. 사실 시간 여행자는 너무 영리해서 신용할 수 없는, 그런 사람들 중 하나였다. 우리는 그의 모든 면을 보았다고 느낀 적이 없었다. 그는 겉으로는 투명할 만큼 솔직했지만, 그 솔직함 뒤에는 어떤 신비로운 비밀이나 창의력이 숨어 있는 게 아닐까 하고 우리는 항상 의심했다. 필비가 타임머신의 모형을 보여 주고 시간 여행자와 같은 말로 그것을 설명했다면, 그렇게까지 의심하는 태도를 보이지 않았을 것이다. 우리는 필비의 동기를 쉽게 간파했을 테니까. 푸주한이라도 필비를 이해할 수 있을 것이다. 하지만 시간 여행자는 꽤나 변덕스러운 기질을 갖고 있어서 우리는 그를 믿지 않았다. 그보다 덜 영리한 사람이 하면 명성을 가져다주었을 일도 시간 여행자가 하면 꼭 속임수처럼 보였다. 일을 너무 쉽게 하는 것도 잘못이다. 그를 진지하게 받아들이는 진지한 사람들은 그의 태도를 확신할 수 없었다. 자신의 신망을 걸고 그에 대해 어떤 판단을 내리는 것은 달걀처럼 깨지기 쉬운 도자기를 육아실에 놓아두는 것과 마찬가지라는 사실을 그들은 알고 있었다.

그래서 우리는 그 목요일부터 다음 주 목요일까지 시간 여행에 대한 이야기는 별로 하지 않았다. 물론 시간 여행의 야릇한 잠재적 가능성은 우리들 마음속에 끊임없이 떠오르고 있었을 것이다. 시간 여행도 꽤 그럴듯하게 들린다거나, 실제로는 도저히 믿을 수 없다는 생각, 시간 여행이 시대착오와 혼란을 불러일으킬 흥미로운 가능성 따위가 우리 마음속을 오갔을 것이다. 나는 특히 모형 타임머신을 순식간에 사라지게 한 속임수에 골몰해 있었다. 금요일에 린네 협회[10]에서 의사를 만나 거기에 대해 의견을 주고받은 기억이 난다. 의사는 튀빙겐[11]에서도 비슷한 속임수를 본 적이 있다면서, 촛불이 꺼진 것을 상당히 강조했다. 하지만 속임수가 어떻게 이루어졌는지는 의사도 설명하지 못했다.

다음 주 목요일에 나는 다시 리치먼드[12]에 갔는데(아마 나는 시간 여행자를 정기적으로 방문하는 가장 충실한 손님들 가운데 하나였을 것이다), 늦게 도착했기 때문에 그의 객실에는 벌써 네댓 명이 모여 있었다. 의사는 한 손에 종이 한 장을, 다른 손에는 회중시계를 들고 벽난로 앞에 서 있었다. 나는 두리번거리며 시간 여행자를 찾았다. 그때 의사가 말했다.

「이제 7시 30분이군. 저녁을 먹는 게 좋을 것 같지 않소?」

「주인은 어디 있죠?」 내가 물었다.

---

[10] 1788년에 창립된 영국의 동식물학회. 스웨덴의 위대한 박물학자 카를 폰 린네(1707~1778)의 이름을 딴 린네 협회는 런던에서 가장 유명한 학회 가운데 하나였다. 1858년 7월에 찰스 다윈이 린네 협회에서 자연 선택 이론을 처음으로 대중에게 제시했다.

[11] 독일 슈투트가르트 근처에 있는 대학 도시.

[12] 런던에서 남서쪽으로 수 킬로미터 떨어져 있는 템스 강 연안의 교외 주거 지역.

「당신은 방금 와서 모르겠지만, 주인은 어쩔 수 없이 늦는다면서, 자기가 돌아오지 않으면 7시에 저녁 식사를 시작해 달라고 이 쪽지를 나한테 보냈소. 나중에 돌아와서 자초지종을 설명하겠다고.」

「저녁 식사를 망치면 아까울 것 같군요.」 유명한 일간 신문의 편집장이 말했다. 그러자 의사가 종을 울렸다.

지난주 만찬에 참석했던 사람들 가운데 이번에도 참석한 것은 의사와 나를 빼면 심리학자뿐이었다. 나머지 손님은 아까 말한 신문사 편집장인 블랭크와 어느 신문 기자, 그리고 내가 모르는 사람이 하나 있었다. 턱수염을 기른 이 사람은 조용하고 수줍음이 많아서, 내가 관찰한 바로는 저녁 내내 한 번도 입을 열지 않았다. 우리는 식사를 하면서 시간 여행자가 만찬에 참석하지 않은 이유를 이러쿵저러쿵 추측했다. 나는 반쯤 농담으로 시간 여행자가 시간 여행을 하고 있는 모양이라고 말했다. 편집장은 무슨 말인지 설명해 달라고 부탁했다. 그러자 심리학자가 나서서 지난주에 우리가 목격한 〈교묘한 역설과 속임수〉를 나무토막처럼 딱딱하게 설명했다. 그가 한창 설명하고 있을 때, 복도로 통하는 출입문이 소리도 없이 천천히 열렸다. 나는 문을 마주보는 자리에 앉아 있었기 때문에 문이 열리는 것을 맨 먼저 보았다.

「아아! 드디어 왔군요!」 내가 말했다.

문이 활짝 열리고, 시간 여행자가 우리 앞에 나타났다.

「맙소사. 도대체 무슨 일인가?」 나에 뒤이어 그를 본 의사가 외쳤다. 그러자 식탁에 둘러앉은 사람들이 모두 출입문 쪽으로 고개를 돌렸다.

그의 행색이 놀라웠다. 코트는 먼지투성이가 되어 더러웠고, 소매 아래쪽에는 초록색 얼룩이 묻어 있었다. 머리는 마구 헝클어졌고, 내게는 더 백발이 된 것처럼 보였다. 흙먼지 때문이거나 아니면 머리카락이 실제로 세어 버렸기 때문일 것이다. 얼굴은 송장처럼 창백했다. 턱에는 베인 상처가 있었는데, 반쯤 아물어서 갈색을 띠고 있었다. 얼굴은 격렬한 고통에 시달리고 있는 것처럼 초췌하게 일그러져 있었다. 그는 불빛에 눈이 부신 듯 잠시 문간에서 머뭇거렸다. 그러다가 방으로 들어왔다. 걸음을 절뚝거렸는데, 오랜 방랑자들이 그렇게 걷는 것을 본 적이 있었다. 우리는 말없이 그를 지켜보며, 그가 입을 열기를 기다렸다.

그는 한 마디도 하지 않고 고통스럽게 식탁으로 다가오더니 포도주를 가리켰다. 편집장이 샴페인 잔에 포도주를 가득 채워서 그에게 밀어 주었다. 그는 잔을 단숨에 비웠다. 포도주가 도움을 준 것 같았다. 식탁을 둘러보는 그의 얼굴에 여느 때의 미소가 희미하게 어른거렸기 때문이다.

「도대체 무슨 일인가?」 의사가 물었다.

그러나 시간 여행자는 이 말을 들은 것 같지 않았다.

「나는 개의치 마시고 식사를 계속하세요.」 그가 더듬거리며 말했다. 「나는 괜찮습니다.」 그는 말을 멈추고 포도주를 더 달라고 잔을 내밀었다. 그러고는 두 번째 잔을 단숨에 들이켰다. 「아, 좋다.」 눈에 생기가 돌았고, 볼이 조금 발그레해졌다. 그의 멍한 눈이 만족스러운 듯 우리 얼굴을 스친 다음, 따뜻하고 안락한 방을 둘러보았다. 그리고 여전히 낱말들 사이를 더듬으며 나아가는 듯한 느낌으로 그가 다시 입을 열었다. 「몸을 씻고 옷을 갈아입은 다음, 내려와서 사정을 설명하겠습니다. 그 양고기는 조금 남겨 주세요. 고기를 먹고 싶어 죽을 지경이니까요.」

그는 귀한 손님인 편집장을 건너다보며 안부 인사를 했다. 편집장이 질문을 던졌다. 그러자 시간 여행자가 말했다.

「이제 곧 말씀드리지요. 그런데 내가…… 좀 이상해요. 하지만 조금 있으면 괜찮아질 겁니다.」

그는 술잔을 내려놓고 계단실 문으로 걸어갔다. 또다시 나는 그가 다리를 절뚝거리고 발바닥에 완충재를 댄 것처럼 발소리가 조용한 것을 알아차렸다. 나는 의자에서 일어나, 방에서 나가는 그의 발을 보았다. 그는 너덜너덜하고 피로 얼룩진 양말밖에는 신고 있지 않았다. 그가 밖으로 나가고 문이 닫혔다. 나는 그를 따라가 볼까 생각했지만, 자신에 대해 공연히 야단법석을 떠는 것을 그가 싫어한다는 것을 기억해 냈다. 나는 아마 1분쯤 멍한 상태에 빠져 있었던 것 같다. 그때 편집장이 (평소의 습관에 따라) 주요 기사의 표제를 생각하면서 중얼거리는 소리가 들렸다.

「저명한 과학자의 희한한 행동.」

이 말에 나는 화려한 식탁으로 다시 관심을 돌렸다.

「도대체 무슨 일이 일어난 걸까요?」 신문 기자가 말했다. 「거지 노릇이라도 하고 왔나?」

나는 심리학자와 시선이 마주쳤다. 그리고 그의 얼굴에서 나와 똑같은 해석을 감지했다. 나는 고통스럽게 다리를 절면서 층계를 올라가는 시간 여행자를 생각했다. 다른 사람들은 그가 다리를 저는 것을 알아차리지 못한 것 같았다.

이 놀라움에서 완전히 회복된 첫 번째 사람은 의사였다. 그는 종을 울려 뜨거운 요리를 가져오게 했다(시간 여행자는 하인들이 식탁에서 시중을 드는 것을 싫어했기 때문이다). 그러자 편집장은 툴툴거리며 다시 포크와 나이프로 관심을 돌렸고, 〈과묵한 남자〉도 그를 따랐다. 저녁 식사가 다시 시작되었다. 우리도 처음 얼마 동안은 놀란 나머지 침묵을 지키거나 외마디 감탄사를 주고받았다. 그런 대화가 잠시 이어진 뒤, 편집장이 열렬한 호기심에 사로잡혔다.

「우리 친구가 부족한 수입을 메우려고 교차로에서 도로 청소라도 하고 있는 걸까요? 아니면 네부카드네자르[13]처럼 풀을 먹고 있는 걸까요?」

「나는 그 타임머신과 관계가 있는 게 분명하다고 확신합니다.」 내가 말했다. 그러고는 우리가 지난번에 만났을 때 있었던 일을 설명한 심리학자의 이야기를 이어받았다. 지난번 모임에 참석하지 않은 사람들은 솔직히 불신감을 드러냈다. 편집장이 이의를 제기했다.

「그 시간 여행이란 게 도대체 뭐였습니까? 역설 속을 데굴데굴 굴러다녀도 온몸이 그렇게 흙먼지로 뒤덮일 수는 없을 겁니다. 안 그렇습니까?」 그러고는 이 생각이 가슴에 와 닿았기 때문에 그것을 풍자적으로 비틀었다. 「미래 세계에는 먼지를 털어 줄 옷솔이 없나 보죠?」

신문 기자도 믿으려 하지 않고, 편집장과 함께 모든 것을 태평스럽게 조롱했다. 그들은 둘 다 새로운 부류의 언론인 — 무척 유쾌하고 무례한 젊은이 — 이었다.

「모레 우리 신문사의 특별 통신원은 이렇게 보도할 겁니다.」 기자가 말하고 있을 때(아니, 말한다기보다 고함을 지르고 있을 때) 시간 여행자가 돌아왔다. 그는 평범한 야회복으

---

[13] 기원전 6세기경의 바빌로니아 왕. 만년에 미쳐서 풀을 먹었다고 한다.

로 갈아입었고, 초췌한 안색을 제외하면 아까 나를 놀라게 한 변화는 조금도 남아 있지 않았다.

「이분들 얘기가, 당신은 내주 중반쯤을 여행하고 있었다더군요.」 편집장이 유쾌하게 말했다. 「리틀 로즈베리[14]에 대해 한 말씀 해주시면 좋겠군요. 이야기 한 편당 얼마를 받으실 건가요?」

시간 여행자는 대꾸도 없이 그를 위해 남겨 둔 자리로 다가왔다. 그리고 여느 때처럼 조용히 미소를 지으며 말했다.

「내 양고기는 어디 있지? 다시 포크로 고기를 찍을 수 있다니, 이 얼마나 기쁜 일인가!」

「이야기를 해주세요!」 편집장이 외쳤다.

「빌어먹을 이야기!」 시간 여행자가 말했다. 「나는 우선 뭘 좀 먹어야겠어요. 내 핏줄 속에 단백질을 조금 집어넣기 전에는 한 마디도 하지 않을 겁니다. 고맙습니다. 그리고 소금도 좀 주세요.」

「한 마디만.」 내가 말했다. 「자네, 시간 여행을 하고 왔나?」

「응.」 시간 여행자는 입에 음식을 가득 넣은 채 고개를 끄덕이며 말했다.

「이야기를 해주면 한 행에 1실링씩 드리겠습니다.」 편집장이 말했다.

시간 여행자는 술잔을 과묵한 남자 쪽으로 밀어내고 손톱으로 술잔을 두드렸다. 시간 여행자의 얼굴을 지그시 바라보고 있던 과묵한 남자는 경련하듯 움찔하며 술잔에 포도주를 따랐다. 이때부터 식탁의 분위기가 왠지 어색해졌다. 나는 여

---

14 본명은 아치볼드 필립 프림로즈 로즈베리(1847~1929). 영국의 정치가. 1894년에 글래드스턴이 자유당수를 사임한 뒤 총리가 되었다.

러 가지 질문이 입술까지 올라오곤 했다. 아마 다른 사람들도 마찬가지였을 것이다. 신문 기자는 헤티 포터[15]의 일화를 이야기하여 긴장을 누그러뜨리려고 했다. 그러나 시간 여행자는 먹는 데에만 전념하여, 떠돌이 일꾼 같은 왕성한 식욕을 보여 주었다. 의사는 담배를 피우면서 속눈썹 사이로 시간 여행자를 관찰했다. 과묵한 남자는 여느 때보다 더 서툴러 보였고, 곤두선 신경 때문에 규칙적이고 단호하게 샴페인을 들이켜고 있었다. 이윽고 시간 여행자가 접시를 밀어내고 우리를 둘러보았다.

「죄송하다는 말부터 해야겠군요. 배가 고파서 죽을 지경이었거든요. 나는 정말 놀라운 경험을 하고 왔답니다.」그는 손을 뻗어 시가를 집더니 끝을 잘랐다. 「하지만 흡연실로 갑시다. 기름으로 더럽혀진 접시를 앞에 놓고 하기에는 너무 긴 이야기니까요.」그는 지나가는 길에 종을 울리고, 앞장서서 옆방으로 들어갔다.

「그 기계에 대해 블랭크와 대시와 초즈한테 이야기했나 보군?」그가 안락의자에 몸을 묻고는 새로 온 세 손님의 이름을 대면서 나에게 물었다.

「하지만 그건 단순한 역설일 뿐입니다.」편집장이 말했다.

「오늘 밤에는 논쟁을 벌일 수가 없어요. 내가 겪은 일을 여러분께 이야기하는 것은 괜찮지만, 논쟁은 못 합니다.」그가 단호한 어조로 말했다. 「여러분이 원한다면 내가 겪은 일을 이야기하겠지만, 도중에 끼어들거나 이야기를 가로막는 짓은 삼가 주셔야 합니다. 나는 경험한 이야기를 털어놓고 싶

---

15 당시의 배우나 뮤직홀 가수 같은 대중 연예인으로 여겨지지만 확실치 않음.

습니다. 진심입니다. 하지만 내 이야기는 대부분 거짓말처럼 들릴 거예요. 그래도 어쩔 수 없습니다! 하지만 내 이야기는 모두 사실입니다. 한 마디 한 마디가 모두 어김없는 사실이에요. 나는 4시에 실험실에 있었는데, 그때부터…… 여드레를 살았습니다. 그 여드레는 지금까지 어떤 인간도 살아 보지 못한 날들이었지요! 나는 지금 녹초가 다 되었지만, 이 일을 다 털어놓기 전에는 잠들지 않을 겁니다. 이야기가 끝나면 잠자리에 들겠습니다. 하지만 절대로 내 이야기에 끼어들지 마세요. 약속하시죠?」

「약속하겠소.」 편집장이 말했다. 나머지 사람들도 같은 말을 되풀이했다. 「약속하겠소.」

그러자 시간 여행자는 다음과 같은 이야기를 시작했다. 처음에는 의자에 기대앉아서 지친 사람처럼 이야기했다. 하지만 나중에는 점점 활기를 띠었다. 나는 그의 이야기를 기록하면서 그 이야기 본래의 우수한 특질을 표현하기에는 펜과 잉크의 힘이 불충분하다는 것(그리고 무엇보다도 내 능력이 미흡하다는 것)을 절감할 뿐이다. 물론 독자 여러분은 충분히 주의 깊게 읽겠지만, 작은 램프에서 나오는 밝은 빛의 고리 속에 드러난 그의 하얗고 진지한 얼굴을 볼 수는 없고, 목소리의 억양을 들을 수도 없다. 이야기가 전환점을 맞을 때마다 그의 표정이 어떻게 달라졌는지도 여러분은 알 수 없다. 그의 이야기를 직접 들은 우리는 대부분 어둠 속에 앉아 있었다. 흡연실에서는 촛불을 켜지 않아서 신문 기자의 얼굴과 과묵한 남자의 무릎 아래쪽만 램프 불빛을 받고 있었기 때문이다. 처음에 우리는 이따금 서로를 힐끔거렸지만, 조금 뒤에는 그것도 그만두고 오로지 시간 여행자의 얼굴만 바라보았다.

3

「여러분 가운데 몇 분은 지난주 목요일에 나한테 타임머신의 원리를 듣고, 작업장에 가서 아직 완성되지 않은 실물도 직접 보았습니다. 그 기계는 지금도 거기에 있고, 사실은 여행으로 좀 지친 상태랍니다. 상아 막대 하나에 금이 갔고 놋쇠 난간이 휘었지만, 나머지는 멀쩡합니다. 나는 금요일에 기계 제작을 마칠 수 있으리라 생각했는데, 금요일에 조립이 거의 다 끝났을 때 니켈 막대 하나가 정확히 1인치 짧은 것을 발견하고 그것을 다시 만들어야 했답니다. 그래서 타임머신은 오늘 아침에야 겨우 완성되었지요. 사상 최초의 타임머신이 탄생한 것은 오늘 아침 10시였습니다. 나는 타임머신에 마지막 망치질을 하고, 모든 나사를 다시 한 번 조이고, 석영 막대에 기름을 한 방울 더 칠한 다음 안장에 앉았습니다. 다음에는 무슨 일이 일어날지 궁금하고 두려웠습니다. 자살하려고 권총 총구를 머리에 갖다 댄 사람은 아마 그때 내가 느낀 것과 거의 같은 불안감을 느낄 겁니다. 나는 한 손에는 발진 레버를, 다른 손에는 정지 레버를 쥐고, 우선 발진 레버를 누른 다음 거의 동시에 정지 레버를 눌렀습니다. 그러자 현기증이 나는 것처럼 눈앞이 빙빙 돌더군요. 높은 곳에서 떨어지는 악몽 같은 감각을 느꼈습니다. 주위를 둘러보니 전과 똑같은 연구실이 보이더군요. 무슨 일이 일어나긴 한 걸까? 잠시 나는 내 인식 능력이 나를 속인 게 아닐까 의심했습니다. 그러다가 시계를 보았지요. 조금 전에는 10시 1분을 가리키고 있는 것 같았는데, 지금은 벌써 3시 30분이 다 되어 있었던 겁니다!

나는 숨을 한 번 들이마시고, 이를 악물고, 두 손으로 발진 레버를 움켜쥐고 힘껏 눌렀습니다. 그러자 쿵 하는 소리와 함께 타임머신이 출발했습니다. 연구실이 안개 낀 것처럼 흐릿해지더니 곧 어두워졌습니다. 가정부인 워쳇 부인이 연구실에 들어와서 정원으로 통하는 출입문 쪽으로 걸어갔지만, 나를 보지 못한 게 분명했습니다. 부인이 방을 가로지르는 데에는 1분쯤 걸렸겠지만, 나한테는 로켓처럼 휙 날아간 것 같더군요. 나는 레버를 끝까지 눌렀습니다. 그러자 램프가 꺼진 것처럼 밤이 오더니, 다음 순간에는 벌써 내일이 왔습니다. 연구실은 희미해지고 안개가 낀 것처럼 흐릿해졌습니다. 연구실은 점점 더 희미해지고, 곧이어 내일 밤이 칠흑처럼 어둡게 찾아오고, 다시 낮이 오고, 또 밤이 오고, 또 낮이 왔습니다. 밤낮이 바뀌는 속도는 점점 빨라졌습니다. 소용돌이치듯 윙윙거리는 소리가 내 귀를 가득 채웠고, 말로 표현할 수 없는 기묘한 혼란이 내 마음을 덮쳤습니다.

시간 여행의 그 야릇한 감각은 도저히 말로 표현할 수가 없습니다. 그건 몹시 불쾌한 감각입니다. 롤러코스터를 타고 있을 때와 똑같은 느낌이에요. 어쩔 수 없이 거꾸로 곤두박질치는 느낌! 당장이라도 어딘가에 부딪혀 산산조각이 날 것 같은 무서운 예감도 느꼈지요. 속도가 더욱 빨라지자, 낮이

밤으로 바뀌는 게 마치 검은 날개가 퍼덕이는 것 같더군요. 희미하게 보이던 연구실이 당장 멀어지는 것 같았고, 태양이 빠른 속도로 하늘을 날아가는 게 보였습니다. 태양은 1분에 한 번씩 하늘을 가로질렀으니까 그 1분이 사실은 하루였던 겁니다. 나는 연구실이 파괴되어 내가 야외로 나온 모양이라고 생각했습니다. 나는 높은 발판 위에 있는 듯한 기분을 어렴풋이 느꼈지만, 이미 너무 빠른 속도로 전진하고 있어서 움직이는 물체를 의식할 수는 없었습니다. 느릿느릿 기어가는 느림보 달팽이조차 너무 빨리 내 옆을 지나갔습니다. 어둠과 빛이 순식간에 교차되었기 때문에 번쩍거리는 빛에 눈이 아플 지경이었습니다. 간헐적인 어둠 속에서 나는 달이 빠른 속도로 회전하면서 초승달에서 보름달로 변해 가는 것을 보았고, 원을 그리며 돌고 있는 별들도 어렴풋이 보았습니다. 나는 점점 더 빠른 속도로 전진했기 때문에, 얼마 후에는 밤과 낮이 하나로 융합되어 회색의 연속이 되었습니다. 하늘은 경이로울 만큼 짙푸른 색깔, 초저녁 하늘처럼 아름답게 빛나는 색깔을 띠었습니다. 날아가는 태양은 공중에서 한 줄기 불빛, 반짝이는 아치가 되었고, 달은 그보다 희미한 빛을 내면서 물결처럼 움직이는 띠가 되었습니다. 별은 볼 수 없었고, 이따금 푸른 하늘에서 그보다 밝은 동그라미가 깜박거리는 것이 보일 뿐이었지요.

    풍경은 안개가 낀 것처럼 흐릿했습니다. 나는 이 집이 지금 서 있는 이 언덕 비탈에 있었고, 내 머리 위에는 회색을 띤 산마루가 희미하게 솟아 있었습니다. 나는 나무들이 자라는 것을 보았고, 증기를 내뿜듯 때로는 갈색으로, 때로는 초록색으로 변하는 것을 보았습니다. 나무들은 자라고, 가지를 뻗고,

바람에 흔들리고, 죽어 갔습니다. 나는 거대한 건물들이 현기증이 날 만큼 높이 올라가다가 꿈처럼 사라지는 것을 보았습니다. 지표면 전체가 변한 것 같았습니다. 내 눈 아래에서 땅이 녹아 흐르고 있었습니다. 속도를 기록하는 문자반의 바늘들이 점점 더 빠르게 돌았습니다. 나는 곧 태양이 하늘에 그리고 있는 띠가 1분도 안 되는 짧은 동안에 하지와 동지 사이를 위아래로 빠르게 흔들리는 것을 알아차렸습니다. 따라서 나는 1분당 1년이 넘는 속도로 이동하고 있었던 겁니다. 1분마다 하얀 눈이 전 세계에서 반짝 빛났다가 사라지면, 뒤이어 봄철의 선명한 초록빛이 잠깐 나타나곤 했습니다.

출발할 때의 불쾌감은 이제 별로 심하지 않았습니다. 그 감각은 마침내 병적으로 들뜬 기분으로 변했습니다. 나는 기계가 이상하게 흔들리는 것을 알아차렸지만, 그 이유는 알 수 없었습니다. 하지만 마음이 너무 혼란스러워서 거기에 주의를 기울일 수가 없었지요. 나는 점점 심해지는 일종의 광기가 시키는 대로 미래로 뛰어들었습니다. 처음에는 멈출 생각도 거의 하지 않았어요. 이 새로운 감각 외에는 아무것도 생각지 않았지요. 하지만 곧 새로운 기분들, 그러니까 얼마간의 호기심과 얼마간의 두려움이 마음속에 생겨나 점점 강해지더니 마침내 나를 완전히 사로잡았습니다. 인류는 얼마나 기묘하게 발전했는지, 우리의 미숙한 문명은 얼마나 놀라운 진보를 이룩했는지. 물결처럼 움직이며 눈앞을 휙휙 지나가서 좀처럼 파악하기 어려운 희미한 세계를 좀 더 자세히 들여다보면 그것이 보이지 않을까 하고 생각했습니다. 나는 주위에 솟아 있는 거대하고 훌륭한 건물들을 보았습니다. 그것은 우리 시대의 어떤 건축물보다 웅장했지만, 희미한 빛과 안개로 지어진 것처럼 보이더군요. 나는 더 짙은 초록빛이 언덕 비탈에 흘러넘치고, 겨울에도 여전히 초록빛으로 남아 있는 것을 보았습니다. 나는 머리가 혼란스러웠지만, 그 베일을 통해 보아도 지구는 무척 아름다워 보였습니다. 그래서 거기에 멈춰 설 마음이 내켰지요.

하지만 멈추려면 특이한 위험을 무릅써야 했습니다. 나나 기계가 차지하고 있는 공간에 이미 어떤 물체가 존재할 가능성도 있다는 겁니다. 내가 빠른 속도로 시간 속을 여행하고 있는 동안은 이것이 별로 문제가 되지 않았습니다. 나는 말하자면 농도가 묽어져서, 공간에 개재하는 물체들의 틈새를 증기처럼 빠져나가고 있었으니까요. 하지만 멈추려면 내 방해가 되는 물체 속에 내 몸의 분자 하나하나를 밀어 넣어야 했습니다. 그것은 내 몸의 원자를 장애물의 원자와 직접 접촉시키는 것을 의미했고, 이런 접촉은 격렬한 화학 반응, 어쩌면 엄청난 폭발을 일으켜 나와 기계를 가능한 모든 차원에서 〈미지의〉 차원으로 날려 보낼지도 모릅니다. 이런 가능성은 내가 기계를 만들고 있는 동안에도 여러 번 떠올랐습니다. 하지만 그때는 그것을 불가피한 위험, 감수해야 할 위험으로 기꺼이 받아들였습니다. 이제 그 위험은 필연적이었습니다. 나는 이제 그것을 전처럼 기꺼이 받아들일 수 없었습니다. 나 자신은 알아차리지 못했지만, 모든 것이 너무나 기묘하고, 기계가 병적으로 삐걱거리고 덜컥덜컥 흔들리는 것, 그리고 무엇보다도 오랫동안 추락하고 있는 듯한 느낌이 내 신경을 뒤집어 놓은 것은 사실입니다. 나는 영원히 멈출 수 없을 거라고 혼잣말로 중얼거렸고, 그러자 갑자기 초조해져서 당장 멈추기로 결심했습니다. 성급한 바보답게 나는 정지 레버를 힘껏 잡아당겼고, 기계는 당장 비틀거렸습니다. 그리고 나는 공중에서 거꾸로 곤두박이치고 있었습니다.

귓속에서 천둥소리가 울렸습니다. 나는 잠시 기절했는지도 모릅니다. 정신을 차리고 보니 지독한 우박이 주위에서 빗발치고, 나는 부드러운 잔디밭 위에 앉아 있더군요. 그리고 내 앞에는 기계가 뒤집혀 있었습니다. 아직은 모든 것이 회색으로 보였지만, 나는 곧 귓속의 소음이 사라진 것을 알아차렸습니다. 주위를 둘러보니 나는 진달래 덤불에 둘러싸인 정원의 작은 잔디밭 같은 곳에 앉아 있었고, 담자색과 자주색을 띤 진달래꽃이 우박에 맞아 우수수 떨어지고 있는 것이 보였습니다. 기계에 맞고 춤을 추며 튀어 오른 우박이 기계 위에 구름처럼 자욱이 끼어 있고, 연기처럼 땅 위를 휩쓸고 있었습니다. 나는 순식간에 흠뻑 젖어 버렸습니다. 〈당신들을 만나려고 헤아릴 수 없이 긴 세월을 여행해 온 사람을 이렇게 맞이하다니, 정말 멋진 환영이군〉 하고 나는 말했습니다.

하지만 속수무책으로 비에 젖다니 나도 참 바보라는 생각이 들더군요. 나는 일어나서 주위를 둘러보았습니다. 하얀 돌을 깎아 만든 거대한 석상이 진달래 덤불 너머에 솟아 있는 게 억수같이 쏟아지는 빗발 사이로 어렴풋이 보였습니다. 하지만 다른 것은 전혀 보이지 않았지요.

그때의 내 기분은 형언하기 어렵습니다. 우박이 섞인 빗줄기가 가늘어지자 하얀 석상이 좀 더 뚜렷이 보였습니다. 은빛 자작나무가 석상의 어깨에 닿아 있었으니까, 석상은 무척 컸습니다. 하얀 대리석을 날개 달린 스핑크스[16] 형태로 조각한

---

[16] 날개 달린 사자의 몸과 여인의 머리를 가진 신화적 동물. 사자의 몸과 인간이나 동물의 머리를 가진 고대 이집트의 석상을 지칭하기도 한다.

것이었지만, 날개는 양옆에 축 늘어져 있지 않고 공중을 날듯이 활짝 펼쳐져 있었습니다. 대좌는 청동으로 만든 것 같았고, 녹청이 두껍게 덮여 있더군요. 석상은 마침 얼굴을 내 쪽으로 향하고 있었습니다. 시력이 없는 눈이 나를 지켜보는 것 같았고, 입술은 희미한 미소를 머금고 있었지요. 석상은 비바람에 풍화되어 많이 손상되었고, 그것이 불쾌하게 질병을 암시하고 있었습니다. 나는 잠시 그것을 쳐다보며 서 있었습니다. 30초 동안, 아니 어쩌면 30분이었는지도 모릅니다. 우박 빗줄기가 석상 앞에서 굵어졌다 가늘어졌다 하면, 석상은 앞으로 나아가거나 뒤로 물러나는 것처럼 보이더군요. 마침내 나는 석상에서 잠시 눈을 떼고 주위를 둘러보았습니다. 우박 장막은 이제 낡아서 올이 보일 정도로 엉성해졌고, 하늘은 곧 해가 나올 조짐을 보이며 밝아지고 있었지요.

나는 다시 웅크리고 앉은 하얀 석상을 쳐다보았습니다. 그 순간 나는 내 여행이 얼마나 무모한 것인지를 갑자기 깨달았습니다.

저 우박 장막이 완전히 걷히면 무엇이 나타날까? 인류에게 무슨 일이 일어난 것은 아닐까? 잔인성이 평범한 감정이 되었다면 어떡하지? 그사이에 인류가 인간다움을 잃고 냉혹하고 몰인정하고 엄청나게 힘센 동물로 진화했다면 어떡하지? 그들에게는 내가 구세계의 야수처럼 보일지도 몰라. 자기들과 닮았기 때문에 더욱 무섭고 혐오스러워서 눈에 띄기만 하면 당장 죽여 버려야 할 가증스러운 동물로 보일지도 몰라.

이미 나는 거대한 형상들을 보았습니다. 복잡한 난간과 높은 기둥을 갖춘 거대한 건물들, 폭풍우가 잦아들면서 점점 가늘어지는 빗줄기 사이로 어렴풋이 다가오는 언덕 비탈의 울창한 나무들. 나는 공포에 사로잡혔습니다. 미친 듯이 타임머신으로 돌아가 기계를 다시 작동시키려고 안간힘을 썼지요. 그러는 동안 먹구름을 뚫고 햇살이 비쳤습니다. 회색 폭우는 바람에 휩쓸려, 질질 끌리는 유령의 옷자락처럼 사라져버렸습니다. 내 머리 위에는 짙푸른 여름 하늘이 펼쳐지고, 거기에서 희미한 갈색 구름 조각 몇 개가 바람에 날려 사라지더군요. 내 주위의 거대한 건물들은 폭풍우에 젖어 반짝거리고 벽 틈에 쌓인 채 아직 녹지 않은 우박으로 하얗게 장식되어 더욱 또렷이 눈에 띄었습니다. 나는 낯선 세계에서 발가벗겨진 듯한 기분을 느꼈습니다. 맑은 하늘에서 날고 있는 매가 이제 곧 급강하하여 자기를 덮치리라는 것을 알고 있는 새라면 그런 기분을 느낄지도 모릅니다. 내 두려움은 광란으로 바뀌었습니다. 나는 잠시 숨을 돌린 다음, 이를 악물고 손목과 무릎을 이용하여 다시 맹렬히 기계와 씨름했습니다. 뒤집혔던 기계는 내 필사적인 공격에 굴복하여 방향을 바꾸었습니다. 그러면서 내 턱을 호되게 때렸지요. 나는 한 손으로 안장을 잡고 다른 손으로는 레버를 움켜쥐고 다시 기계에 올라탈 자세를 취한 채 숨을 헐떡거리며 서 있었습니다.

하지만 이렇게 재빨리 후퇴할 수 있는 수단을 되찾자 용기도 돌아왔습니다. 나는 더 많은 호기심을 가지고 이 먼 미래의 세계를 바라보았지만, 아까만큼 두렵지는 않았습니다. 가까운 집 벽의 높은 곳에 둥근 창문이 뚫려 있고, 그 창문 안에 화려하고 부드러운 옷을 입은 사람들의 모습이 보이더군요. 그들도 나를 보고 내 쪽으로 얼굴을 돌리고 있었습니다.

그때 나에게 다가오는 사람들의 목소리가 들렸습니다. 하얀 스핑크스 석상 옆의 덤불을 뚫고 달려오는 남자들의 머리와 어깨가 보였지요. 그중 한 사람이 내가 기계와 함께 서 있는 잔디밭으로 곧장 이어진 오솔길에 나타났습니다. 그 사람은 키가 작았습니다. 120센티미터쯤 될까요. 자주색 튜닉 차림에 가죽 벨트를 허리에 둘렀더군요. 발에는 샌들이나 편상화를 신었는데, 어느 쪽인지는 분간할 수 없었습니다. 무릎 아래 종아리는 맨살이 그대로 드러나 있었고, 머리에도 모자를 쓰지 않았더군요. 나는 그것을 알아차리고 나서야 비로소 날씨가 얼마나 따뜻한지를 알았습니다.

그 사람은 무척 아름답고 우아해 보였지만, 형언할 수 없을 만큼 연약해 보이기도 했습니다. 발갛게 상기된 얼굴은 결핵 환자의 아름답게 상기된 얼굴을 연상시켰지요. 우리가 자주 듣는 폐결핵 환자의 그 아름다움 말입니다. 그를 보고 나는 갑자기 자신감을 되찾아, 기계에서 두 손을 떼었습니다.

4

 다음 순간, 나와 미래의 그 연약한 존재는 얼굴을 마주보고 서 있었습니다. 그는 곧장 나에게 다가와, 내 눈을 들여다보며 웃었습니다. 그의 태도에는 두려워하는 기색이 전혀 없다는 것을 나는 당장 알아차렸습니다. 그는 자기를 따라오고 있는 두 사람을 돌아보며, 아주 감미롭고 물이 흐르는 듯한 언어로 말했습니다.

 다른 사람들도 다가와서, 곧 여덟 명 내지 열 명의 아름다운 인간들로 이루어진 작은 무리가 나를 에워쌌습니다. 그중 한 사람이 나에게 말을 걸었습니다. 기묘하게도 내 목소리가 그들에게는 너무 거칠고 굵다는 생각이 들었습니다. 그래서 나는 고개를 젓고, 내 귀를 가리키면서 다시 고개를 저었습니다. 그는 한 걸음 더 다가와서 머뭇거리다가 내 손을 만졌습니다. 그때 나는 또 다른 부드럽고 작은 촉수들이 내 등과 어깨에 닿는 것을 느꼈습니다. 그들은 내가 실제로 존재하는 생명체인지 확인하고 싶었던 것입니다. 이것은 전혀 놀라운 일이 아니었습니다. 사실 그 귀여운 난쟁이들에게는 신뢰감을 불러일으키는 무언가가 있었습니다. 부드러운 친절함, 어린애 같은 태평함이 있었지요. 게다가 그들은 너무 연약해 보여서, 그들이 열 명쯤 덤벼들어도 볼링 핀처럼 내던질 수 있을 것 같더군요. 하지만 나는 그들이 분홍빛 작은 손으로 타임머신을 만지는 것을 보고, 당황하여 경고하는 몸짓을 했습니다. 다행히 너무 늦기 전에 나는 그때까지 잊고 있었던 위험을 생각해 내고, 타임머신의 가로대 너머로 손을 뻗어 발진용 레버의 나사를 풀어서 주머니에 넣었습니다. 그런 다음, 어떻게 하면 그들과 의사소통을 할 수 있을까 생각하며 그들을 돌아보았습니다.

나는 그들의 생김새를 더 자세히 살펴보고, 드레스덴 도자기 인형처럼 예쁘장한 그들에게 몇 가지 기묘한 특징이 있음을 알았습니다. 곱슬거리는 그들의 머리카락은 목과 뺨에서 갑자기 싹둑 잘려 있었고, 얼굴에는 털이 전혀 없고, 귀는 기묘하게 작았습니다. 입도 작고, 새빨간 입술은 얇은 편이고, 작은 턱은 끝이 뾰족했습니다. 눈은 크고 부드러웠습니다. 이것은 내 자만심으로 보일지도 모르지만, 그들은 내가 기대한 만큼 나한테 관심을 갖고 있지 않은 것 같았습니다.

그들은 나와 의사소통을 하려는 노력을 전혀 하지 않은 채 그저 나를 둘러싸고 서서 미소를 지으며 비둘기처럼 낮고 부드러운 소리로 자기네끼리만 이야기를 나누고 있었기 때문에, 내가 먼저 대화를 시작했습니다. 나는 타임머신과 나 자신을 가리켰습니다. 그런 다음 시간을 어떻게 표현할까 잠깐 망설이다가 태양을 가리켰습니다. 그러자 자주색과 하얀색의 체크무늬 옷을 입은 기묘하게 예쁘장한 사람이 당장 내 몸짓을 따라 한 다음, 우렛소리를 흉내 내어 나를 놀라게 했습니다.

그의 몸짓이 무슨 뜻인지는 명백했지만, 나는 놀라서 잠시 멍해 있었습니다. 이자들은 바보가 아닐까 하는 의문이 문득 떠오르더군요. 어째서 그런 의문이 떠올랐는지 여러분은 이해하기 어려울 겁니다. 나는 언제나 802000년쯤의 인류는 지식이나 기술이나 그 밖의 모든 면에서 믿을 수 없을 만큼 우리보다 진보해 있을 거라고 예상했거든요. 그때 갑자기 그중 한 사람이 나에게 질문을 던졌습니다. 그것은 그의 지적 수준이 우리 시대의 다섯 살짜리 어린애와 같다는 것을 보여 주었지요. 그 사람은 내가 소나기를 타고 태양에서 내려왔느냐고 물었으니까요! 이 질문을 받고 나는 그들의 옷차림과 연약하고 날렵한 팔다리와 허약한 생김새에 대해 유보했던 판단을 내렸습니다. 강한 실망감이 내 마음을 휩쓸고 지나갔지요. 나는 타임머신을 만든 보람이 없다고 잠시 후회했습니다.

나는 고개를 끄덕이며 태양을 가리키고, 그들이 깜짝 놀랄 만큼 생생하게 우렛소리를 냈습니다. 그들은 모두 한 걸음 뒤로 물러나서 고개를 숙였습니다. 이윽고 한 사람이 소리 내어 웃으면서 다가오더니, 내가 전혀 모르는 아름다운 꽃으로 만든 화환을 내 목에 걸어 주었습니다. 다른 사람들은 음악적인 박수갈채로 호응하더니, 당장 꽃을 찾아 사방팔방으로 달려갔습니다. 그리고 내가 꽃에 파묻혀 숨이 막힐 지경이 될 때까지, 모두들 웃으면서 나에게 꽃을 던졌지요. 그런 꽃을 본 적이 없는 여러분은, 헤아릴 수 없을 만큼 오랜 세월의 재배가 얼마나 섬세하고 놀라운 꽃들을 창조해 냈는지 상상할 수 없을 겁니다. 그때 누군가가 가장 가까운 건물 안에 장난감을 전시하자고 제의했습니다. 그래서 나는 하얀 스핑크스 석상 옆을 지나 돌림무늬 돌로 지은 거대한 회색 건물 쪽으로 끌려갔습니다. 그동안 스핑크스는 깜짝 놀란 나를 빙긋이 웃으며 지켜보고 있는 것 같았습니다. 그들과 함께 걷고 있을 때, 우리의 자손들은 매우 진지하고 지적일 거라고 생각했던 기억이 떠올라 웃음을 참을 수 없었습니다.

건물은 입구가 거대했고, 건물 자체의 규모도 웅장했습니다. 당연히 나는 점점 많아지고 있는 난쟁이들과 내 앞에 커다란 입을 벌리고 있는 그늘지고 신비로운 정문에 마음을 빼앗겼습니다. 난쟁이들의 머리 너머로 본 세계에 대한 전반적인 인상은 아름다운 덤불과 꽃이 무성하게 뒤얽혀 있는 황야, 오랫동안 방치해 두었는데도 잡초가 나지 않은 정원 같다는 것이었지요. 나는 기다란 줄기에 이삭처럼 달려 있는 하얀 꽃을 많이 보았습니다. 밀랍으로 만들어진 듯한 꽃잎의 너비가 아마 30센티미터는 되었을 겁니다. 그 꽃들은 야생화처럼 다양한 덤불 사이에 흩어져 자라고 있었지만, 이때는 그것을 자세히 살펴보지 않았습니다. 타임머신은 진달래꽃 사이의 잔디밭에 그대로 버려져 있었지요.

문간 아치에는 화려한 조각이 새겨져 있더군요. 물론 나는 그것을 자세히 관찰하지는 않았지만, 그래도 지나가면서 고대 페니키아의 장식[17]을 연상시키는 것을 보았고, 그것이 비바람에 풍화되어 심하게 손상되었다는 느낌을 받았습니다. 화려한 옷차림을 한 몇 사람이 문간에서 나를 맞아 주었습니다. 그래서 우리는 안으로 들어갔고, 초라한 19세기 옷을 입

---

17 페니키아 문화는 기원전 8세기부터 기원전 6세기까지 번성했고, 고대 그리스인들에게 알파벳을 소개한 것으로 알려져 있다. 페니키아인들의 독특한 장식 모티프는 고도로 양식화된 인간과 동물의 형상, 그리핀과 스핑크스처럼 전설적인 동물들을 묘사한 것이다.

은 나는 꽃목걸이를 걸고, 웃음소리와 말소리의 음악적인 소용돌이 속에서 화려하고 부드러운 색깔의 옷과 반짝이는 하얀 팔다리의 소용돌이에 둘러싸여 있었으니까 정말 기괴해 보였을 겁니다.

우리는 커다란 입구를 지나, 갈색 벽지를 바른 널찍한 홀로 들어갔습니다. 천장은 어두웠고, 일부는 색유리를 끼우고 일부는 유리를 끼우지 않은 창문으로 부드러운 햇빛이 들어오고 있더군요. 바닥에는 거대한 덩어리로 자른 단단한 흰색 금속이 깔려 있었는데, 금속판이나 슬래브가 아니라 금속 블록이었습니다. 그리고 내가 판단하건대, 지난 몇 세대 동안 수많은 사람들이 지나다녔기 때문에 금속이 많이 닳아서, 사람들이 더 자주 다니는 길은 도랑처럼 깊이 파여 있었지요. 홀에는 세로축을 가로질러 반들거리는 석판으로 만든 탁자들이 바닥에서 약 30센티미터 높이로 수없이 놓여 있고, 탁자 위에는 과일이 무더기로 쌓여 있었습니다. 일부는 거대한 나무딸기와 오렌지로 보였지만, 대부분은 내가 본 적도 없는 과일이더군요.

탁자 사이에는 수많은 방석이 흩어져 있었습니다. 나를 안내한 사람들은 방석 위에 앉더니, 나한테도 앉으라는 몸짓을 했습니다. 그러고는 아무 의식도 치르지 않고 과일을 손으로 집어서 먹기 시작했습니다. 껍질과 줄기 같은 것은 탁자 옆에 뚫려 있는 구멍 속에 던져 넣었습니다. 나는 목이 마르고 배도 고팠기 때문에 기꺼이 그들의 본보기를 따랐습니다. 나는 과일을 먹으면서 틈틈이 홀을 둘러보았지요.

가장 인상적인 것은 아마 그 황폐한 모습이었을 겁니다. 기하학적 무늬만 보여 주는 스테인드글라스를 끼운 유리창은 곳곳이 깨져 있었고, 창문 아래쪽에 처져 있는 커튼에는 먼지가 두껍게 앉아 있었습니다. 그리고 가까이에 있는 대리석 탁자의 모서리가 부서진 것이 내 눈에 띄었습니다. 그런데도 전체적인 느낌은 매우 호화롭고 아름다웠습니다. 홀에서는 약 2백 명 정도가 식사를 하고 있었는데, 그들 대부분은 최대한 내 가까이 앉아서, 먹고 있는 과일 너머로 작은 눈을 반짝이며 흥미롭게 나를 지켜보고 있더군요. 그들은 모두 부드럽지만 튼튼한 비단 같은 천으로 만든 옷을 입고 있었어요.

그런데 그들이 일상적으로 먹는 음식은 과일뿐이었습니다. 먼 미래에 사는 그들은 엄격한 채식주의자였고, 그들과 함께 지내는 동안 나는 고기를 먹고 싶어도 그들처럼 과일을 주식으로 삼을 수밖에 없었지요. 나중에 알았지만, 사실 말과 소, 양과 개는 어룡에 뒤이어 모두 멸종했던 것입니다. 하지만 과일은 아주 맛있었어요. 특히 내가 그곳에 있는 동안 제철이었던 과일 — 삼면의 껍질 속에 들어 있는 가루 모양의 과일 — 은 유난히 맛있더군요. 나는 그 과일을 주식으로 삼았답니다. 처음에는 생전 처음 보는 과일들과 온갖 희한한 꽃들 때문에 당황했지만, 나중에는 그 과일과 꽃의 의미를 알기 시작했지요.

하지만 나는 지금 먼 미래에서 과일을 먹은 이야기를 여러분께 하고 있습니다. 식욕이 채워지자마자 나는 이 미래인들의 언어를 배우기 위해 노력하기로 결심했습니다. 내가 다음에 할 일은 분명 그것이었지요. 과일 이름부터 배우기 시작하는 게 편리할 것 같아서, 나는 과일 한 개를 집어 들고 의문을 나타내는 소리와 몸짓으로 과일 이름을 묻기 시작했습니다. 내 뜻을 전달하기는 상당히 어려웠어요. 처음에는 내가 아무리 애를 써도 그들은 놀란 눈으로 나를 쳐다보거나 웃음을 터뜨리는 게 고작이었지요. 하지만 곧 금발의 난쟁이가 내 의도를 알아차린 듯, 이름 하나를 되풀이해서 말했습니다. 그들은 재잘재잘 지껄이면서 서로 장황하게 그 일을 설명해야 했고, 그들의 아름다운 언어음을 내려는 내 시도는 처음에는 엄청난 즐거움을 안겨 주었습니다. 하지만 나는 아이들에게 둘러싸인 학교 선생 같은 기분을 느끼며 끈질기게 노력한 끝에 곧 스무 개 정도의 명사를 자유자재로 구사할 수 있게 됐습니다. 이어서 나는 지시대명사를 배우기 시작했고, 〈먹다〉라는 동사까지 배웠습니다. 하지만 말은 그렇게 빨리 배워지지 않았고, 난쟁이들은 곧 싫증이 나서 내 질문을 피하고 싶어 했지요. 그래서 나는 어쩔 수 없이 그들이 마음 내킬 때 조금씩 배우기로 했습니다. 오래지 않아서 나는 그들이 가르쳐 주는 학습량이 아주 적다는 것을 알았습니다. 그들보다 더 게으르고 그들보다 쉽게 지치는 사람들은 만나 본 적이 없으니까요.

나는 곧 그들에게서 기묘한 점을 발견했습니다. 그것은 호기심이 없다는 것입니다. 그들은 어린애처럼 놀란 외침 소리를 지르며 나에게 다가오지만, 어린애처럼 나를 살펴보는 짓을 금세 그만두고 다른 장난감을 찾아 가버리곤 했습니다. 식사와 기초 회화가 끝났을 때, 나는 처음에 나를 에워쌌던 군중이 거의 다 사라진 것을 비로소 깨달았습니다. 내가 그들을 그렇게 빨리 무시하게 된 것도 기묘한 일입니다. 나는 주린 배를 채우자마자 입구를 통해 다시 햇빛이 내리쬐는 바깥 세상으로 나왔습니다. 나는 계속 그 미래의 인간들을 만났고, 그들은 얼마 동안 나를 따라오면서 나에 대해 재잘거리고 웃다가 살갑게 미소를 지으며 잘 가라는 몸짓을 하고는, 내가 멋대로 하게 내버려 두고 다시 가버렸습니다.

내가 넓은 홀에서 나왔을 때는 저녁의 평온함이 세상에 내리덮여 있었고, 따뜻한 석양빛이 주위 풍경을 비추고 있었습니다. 처음에는 만사가 무척 혼란스러웠습니다. 모든 것이 내가 아는 세계와는 완전히 달랐으니까요. 심지어는 꽃까지도 달랐습니다. 내가 방금 나온 큰 건물은 넓은 강을 끼고 있는 골짜기 비탈에 자리 잡고 있었지만, 템스 강은 현재 위치에서 1킬로미터쯤 이동한 것 같더군요. 나는 2킬로미터쯤 떨어진 언덕 꼭대기에 올라가 보기로 마음먹었습니다. 거기에 올라가면 서기 802701년의 우리 지구를 좀 더 넓게 바라볼 수 있을 테니까요. 그것이 내 타임머신의 문자반에 기록된 연도였다는 것을 설명해야겠군요.

나는 걸으면서 세상이 황폐하면서도 호화로운 상태로 느껴진 이유를 설명할 수 있는 모든 인상에 주의를 기울였습니다. 세상은 정말 황폐했으니까요. 예를 들면 언덕을 조금 올라간 곳에 알루미늄 덩어리로 묶인 화강암이 수북이 쌓여 있고, 깎아지른 성벽과 무너진 돌무더기가 거대한 미로를 이룬 가운데, 그 한복판에는 아름다운 탑 같은 식물이 무성했답니다. 그 식물은 어쩌면 쐐기풀이었을지도 모르지만, 잎 언저리가 갈색으로 아름답게 물들었고 쐐기풀처럼 가시로 쏠 수는 없었습니다. 그것은 분명 어떤 거대한 구조물의 잔해였지만, 어떤 목적으로 지어진 구조물이었는지는 확실히 알 수 없었습니다. 나는 나중에 이곳에서 아주 기묘한 경험을 하게 될 운명이었지만, 거기에 대해서는 적당한 기회에 이야기하겠습니다. 사실 그 경험은 그보다 훨씬 기묘한 것을 발견하게 되리라는 최초의 암시였지요.

나는 계단식 대지에서 잠시 쉬다가 문득 어떤 생각이 떠올라 주위를 둘러보고, 작은 집이 전혀 보이지 않는다는 것을 깨달았습니다. 겉으로 보기에 단독 주택은 사라진 것 같았습니다. 어쩌면 가정이라는 것까지도 사라져 버렸을지 모릅니다. 여기저기 푸른 나무들 사이에 궁전 같은 건물들은 있었지만, 우리 영국의 풍경에서 독특한 특징을 이루는 주택과 작은 시골집은 사라졌더군요.

〈공산주의.〉 나는 혼잣말로 중얼거렸습니다.

그러자 또 다른 생각이 떠올랐습니다. 나는 나를 따라오고 있는 대여섯 명의 난쟁이들을 바라보았습니다. 그 순간, 그들이 모두 똑같은 모양의 옷을 입었고 털이 없는 매끄러운 얼굴 생김새도 똑같고 소녀처럼 통통한 팔다리도 똑같다는 것을 알아차렸습니다. 내가 진작 알아차리지 못한 것이 이상하게 여겨질 겁니다. 하지만 모든 것이 너무나 이상했습니다. 이제 나는 사실을 분명히 알았습니다. 오늘날에는 살결과 몸가짐의 차이가 남성과 여성을 구별해 주지만, 이들 미래인은 옷차림도 살결도 행동거지도 모두 비슷했습니다. 그리고 아이들은 부모의 축소판에 불과한 것 같았습니다. 그 시대의 아이들은 적어도 육체적으로는 무척 조숙한 것 같다고 생각했는데, 그 후 내 생각이 옳다는 증거를 충분히 발견했지요.

이 사람들이 편안하고 안전하게 살고 있는 것을 보고, 남성과 여성이 이렇게 비슷해지는 것은 결국 당연히 예상되는 결과라고 나는 생각했습니다. 남자의 힘과 여자의 부드러움, 가족 제도, 직업의 분화는 육체적 힘이 중요한 시대의 호전적인 필요성에서 생겨났을 뿐이니까요. 인구가 균형을 이루고 충분한 경우에는 아이를 많이 낳는 것이 국가에 축복이 아니라 재앙이 됩니다. 폭력이 좀처럼 일어나지 않고 자손이 안전한 경우에는 능률적인 가족의 필요성이 줄어듭니다. 아니, 사실은 가족이 전혀 필요하지 않습니다. 아이를 낳아서 키워야할 필요성에 따른 남녀 양성의 분화는 사라집니다. 우리 시대에도 이미 그런 경향이 시작되었지만, 이 미래 시대에는 그것이 완성된 겁니다. 이것이 그 당시 내가 추측으로 내린 결론이었다는 것을 여러분께 상기시켜 둘 필요가 있습니다. 나중에 나는 내 결론이 현실과 얼마나 동떨어졌는가를 깨닫게 됩니다.

내가 이런 생각에 잠겨 있는 동안, 반구형 지붕을 씌운 우물처럼 생긴 작은 구조물이 내 주의를 끌었습니다. 우물이 아직도 남아 있다니 이상하군 하고 잠깐 생각한 뒤, 나는 끊겼던 생각의 실마리를 다시 이었습니다. 언덕마루 쪽에는 큰 건물이 전혀 없었습니다. 내 보행 능력이 놀랄 만큼 좋았기 때문에, 나는 곧 처음으로 혼자 남겨졌습니다. 야릇한 해방감과 모험심에 사로잡혀 나는 언덕마루까지 내처 올라갔지요.

그곳에서 나는 노란 금속으로 만든 의자 하나를 발견했습니다. 의자는 군데군데 부식하여 녹이 슬고, 절반은 부드러운 이끼에 덮여 있고, 거푸집으로 주조된 팔걸이는 그리핀[18]의 머리 모양으로 다듬어져 있더군요. 나는 그 의자에 앉아서, 길었던 하루의 마지막 석양빛을 받고 있는 우리의 구세계를 넓게 바라보았습니다. 그렇게 아름다운 경치는 이제껏 본 적이 없습니다. 태양은 이미 지평선 아래로 가라앉았고, 서쪽

---

18 그리스 신화에 나오는 전설상의 괴수. 사자의 몸에 독수리의 머리와 날개를 갖고 있다.

하늘은 황금빛으로 불타오르고, 거기에 자줏빛과 진홍빛 띠가 수평으로 달리고 있었습니다. 눈 아래에는 템스 강이 흐르고 있었습니다. 강은 반들반들한 강철 띠처럼 골짜기 안에 누워 있었지요. 이미 말했듯이, 다양한 숲 속에는 거대한 궁전들이 점점이 흩어져 있었습니다. 폐허로 버려진 궁전도 있고, 아직 사람이 살고 있는 궁전도 있더군요. 황폐한 정원 곳곳에 하얀색이나 은색 조각상들이 서 있고, 둥근 지붕 위의 뾰족탑이나 오벨리스크의 날카로운 수직선이 여기저기 솟아 있었습니다. 산울타리도 없고 소유권을 나타내는 표시도 없고 농작물을 재배하고 있다는 증거도 전혀 없고, 땅 전체가 정원이 되어 있었지요.

그렇게 경치를 바라보면서 나는 지금까지 본 것을 해석하기 시작했습니다. 그날 저녁 내 마음속에 자연스럽게 형성된 해석은 대충 이런 것이었습니다. (나중에 나는 내 해석이 일부만 진실이라는 것, 아니, 진실의 일면만 얼핏 보았을 뿐이라는 것을 알았습니다.)

나는 종말에 가까워진 인류를 만났다고 생각했습니다. 붉은 저녁놀은 나로 하여금 인류의 낙조를 생각하게 했지요. 나는 우리가 오늘날 쏟고 있는 사회적 노력의 기묘한 결과를 처음으로 깨닫기 시작했습니다. 하지만 생각해 보면 그것은 참으로 논리적인 결과입니다. 힘은 필요의 소산이고, 안전은 나약함을 조장합니다. 생활 조건을 개선하는 일, 그러니까 삶을 좀 더 안전하게 만드는 진정한 문명화 과정은 꾸준히 진행되어 절정에 이르렀습니다. 인류는 힘을 합쳐 자연에 대해 연달아 승리를 거두었습니다. 오늘날에는 꿈에 불과한 일들이 미래에는 신중하게 착수하여 진척시키는 프로젝트가 되었습니다. 내가 본 것이 바로 그 결과였던 겁니다!

어쨌든 오늘날의 위생 설비와 농업은 아직 초보 단계에 있습니다. 우리 시대의 과학은 질병의 일부밖에는 공격하지 못했지만, 그래도 꾸준히 끈기 있게 공격 범위를 확대하고 있습니다. 우리의 농업과 원예는 여기저기에서 잡초를 없애고 스무 가지 정도의 유익한 식물을 재배할 뿐, 대부분의 식물은 있는 힘껏 싸워서 잡초에 대해 우위를 차지하도록 방치하고 있는 실정입니다. 우리는 좋아하는 식물과 동물을 선택적인 번식을 통해 차츰 개량하고 있지만, 그 수는 얼마나 적은가요. 더 품질 좋은 신종 복숭아가 나오는가 하면 씨 없는 포도가 나오고, 더 아름답고 큰 꽃이 개발되는가 하면 인간에게 유익한 신품종 소가 만들어지기도 합니다. 우리가 이상으로 삼는 동식물은 모호하고 명확하지 않을뿐더러 우리의 지식도 매우 한정되어 있기 때문에, 그리고 자연도 우리의 서투른 솜씨를 의심해서 좀처럼 변하려 하지 않기 때문에, 우리는 동식물을 조금씩 점진적으로 개량합니다. 언젠가는 이 모든 것이 좀 더 잘 정리되고 훨씬 좋아지겠지요. 곳곳에 소용돌이는 있지만 그것이 흐름의 방향입니다. 전 세계가 지성을 갖추고 교육을 받고 서로 협력할 겁니다. 세상은 자연을 정복하는 방향으로 점점 더 빨리 나아가겠지요. 결국 우리는 동물과 식물의 균형을 우리 인간의 필요에 따라 현명하고 주의 깊게 재조정해 나갈 겁니다.

이 조정은 이루어진 게 분명하고, 잘된 것 같습니다. 사실대로 말하면 그 조정은 내 타임머신이 여행한 시간 동안 줄곧 이루어졌을 겁니다. 공중에는 각다귀가 전혀 없었고, 땅에는 잡초나 균류가 전혀 없었고, 도처에 과일과 아름다운 꽃들이 널려 있고, 화려한 색깔의 나비들이 여기저기 날아다녔습니다. 인간은 이상적인 예방약을 만들어 냈습니다. 질병은 박멸되었습니다. 나는 미래에 머물러 있는 동안 전염병의 징후를 전혀 보지 못했습니다. 부패 과정조차도 이런 변화에 큰 영향을 받았지만, 여기에 대해서는 나중에 이야기하겠습니다.

인류는 사회적으로도 승리를 거두었더군요. 나는 인류가 멋진 집에서 화려한 옷을 입고 사는 것을 보았지만, 그들이 힘들게 일하는 것은 한 번도 보지 못했습니다. 사회적이나 경제적인 투쟁을 하는 징후도 전혀 없었습니다. 가게, 광고, 교통 등 우리 세계의 주요 부분을 이루는 상업 활동도 모두 사라졌더군요. 그 황금빛 저녁에 내가 갑자기 사회적 파라다이스를 생각하게 된 것은 당연했습니다. 인구 증가라는 어려운 문제도 해결되었는지, 인구는 더 이상 증가하지 않는 것 같았습니다.

하지만 이렇게 생활 조건이 달라지면 인간은 필연적으로 변화에 적응해야 합니다. 생물학이 오류투성이가 아니라면, 인간의 지성과 활력의 원인은 무엇입니까? 고난과 자유. 활동적이고 강하고 명석한 사람은 살아남고 약한 사람은 밀려나는 생활 조건, 유능한 사람들의 충실한 협력과 자제와 인내와 결단력을 장려하는 생활 조건. 가족 제도와 그 안에서 일어나는 감정들, 예를 들면 격렬한 질투나 자식에 대한 애정, 부모의 헌신, 아이들이 절박한 위험에 빠졌을 때 정당화되고 장려되는 모든 감정들. 그런데 이제 그 절박한 위험은 어디 있습니까? 부부 사이의 질투, 격렬한 모성애, 온갖 종류의 열정에 대한 반감이 생겨나고 있고, 그 반감은 앞으로 더욱 커질 겁니다. 그것은 이제 불필요한 것들이고, 세련되고 쾌적하게 살고 있는 우리를 불쾌하게 만드는 야만적인 유물이며 불협화음일 뿐입니다.

미래인들의 몸이 나약하고 지적 능력이 떨어지는 것, 그리고 그 많은 폐허를 생각할 때, 인류가 자연을 완전히 정복했다는 내 믿음은 더욱 강해졌습니다. 전투가 끝나면 〈평온〉이 찾아오는 법이니까요. 인류는 강하고 정력적이고 높은 지능을 갖추고 있었습니다. 그리고 자신의 풍부한 활력을 이용하여 자신의 생활 조건을 바꾸었지요. 그런데 이제 그렇게 바뀐 조건의 반작용이 일어난 겁니다.

더없이 쾌적하고 안전한 새로운 생활 조건에서는 우리의 강점인 활동적 에너지는 오히려 약점이 될 겁니다. 우리 시대에도 그런 경우를 볼 수 있습니다. 한때는 생존에 꼭 필요했던 성향과 욕망이 이제는 실패의 확실한 원인이 되어 버렸지요. 예를 들면 육체적 용기와 호전성은 문명인에게는 별로 도움이 되지 않고 오히려 걸림돌이 될 수도 있지요. 그리고 신체적 균형과 안전이 유지되는 상태에서는 육체적 힘만이 아니라 지적 능력도 필요 없을 겁니다. 헤아릴 수 없이 오랜 세월 동안 세상에는 전쟁이나 단발성 폭력의 위험이 전혀 없었다고, 야수에게 공격당할 위험도 없고 강한 체력을 필요로 하는 소모성 질환에 걸릴 위험도 없고 힘든 일을 할 필요도 없었다고 나는 판단했습니다. 그런 생활에서는 우리가 약자라고 부를 만한 사람들도 강자만큼 필요한 것을 잘 갖추고 있고, 사실은 더 이상 나약하지 않습니다. 오히려 약자가 강자보다 더 좋은 조건을 갖추고 있지요. 강자는 배출구가 전혀 없는 정력에 시달릴 테니까요. 내가 본 건물들의 정교한 아름다움은 인류의 에너지가 마지막으로 큰 물결처럼 격동한 결과인 게 분명했습니다. 그 후 그 정력은 새로운 생활 조건과 완전한 조화를 이루어 차분히 가라앉았고, 지금은 목적과 의미를 모두 잃고 말았지요. 그 아름다운 건물들은 마지막 평화의 문을 연 그 승리를 축하하는 팡파르였던 것입니다. 사회가 안정되면 에너지는 언제나 이런 운명을 맞았습니다. 에너지는 예술과 에로티시즘에 의지하다가 약해져서 쇠퇴합니다.

이 예술적 충동조차도 마침내 사라질 겁니다. 내가 본 〈시대〉에는 거의 죽었더군요. 꽃으로 자신을 장식하고 춤을 추고 햇빛 속에서 노래를 부르는 것. 남아 있는 예술 정신은 그 정도가 고작이었습니다. 그것조차 결국에는 시들해져서 만족한 게으름에 빠져들 겁니다. 우리는 고통과 욕구라는 숫돌에 갈려서 항상 날카로움을 유지하지만, 미래에는 그 밉살스러운 숫돌이 마침내 부서진 모양이더군요!

나는 점점 짙어지는 어둠 속에 서서 생각했습니다. 이 단순한 설명으로 세계의 문제를 완전히 파악했다고, 그 유쾌한 사람들의 비밀을 모두 알아냈다고 말입니다. 그들이 인구 증가를 억제하기 위해 고안해 낸 방법은 너무 성공적이어서, 인구는 제자리걸음을 하는 게 아니라 오히려 줄어들었을 겁니다. 그것은 버려진 폐허가 그렇게 많은 까닭도 설명해 주지요. 내 설명은 아주 단순했고 충분히 그럴듯했습니다. 잘못된 이론이 대부분 그렇듯이 말입니다.

5

 내가 그곳에 서서 너무나도 완벽한 인간의 승리를 생각하고 있을 때, 볼록하게 부풀어 오른 노란 보름달이 북동쪽 하늘에 넘쳐흐르는 은빛 속에서 떠올랐습니다. 언덕 밑에서는 화려한 옷을 입은 난쟁이들이 돌아다니는 모습도 이제는 보이지 않았고, 올빼미 한 마리가 소리도 없이 휙 날아가더군요. 나는 쌀쌀한 밤의 냉기에 부르르 몸을 떨면서, 언덕을 내려가 잠자리를 찾아보기로 했습니다.

 나는 아까 들어갔던 건물을 눈으로 찾았습니다. 내 눈은 청동 대좌 위에 놓여 있는 하얀 스핑크스 석상으로 이동했지요. 달이 떠오르면서 달빛이 점점 밝아지자 스핑크스가 더욱 또렷이 눈에 띄었으니까요. 스핑크스를 배경으로 은빛 자작나무도 볼 수 있었어요. 진달래 덤불이 파리한 달빛 속에 검게 떠올라 있고, 작은 잔디밭도 있었습니다. 나는 잔디밭을 다시 보았습니다. 그때 묘한 의문이 내 평온한 만족감을 깨 버렸지요. 나는 단호하게 혼잣말로 외쳤습니다. 〈아니, 저건 아까 그 잔디밭이 아니잖아.〉

 하지만 그것은 분명 그 잔디밭이었습니다. 나병에 걸린 듯한 스핑크스의 하얀 얼굴이 그쪽을 향하고 있었으니까요. 이런 확신이 가슴에 와 닿았을 때 내가 어떤 기분을 느꼈을지 상상할 수 있겠습니까? 아니, 절대로 상상할 수 없을 겁니다. 타임머신이 사라져 버린 거예요!

내 시대로 돌아가지 못하고 어쩔 수 없이 이 이상한 신세계에 남게 될 가능성이 당장 내 얼굴을 채찍처럼 때렸습니다. 그 가능성을 생각만 해도 실제로 몸에 통증이 느껴지더군요. 나는 그 생각이 내 목을 움켜잡아 숨도 쉬지 못하게 방해하는 것을 느낄 수 있었습니다. 다음 순간 나는 격렬한 두려움에 사로잡혀 언덕 비탈을 성큼성큼 뛰어 내려갔습니다. 한번은 앞으로 고꾸라져 얼굴을 다치기도 했습니다. 하지만 나는 피를 멈추게 하느라 꾸물대지 않고, 벌떡 일어나 계속 달렸습니다. 뺨과 턱에서는 따뜻한 피가 뚝뚝 떨어졌습니다. 나는 달리면서 줄곧 중얼거리고 있었습니다. 〈그 사람들이 타임머신을 조금 옮겼을 거야. 통행에 방해가 되지 않도록 덤불 아래로 밀어 넣었을 거야.〉 그런데도 나는 온힘을 다해서 달렸습니다. 달리면서도 나는 줄곧 알고 있었습니다. 그런 장담이야말로 바보 같은 짓이라는 것을 두려워하면서도 확신했던 것이지요. 타임머신이 내 손이 닿지 않는 곳으로 옮겨졌다는 것을 나는 본능적으로 알았습니다. 숨을 쉬기가 고통스러웠습니다. 언덕마루에서 그 잔디밭까지 3킬로미터가 넘는 거리를 아마 10분 안에 주파했을 겁니다. 게다가 나는 젊지도 않습니다. 나는 달리면서 타임머신을 그곳에 놓아둔 내 불찰을 큰 소리로 저주했지만, 그래 봐야 쓸데없는 짓이었지요. 나는 큰 소리로 외쳤지만 아무 대답도 들리지 않았습니다. 달빛을 받은 그 세계에서는 어떤 생물도 움직이고 있는 것 같지 않더군요.

잔디밭에 도착해서 보니, 내가 가장 걱정했던 일이 벌어져 있었습니다. 타임머신이 흔적도 없이 사라져 버린 것입니다. 검은 덤불 사이에서 텅 빈 공간과 마주했을 때, 나는 현기증이 나고 오싹한 한기를 느꼈습니다. 타임머신이 어느 구석에 숨겨져 있기라도 한 것처럼 텅 빈 잔디밭 주위를 미친 듯이 뛰어다니다가, 나는 우뚝 멈춰 서서 머리털을 두 손으로 움켜잡았습니다. 내 앞에는 청동 대좌 위에 높이 솟은 스핑크스가 떠오르는 달빛 속에서 나병 환자처럼 하얗게 빛나고 있었습니다. 스핑크스는 당황하는 내 꼴을 비웃기라도 하는 듯 히죽히죽 웃고 있는 것 같더군요.

난쟁이들이 체력도 약하고 지능도 떨어진다는 것을 확실히 알지 못했다면, 나는 그들이 나를 위해 타임머신을 안전한 곳에 치워 두었을 거라는 상상으로 스스로를 위로했을지도 모릅니다. 내가 경악한 것은 바로 그 때문입니다. 그들이 그런 능력을 가졌을 거라고는 생각도 해보지 않았는데, 천만 뜻밖에도 그런 힘이 개입하여 내 발명품이 사라졌다고 생각하게 된 것이죠. 하지만 다른 시대가 내 타임머신과 똑같은 복제품을 만들지 않았다면, 그 기계가 시간 속에서 움직였을 리는 없다고 나는 확신했습니다. 레버를 기계에 탈착시키는 부속품을 빼버리면 — 그 방법은 나중에 알려 드리죠 — 아무도 그런 식으로 타임머신을 조작할 수 없습니다. 따라서 타임머신은 공간 속에서만 움직인 것이고, 그러니 어딘가에 숨겨진 것입니다. 하지만 거기가 어디일까요?

나는 일종의 광란 상태에 빠져 있었던 것 같습니다. 달빛을 받은 스핑크스 주변의 덤불 사이를 함부로 들락날락하며 뛰어다니다가 무언가 하얀 동물을 깜짝 놀라게 했던 일이 생각납니다. 희미한 달빛 속에서 나는 그 동물이 작은 사슴이라고 생각했습니다. 그날 밤 늦게 주먹으로 덤불을 마구 때리다가 부러진 나뭇가지에 손가락 마디를 다쳐서 피가 난 것도 기억납니다. 그 후 나는 괴로운 나머지 흐느껴 울고 미친 듯이 고함을 지르며 거대한 석조 건물로 내려왔습니다. 큰 홀은 어둡고 조용했습니다. 아무도 없더군요. 나는 울퉁불퉁한 바닥에서 미끄러지고, 공작석 탁자에 걸려 넘어지는 바람에 하마터면 정강이가 부러질 뻔했습니다. 나는 성냥불을 켜고, 아까 이야기한 먼지투성이 커튼을 지나 계속 걸어갔습니다.

그곳에서 나는 방석으로 뒤덮인 두 번째 홀을 만났습니다. 방석 위에서는 스무 명쯤 되는 난쟁이들이 자고 있었습니다. 그들은 다시 나타난 내가 뭐라고 고함을 지를 뿐만 아니라, 조용한 어둠 속에서 바지직 소리를 내며 타오르는 성냥을 들고 있는 것을 무척 이상하게 여겼을 게 분명합니다. 그들은 성냥을 까맣게 잊은 지 오래되었으니까요.

〈내 타임머신은 어디 있지?〉 나는 그들을 붙잡고 흔들면서 성난 아이처럼 울부짖기 시작했지요. 그것도 그들에게는 무척 이상하게 여겨졌을 겁니다. 웃는 사람들도 있었지만, 대부분은 몹시 놀라고 겁이 난 것 같더군요. 나를 둘러싸고 있는 그들을 보았을 때, 그 상황에서 내가 할 수 있는 가장 어리석은 짓을 하고 있다는 생각이 들었습니다. 그들의 마음에 공포감을 되살리려 하다니 말입니다. 낮에 그들이 한 행동으로 미루어 보아 그들은 두려움이라는 감정을 잊어버린 게 분명했으니까요.

나는 얼른 성냥불을 내던지고, 내 앞을 가로막고 있는 한 난쟁이를 밀쳐서 넘어뜨리고, 다시 넓은 홀을 비틀거리며 가로질러 달빛 속으로 나왔습니다. 공포에 질린 외침 소리가 들렸고, 그들의 작은 발들이 이리저리 뛰어다니고 어딘가에 발부리가 걸려 넘어지는 소리도 들리더군요. 달이 하늘을 기어오르는 동안에 내가 한 일을 전부 다 기억하지는 못합니다. 내가 그렇게 화가 난 것은 타임머신을 잃어버린 게 너무나 뜻밖이었기 때문입니다. 나는 나와 같은 부류의 인간한테서 구제할 길 없이 단절되어, 이 미지의 세계에서 한 마리 이상야릇한 동물이 되어 버린 듯한 기분을 느꼈습니다. 나는 새된 소리로 절규하고 신과 운명의 여신에게 울며 매달리면서 이리저리 미쳐 날뛴 게 분명합니다. 절망의 긴 밤이 지나가자 지쳐서 쓰러졌던 기억이 납니다. 타임머신이 숨겨져 있을 턱이 없는 곳까지도 여기저기 들여다보고, 달빛을 받은 폐허 사이를 손으로 더듬으며 타임머신을 찾고, 어두운 그늘에서 기묘한 동물을 만지기도 했지요. 마침내 나는 스핑크스 근처의 땅바닥에 누워, 참담하게 흐느꼈습니다. 나에게 남은 것은 참담함뿐이었지요. 이윽고 나는 잠이 들었고, 다시 깨어났을 때는 환한 대낮이었습니다. 참새 한 쌍이 내 주위의 잔디밭을 폴짝폴짝 뛰어다니고 있더군요. 팔을 뻗으면 닿을 만큼 가까운 거리였습니다.

나는 상쾌한 아침 공기 속에 일어나 앉았습니다. 그리고 내가 어떻게 그곳에 가게 되었는지, 왜 그렇게 깊은 절망감과 낭패감에 잠겨 있는지를 기억해 내려고 애썼지요. 이윽고 상황이 분명해졌습니다. 낮이 되어 사물을 분명하게 이성적으로 보게 되자, 내가 놓여 있는 상황을 제대로 바라볼 수 있었지요. 간밤에 미친 듯이 날뛴 게 얼마나 어리석은 짓이었는지를 깨달았고, 나 자신과 논리적인 대화를 나눌 수 있었습니다.

〈최악의 경우를 가정해 볼까? 타임머신이 완전히 사라졌다면, 가령 파괴되었다면, 어떻게 하지? 그렇게 되면 나는 차분하게 흥분을 가라앉히고 인내심을 가질 필요가 있어. 난쟁이들의 생활 방식을 배우고, 타임머신을 어떻게 앗아 갔는지 그 방법을 분명히 알아내고, 재료와 연장을 구할 수단을 궁리할 필요가 있어. 그러면 결국에는 새 타임머신을 만들 수 있을 거야.〉 고작해야 이것이 나에게 남은 유일한 희망이었겠지만, 그래도 절망보다는 나았습니다. 그리고 어쨌든 그곳은 아름답고 신기한 세계였어요.

하지만 타임머신은 아마 어딘가에 치워졌을 뿐일 거야. 그래도 역시 나는 차분하게 인내심을 가지고 타임머신이 숨겨져 있는 장소를 찾아내어, 힘이나 꾀를 써서 타임머신을 되찾아야 해. 나는 이렇게 마음먹고 얼른 일어나 주위를 둘러보며, 어디에 가면 몸을 씻을 수 있을까 하고 생각했습니다. 나는 피곤하고 온몸이 뻣뻣하고 여행으로 몸이 더러워져 있었거든요. 아침 공기가 상쾌했기 때문에 나도 똑같이 상쾌해지고 싶었습니다. 감정은 고갈된 상태였지요. 실제로 나는 타임머신을 찾아다니는 동안, 간밤에 내가 그렇게 흥분한 것이 이상하게 여겨졌습니다. 나는 잔디밭 주위의 땅을 주의 깊게 조사했습니다. 지나가는 난쟁이들에게 타임머신이 어디 있는지 아느냐고 손짓 발짓으로 물어보았지만, 괜히 시간만 낭비했습니다. 그들은 아무도 내 몸짓을 이해하지 못했어요. 어떤 사람은 그냥 무신경했고, 어떤 사람은 내가 장난하는 줄 알고 소리 내어 웃더군요. 웃고 있는 그 예쁘장한 얼굴을 때리지 않고 참는 것이야말로 세상에서 가장 힘든 일이었답니다.

그것은 어리석은 충동이었지만, 공포와 맹목적인 분노가 낳은 악마는 여전히 제멋대로여서 아직도 내 난처한 상황을 이용하고 싶어 했지요.

난쟁이들보다는 잔디밭이 더 도움이 됐습니다. 잔디밭에서 홈처럼 파인 자국 하나를 발견했거든요. 그 흔적은 내가 이곳에 도착했을 때 뒤집힌 타임머신과 씨름하면서 생긴 내 발자국과 스핑크스 대좌의 중간쯤에 나 있었습니다. 그 밖에도 타임머신을 옮긴 흔적이 여기저기 남아 있고, 나무늘보의 발자국처럼 폭이 좁고 기묘한 발자국도 있더군요. 그래서 나는 스핑크스의 대좌를 더욱 주의 깊게 살펴보았습니다. 아까 말했던 것 같은데, 대좌는 청동으로 되어 있었습니다. 단순한 청동 덩어리가 아니라 틀에 끼운 두꺼운 청동 판으로 양쪽이 화려하게 장식되어 있었지요. 나는 대좌로 다가가서 그 청동 판을 톡톡 두드려 보았습니다. 대좌는 속이 비어 있었습니다. 청동 판을 여기저기 조사해 보니, 틀과 분리되어 있더군요. 손잡이나 열쇠 구멍은 없었지만, 청동 판이 문이 아닐까 하는 생각이 들었고, 내 생각이 맞는다면 아마 안쪽에서 열리지 않을까 생각했습니다. 내가 보기에 한 가지는 분명했습니다. 타임머신이 그 대좌 안에 있다고 추론하는 데에는 그렇게 대단한 정신적 노력이 필요하지도 않았습니다. 하지만 타임머신이 어떻게 거기에 들어갔는지는 다른 문제였지요.

나는 주황색 옷을 입은 두 사람의 머리가 덤불을 뚫고 꽃이 만발한 사과나무 아래를 지나 내 쪽으로 오고 있는 것을 보았습니다. 나는 미소 띤 얼굴로 그들을 돌아보며 이리 오라고 손짓을 했지요. 그들이 다가오자 나는 청동 대좌를 가리키면서, 그것을 열고 싶다는 뜻을 전하려고 애썼습니다. 하지만 내 첫 번째 몸짓에 대해 그들은 아주 이상한 태도를 보였지요. 그들의 표정을 어떻게 표현해야 할지 모르겠습니다. 민감한 마음을 가진 여성에게 상스럽고 외설적인 몸짓을 하면 그 여성이 어떤 표정을 지을지 상상해 보세요. 그들은 가장 지독한 모욕이라도 받은 것처럼 가버렸습니다. 다음에는 하얀 옷을 입은 상냥해 보이는 녀석이 왔기에 같은 질문을 해보았지만, 결과는 마찬가지였습니다. 그 녀석의 태도에 나는 왠지 수치심을 느꼈지만, 아시다시피 나에게는 타임머신이 꼭 필요했기 때문에 녀석에게 다시 한 번 물어보았지요. 그런데 녀석이 다른 사람들처럼 휙 돌아서서 가버리자, 나는 화를 참을 수가 없었습니다. 나는 성큼성큼 걸어서 세 걸음 만에 녀석을 따라잡아, 목 주위에 늘어진 옷자락을 움켜잡고 스핑크스 쪽으로 질질 끌고 가기 시작했습니다. 그때 녀석의 얼굴에서 공포심과 적대감이 뒤섞인 표정을 보고 나는 그냥 녀석을 놓아주었지요.

하지만 나는 아직 기가 꺾이지 않았습니다. 나는 주먹으로 청동 판들을 탕탕 때렸습니다. 그러자 안에서 무언가가 움직이는 소리가 들리는 것 같더군요. 솔직히 말하면 낄낄거리는 웃음소리 비슷한 것을 들은 것 같았지만, 내가 잘못 들은 게 분명합니다. 다음에는 강에서 커다란 돌멩이를 가져와서 청동 판을 두들겼습니다. 장식의 소용돌이무늬가 납작해지고 녹청이 가루처럼 부스러져 떨어져 나올 때까지 두들겼지요. 귀가 예민한 난쟁이들은 1킬로미터 떨어진 곳에서도 내가 청동 판을 두드리는 소리를 들었겠지만, 아무 반응도 보이지 않았습니다. 나는 난쟁이들이 비탈에 삼삼오오 모여서 나를 몰래 훔쳐보고 있다는 것을 알았습니다. 마침내 더위와 피로에 지친 나는 그 자리에 털썩 주저앉아 대좌를 관찰했습니다. 하지만 안달이 나서 오래 관찰할 수는 없었습니다. 나는 역시 서양인입니다. 한 가지 문제를 가지고 몇 년 동안 연구할 수는 있지만, 24시간 동안 아무 일도 하지 않고 보내는 것은 지옥의 고통이니까요.

나는 잠시 후 일어나서, 덤불을 뚫고 다시 언덕 쪽으로 정처 없이 걸어가기 시작했습니다.

〈인내심을 가져.〉 나는 나 자신을 타일렀습니다. 〈타임머신을 되찾고 싶으면 저 스핑크스를 그냥 내버려 둬. 놈들이 타임머신을 빼앗을 작정이라면, 네가 청동 판을 부수어 버린들 무슨 소용이 있겠어. 그리고 놈들이 타임머신을 빼앗을 작정이 아니라면 곧 되찾게 되겠지. 네가 돌려 달라고 요구할 수 있게 되면 당장 되찾을 수 있을 거야. 그 모든 미지의 것들에 둘러싸여 그런 수수께끼 앞에 앉아 있어도 가망이 없어. 그런 식으로 행동하는 게 바로 편집광이야. 이 세계를 직시해. 이 세계의 방식을 배우고, 이 세계를 관찰해. 그 의미를 너무 서둘러 추측하지 않도록 조심해. 그러면 결국에는 그 모든 수수께끼의 실마리를 발견하게 될 거야.〉

그러자 갑자기 이 상황이 우스꽝스럽다는 생각이 들더군요. 나는 미래에 들어오기 위해 몇 년 동안 연구에 연구를 거듭하고 힘든 일도 마다하지 않았는데, 이제는 미래에서 빠져나가고 싶은 열망에 사로잡혀 있었던 겁니다. 나는 지금까지 어떤 인간이 고안한 것보다 훨씬 복잡하고 가장 절망적인 덫을 만들어 거기에 스스로 걸려든 것입니다. 나 자신이 덫에 희생되었지만, 어쩔 도리가 없었어요. 나는 큰 소리로 웃었습니다.

큰 궁전을 지나가자, 난쟁이들이 나를 피하는 것처럼 느껴졌습니다. 내 상상이었을지도 모르지만, 어쩌면 내가 청동 문을 두드린 것과 관계가 있었을지도 모릅니다. 어쨌든 난쟁이들이 나를 피하는 것은 거의 확실하다고 느꼈습니다. 하지만 나는 전혀 관심을 보이지 않도록 조심하고, 나를 피하는 그들을 쫓아가지 않으려고 애썼지요. 하루 이틀이 지나자 그들과의 관계는 원래 상태로 돌아갔습니다. 그들의 말을 배우는 일에서도 상당한 진전을 이루었고, 게다가 여기저기 답사를 다니기도 했습니다. 어쩌면 내가 미묘한 점을 놓쳤을지도 모르지만, 그들의 언어는 아주 단순해서 거의 대부분 구상 명사와 동사만으로 이루어져 있었지요. 추상 명사는 있다 해도 극소수인 것 같았고, 비유적인 표현은 거의 쓰이지 않는 것 같았습니다. 문장은 대개 두 낱말로 이루어진 단문이었고, 나는 지극히 간단한 명제밖에는 전달할 수 없었고 또 이해할 수도 없었답니다. 나는 타임머신과 스핑크스 밑에 있는 청동 문의 수수께끼에 대한 생각을 가능한 한 기억의 한구석에 밀어 넣기로 했습니다. 내 지식이 늘어나면 자연스럽게 타임머신과 청동 문으로 돌아가게 되리라고 생각했으니까요. 하지만 내가 도착한 지점에서 반경 몇 킬로미터의 범위 안에 있을 때는 어떤 감정이 나를 속박했습니다. 그건 여러분도 이해할 수 있겠지요.

내가 관찰할 수 있는 한, 전 세계는 템스 강 유역과 똑같이 꽃과 나무가 무성하게 우거져 있었습니다. 어떤 언덕에 올라가 보아도 템스 강 유역과 마찬가지로 화려한 건물이 눈에 많이 띄었습니다. 건축 자재와 건축 양식은 한없이 다양했지요. 그리고 템스 강 유역처럼 상록수가 군데군데 무리를 지어 숲을 이루고 있고, 템스 강 유역처럼 꽃이 만발한 나무와 나무고사리가 보였습니다. 여기저기에서 물이 은처럼 반짝이고, 그 너머에는 언덕들이 푸른 물결 모양으로 솟아서 맑은 하늘로 서서히 모습을 감추었습니다. 그런데 특이한 풍경 하나가 곧 내 주의를 끌었습니다. 그것은 바로 둥근 우물들의 존재였지요. 우물 몇 개는 아주 깊어 보였습니다. 하나는 내가 처음 산책을 나갔을 때 올라간 언덕의 오솔길 옆에 있었는데, 다른 우물들과 마찬가지로 기묘하게 주조된 청동으로 테를 둘렀고, 빗물을 막는 작은 지붕이 씌워져 있었습니다. 이 우물들 옆에 앉아서 어두운 우물 속을 내려다보았지만, 물이 희미하게 번득이는 것도 보이지 않았고, 성냥불을 비추어 보아도 물에 비친 그림자는 볼 수 없었습니다. 하지만 어느 우물 속에서나 하나같이 어떤 소리가 들려왔습니다. 쿵, 쿵, 쿵. 그것은 커다란 엔진이 고동치는 듯한 소리였고, 성냥불이 흔들리는 것으로 보아 우물 아래쪽으로 공기가 흐르고 있음을 알 수 있었습니다. 종잇조각을 어떤 우물의 목구멍 안으로 던져 보니, 천천히 팔랑거리며 내려가지 않고 순식간에 쑥 빨려 들어가 시야에서 사라져 버렸습니다.

얼마 후, 나는 비탈 곳곳에 서 있는 높은 탑들과 이 우물들을 관련시키게 되었습니다. 탑 위의 공기가 더운 날 해변에서 흔히 볼 수 있는 아지랑이처럼 한들거리는 경우가 많았기 때문입니다. 이런 것들을 종합하여, 나는 지하에 대규모 환기 장치가 있는 게 분명하다는 결론에 도달했지만, 그 장치의 진정한 목적은 상상하기 어려웠습니다. 처음에는 그것을 이 미래인들의 위생 설비와 관련지어 생각했지요. 그것은 당연한 결론이었지만, 완전히 잘못된 생각이었답니다.

여기서 나는 미래에 머무는 동안 하수 시설과 시간을 알려 주는 종소리, 운송 수단 같은 편의 시설에 대해 거의 알지 못했다는 사실을 인정해야겠습니다. 내가 읽은 유토피아 이야기나 다가올 미래에 대한 공상적인 이야기에는 건물과 사회 제도 따위가 자세히 나와 있더군요. 그런 세부는 전 세계가 한 사람의 상상 속에 들어 있을 때는 아주 쉽게 묘사할 수 있지만, 나처럼 미래 세계를 실제로 방문한 여행자는 그곳 사정을 그렇게 자세히 알 수는 없습니다. 중앙아프리카에서 런던에 처음 온 흑인이 자기네 부족에게 돌아가서 런던을 어떻게 이야기할지 상상해 보세요. 그 흑인이 철도나 사회 운동, 전화와 전신, 소포 배송 회사, 우편환 같은 것에 대해 뭘 알겠습니까? 하지만 적어도 우리는 이런 것들에 대해 기꺼이 설명해 줄 겁니다! 덕분에 그 흑인이 조금은 알게 되겠지만, 그렇다 해도 멀리 여행한 적이 없는 그의 친구는 그 이야기를 얼마나 이해하거나 믿을 수 있을까요? 우리 시대의 흑인과 백인 사이의 간격은 얼마나 좁은지, 황금시대의 미래인과 나 사이의 간격은 얼마나 넓은지 생각해 보세요. 미래 사회에는 눈에 보이지는 않지만 내 생활을 편하게 해주는 것이 많다는 사실을 깨달았습니다. 하지만 자동적인 기구가 있는 것 같다는 일반적인 느낌 말고는 그 차이점을 여러분께 거의 전달할 수 없을 것 같습니다.

매장 문제를 예로 들면, 나는 화장터의 흔적도 볼 수 없었고 묘지를 암시하는 어떤 것도 보지 못했습니다. 하지만 어쩌면 내 답사의 범위를 벗어난 어딘가에 공동묘지나 화장터가 있을지도 모른다는 생각이 떠올랐습니다. 이것은 또 한편으로는 내가 일부러 나 자신에게 제기한 의문이었고, 매장 문제에 대한 내 호기심은 처음에는 완전히 좌절당했습니다. 나는 어리둥절했고, 또 다른 현상을 관찰하게 되자 더욱 어리둥절할 수밖에 없었습니다. 이 사람들 중에는 노약자가 전혀 없다는 것이었지요.

나도 처음에는 문명이 자동화한 결과 인간이 쇠퇴했다는 이론에 만족했지만, 그 만족감은 오래가지 않았다고 고백할 수밖에 없습니다. 하지만 다른 이론을 생각해 낼 수 없었습니다. 내 고충을 말씀드리죠. 내가 돌아본 궁전들은 단순한 거처와 넓은 식당과 침실이었을 뿐입니다. 거기서는 기계류나 어떤 장치도 찾을 수 없었어요. 하지만 미래인들은 아름다운 섬유로 지은 옷을 입고 있었고, 이런 옷은 이따금 다시 만들 필요가 있을 겁니다. 샌들은 아무 장식도 없었지만, 상당히 정교한 금속 세공품이었습니다. 그런 물건은 어쨌든 만들어져야 합니다. 그런데 그 난쟁이들은 창조적 경향을 털끝만큼도 보여 주지 않았습니다. 가게도 없고 작업장도 없고 외국에서 수입하는 흔적도 없었습니다. 그들은 온종일 평화롭게 놀고, 강에서 미역을 감고, 장난치듯 사랑을 나누고, 과일을 먹고, 잠을 자고, 그러면서 모든 시간을 보냈지요. 그런 생활이 어떻게 유지되고 있는지, 나는 도무지 알 수가 없었습니다.

그러면 다시 타임머신 이야기로 돌아가죠. 뭔지는 모르지만 무언가가 타임머신을 스핑크스의 속 빈 대좌 속에 집어넣었습니다. 왜 그랬을까요? 나는 아무리 해도 그 이유를 상상할 수가 없었습니다. 물이 없는 우물들도, 아지랑이가 피어오르는 탑들도 이해할 수가 없었습니다. 나는 실마리가 너무 부족하다고 느꼈습니다. 그 느낌을 어떻게 표현하면 좋을까요? 여러분이 비문 하나를 발견했다고 칩시다. 알기 쉽고 홀륭한 영어 문장도 여기저기 보이지만, 여러분이 전혀 모르는 낱말이나 글자로 이루어진 문장도 섞여 있다면 어떨까요? 그곳에 간 지 사흘째 되는 날, 802701년의 세계는 나한테 꼭 그렇게 보였습니다!

그날 나는 친구도 하나 사귀었습니다. 아니, 친구 비슷한 존재라고 할까요. 내가 얕은 강물에서 미역을 감고 있는 난쟁이들을 바라보고 있을 때, 그중 하나가 다리에 쥐가 나서 하류로 떠내려가기 시작했습니다. 본류는 물이 꽤 빠르게 흘렀지만, 웬만큼 수영을 할 줄 아는 사람에게는 물살이 그렇게 세지는 않았습니다. 따라서 자기네 눈앞에서 가냘프게 비명을 지르며 물속으로 빠져드는 그 난쟁이를 아무도 구해 줄 생각조차 하지 않았다고 말하면, 그 난쟁이들의 기묘한 결함을 여러분도 조금은 알 수 있을 겁니다. 이것을 알아차리자 나는 서둘러 옷을 벗고 조금 더 하류 쪽으로 걸어 들어가, 그 가엾은 난쟁이 여자를 잡아서 육지로 안전하게 끌어냈습니다. 그리고 팔다리를 잠깐 문질러 주자 여자는 곧 정신이 들었고, 나는 여자가 무사한 것을 확인하고는 안심하여 그곳을 떠났습니다. 나는 그 여자 난쟁이를 아주 낮게 평가했기 때문에, 그 여자한테 고맙다는 인사를 받게 되리라고는 기대하지도 않았습니다. 그런데 그 점에서는 내 생각이 틀렸더군요.

이 일은 아침에 일어났는데, 오후에 답사를 마치고 기지 쪽으로 돌아오고 있을 때, 내가 구해 준 그 난쟁이로 보이는 여자를 만났습니다. 여자는 나를 보자 기쁨의 환성을 지르며 커다란 화환을 내밀었습니다. 그것은 분명 나를 위해, 오직 나만을 위해 만든 것이었습니다. 그 화환은 내 마음을 사로잡았습니다. 아마 나는 외로움을 느끼고 있었을 겁니다. 어쨌든 나는 선물에 대한 고마움을 보여 주려고 최선을 다했지요. 우리는 곧 돌로 지은 정자에 앉아서 대화를 나누기 시작했습니다. 대화는 주로 미소를 주고받는 것이었어요. 여자 난쟁이의 살갑고 친밀한 태도는 어린아이의 그런 태도와 똑같은 영향을 나한테 미쳤습니다. 우리는 서로 꽃을 건네주었고, 여자는 내 손에 입을 맞추었습니다. 나도 그녀의 손에 입을 맞추었습니다. 그런 다음, 나는 이야기를 나누려고 애썼습니다. 그리고 그 여자의 이름이 위나[19]라는 것을 알았습니다. 그 이름의 의미는 알 수 없지만, 왠지 그 여자에게 잘 어울리는 이름 같더군요. 그것이 일주일 동안 지속되다가 끝나 버린 야릇한 우정의 시작이었습니다. 우리의 우정이 어떻게 끝났는지는 나중에 이야기하겠습니다.

위나는 꼭 어린아이 같았습니다. 나와 늘 함께 있고 싶어 했지요. 내가 어디에 가든 따라오려고 했고, 다음에 내가 답사를 나가서 여기저기 돌아다녔을 때는 위나가 그만 지쳐서 쓰러져 버렸기 때문에 결국 그녀를 두고 갈 수밖에 없었는데, 기진맥진한 위나가 뒤에서 애처롭게 부르는 소리를 듣자 마음이 아팠지요. 하지만 나는 세계의 문제를 파악해야 했습니다. 난쟁이 여자와 연애 놀이나 하려고 미래에 들어온 건 아니라고 나는 자신을 타일렀습니다. 하지만 내가 위나를 남겨 두고 떠나자 위나는 심한 비탄에 빠졌고, 자기를 떼어 놓고 가면 안 된다는 위나의 훈계는 거의 광적일 때도 있었습니다. 위나의 헌신적인 애정은 나한테 위안도 주었지만 그에 못지않게 성가시기도 했습니다. 그래도 위나는 아주 큰 위안이

19 위나Weena라는 이름은 작가가 에드워드 불워 리턴의 반유토피아 소설 『미래의 인종』의 여주인공 지Zee에서 힌트를 얻어 지었다고 한다.

었지요. 위나가 나에게 매달리는 건 단순히 어린애 같은 애착 때문인 줄 알았습니다. 내가 위나를 떼어 놓고 가는 것이 그녀에게 얼마나 큰 고통을 주었는지는 미처 깨닫지 못했지요. 그것을 알았을 때는 이미 너무 늦은 뒤였습니다. 그리고 위나가 나에게 어떤 존재인지도 너무 뒤늦게야 깨달았고요. 작은 인형 같은 그 난쟁이 여자는 단지 나를 좋아하는 듯이 보였을 뿐이고, 나에게 신경을 쓰고 있다는 것을 서투르고 무기력한 방식으로 보여 주었을 뿐인데, 덕분에 나는 하얀 스핑크스 근처로 돌아가기만 해도 집에 돌아간 듯한 기분을 느끼곤 했답니다. 그리고 나는 언덕을 넘자마자 흰색과 금색의 옷을 입은 위나의 작은 모습을 찾게 되었지요.

공포가 아직 세계를 떠나지 않았다는 사실도 위나로 인해 알게 되었습니다. 위나는 낮에는 전혀 두려움이 없었고 이상하게 나를 신뢰했습니다. 한번은 내가 분별없이 장난을 치려고 위나에게 위협적으로 얼굴을 찡그렸지만, 위나는 내 험상궂은 얼굴을 보고도 그저 웃기만 했으니까요. 하지만 위나는 어둠을 무서워하고, 그림자를 무서워하고, 검은 물체를 무서워했습니다. 위나에게 어둠은 굉장히 무서운 것이었지요. 그것은 기묘하게 격렬한 감정이었기 때문에, 나는 깊이 생각하고 관찰하게 되었습니다. 그 결과 여러 가지 사실을 알게 되었는데, 그중에서도 특히 그 난쟁이들이 어두워진 뒤에는 큰 집에 모여서 함께 잔다는 것을 알았습니다. 그들이 자고 있는 곳에 불을 들지 않고 들어가면, 그들은 공포에 사로잡혀 대소동을 벌였지요. 어두워진 뒤에는 밖에 나와 있는 사람을 하나도 보지 못했고, 실내에서도 혼자 자는 사람은 본 적이 없습니다. 하지만 나는 여전히 미련해서 그 두려움에서 교훈을 얻지 못했지요. 위나가 싫어하는데도, 나는 무리 지어 자는 사람들과 따로 떨어져 자겠다고 고집을 부렸으니까요.

그 때문에 위나는 몹시 괴로워했지만, 나에 대한 애착이 결국 승리를 거두었습니다. 우리가 알게 된 뒤, 마지막 밤을 포함하여 다섯 밤을 위나는 내 팔을 베고 잤습니다. 위나에 대해 언급하느라 이야기가 나한테서 슬며시 벗어났군요. 내가 새벽녘에 깨어난 것은 위나를 구하기 전날 밤이었던 것 같습니다. 나는 물에 빠졌는데 말미잘들이 부드러운 촉수로 내 얼굴을 더듬는 아주 불쾌한 꿈을 꾸면서 계속 몸을 뒤척이고 있었습니다. 그러다가 움찔 놀라서 깨어났고, 그 순간 회색 동물이 방금 방에서 뛰쳐나간 듯한 환상을 보았지요. 나는 다시 잠을 자려고 애썼지만 마음이 불안하고 불편했습니다. 그것은 만물이 어둠 속에서 막 기어 나오는 그 어스레한 잿빛 시간, 모든 것이 흐릿한 빛을 띠고 윤곽이 뚜렷하지만 비현실적으로 보이는 시간이었지요. 나는 일어나서 큰 홀로 내려가 궁전 앞의 돌을 깐 길로 나갔습니다. 불만족스러운 상황을 참고 해돋이라도 보기로 마음먹었거든요.

달이 이울고 있었습니다. 스러지는 달빛과 최초의 희미한 새벽빛이 창백한 어스름 속에서 한데 어우러져 있더군요. 덤불은 칠흑처럼 새까맣고, 땅은 칙칙한 잿빛이고, 하늘은 아무 빛깔도 없이 음산했습니다. 언덕 위에 유령들이 보이는 것 같았습니다. 비탈을 훑어보니 희끄무레한 형체들이 여러 번 보이더군요. 두 번은 원숭이처럼 생긴 하얀 동물이 혼자 꽤 빠른 속도로 언덕을 뛰어 올라가는 게 보였고, 한 번은 폐허 근처에서 희끄무레한 형체 세 개가 한 조를 이루어 무언가 검은 덩어리를 나르고 있는 게 보였습니다. 그들은 서둘러 움직였고, 그들이 어떻게 되었는지는 보지 못했습니다. 그들은 덤불 사이로 사라져 버린 것 같았습니다. 새벽녘이라 아직 형체를 뚜렷이 구별할 수는 없었다는 것을 이해하셔야 합니다. 여러분도 경험한 적이 있을지 모르지만, 나는 새벽의 그 으스스하고 불확실한 기분을 느끼고 있었습니다. 나는 내 눈을 의심했지요.

동녘 하늘이 점점 밝아지고 환한 낮이 다가오고 낮의 선명한 색채가 세상에 다시 돌아오자, 나는 열심히 주위 풍경을 둘러보았습니다. 하지만 방금 보았던 희끄무레한 형체들은 흔적도 보이지 않았습니다. 그들은 어스름한 빛의 산물일 뿐이었지요. 나는 중얼거렸습니다. 〈그건 분명 유령들이었을 거야. 어느 시대의 유령인지 궁금하군.〉 그랜트 앨런[20]의 말이 떠올라 마음이 즐거워졌기 때문이죠. 각 세대가 죽어서 유령을 남긴다면, 결국 세상은 유령으로 붐비게 될 거라고 그랜트는 주장했지요. 그 이론에 따르면 유령들이 앞으로 80만 년쯤 뒤에는 헤아릴 수 없을 만큼 많아졌을 테니까, 유령을 한꺼번에 넷이나 보았다 해도 전혀 놀라운 일은 아니었습니다. 하지만 이런 익살은 나한테 만족감을 주지 않았고, 나는 오전 내내 그 형체들을 생각하고 있었지요. 그러다가 위나를 구출하는 소동이 마침내 그 생각을 내 머리에서 몰아냈습니다. 처음엔 타임머신을 찾으러 다니다가 깜짝 놀라게 한 적이 있는 하얀 동물을 그 희끄무레한 형체들과 막연히 결부 지어 생각했습니다. 위나는 유령보다 유쾌한 상대였지만, 그래도 유령들은 곧 위나보다 훨씬 치명적으로 내 마음을 사로잡을 운

---

20 Charles Grant Allen(1848~1899). 영국의 자연 과학자이자 사회 개혁론자. 웰스의 친구이며 진화론을 지지했고, 소설 『바빌론』을 썼다.

명이었답니다.

이 황금시대의 기후가 우리 시대보다 훨씬 덥다는 것은 아까 말했을 겁니다. 이유는 나도 설명할 수 없습니다. 태양이 더 뜨거워진 탓일 수도 있고, 지구가 태양에 더 가까이 다가간 탓인지도 모르죠. 태양이 앞으로 꾸준히 식어 갈 거라고 생각하는 것이 보통이지만, 아들 다윈[21]의 추론 같은 것을 잘 모르는 사람들은 행성들이 궁극적으로는 하나씩 태양 속으로 다시 떨어질 수밖에 없다는 것을 잊어버립니다. 이런 파국이 일어나면 태양은 에너지를 보충받은 덕분에 더욱 활활 타오를 겁니다. 태양과 가까운 행성이 이런 운명을 당했을지도 모르지요. 이유가 무엇이든 태양이 우리가 알고 있는 것보다 훨씬 뜨거워졌다는 사실은 남습니다.

어느 뜨거운 아침 — 아마 내가 미래 세계에서 네 번째로 맞은 아침일 겁니다 — 내가 잠을 자고 식사를 한 큰 집 근처의 거대한 폐허에서 더위와 이글거리는 햇빛을 피할 곳을 찾고 있을 때, 그 이상한 일이 일어났습니다. 돌무더기 사이를 기어오르던 나는 좁은 회랑 하나를 발견했는데, 회랑 끝과 옆에 있는 창문들은 무너진 돌덩어리로 막혀 있었지요. 눈부시게 밝은 바깥과는 대조적으로 그곳이 처음에는 뚫고 들어갈 수도 없을 만큼 캄캄해 보였습니다. 나는 손으로 더듬거리며 그곳으로 들어갔습니다. 밝은 곳에서 갑자기 어두운 곳으로 들어가자 색색의 점들이 눈앞을 떠다녔기 때문입니다. 그러다가 나는 마법에라도 걸린 것처럼 우뚝 멈춰 섰습니다. 바깥의 햇빛을 반사하여 빛나는 한 쌍의 눈이 어둠 속에서 나를

---

[21] George Howard Darwin(1845~1912). 『종의 기원』을 쓴 찰스 다윈의 둘째 아들로, 달이 지구에서 분리된 것에 대해 연구한 천문학자였다.

지켜보고 있더군요.

 야생 동물에 대한 본능적인 두려움이 나를 덮쳤습니다. 나는 두 주먹을 불끈 쥐고 이글거리는 눈알을 가만히 들여다보았습니다. 돌아서기가 두려웠습니다. 그때 문득, 이곳에서는 인류가 더없이 안전하게 살고 있는 것 같다는 생각이 들었습니다. 그리고 어둠에 대한 인류의 그 묘한 공포심도 생각해 냈습니다. 나는 어느 정도 두려움을 극복하고 한 걸음 앞으로 나아가 말을 걸었습니다. 내가 목소리를 다스리지 못하고 쉰 목소리를 냈다는 것은 인정하겠습니다. 손을 뻗자 무언가 부드러운 것이 닿았습니다. 그러자 당장 두 눈이 옆으로 날쌔게 움직였고, 무언가 하얀 것이 내 옆을 휙 지나갔습니다. 깜짝 놀라서 고개를 돌려 보니, 작은 원숭이처럼 생긴 기묘한 형체가 독특하게 고개를 숙이고는 내 뒤의 양지바른 공간을 가로질러 달려가고 있는 것이 보였습니다. 그 형체는 화강암 덩어리에 부딪혀 옆으로 비틀거리더니, 곧 폐허의 또 다른 돌무더기 밑에 생긴 검은 그림자 속으로 사라졌습니다.

 그 형체에 대한 내 인상은 당연히 불완전합니다. 하지만 그것이 희끄무레한 색이었고, 기이하게 커다란 눈은 잿빛을 띤 붉은색이었다는 것만은 알고 있습니다. 또한 머리와 등에 담황색 털이 나 있었다는 것도 알고 있습니다. 하지만 그것이 너무 빨리 달려갔기 때문에 분명히 볼 수는 없었습니다. 네 발로 달려갔는지, 아니면 앞발을 낮게 들고 두 발로 달려갔는지도 확실히 말할 수 없습니다. 나는 잠시 멈칫한 뒤, 그것을 따라 두 번째 폐허로 들어갔습니다. 처음에는 그것을 발견할 수 없었지만, 잠시 뒤에는 깊은 어둠 속에서 아까 말한 그 둥근 우물 같은 구멍과 마주쳤지요. 쓰러진 기둥이 우물을 반쯤 가리고 있더군요. 문득 어떤 생각이 떠올랐습니다. 그놈은 이 우물 속으로 사라진 게 아닐까? 성냥을 켜고 아래를 내려다보니, 작고 하얀 형체가 움직이는 것이 보였습니다. 녀석은 우물 속으로 내려가면서도 번득이는 커다란 눈으로 나를 뚫어져라 바라보았습니다. 나는 몸을 부르르 떨었습니다. 그것이 꼭 인간 거미처럼 보였거든요! 그것은 우물 벽을 타고 내려가고 있었습니다. 나는 그제야 비로소 수많은 금속 발판과 손잡이가 우물 벽에 박혀서 일종의 사다리를 이루고 있다는 것을 알았습니다. 그때 성냥불이 내 손가락을 태우고 손에서 떨어졌습니다. 성냥불은 내려가면서 꺼져 버렸고, 내가 다시 성냥불을 켰을 때 그 작은 괴물은 이미 사라진 뒤였지요.

내가 얼마나 오랫동안 그 우물을 들여다보면서 앉아 있었는지는 모르겠습니다. 한참 동안은 내가 본 괴물이 인간이라는 것을 납득할 수 없었지요. 하지만 차츰 진실을 알게 되었습니다. 인류는 언제까지나 하나의 종족으로 남아 있지 않고 별개의 두 종족으로 분화했다는 것, 지상에 살고 있는 그 우아한 난쟁이들이 우리의 유일한 후손은 아니라는 것, 내 앞을 스쳐 지나간 그 하얗고 역겨운 야행성 동물도 우리의 먼 후손이라는 것을 깨달은 것입니다.

나는 아지랑이가 어른거리는 탑들을 생각하고, 그것이 지하의 환기 시설이 아닐까 하는 내 추론을 생각했습니다. 그리고 그 탑들의 진정한 목적을 추측하기 시작했지요. 나는 이 미래 세계를 완벽하게 균형 잡힌 조직체로 생각했지만, 그 원숭이가 이 체계 안에서 어떤 역할을 하고 있는지 궁금했습니다. 그 원숭이는 아름다운 지상인들이 누리고 있는 게으른 평온과 어떤 관계를 가지고 있을까? 그 우물 속에는 무엇이 감추어져 있을까? 나는 우물가에 앉아서 생각했습니다. 어쨌든 두려워할 건 아무것도 없어. 내 문제를 해결하려면 우물 속으로 내려가야 돼. 그런데도 우물 속으로 내려가기가 정말로 두려웠습니다. 내가 망설이고 있을 때, 아름다운 지상인 두 명이 연애 놀이를 하며 양지바른 곳을 가로질러 그늘로 뛰어들어왔습니다. 남자가 여자에게 꽃을 던지면서 여자를 뒤쫓아 달려온 것입니다.

그들은 쓰러진 기둥에 팔을 괴고 우물을 내려다보고 있는 나를 발견하고는 고민하는 것 같았습니다. 우물에 관심을 갖는 것은 도리에 어긋나는 일로 여겨지는 게 분명했습니다. 내가 우물을 가리키면서 그들의 언어로 우물에 대해 질문하려고 애쓰자, 그들은 더욱 눈에 보이게 고민하면서 고개를 돌려버렸으니까요. 하지만 그들은 내 성냥불에 흥미를 느꼈고, 나는 그들을 즐겁게 해주려고 성냥을 몇 번 더 켰습니다. 그런 다음 우물에 대해 다시 물어보려 했지만, 이번에도 역시 실패했습니다. 그래서 나는 위나에게 돌아가서 물어볼 작정으로 그들과 헤어졌습니다. 하지만 내 머리는 이미 돌아가고 있었습니다. 내 추측과 느낌은 나도 모르는 사이에 어느덧 재정리되고 있었지요. 나는 이제 그 우물들의 목적과 환기탑, 유령들의 신비를 풀 수 있는 실마리를 잡았습니다. 청동 문의 의미와 타임머신의 운명을 암시해 주는 것은 말할 나위도 고요! 그리고 나에게 수수께끼였던 경제 문제의 해답이 어렴풋하게나마 암시되었습니다.

그 새로운 견해는 이러했습니다. 인류의 두 번째 종은 지하인이 분명했습니다. 그들이 좀처럼 지상으로 올라오지 않는 것은 오래 계속된 지하 생활의 결과라고 생각했습니다. 특히 세 가지 상황이 나에게 그런 생각을 심어 주었습니다. 첫째는 그들의 피부가 하얗다는 것. 그것은 주로 어둠 속에서 사는 대다수 동물의 공통된 특징이지요. 예를 들면 켄터키 동굴[22]에 사는 하얀 물고기가 그렇습니다. 둘째, 빛을 반사하는 능력을 가진 그 커다란 눈은 야행성 동물의 공통된 특징입니다. 올빼미와 고양이를 보세요. 그리고 마지막으로 햇빛 속에서 당황하던 태도, 어두운 그늘을 향해 서둘러 달아나면서도 더듬거리며 어색한 몸짓을 보인 것, 밝은 곳에 있는 동안 머리를 땅에 처박은 그 독특한 태도 — 이 모든 것은 그들의 망막이 극도로 민감할 거라는 내 이론을 뒷받침해 주었습니다.

그렇다면 내 발밑의 지하에는 거대한 터널들이 뚫려 있고, 그 터널들은 새로운 인종의 서식지였습니다. 언덕 비탈에, 아니 사실은 강 유역을 제외하고는 도처에 환기탑과 우물이 존재한다는 것은 터널이 얼마나 광범위하게 뚫려 있는지를 보여 주고 있었습니다. 그렇다면 빛의 종족인 지상인들의 쾌적한 생활에 필요한 작업이 그 인공적인 지하 세계에서 이루어지고 있다고 생각하는 것은 얼마나 자연스러운 일입니까? 이 생각은 너무 그럴듯했기 때문에, 나는 당장 그것을 받아들였습니다. 그리고 인류는 어떻게 해서 두 종족으로 분화되었는지를 생각했기 시작했지요. 여러분은 아마 내 이론의 형태를 예상하겠지만, 나는 내 이론이 진실과 동떨어져 있다는 것을 곧 깨닫게 되었습니다.

우리 시대의 문제에서 출발하면, 오늘날 자본가와 노동자

---

[22] 미국 켄터키 주 중부에 있는 세계 최대 규모의 석회암 동굴. 그래서 흔히 〈매머드 동굴〉이라고 불린다. 1798년에 발견되었으며, 지금까지 확인된 총 길이는 591킬로미터 이상이다.

사이에 존재하는 사회적 격차가 점점 벌어진 것이 그 모든 상황의 관건이라는 것은 처음에는 불을 보듯 뻔해 보였습니다. 여러분에게는 더없이 기괴해 보일 게 분명하고, 그래서 덮어놓고 선뜻 믿을 수는 없겠지만, 지금도 그쪽 방향을 가리키는 상황이 존재하고 있습니다. 현대 문명은 지하 공간을 덜 장식적인 목적에 활용하는 경향이 있습니다. 예를 들면 런던에는 〈메트로폴리탄 철도〉[23]라는 지하철이 있습니다. 새로운 전철이 있고, 지하도가 있고, 지하 공장과 지하 레스토랑이 있고, 그 수는 점점 늘어나고 있으며 종류도 다양해지고 있습니다. 이런 추세가 점점 심해져서 결국에는 산업이 지상에서의 생득권을 차츰 잃어버린 게 분명하다고 나는 생각했습니다. 산업은 점점 더 커지는 지하 공장으로 점점 더 깊이 들어가, 그곳에서 점점 더 많은 시간을 보내게 되었다는 뜻입니다. 그래서 결국에는……! 지금도 이스트엔드[24]의 노동자들은 지구의 자연스러운 표면과 사실상 단절된 인공적인 조건에서 살고 있지 않습니까?

또한 부유한 사람들은 좋은 교육을 받아서 점점 세련되고 우아해지는 한편, 가난한 사람들의 상스럽고 난폭한 태도와 부자들의 간격은 점점 더 넓어지고 있습니다. 그 때문에 배타적 경향을 갖게 된 부자들은 이미 자신들을 위해 지표면의 상당 부분을 울타리로 둘러싸고 있습니다. 예를 들면 런던 일대에서 경치가 아름다운 곳의 절반 정도는 침입을 막기 위해 폐쇄되어 있습니다. 이 격차가 점점 벌어지는 것은, 부자들의 경우 오랫동안 많은 비용을 들여 고등 교육을 받기 때문이고,

23 세계 최초의 지하철. 1863년에 개통했다.
24 런던의 동부 지구. 하층민이 많이 살고 있다.

세련된 습관에 대한 유혹과 거기에 필요한 시설이 늘어났기 때문입니다. 지금은 계층 간 결혼이 사회 계층을 구분하는 경계를 따라 우리 인류가 쪼개지는 것을 저지하고 있지만, 빈부 격차가 이렇게 벌어지면 계층 간 결혼이 촉진하는 계층 간 교류가 점점 뜸해질 겁니다. 그래서 결국 지상에는 쾌적함과 안락함과 아름다움을 추구하는 〈가진 자〉들이 살고, 지하에는 〈못 가진 자〉, 즉 자신들의 노동 조건에 끊임없이 적응하는 노동자들이 살게 될 겁니다. 일단 지하에 살게 되면, 노동자들은 굴속의 환기 장치에 대한 임대료를 내야 할 테고, 그 임대료는 결코 적은 액수가 아닐 겁니다. 그들이 임대료를 내지 않으면, 밀린 임대료 때문에 굶어 죽거나 질식해 죽을 겁니다. 건강이 좋지 않거나 이런 조건에 반항하는 사람은 죽겠지요. 그리고 결국 그 균형 상태는 영구적이니까, 살아남은 지하인들은 지상인들이 자기네 생활 조건에 잘 적응하듯 지하 생활 조건에 적응하여 나름대로 행복하게 살아갈 겁니다. 지상인의 세련된 아름다움과 지하인의 창백한 안색은 지극히 자연스러운 결과로 여겨졌습니다.

하지만 내가 속으로 꿈꾼 인류의 위대한 승리는 그것과는 다른 형태를 취하고 있었습니다. 나는 도덕 교육과 전체적인 협력이 거둔 승리를 상상했지만, 그런 승리는 아니었습니다. 그 대신 내가 미래 세계에서 본 것은, 완벽한 과학으로 무장하고 현대의 산업 사회를 논리적 귀결로 이끌어 간 귀족 계급이었습니다. 그들의 승리는 단순히 자연에 대한 승리가 아니라, 자연과 동료 인간에 대한 승리였습니다. 여러분께 말씀드리거니와, 이것이 당시의 내 이론이었습니다. 나한테는 유토피아 이야기에 흔히 나오는 편리한 안내인이 없었습니다.

내 설명은 완전히 틀렸을지도 모르지만, 그래도 가장 그럴듯한 설명이라고 나는 여전히 생각하고 있습니다. 하지만 이 가설에 입각해도, 인류가 마침내 도달한 균형 잡힌 문명은 이미 오래전에 정점을 통과하여 쇠퇴기에 접어든 지 오래였을 겁니다. 지상인들은 너무 완벽할 만큼 안전하게 살고 있어서 몸이 퇴화하여 움직임이 굼뜨고, 몸집과 힘과 지능까지도 전반적으로 쇠퇴했습니다. 그것을 나는 벌써 분명히 볼 수 있었습니다. 그럼 지하인들은 어떻게 되었는가? 아직은 알 수 없었지만, 내가 목격한 바에 따르면 그 지하인들 — 그들은 〈몰록〉[25]이라는 이름으로 불렸고, 내가 이미 알고 있는 지상인은 〈엘로이〉[26]라고 불리고 있더군요 — 이 엘로이보다 훨씬 심하게 변형되었을 거라고 상상할 수 있었습니다.

그러자 골치 아픈 의문이 떠올랐습니다. 몰록들은 왜 내 타임머신을 가져갔을까? 나는 타임머신을 가져간 것이 몰록들이라고 확신했으니까요. 또한 엘로이가 그들의 주인이라면 왜 타임머신을 나한테 돌려주지 못할까? 그리고 엘로이는 어둠을 왜 그렇게 두려워할까? 나는 아까 말한 대로 위나에게 지하 세계에 대해 물어보았지만, 이번에도 실망했습니다. 처음에 위나는 내 질문을 이해하지 못했고, 곧 질문을 이해하자 대답하기를 거부했습니다. 위나는 그 화제를 참을 수 없는 것처럼 바들바들 떨더군요. 그래도 내가 좀 거칠게 대답을 강요하자 위나는 울음을 터뜨렸습니다. 그 황금시대에서 내

25 성서에 산 제물을 태워 죽인다는 무서운 신 몰록(또는 몰렉)이 나온다 (「레위기」 18장). 웰스는 이 몰렉을 연상했을 것이다.
26 「마르코의 복음서」 15장에 나오는 예수의 유명한 말 〈엘로이 엘로이 레마 사박다니〉(나의 하느님, 나의 하느님, 어찌하여 나를 버리셨나이까)를 연상했을까.

가 본 눈물은, 내 눈물을 제외하면 그때 위나가 흘린 눈물뿐이었습니다. 나는 위나의 눈물을 보자마자 몰록에 대해 걱정하는 것을 그만두고, 위나가 인간성의 흔적을 물려받은 증거인 눈물을 위나의 눈에서 몰아내는 데에만 전념했습니다. 내가 엄숙하게 성냥불을 켜자, 위나는 금세 미소를 지으며 손뼉을 쳤습니다.

6

여러분에게는 이상하게 여겨질지 모르지만, 내가 새로 발견한 실마리를 올바른 방향으로 더듬어 갈 수 있었던 것은 그로부터 이틀 뒤였습니다. 나는 그 창백한 몸뚱이에 기묘한 혐오감을 느꼈지요. 그들은 동물 박물관에서 알코올 속에 보존된 것을 볼 수 있는 지렁이나 구더기 같은 벌레의 반쯤 표백된 색깔을 띠고 있었습니다. 게다가 그들은 손에 닿으면 선득할 만큼 차가웠어요. 내가 그들을 피하고 움츠러든 것은 주로 엘로이의 감정에 공감하여 거기에 영향을 받았기 때문일 겁니다. 나도 이제는 몰록에 대한 엘로이의 혐오감을 이해하게 되었거든요.

이튿날 밤, 나는 잠을 이루지 못했습니다. 아마 내 건강에 뭔가 이상이 생겼나 봅니다. 나는 당혹감과 의구심에 짓눌려 있었지요. 한두 번은 뚜렷한 이유도 알 수 없는 격렬한 공포감에 사로잡히기도 했습니다. 난쟁이들이 달빛을 받으며 자고 있는 큰 홀로 소리 없이 기어 들어간 일이 생각납니다. 그날 밤에는 위나가 그들과 함께 자고 있었지요. 나는 그들이 옆에 있는 게 마음 든든하게 느껴졌습니다. 그때 문득 이런 생각이 떠올랐습니다. 이제 며칠만 지나면 달은 하현을 지날 것이다. 그러면 밤은 더 어두워질 것이고, 그 불쾌한 동물들, 하얗게 표백된 그 원숭이들, 옛날의 해충을 대신한 그 새로운 해충들이 밑에서 더 많이 올라올지도 모른다고. 그 이틀 동안 나는 불가피한 의무를 이리저리 회피하며 꾀를 부리고 있는 사람처럼 불안했습니다. 나는 지하의 신비를 대담하게 파고들어야만 타임머신을 되찾을 수 있다고 확신했습니다. 하지만 그 신비에 감연히 맞설 용기가 나지 않았습니다. 함께 갈 길동무만 있었어도 상황은 달라졌을 테지만, 그때 나는 완전히 혼자였고, 어두운 우물 속으로 내려갈 생각만 해도 오싹 소름이 끼쳤습니다. 여러분이 내 기분을 이해하실지 모르겠지만, 나는 등 뒤가 안전하다는 기분을 느낀 적이 한 번도 없었답니다.

내가 지상에서 점점 더 멀리 답사를 나간 것은 이런 초조감과 불안감 때문이었을 겁니다. 오늘날 〈쿰우드〉[27]라고 불리는 구릉지를 향해 남서쪽으로 가자, 저 멀리 19세기의 밴스테드 방향에 거대한 녹색 건조물이 보이더군요. 그것은 지금까지 내가 본 어떤 건조물과도 모양이 달랐습니다. 내가 아는 어떤 궁전이나 폐허보다도 규모가 컸고, 정면은 동양풍이었습니다. 표면은 중국 도자기처럼 청록색의 일종인 담녹색을 띠고 있었을 뿐만 아니라 반들거리는 광택까지 나고 있었지요. 이런 외관의 차이는 용도의 차이를 말해 주었습니다. 나는 거기까지 가서 답사해 보고 싶은 마음이 들었지만, 벌써 날이 저물고 있었습니다. 게다가 오랫동안 힘겹게 돌아다닌

---

27 시간 여행자의 본거지인 리치먼드에서 남쪽으로 5킬로미터쯤 떨어져 있다.

뒤에 그곳을 발견했기 때문에, 모험은 이튿날 계속하기로 마음먹고 위나에게 돌아가 따뜻한 환영과 애무를 받았습니다. 하지만 이튿날 아침에 나는 분명히 깨달았습니다. 〈청자 궁전〉에 대한 호기심은 모험이 두려운 나머지 하루 더 미루려는 자기기만에 지나지 않는다는 것을 말입니다. 그래서 나는 더 이상 시간을 허비하지 않고 우물 속으로 내려가기로 결심하고, 아침 일찍 화강암과 알루미늄으로 이루어진 폐허 근처의 우물로 출발했습니다.

위나도 함께 달렸습니다. 위나도 우물까지는 내 옆에서 팔짝팔짝 뛰며 따라왔지만, 내가 몸을 기울여 우물 속을 내려다보는 것을 보더니 이상하게 당황하는 눈치더군요. 「잘 있어, 귀여운 위나.」 나는 위나에게 입을 맞추면서 말한 다음, 위나를 내려놓고, 우물 벽 너머로 손을 뻗어, 밑으로 내려갈 때 손잡이와 발판이 될 갈고리를 찾기 시작했습니다. 솔직히 털어놓자면, 용기가 달아날까 봐 두려워서 좀 서둘렀습니다. 위나도 처음에는 놀란 눈으로 나를 바라보더군요. 그러다가 애처로운 외침 소리를 지르더니, 나에게 달려와 그 작은 손으로 나를 잡아당기기 시작했지요. 나는 위나의 반대 때문에 오히려 계속할 용기를 얻은 것 같습니다. 나는 다소 거칠게 위나를 뿌리치고, 다음 순간 우물 속으로 들어갔습니다. 그리고 우물 벽 너머로 위나의 괴로워하는 얼굴을 보고는, 그녀를 안심시키려고 싱긋 웃어 보였습니다. 그런 다음 내가 붙잡고 매달린 불안정한 갈고리를 내려다보아야 했습니다.

나는 우물 속을 2백 미터쯤 내려가야 했습니다. 우물 벽에서 튀어나와 있는 쇠막대들을 이용하여 내려갔지만, 이 막대기들은 나보다 훨씬 작고 가벼운 동물에게 적합한 것이었지요. 나는 얼마 안 가서 손발 근육에 경련이 일어나고 피로를 느꼈습니다. 단순히 피로만 느낀 게 아닙니다! 막대기 하나가 내 몸무게를 감당하지 못하고 갑자기 구부러지는 바람에 하마터면 캄캄한 어둠 속으로 떨어질 뻔했지요. 나는 잠시 한 손으로 매달려 있었고, 이런 일을 겪은 뒤로는 감히 쉴 엄두도 내지 못했답니다. 곧 팔과 등에 격렬한 통증을 느꼈지만, 나는 최대한 빠른 동작으로 하강을 계속했습니다. 위를 올려다보니 우물 입구가 작고 푸른 원반처럼 보이고, 그 안에 별 하나가 보였습니다. 그리고 위나의 머리가 불쑥 튀어나온 검고 둥근 돌출물처럼 보이더군요. 밑에서 들리는 쿵쿵거리는 기계 소리는 점점 커지고 더 위압적으로 들렸습니다. 머리 위의 그 작은 원반을 제외하고는 어디나 캄캄했고, 다시 위를 올려다보니 위나는 사라진 뒤였습니다.

나는 너무 불안했습니다. 도로 올라갈까, 지하 세계를 내버려 두고 돌아갈까 하고 잠시 생각했지만, 속으로 이런저런 생각을 하는 동안에도 내 몸은 계속 아래로 내려가고 있었습니다. 마침내 오른쪽으로 30센티미터쯤 떨어진 벽에 좁은 구멍이 뚫려 있는 게 어렴풋이 보였기 때문에 나는 안도의 한숨을 내쉬었습니다. 그 구멍 속으로 들어가 보니, 그것은 누워서 쉴 수 있는 좁은 수평 터널의 입구더군요. 마침 제때에 터널을 발견해서 다행이었지요. 팔은 쑤시고, 등은 경련을 일으키고, 게다가 추락할지 모른다는 두려움에 오랫동안 떨고 있었으니까요. 그뿐만 아니라 계속되는 어둠 때문에 눈이 피곤했습니다. 주위는 환기용 수직갱 밑에서 윙윙거리며 공기를 펌프질하는 기계 소리로 가득 차 있었지요.

얼마나 오랫동안 거기에 누워 있었는지는 모르겠습니다.

부드러운 손이 내 얼굴을 만지는 바람에 깜짝 놀라 깨어났지요. 어둠 속에서 벌떡 일어나 재빨리 성냥을 꺼내 불을 켜보니, 내가 지상의 폐허에서 본 희끄무레한 동물과 비슷한 동물 세 마리가 내 위로 몸을 굽히고 있다가 불빛에 놀라 황급히 뒷걸음치는 것이 보였습니다. 칠흑 같은 어둠 속에서 살고 있기 때문에, 심해어의 동공이 그렇듯이 그들의 눈도 비정상적으로 크고 민감했을 뿐 아니라 심해어처럼 빛도 반사했습니다. 그러니 캄캄한 어둠 속에서도 나를 볼 수 있었을 겁니다. 그리고 성냥불만 아니라면, 나를 조금도 두려워하지 않는 것 같더군요. 하지만 내가 그들을 보려고 성냥을 켜자마자 그들은 당장 달아나 어두운 도랑과 터널 속으로 사라졌습니다. 그곳에서 그들의 눈이 기묘하게 번득이며 나를 노려보았지요.

나는 그들을 부르려고 했지만, 그들의 언어는 분명 지상 세계의 언어와는 달랐습니다. 그래서 나는 누구의 도움도 받지 못한 채 나 혼자만의 노력으로 이 궁지에서 빠져나가야 했습니다. 그때도 답사하기보다는 달아나고 싶은 생각이 굴뚝같았지요. 하지만 나는 자신을 타일렀습니다. 〈넌 이제 빼도 박도 못 해.〉 터널을 손으로 더듬어 나아가자 기계 소리가 점점 커지더군요. 곧 벽이 멀어지고 넓은 공간이 나왔습니다. 성냥불을 켜서 보니, 나는 천장이 아치 모양으로 되어 있는 거대한 동굴에 들어와 있었습니다. 동굴은 성냥 불빛이 닿지 않는 캄캄한 암흑 속으로 뻗어 있었지요. 그 동굴을 본 것도 성냥개비 하나가 타는 동안 볼 수 있는 만큼 본 것이 고작이었습니다.

따라서 내 기억은 확실치 않습니다. 대형 기계 같은 커다란 형체들이 어둠 속에서 솟아올라 기괴한 그림자를 던지고,

희미한 유령 같은 몰록들이 불빛을 피해 기계 그림자 속에 숨어 있더군요. 말이 났으니 말인데, 그곳은 숨이 막히게 답답했고, 비릿한 피 냄새가 희미하게 감돌고 있었습니다. 중앙에서 조금 벗어난 곳에 하얀색의 작은 금속 탁자가 놓여 있고, 거기에 식사 같은 것이 차려져 있었습니다. 어쨌든 몰록들은 육식성 동물이었습니다! 지금도 기억나지만, 그때도 나는 식탁 위에 놓여 있는 붉은 고깃덩어리를 보고, 도대체 어떤 대형 동물이 지금까지 살아남아 저렇게 큰 고깃덩어리를 제공할 수 있을까 하고 의아하게 생각했습니다. 모든 것이 분명치 않았습니다. 지독한 냄새, 크고 무의미한 형체들, 그늘에 숨어 어둠이 다시 나를 덮치기만 기다리고 있는 추악한 몰골들! 그때 성냥이 다 타서 내 손가락을 따끔하게 찌르고, 캄캄한 어둠 속에서 꿈틀거리는 빨간 점 하나가 되어 바닥에 떨어졌습니다.

그 후 나는, 그런 경험을 하기에는 내 준비가 턱없이 부족했다고 줄곧 생각했습니다. 타임머신을 타고 출발했을 때만 해도 나는 미래인들의 기구나 장비가 모든 면에서 우리보다 훨씬 앞서 있을 거라고 생각했는데, 그것은 참으로 어리석은 가정이었습니다. 그래서 나는 무기도 약품도 준비하지 않고, 담배도 가져가지 않고, 성냥조차도 충분히 가져가지 않은 겁니다. 때로는 참을 수 없이 담배가 그리웠지요. 카메라를 가져갈 생각을 했다면 얼마나 좋았을까요! 그랬다면 지하 세계를 그때그때 사진으로 찍어서 나중에 천천히 살펴볼 수 있었을 텐데 말입니다. 하지만 카메라가 없었기 때문에 나는 자연이 나에게 베풀어 준 무기와 힘, 그러니까 손발과 이빨만으로 무장하고 거기에 서 있었습니다. 그것 말고 내가 가진 거라고는 나에게 아직 남아 있는 안전성냥 네 개비뿐이었지요.

나는 어둠 속에 서 있는 그 기계들 사이로 들어가기가 두려웠습니다. 그리고 조금 전에 켠 성냥이 꺼질 무렵에야 성냥이 거의 바닥났다는 것을 알았습니다. 그때까지만 해도 성냥을 아낄 필요가 있다고는 전혀 생각지 않았고, 성냥불을 처음 보는 지상인들을 놀라게 해주려고 성냥을 거의 반 갑이나 낭비해 버린 것입니다. 그래서 남은 성냥은 이제 네 개비뿐이었지요.

내가 어둠 속에 서 있을 때 어떤 손이 내 손을 만지고, 가느다란 손가락이 다가와 내 얼굴을 더듬었습니다. 나는 독특한 악취를 맡을 수 있었습니다. 나를 에워싸고 있는 그 무서운 존재들의 숨소리가 들리는 것 같더군요. 내가 손에 쥐고 있는 성냥갑을 슬며시 빼내려는 놈도 있었고, 내 뒤에서 옷을 거머쥐고 잡아당기는 놈들도 있었습니다. 보이지도 않는 그들이 나를 이리저리 조사하는 느낌은 이루 말할 수 없이 불쾌했습니다. 그때 그들의 사고방식과 행동 방식을 내가 전혀 모른다는 사실이 문득 생각났습니다. 목청껏 소리를 지르자, 놀란 그들은 펄쩍 뛰어서 물러났지만, 다시 다가오는 기척을 느낄 수 있었습니다. 그들은 야릇한 소리로 속삭이면서 더욱 대담하게 나를 움켜잡더군요. 나는 격렬하게 몸을 떨면서 다시 소리를 질렀습니다. 귀에 거슬리는 소리가 나더군요. 이번에는 그들도 별로 놀라지 않았고, 다시 나에게 돌아오면서 괴상한 웃음소리를 냈습니다. 솔직히 말하면 나는 몹시 겁이 났습니다. 그래서 성냥을 켜서 그 불빛의 보호를 받기로 마음먹었지요. 나는 성냥을 켜서, 어른거리는 불꽃이 조금이라도 오래 가도록 주머니에서 종잇조각을 꺼내 거기에도 불을 붙였답니다. 그리고 불빛에 기대어 좁은 터널 쪽으로 후퇴했습니다. 하지만 내가 터널 속으로 들어가자마자 성냥불이 꺼졌고, 캄캄한 어둠 속에서 몰록들이 나뭇잎을 스치는 바람처럼 바스락거리고 비처럼 타닥거리며 서둘러 나를 쫓아오는 소리가 들렸습니다.

손 몇 개가 당장 나를 움켜잡았고, 그들이 나를 도로 끌고 가려는 게 분명했습니다. 나는 또다시 성냥을 켜서 그들의 얼굴 앞에서 흔들었지요. 그들은 눈이 부셔서 어쩔 줄 몰랐습니다. 그렇게 보이지 않는 눈으로 나를 빤히 바라볼 때 그들이 얼마나 역겨울 만큼 비인간적으로 보였는지, 여러분은 상상할 수도 없을 겁니다. 턱이 없는 창백한 얼굴, 커다랗고 눈꺼풀도 없고 불그죽죽한 회색 눈! 하지만 나는 멈춰 서서 그들을 바라보지는 않았습니다. 나는 다시 물러섰고, 두 번째 성냥이 다 타자 세 번째 성냥에 불을 붙였습니다. 세 번째 성냥도 거의 다 탔을 때, 수직갱으로 나가는 출구에 이르렀습니다. 나는 밑에 있는 거대한 펌프의 진동 때문에 현기증이 나서 가장자리에 드러누웠습니다. 그런 다음 옆으로 손을 뻗어 벽에서 튀어나와 있는 갈고리를 찾았습니다. 그러고 있을 때, 뒤에서 누군가가 내 두 발을 움켜잡고는 거칠게 잡아당겼습니다. 나는 마지막 성냥에 불을 붙였습니다. 하지만 그 불은 금세 꺼지고 말았습니다. 그래도 벽에 박힌 쇠막대를 꽉 붙잡고 마구 발길질을 하여 몰록들의 손을 뿌리친 뒤, 빠른 속도로 수직갱을 기어올랐습니다. 그들은 저 밑에서 눈을 깜박거리며 쳐다보고 있더군요. 한 녀석만 한참 동안 나를 쫓아와서, 하마터면 내 목구두 한 짝이 녀석의 전리품이 될 뻔했지요.

수직갱은 아무리 올라가도 끝이 없는 것 같았습니다. 입구까지 7~8미터 남았을 때 지독한 구역질이 나를 덮쳤습니다. 손잡이를 붙잡고 있는 것이 여간 어렵지 않았습니다. 마지막 몇 미터는 이 현기증과의 처절한 싸움이었지요. 몇 번은 머리가 어질어질했고, 나는 추락하는 기분을 모두 맛보았습니다. 하지만 마침내 우물 벽을 넘어, 폐허에서 눈부신 햇빛 속으로 비틀거리며 나왔지요. 나는 앞으로 쓰러졌습니다. 흙냄새까지도 향기롭고 상쾌하더군요. 이어서 위나가 내 손과 귀에 입을 맞춘 일과 다른 엘로이들의 목소리가 생각납니다. 그 후 나는 의식을 잃었습니다.

7

이제 상황은 전보다 더 나빠진 것 같았습니다. 그때까지는 밤에 타임머신을 잃어버린 것을 고민했을 뿐, 언젠가는 결국 탈출할 수 있을 거라는 희망에서 기운을 얻었는데, 그 희망도 이 새로운 발견으로 흔들리게 되었습니다. 그때까지는 난쟁이들의 어린애 같은 단순함과 미지의 힘이 나를 방해하는 줄만 알았습니다. 그리고 그 미지의 힘을 이해하기만 하면 충분히 극복할 수 있을 거라고 생각했지요. 하지만 몰록들의 구역질 나는 특성에는 완전히 새로운 요소가, 비인간적이고 악의적인 요소가 있었습니다. 나는 본능적으로 그들을 혐오했습니다. 전에는 구덩이에 빠진 사람 같은 기분을 느꼈고, 구덩이 자체와 어떻게 하면 구덩이에서 빠져나갈 수 있느냐가 내 관심사였지요. 그런데 지금 나는 덫에 걸린 짐승 같은 기분을 느꼈습니다. 그 덫을 놓은 적은 이제 곧 덮쳐 올 겁니다.

내가 두려워한 적이 무엇인지 말하면 여러분은 놀랄지도 모릅니다. 그것은 초승달이 뜨는 밤의 어둠이었습니다. 그 두려움을 내 머릿속에 집어넣은 것은 위나였습니다. 나는 〈어두운 밤〉에 대한 위나의 말을 처음에는 이해할 수 없었지만, 다가오는 〈어두운 밤〉이 무엇을 의미하는지 짐작하는 것은 이제 그리 어려운 문제가 아니었습니다. 이윽고 달이 이울기 시작했습니다. 하룻밤이 지날 때마다 어두운 시간이 점점 길어졌습니다. 이제 나는 지상 세계의 난쟁이들이 어둠을 두려워하는 이유를 적어도 조금은 알게 됐습니다. 초승달 아래에서 몰록들이 저지른 비열한 짓이 도대체 무엇인지 궁금하기도 했습니다.

이제 나는 나의 두 번째 가설이 완전히 틀렸다고 확신했습니다. 지상인들은 한때는 혜택받은 귀족 계급이었고 몰록들은 지상인을 위해 기계적으로 일하는 하인이었을지 모르지만, 그것은 사라진 지 오래인 옛일이었습니다. 인간 진화의 결과인 두 종족은 완전히 새로운 관계를 향해 나아가고 있거나, 이미 그런 관계에 도달해 있었습니다. 엘로이는 카롤링거 왕조[28]의 왕들처럼 그저 아름답기만 할 뿐 아무 쓸모도 없는 존재로 쇠퇴했습니다. 그들이 여전히 지상을 소유하고 있는 것은 몰록들이 그것을 묵인하고 봐주기 때문입니다. 헤아릴 수 없이 오랫동안 지하에서 생활한 몰록들은 결국 햇빛이 비치는 지상을 견딜 수 없게 되었기 때문이지요. 몰록들은 엘로이의 시중을 들던 옛날 버릇이 남아 있어서 엘로이의 습관적인 요구에 따라 엘로이의 옷을 만들고 엘로이를 부양하는 거라고 나는 추론했습니다. 그들이 그렇게 하는 것은, 서 있는 말이 앞발로 땅을 긁고 인간이 장난으로 동물 죽이기를 즐기는 것과 마찬가지였습니다. 오래된 과거의 필요가 생물의 유기체에 그것을 각인시켰기 때문이지요. 하지만 낡은 질서가 이미 부분적으

---

28 프랑크 왕국을 751년부터 10세기까지 지배한 왕조. 각지에서 학자와 문화인을 초빙하여 라틴 문화와 게르만 문화의 번영을 가져왔다.

로 역전된 것은 분명했습니다. 복수의 여신 네메시스는 우아한 엘로이를 향해 슬며시 다가오고 있었습니다. 아득한 옛날, 수천 세대 전에 인간은 제 형제를 안락과 햇빛에서 쫓아냈습니다. 이제 그 형제가 달라진 모습으로 돌아오고 있었습니다! 이미 엘로이는 오래된 교훈 하나를 새롭게 배우기 시작했습니다. 그들은 〈두려움〉을 다시 알게 된 것입니다. 그때 문득 내가 지하 세계에서 본 고깃덩어리의 기억이 머리에 떠올랐습니다. 어떻게 그 기억이 내 마음속에 떠올랐는지 기묘하게 여겨졌습니다. 내 명상의 흐름이 기억을 불러일으킨 것이 아니라, 마치 외부에서 던져진 질문처럼 밖에서 내 마음속으로 들어온 것입니다. 나는 그 고깃덩어리의 형태를 생각해 내려고 애썼습니다. 뭔가 내가 잘 아는 형태와 비슷하다는 느낌이 막연히 들었지만, 그때는 그게 무엇인지 알 수 없었습니다.

하지만 불가사의한 〈두려움〉 앞에서 난쟁이들이 아무리 무력하다 해도, 나는 달랐습니다. 나는 우리 시대, 인류의 전성기인 이 시대, 두려움이 인간을 마비시키지 않고 신비가 더 이상 공포의 대상이 아닌 시대에서 왔으니까요. 적어도 나는 자신을 지킬 수 있을 겁니다. 나는 더 이상 꾸물거리지 않고 내가 잠을 잘 수 있는 요새와 무기를 직접 만들기로 결심했습니다. 그 피난처를 기지로 삼으면, 얼마간 자신감을 가지고 이 낯선 세계에 직면할 수 있을 겁니다. 나는 밤마다 어떤 동물의 위협에 노출된 채 잠을 잤는지를 깨닫고 완전히 자신감을 잃어버린 터였거든요. 내 잠자리가 그들한테서 안전해질 때까지는 두 번 다시 잠을 잘 수 없을 것 같았습니다. 그들이 이미 나를 조사했을 게 분명하다고 생각하면 무서워서 몸이 부들부들 떨렸습니다.

오후에 나는 템스 강 유역을 돌아다녔지만, 몰록들이 접근할 수 없어 보이는 곳은 하나도 찾지 못했습니다. 몰록들이 오르내리는 우물로 미루어 보아 그들은 능숙한 등반가가 분명했고, 따라서 어떤 건물이나 나무도 쉽게 기어오를 수 있을 것 같았거든요. 그때 〈청자 궁전〉의 높은 뾰족탑과 반들거리는 벽이 기억에 되살아났습니다. 저녁에 나는 위나를 어린아이처럼 무등 태우고 남서쪽을 향해 언덕을 올라갔습니다. 거리는 10여 킬로미터 될 거라고 생각했는데, 실제로는 20킬로미터가 넘었을 겁니다. 내가 그 궁전을 처음 본 것은 습기가 많아서 모든 사물이 실제보다 가까워 보이는 오후였지요. 게다가 내 구두 굽 하나가 헐거워져서 못이 밑창을 꿰뚫고 있었기 때문에, 나는 다리를 절고 있었답니다. 그 신발은 내가 실내에서 신고 다니는 편안하고 낡은 구두였지요. 그래서 연노란색 하늘을 배경으로 까맣게 떠오른 궁전을 보았을 때는 벌써 날이 저문 지 오래였습니다.

  위나는 내가 무등을 태워 주자 처음에는 무척 즐거워했지만, 조금 지나자 내려 달라고 하더군요. 내가 내려 주자 위나는 내 옆에서 종종걸음으로 달리다가 이따금 이쪽저쪽으로 달려가서 꽃을 따다가 내 주머니에 꽂아 넣었습니다. 내 주머니는 위나에게 늘 수수께끼였지만, 결국 위나는 꽃을 꽂아서 장식하는 색다른 꽃병일 거라고 결론지었던 것입니다. 적어도 위나는 주머니를 꽃병으로 활용했습니다. 그러니까 생각이 나는군요! 재킷을 갈아입다가 발견했는데……」

  시간 여행자는 말을 멈추고 손을 주머니에 집어넣더니, 아주 커다란 하얀색 당아욱과 비슷하게 생긴 시든 꽃 두 송이를 꺼내 작은 탁자 위에 조용히 내려놓았다. 그런 다음 이야기를 계속했다.

「저녁의 고요함이 세상에 서서히 번질 무렵, 우리는 언덕을 넘어 윔블던[29] 쪽으로 나아갔습니다. 그런데 그때 위나가 지쳐서 회색 돌집으로 돌아가고 싶어 했습니다. 하지만 나는 멀리 보이는 〈청자 궁전〉의 뾰족탑을 가리키며, 위나가 두려워하는 대상으로부터 숨을 수 있는 피난처를 저기서 찾으려 하고 있다는 것을 그녀에게 이해시키려고 애썼지요. 땅거미가 지기 전에 만물에 다가오는 그 심원한 휴식을 아시겠지요? 산들바람조차도 나무들 속에 멈추어 한숨 돌립니다. 그 저녁 무렵의 정적에는 언제나 무언가를 기대하는 분위기가 감도는 것 같습니다. 저녁놀이 진 하늘은 저 아래 지평선 가까이 구름 띠 몇 개가 수평으로 떠 있는 것을 제하고는 구름 한 점 없이 맑고 높았습니다. 그날 밤에는 여느 때의 기대감이 두려움의 색깔을 띠고 있었지요. 어스레한 고요 속에서 내 감각은 초자연적으로 날카로워진 것 같았습니다. 발밑의 땅에 구멍이 뚫려 있는 것까지 느낄 수 있을 것 같더군요. 실제로 자기네 개미굴을 이리저리 돌아다니며 어둠을 기다리는 몰록들이 지면을 통해 거의 보일 정도였습니다. 나는 흥분한 가운데, 내가 지하를 탐험한 것을 몰록들은 선전 포고로 받아들일 거라고 생각했습니다. 그런데 놈들은 내 타임머신을 무엇 때문에 가져갔을까요?

그렇게 우리는 정적 속을 계속 걸었고, 황혼의 어스름은 밤

---

[29] 리치먼드에서 남동쪽으로 8킬로미터쯤 떨어진 곳.

의 어둠으로 깊어져 갔습니다. 먼 곳의 맑고 푸른 색은 흐릿하게 바랬고, 별이 하나둘 뜨기 시작했습니다. 땅은 희미해지고 나무들은 거무스름해졌지요. 위나의 두려움과 피로도 점점 커졌습니다. 나는 위나를 품에 안고 다정하게 말을 걸면서 어루만져 주었습니다. 어둠이 점점 깊어져 가자 위나는 두 팔로 내 목을 끌어안고는, 눈을 감고 얼굴을 내 어깨에 힘껏 눌러 댔습니다. 그렇게 우리는 긴 비탈을 내려가 골짜기에 이르렀습니다. 그곳의 어둠 속에서 나는 하마터면 작은 강 속으로 들어갈 뻔했습니다. 나는 이 강을 건너 반대쪽 비탈을 올라갔습니다. 잠들어 있는 많은 집들과 석상 옆을 지나갔는데, 석상은 목축의 여신 파우나 같았지만 머리가 없더군요. 여기에는 아카시아도 있었습니다. 지금까지는 몰록들을 전혀 보지 못했지만, 아직 밤이 깊지 않았고, 달이 뜨기 전의 어두운 때는 아직 오지 않았습니다.

다음 언덕의 벼랑 끝에서 바라보니, 검은색을 띤 울창한 숲이 내 앞에 넓게 펼쳐져 있었습니다. 이것을 보고 나는 망설였습니다. 숲은 오른쪽으로도 왼쪽으로도 끝이 보이지 않았으니까요. 나는 피로를 느끼고(특히 발이 무척 아팠습니다) 멈춰 서서 위나를 조심스럽게 어깨에서 내려놓고 잔디밭에 앉았습니다. 〈청자 궁전〉은 더 이상 보이지 않았고, 나는 방향을 잘못 잡은 게 아닐까 하고 걱정했습니다. 나는 울창한 숲을 들여다보며 거기에 숨어 있을지도 모르는 것을 생각했습니다. 빽빽이 뒤엉킨 그 나뭇가지 밑에서는 별들도 보이지 않을 겁니다. 다른 위험은 숨어 있지 않더라도, 나무뿌리에 발부리가 걸려 넘어지거나 나무줄기에 부딪힐 위험은 있을 겁니다. 게다가 낮에 여러 가지로 흥분한 뒤여서 몹시 피곤하기도 했습니다. 그래서 나는 위험에 직면하지 않고 탁 트인 언덕 위에서 밤을 보내기로 마음먹었습니다.

위나가 깊이 잠들어 있는 것을 보고 나는 안심했습니다. 나는 재킷으로 위나의 몸을 조심스럽게 감싸 주고, 위나 옆에 앉아서 달이 뜨기를 기다렸습니다. 언덕 비탈은 조용하고 텅 비어 있었지만, 검은 숲에서는 이따금 생물들이 움직이는 기척이 올라왔습니다. 밤하늘이 아주 맑았기 때문에 머리 위에서는 별들이 빛나고 있었습니다. 별들의 반짝임이 나를 다정하게 위로해 주는 듯한 느낌이 들었습니다. 하지만 나에게 친숙한 별자리들은 하늘에서 모두 사라졌더군요. 인간 수명의 백배나 되는 긴 세월에도 감지할 수 없을 만큼 느린 이동이 별들을 완전히 생소한 별자리로 재배치한 지 오래였던 겁니다. 하지만 은하수는 여전히 옛날처럼 작은 별들의 무리가 흐르는 너덜너덜한 별들의 강처럼 보였지요. 남쪽(나는 거기가 남쪽이라고 판단했습니다)에는 내가 처음 보는 아주 밝은 붉은색 별이 하나 있었습니다. 그 별은 우리 밤하늘에서 밝게 빛나는 초록빛 시리우스보다도 훨씬 밝았지요. 그리고 반짝반짝 빛나는 이 모든 점들 한복판에서 밝은 행성 하나가 오랜 친구의 얼굴처럼 다정하게 한결같이 빛나고 있더군요.

이 별들을 바라보자 갑자기 내 곤경과 지상 생활의 모든 무게가 하찮게 느껴졌습니다. 나는 잴 수도 없는 별들의 거리를 생각하고, 미지의 과거에서 미지의 미래로 느릿느릿 흘러가는 별들의 불가피한 이동을 생각하고, 지구의 북극이 세차 운동[30]으로 그리는 거대한 원을 생각했습니다. 내가 타임

---

30 지구 회전축의 방향이 바뀌는 운동. 2만 6천 년 동안 한 바퀴를 돈다.

머신을 타고 건너온 그 오랜 세월 동안 북극의 그 소리 없는 회전은 40번밖에 일어나지 않은 겁니다. 북극이 이렇게 몇 번 회전하는 동안, 내가 아는 인간의 모든 활동, 모든 전통, 복잡한 조직, 민족, 언어, 문학, 열망, 심지어는 단순한 기억조차도 말끔히 사라져 버렸습니다. 그 대신에 자신의 고귀한 조상을 잊어버린 이 연약한 동물들과 내가 두려워하게 된 그 〈하얀 것〉들이 등장한 것입니다. 이어서 나는 두 종족 사이에 존재하는 〈거대한 공포〉에 대해 생각하고, 그제야 비로소 내가 본 고깃덩어리가 무엇인지를 깨닫고 갑자기 몸서리를 쳤습니다. 하지만 그것은 너무 끔찍했어요! 나는 내 옆에서 잠자고 있는 작은 위나를 내려다보았습니다. 위나의 하얀 얼굴은 별들 아래에서 별처럼 반짝였습니다. 나는 그 끔찍한 생각을 얼른 물리쳤지요.

그 긴 밤 내내 나는 되도록 몰록을 생각지 않으려고 애썼습니다. 그리고 밤하늘의 새로운 혼란 속에서도 옛날 별자리의 흔적을 찾을 수 있을 거라고 생각하면서 시간을 보냈습니다. 하늘은 열은 안개 같은 구름이 한두 조각 떠 있을 뿐 계속 맑았습니다. 나는 이따금 꾸벅꾸벅 졸았던 모양입니다. 내 불침번이 계속되는 동안, 동녘 하늘이 색깔 없는 불빛을 반사하는 것처럼 어렴풋이 밝아 왔습니다. 그리고 이지러져 가는 달이 떴습니다. 가늘고 끝이 뾰족한 하얀색 달이었지요. 그리고 바로 뒤이어 새벽이 오더니 곧 달을 따라잡았습니다. 달빛 밖으로 넘쳐 나온 새벽빛은, 처음에는 어스레하고 약했지만 점점 분홍색을 띠면서 따뜻해졌습니다. 몰록은 한 번도 우리에게 다가오지 않았습니다. 사실 나는 그날 밤 언덕 위에서 몰록을 하나도 보지 못했습니다. 새날이 시작되었다고 확신하자, 내 두려움이 거의 터무니없게 여겨졌습니다. 나는 일어섰습니다. 그런데 굽이 헐거워진 신발을 신은 탓에 발목이 퉁퉁 붓고 발뒤꿈치가 아팠습니다. 그래서 다시 주저앉아 신발을 벗어 내던졌지요.

나는 위나를 깨워서 함께 숲으로 내려갔습니다. 숲은 이제 검고 으스스한 숲이 아니라 초록빛을 띤 아름답고 상쾌한 숲이었습니다. 우리는 먹을 만한 과일을 찾아서 아침 식사를 했습니다. 우리는 곧 다른 우아한 사람들을 만났는데, 그들은 자연 속에 밤 따위는 존재하지 않는 것처럼 햇빛 속에서 즐겁게 웃으며 춤을 추고 있더군요. 바로 그때, 내가 지하에서 본 고깃덩어리가 또다시 머리에 떠올랐습니다. 이제 나는 그게 무슨 고기인지 확실히 알았고, 인류라는 대하에서 마지막 남은 실개천 같은 이 연약한 난쟁이들을 진심으로 동정했습니다. 먼 옛날 인간의 퇴화가 진행되고 있을 때 몰록들의 식량이 떨어진 게 분명합니다. 아마 그들은 쥐나 그런 해로운 동물을 잡아먹고 살았을 겁니다. 지금도 인간은 과거보다 훨씬 음식을 가리지 않고, 음식을 선택할 때 배타성이 많이 줄어들었지요. 인간은 어떤 원숭이보다도 다양한 음식을 섭취합니다. 인육에 대한 편견은 인간의 마음에 깊숙이 자리 잡은 본능이 아닙니다. 따라서 인간의 후손이지만 비인간적인 몰록들은……! 나는 과학적인 태도로 몰록을 바라보려고 애썼습니다. 뭐니 뭐니 해도 몰록은 3, 4천 년 전의 식인종 조상들보다 더 비인간적이고, 우리와 관계가 더 멀었습니다. 그들에게 지성이 있다면 이런 상황에서 고통을 느꼈겠지만, 지성은 이미 사라졌습니다. 그런데 왜 내가 괴로워해야 하죠? 이 엘로이들은 살찐 소 떼일 뿐입니다. 개미 같은 몰록들은 엘로이를 지키고 잡아먹고 아마 번식도 시킬 겁니다. 그런데 내 옆에는 즐겁게 춤을 추고 있는 위나가 있었습니다!

나는 그것을 인간의 이기심에 대한 징벌로 생각하여, 나에게 닥쳐오는 공포로부터 나를 지키려고 애썼습니다. 인간은 동료 인간의 노동에 의지하여 편안하고 즐겁게 사는 데 만족했고, 〈필요성〉을 자신의 표어이자 핑계로 삼았지만, 때가 되자 〈필요성〉이 그의 가슴에 사무치게 와 닿은 것입니다. 나는 비참하게 쇠퇴한 이 귀족들을 칼라일[31]처럼 경멸하려고 했습니다. 하지만 이런 정신적 태도를 유지할 수는 없었습니다. 엘로이들은 지적으로 아무리 퇴화했다 해도 인간의 형태를 너무나 많이 간직하고 있어서, 나는 그들을 동정하지 않을 수 없었고 그들의 퇴화와 두려움을 필연적으로 공유할 수밖에 없었지요.

그때 나는 앞으로 어떤 행동 방침을 따를 것인가에 대해 지극히 막연한 생각밖에는 갖고 있지 않았습니다. 먼저 해야 할 일은 안전한 피난처를 확보하고, 금속이나 돌로 내가 고안할 수 있는 무기를 만드는 것입니다. 그 필요성은 절박했습니다. 다음으로는 횃불이라는 무기를 언제든지 쓸 수 있도록 불을 피울 수단을 손에 넣고 싶었습니다. 몰록에게 가장 효과적인 무기는 불이라는 것을 알았으니까요. 그다음에는 하얀 스핑크스 아래의 청동 문을 부술 수 있는 장치를 마련하고 싶었습니다. 나는 성문을 부수는 파성퇴를 고려하고 있었어요. 눈부신 횃불을 들고 그 청동 문 안으로 들어갈 수만 있다면 타임머신을 되찾아 이곳을 탈출할 수 있다고 확신했지요. 몰

---

31 Thomas Carlyle(1795~1881). 영국의 사상가. 대표작으로는 『프랑스 혁명』, 『의상 철학』 등이 있다.

록들이 타임머신을 멀리 떨어진 곳까지 운반할 만큼 힘이 세다고는 생각할 수 없었습니다. 나는 위나를 우리 시대로 데려가기로 마음먹었습니다. 나는 그런 계획을 곰곰 생각하면서 우리 거처로 선택한 건물을 향해 나아갔습니다.

8

정오 무렵 〈청자 궁전〉에 다가가 보니, 아무도 없는 궁전은 폐허가 되어 가고 있었습니다. 창문에는 깔쭉깔쭉한 유리 조각만 남아 있고, 건물 표면을 덮은 거대한 청자 판은 부식한 금속 테두리에서 빠져나와 아래쪽 잔디밭에 떨어져 있었습니다. 궁전은 잔디로 덮인 구릉에 아주 높이 솟아 있더군요. 안으로 들어가기 전에 북동쪽을 바라보았더니, 그곳에 큰 후미나 작은 만이 있는 게 보여서 깜짝 놀랐습니다. 그곳에는 한때 윈즈워스와 배터시[32]가 있었던 게 분명하다고 나는 판단했습니다. 그때 나는 바다에 사는 생물들이 어떻게 되었을까, 그 생물들에게 무슨 일이 일어나고 있을까를 생각했지만, 그 생각을 끝까지 추구하지는 않았습니다.

조사해 보니 궁전은 정말로 〈자기〉로 되어 있었고, 정면을 따라 미지의 문자로 된 명문이 새겨져 있었습니다. 나는 어리석게도 위나가 이 명문 해석을 도와줄 수 있을지도 모른다고 생각했지만, 위나의 머리에는 글자라는 개념조차 들어가 본

---

32 둘 다 런던 남서부의 자치구다.

적이 없다는 사실을 알았을 뿐입니다. 위나는 언제나 나에게는 실제보다 더 인간적으로 보였던 것 같습니다. 그것은 아마 위나의 애정이 너무나 인간적이었기 때문일 테지요.

커다란 문은 부서진 채 열려 있더군요. 문으로 들어가자, 통상적인 홀 대신에 수많은 옆 창으로 들어온 햇빛을 받고 있는 길쭉한 방이 보였습니다. 나는 첫눈에 박물관을 연상했습니다. 타일 깔린 바닥에는 먼지가 수북이 덮여 있고, 질서 정연하게 늘어선 온갖 잡동사니가 역시 회색 덮개 같은 먼지에 싸여 있더군요. 그때 나는 홀 중앙에 서 있는 이상하고 음산한 것을 발견했는데, 그것은 분명 거대한 해골의 아랫부분이었습니다. 나는 해골의 발이 비스듬히 기울어져 있는 것을 보고, 그것이 메가테리움[33] 방식으로 멸종된 동물이라는 것을 알아차렸습니다. 두개골과 상체 뼈는 옆에 두껍게 쌓인 먼지 속에 놓여 있었고, 지붕에 뚫린 구멍으로 빗물이 떨어진 부분은 뼈가 닳아 있었지요. 방 저쪽에는 브론토사우루스[34]의 거대한 해골 몸통이 있더군요. 여기가 박물관일 거라는 짐작은 사실로 확인되었습니다. 나는 옆을 향해 가다가 기울어진 선반처럼 보이는 것을 발견했는데, 두껍게 쌓인 먼지를 쓸어 내자 우리 시대에 흔히 볼 수 있는 유리 진열장이 나타났습니다. 하지만 그 안에 들어 있는 전시품의 일부가 잘 보존되어 있는 것으로 미루어 진열장은 공기가 통하지 않도록 완전히 밀폐되어 있는 게 분명했습니다.

---

33 플라이스토세에 생존했던 포유류 화석 동물. 몸길이는 7미터 정도이며, 날카롭고 긴 발톱을 가졌다.
34 뇌룡. 쥐라기 말기에 살았던 거대한 초식 공룡으로, 목과 꼬리가 긴 것이 특징이다.

분명 우리는 후세의 사우스켄징턴[35] 박물관의 폐허에 서 있었습니다. 여기는 〈고생물〉 전시실이 분명했고, 아주 훌륭한 화석들이 전시되어 있었을 게 분명합니다. 불가피한 부패 과정은 한동안 지연되었고, 박테리아와 균류의 멸종으로 말미암아 그 위력의 99퍼센트를 잃어버렸지만, 그래도 아주 느리지만 확실하게 박물관의 모든 보물에 또다시 작용했습니다. 여기저기서 나는 난쟁이들의 흔적을 발견했는데, 희귀한 화석을 산산조각으로 부수거나 갈대 줄기에 줄줄이 꿰어 놓은 형태로 남아 있었습니다. 어떤 경우에는 진열장이 통째로 없어지기도 했더군요.

나는 몰록들의 짓이라고 판단했지요. 그곳은 정말 조용했습니다. 두껍게 쌓인 먼지가 우리의 발소리를 죽여 주었어요. 진열장의 기울어진 유리에 성게 화석을 굴리며 놀고 있던 위나는, 내가 주위를 유심히 둘러보자 얼른 나에게 다가와서 아주 조용히 내 손을 잡고 곁에 섰습니다.

처음에 나는 지적인 시대의 이 오래된 기념물을 발견하고 하도 놀란 나머지, 그것이 제시하는 가능성을 전혀 생각하지 않았습니다. 타임머신에 몰두해 있던 나도 그 생각을 마음에서 조금 밀어냈습니다.

건물 규모로 미루어 이 〈청자 궁전〉에는 고생물 전시실 외에도 아주 많은 것이 있을 것 같더군요. 아마 역사 자료 전시실도 있을 것이고, 어쩌면 도서관도 있을지 모릅니다. 적어도 내 상황에서는 쇠퇴한 고대 지질학의 구경거리보다는 역사 자료나 문헌이 훨씬 흥미로울 테지요. 나는 첫 번째 전시

---

35 런던의 사우스켄징턴 구는 지질학 박물관, 과학박물관, 자연사 박물관을 비롯한 여러 박물관으로 유명했고 지금도 유명하다.

실을 가로질러 뻗어 있는 또 하나의 짧은 전시실을 발견했습니다. 이 전시실은 광물 전시실로 쓰인 것 같더군요. 유황 덩어리를 보자 당장 화약이 생각났습니다. 하지만 초석은 어디에서도 찾을 수 없더군요. 사실은 어떤 종류의 질산염도 없었지요. 그것들은 오래전에 용해되어 버린 게 분명했습니다. 하지만 유황이 계속 마음에 걸려 있어서, 여러 가지 생각이 연달아 떠오르더군요. 그 전시실의 나머지 전시품들은 대체로 내가 본 것들 가운데 가장 잘 보존되어 있었지만, 나는 별로 흥미를 느끼지 못했습니다. 나는 광물학 전문가가 아니니까요.

우리는 처음에 들어간 홀과 나란히 뻗어 있는 황폐한 통로를 걸어갔습니다. 겉보기에는 자연사 박물관인 것 같았지만, 모든 전시품이 알아볼 수 없을 정도로 망가져 있었습니다. 한때 동물 박제였던 것 몇 개가 쭈그러들고 까맣게 변색한 채 흔적만 남아 있고, 한때 알코올이 담겨 있던 병 속에는 바싹 말라 버린 미라들이 들어 있고, 죽은 식물들은 갈색 먼지가 되어 버렸더군요. 그게 전부였습니다! 정말 유감이었지요. 생물계 정복이 이루어진 독특한 재조정 과정을 더듬어 갈 수 있었다면 즐거웠을 텐데 말입니다. 이어서 우리는 엄청나게 크기만 하고 묘하게 채광이 나쁜 전시실로 들어갔습니다. 그곳 바닥은 내가 들어간 곳에서 반대쪽을 향해 약간 경사져 있더군요. 천장에는 곳곳에 하얀 전구가 매달려 있었는데, 전구는 대부분 금이 가고 박살이 났지만, 원래는 이곳에 인공조명 시설이 되어 있었다는 것을 암시해 주었지요. 이곳은 내 본래의 활동 영역에 가까웠습니다. 내 양쪽에 거대한 기계들이 솟아 있었으니까요. 모두 부식되고 대부분 고장 난 상태였지만, 온전한 형태로 남아 있는 것들도 있더군요. 아시다시피 나는 기계라면 사족을 못 쓰기 때문에, 이 기계들과 함께 시간을 보내고 싶었습니다. 기계들이 대부분 수수께끼처럼 흥미로웠기 때문에 더욱 그랬지요. 하지만 나는 그 기계들의 쓰임새를 막연히 짐작할 수밖에 없었습니다. 기계들의 수수께끼를 풀 수만 있다면 몰록들과 맞설 수 있는 힘을 갖게 될지도 모른다고 생각했습니다.

갑자기 위나가 내 곁에 바싹 다가붙었습니다. 그 몸짓이 너무 갑작스러워서 나는 깜짝 놀랐지요. 위나가 아니었다면 나는 전시실 바닥이 경사져 있다는 것도 알아차리지 못했을 겁니다.[36] 내가 들어간 쪽은 지면에서 상당히 높이 올라와 있었고, 드문드문 나 있는 동전 구멍 같은 창문으로 빛이 들어오고 있었습니다. 반대쪽을 향해 걸어가면 땅바닥이 이 창문들 가까이로 점점 올라와, 마침내 각 창문 앞에 런던 주택의 지하실 출입구 같은 구덩이가 생기고, 창문 위쪽에 가느다란 줄 모양의 햇빛만 보일 뿐이었습니다. 나는 기계에 대해 생각하면서 천천히 걸어갔습니다. 기계에 너무 열중한 나머지, 위나의 불안감이 점점 심해져 내 주의를 끌 때까지는 햇빛이 점점 줄어드는 것도 알아차리지 못했지요. 정신을 차리고 보니 전시실이 마침내 짙은 어둠 속으로 빠져들고 있더군요. 잠시 망설이다가 주위를 둘러보고는 먼지가 그렇게 많지 않고 먼지 층의 표면도 별로 고르지 않다는 것을 알았습니다. 어두운 앞쪽에는 작고 가느다란 발자국도 많이 나 있는 것 같았습니다. 그것을 보자 몰록들이 가까이 있다는 느낌이 되살아

---

36 물론 바닥이 경사진 게 아니라 박물관이 언덕 비탈을 파고든 형태로 세워져 있었을 것이다 — 편집자(원주).

났습니다. 나는 기계들을 학술적으로 조사하느라 시간을 낭비하고 있다고 느꼈지요. 오후 시간이 벌써 상당히 지나갔는데, 나는 아직 무기도 피난처도 없고 불을 피울 수단도 없는 처지라는 게 생각났습니다. 그때 멀리 떨어진 전시실 앞쪽의 어둠 속에서 내가 우물 속에서 들었던 기묘한 소음과 타닥거리는 독특한 발소리가 들렸습니다.

나는 위나의 손을 잡았습니다. 그때 문득 어떤 생각이 떠올라, 나는 위나를 남겨 두고 철도 신호소의 레버와 비슷한 레버가 불쑥 튀어나와 있는 기계 쪽으로 돌아섰습니다. 나는 발판 위로 올라가서 이 레버를 두 손으로 움켜잡고는 온몸의 무게를 실어 그것을 옆으로 밀었습니다. 그때 중앙 통로에 혼자 남겨진 위나가 갑자기 훌쩍거리기 시작했습니다. 나는 레버의 강도를 아주 정확하게 판단했습니다. 1분쯤 힘을 가하자 레버가 뚝 부러졌기 때문입니다. 나는 그 쇠몽둥이를 손에 쥐고 위나에게 돌아왔습니다. 이 몽둥이만 있으면 어떤 몰록을 만나도 두개골을 박살 낼 수 있다고 생각했습니다. 그리고 나는 몰록을 한두 놈 죽이고 싶은 마음이 간절했습니다. 제 자손을 죽이고 싶어 하다니, 너무 냉혹하다고 여러분은 생각할지 모르지만, 놈들에게서 조금이라도 인간성을 느끼는 것은 불가능했습니다. 하지만 나는 위나를 혼자 놔두고 떠날 마음이 나지 않았고, 죽이고 싶은 욕망을 채우기 시작하면 타임머신에 문제가 생길지 모른다는 생각이 들었기 때문에, 전시실 끝에서 시끄러운 소리를 내고 있는 그 짐승 같은 놈들에게 곧장 달려가 죽이고 싶은 마음을 억눌렀습니다.

나는 한 손에는 몽둥이를 들고 다른 손으로는 위나를 잡고 전시실에서 나와, 그보다 훨씬 큰 다른 전시실로 들어갔습니다. 이 전시실을 처음 보았을 때는 너덜너덜한 군기들이 걸려 있는 군대 예배당이 생각나더군요. 전시실 양쪽에 갈색으로 탄 넝마 조각들이 걸려 있었는데, 그것은 넝마가 아니라 책이 썩어 가는 것임을 금방 알 수 있었습니다. 책은 산산조각이 난 지 오래였고, 인쇄된 문자 비슷한 것은 하나도 남아 있지 않았습니다. 하지만 여기저기에 뒤틀린 판지와 부서진 죔쇠가 흩어져 있어서 사실을 말해 주었습니다. 내가 문학자였다면 모든 야망이 얼마나 허망한가를 도덕적인 관점에서 고찰했을지도 모릅니다. 하지만 나는 문학자가 아니기 때문에, 내가 가장 강하게 느낀 것은 노동의 엄청난 낭비였습니다. 칙칙하게 썩어 가는 이 수많은 종이가 그 증거였습니다. 솔직히 말하면 그때 내가 주로 생각한 것은 『철학 회보』[37]와 내가 거기에 기고한 열일곱 편의 광학 논문이었습니다.

우리는 넓은 계단을 올라가, 한때 응용 화학과 관련된 전시실이었을지 모르는 곳에 이르렀습니다. 나는 여기서 뭔가 유용한 것을 발견할 수 있으리라고 상당히 기대를 걸었습니다. 지붕이 무너진 한쪽 끝을 제외하면 이 전시실은 잘 보존되어 있었으니까요. 나는 부서지지 않은 진열장을 모두 조사했습니다. 그리고 마침내 공기가 통하지 않도록 완전히 밀폐된 진열장에서 성냥갑 하나를 발견했습니다. 나는 간절한 마음으로 성냥을 켜보았습니다. 성냥은 멀쩡하더군요. 눅눅하지도 않았습니다. 나는 위나를 돌아보며 그들의 언어로 외쳤습니다. 〈춤추자.〉 나는 이제 그 끔찍한 동물들을 물리칠 수 있는 무기를 손에 넣었으니까요. 그래서 그 버려진 박물관에

---

[37] 영국 왕립 학회에서 발행하는 학술 논문지.

두껍게 쌓인 부드러운 먼지의 카펫 위에서 〈천국〉[38]이라는 노래를 최대한 유쾌하게 휘파람으로 불면서 여러 가지 요소로 이루어진 일종의 〈종합 댄스〉를 진지하게 추어서 위나를 즐겁게 해주었지요. 그 춤의 일부는 얌전한 캉캉이었고, 일부는 스텝 댄스, 일부는 스커트 댄스(내 연미복이 허락하는 한), 일부는 창작 댄스였답니다. 여러분도 아시다시피 나는 천성적으로 창의력이 풍부하니까요.

이 성냥갑이 그렇게 오랜 세월 동안 손상되지 않은 것은 정말 이상한 일이고 나한테는 더없는 행운이었다고, 나는 지금도 그렇게 생각합니다. 하지만 묘하게도 나는 그보다 훨씬 뜻밖의 물질을 발견했는데, 그것은 바로 장뇌였습니다. 장뇌는 밀봉된 유리병 속에 들어 있었는데, 그 유리병이 그토록 완전하게 밀봉된 것은 아마 우연이었을 겁니다. 처음에는 그것이 고체 파라핀인 줄 알았고, 그래서 유리병을 깨뜨렸습니다. 하지만 장뇌 냄새는 틀릴 여지가 없었지요. 모든 것이 썩었는데 이 휘발성 물질은 수천 세기 동안 우연히 살아남은 겁니다.

나는 언젠가 본 적이 있는 세피아 물감이 생각났습니다. 수백만 년 전에 죽어서 화석이 된 벨렘나이트[39]의 먹물로 만들어진 물감이었지요. 나는 장뇌를 내던지려다가, 장뇌가 가연성 물질이고 아주 밝은 불꽃을 내면서 탄다는 사실을 생각해냈습니다. 사실 장뇌는 훌륭한 양초였지요. 그래서 나는 장뇌를 주머니에 넣었습니다. 하지만 폭약 같은 것은 전혀 발견하

---

38 The Land of the Leal. 스코틀랜드의 민요.
39 두족류인 오징어나 연체동물과 비슷한 바다 화석 동물. 쥐라기에 번성했다.

지 못했고, 청동 문을 부술 다른 수단도 찾지 못했습니다. 내가 우연히 발견한 것들 가운데 아직까지는 쇠몽둥이가 가장 유용했습니다. 그래도 나는 한결 기운이 나서 우쭐한 기분으로 그 전시실을 나왔습니다.

그 길었던 오후의 일을 다 이야기할 수는 없습니다. 내 모험을 순서대로 기억해 내려면 엄청난 노력이 필요할 테니까요. 녹슨 무기 진열대가 늘어서 있던 전시실이 생각납니다. 내가 손에 쥐고 있던 몽둥이를 그곳에 진열된 손도끼나 칼로 바꿀까 말까 망설였던 것도 생각납니다. 무기를 둘 다 가져갈 수는 없었고, 쇠몽둥이는 청동 문을 부수는 데 더없이 좋은 도구가 될 것 같았지요. 무기 전시실에는 대포와 권총과 소총도 많았습니다. 대부분은 녹이 잔뜩 슬어 있었지만, 새로운 금속으로 만들어져서 상태가 꽤 좋은 것도 많더군요. 하지만 한때 탄약이나 화약이었던 것은 이제 다 삭아서 먼지가 되어 있었습니다. 전시실 한쪽 구석이 검게 그을리고 부서진 게 보였는데, 전시되어 있던 폭약이 터진 것 같았어요. 또 다른 곳에는 수많은 우상이 전시되어 있었습니다. 폴리네시아, 멕시코, 그리스, 페니키아 등, 지구상의 온갖 나라에서 수집한 우상이었을 겁니다. 그리고 여기서 나는 억누를 수 없는 충동에 굴복하여, 남아메리카 원주민이 숭배한 괴물의 코에 내 이름을 썼습니다. 활석의 일종인 동석을 깎아서 만든 그 괴물이 특히 마음에 들었거든요.

저녁이 다가오자 내 호기심도 차츰 사그라졌습니다. 나는 먼지투성이에다 조용하고 황폐한 전시실을 차례로 통과했습니다. 전시품은 녹과 갈탄 무더기에 불과한 경우도 있었지만, 비교적 깨끗한 것도 있었지요. 어떤 방에서는 주석 광산 모형이 내 옆에 있는 것을 갑자기 알아차렸고, 이어서 밀폐된 진열장에 다이너마이트 약통 두 개가 들어 있는 것을 우연히 발견했습니다! 나는 〈유레카!〉[40] 하고 외치고는 기뻐서 진열장을 박살 냈습니다. 그때 문득 의심이 생겼습니다. 나는 망설이다가, 옆에 딸린 작은 회랑에서 폭발 시험을 해보았습니다. 5분, 10분, 15분을 기다려도 폭발은 일어나지 않았고, 그때만큼 큰 실망감을 맛본 적도 없었습니다. 물론 그 전시품은 모형이었어요. 아직까지 멀쩡하게 남아 있다는 사실만으로도 가짜라는 것을 짐작할 수 있었을 겁니다. 그게 가짜가 아니었다면 나는 당장 달려 나가서 스핑크스와 청동 문을 날려 보냈을 것이고, (나중에 알았지만) 타임머신을 찾아낼 기회까지도 함께 날려 보냈을 테지요.

우리가 궁전 안의 작은 마당에 다다른 것은 그다음이었습니다. 마당은 잔디로 덮여 있고, 과일나무 세 그루가 심어져 있었지요. 그래서 우리는 그곳에서 과일을 먹고 쉬면서 기운을 차렸습니다. 해 질 녘에 나는 우리의 처지를 생각하기 시작했습니다. 밤이 다가오고 있는데도 몰록들이 접근할 수 없는 은신처는 아직 찾지 못했습니다. 하지만 이제 나는 별로 걱정하지 않았어요. 놈들의 공격을 막을 수 있는 좋은 수단인 성냥을 가지고 있었으니까요. 게다가 불꽃이 필요하면, 내 주머니에 장뇌도 들어 있었지요. 지금은 사방이 트인 곳에 모닥불을 피우고, 그 불꽃의 보호를 받으면서 밤을 보내는 것이 최선일 것 같더군요. 그리고 아침에는 타임머신을 되찾는 일이 기다리고 있었습니다. 그 일을 위해 내가 손에 넣은 도

---

40 고대 그리스의 과학자 아르키메데스가 시라쿠사 왕의 왕관에 함유된 금의 순도를 재는 방법을 발견했을 때 외친 말. 〈찾았다〉는 뜻.

구는 아직까지는 쇠몽둥이뿐이었지요. 하지만 여러 가지를 알게 되면서 그 청동 문에 대한 느낌도 많이 달라졌습니다. 지금까지 청동 문을 억지로 열지 않았던 것은 주로 문 안쪽이 신비에 싸여 있었기 때문입니다. 문은 별로 튼튼하다는 느낌이 들지 않았고, 따라서 쇠몽둥이만 있으면 충분히 열 수 있을 거라고 생각했습니다.

9

우리는 해가 아직 지평선에 걸려 있을 때 궁전을 나왔습니다. 나는 이튿날 아침 일찍 하얀 스핑크스에 도착하기로 결심했고, 지난번 답사 때 나를 방해한 숲을 땅거미가 지기 전에 통과할 작정이었습니다. 내 계획은 그날 밤 최대한 멀리까지 간 다음 모닥불을 피우고, 불길의 보호를 받으며 잠을 자는 것이었지요. 그래서 나는 위나와 함께 걸어가는 동안 눈에 띄는 마른 나뭇가지나 마른 풀을 주워 모았고, 얼마 가기도 전에 그런 땔감이 한 아름이나 되었습니다. 그렇게 거추장스러운 짐을 안고 있어서 내가 예상했던 것보다 걸음이 느려졌고, 게다가 위나는 매우 지쳐 있었습니다. 졸음도 나를 괴롭히기 시작했지요. 그래서 숲에 도착하기도 전에 캄캄한 밤이 되어 버렸습니다. 위나는 우리 앞에 놓인 어둠이 두려워, 관목이 무성한 숲 가장자리의 언덕에서 쉬고 싶었을 겁니다. 하지만 재난이 다가오고 있다는 수상한 느낌이 나를 앞으로 밀어냈습니다. 사실 그 느낌을 경고로 받아들였더라면 좋았을 텐데요. 나는 1박 2일 동안 잠을 자지 않아서 신경이 곤두서고 짜증이 났습니다. 나는 잠이 몰려오는 것을 느꼈고, 잠과 함께 몰록들이 몰려오는 것을 느꼈습니다.

우리가 어떻게 할까 망설이고 있는 동안, 우리 뒤쪽의 검은 덤불 속에 어둠을 배경으로 세 개의 형체가 웅크리고 있는 게 어렴풋이 보였습니다. 주위에는 관목과 길게 자란 풀이 여기저기에 널려 있어서, 놈들이 몰래 다가올까 봐 불안했습니다. 숲은 너비가 1킬로미터도 채 안 될 것 같았습니다. 우리가 숲을 빠져나가 풀도 나무도 없는 언덕까지 갈 수만 있다면, 그곳에는 훨씬 안전한 쉼터가 있을 것 같았지요. 성냥과 장뇌가 있으니까 숲을 빠져나가는 동안 계속 길을 밝힐 수 있을 거라고 생각했습니다. 하지만 두 손으로 성냥불을 휘두르려면 품에 안고 있는 땔감을 버려야 했습니다. 그래서 나는 마지못해 땔감을 내려놓았지요. 그때 문득 땔감에 불을 붙여 뒤따르는 녀석들을 놀라게 해주자는 생각이 떠오르더군요. 이것이 얼마나 어리석은 짓인지는 나중에 알게 되었지만, 그때는 후퇴하는 우리를 엄호해 줄 기막힌 수단으로 여겨졌답니다.

사람이 없고 기후가 온화한 곳에서 불이 얼마나 드문 현상인지, 생각해 본 적이 있는지 모르겠군요. 열대 지방에서는 가끔 일어나는 일이지만, 다른 지방에서는 이슬방울이 햇빛을 한곳에 모은다 해도 태양열이 무언가를 태울 만큼 강한 경우는 드물지요. 벼락이 나무를 시들게 하고 검게 그을릴 수는 있지만, 대규모 산불을 일으키는 경우는 드뭅니다. 썩어 가는 식물은 이따금 발효열로 연기를 낼 수 있지만, 그것 때문에 불이 나는 일은 거의 없습니다. 인류의 쇠퇴기인 이 시대에는 불을 피우는 기술도 지상에서 잊혔지요. 내가 모은 땔감 더미를 혀처럼 날름날름 핥는 붉은 불길은 위나에게는 완전히 생소하고 놀라운 것이었어요.

위나는 불로 달려가서 장난을 치고 싶어 했습니다. 말리지 않았다면 위나는 불 속에 몸을 던졌을 겁니다. 하지만 내가 급히 쫓아가서 붙잡고, 몸부림치는 위나를 숲 속으로 밀어 넣었습니다. 한동안은 내가 피운 불이 길을 비추어 주었지요. 잠시 후 뒤를 돌아보니, 땔감 더미에서 치솟은 불길이 가까운 덤불로 번진 것을 나무줄기 사이로 볼 수 있었습니다. 그리고 불길이 언덕의 풀밭을 태우며 기어오르는 것도 보였습니다. 그것을 보고 나는 소리 내어 웃고는 다시 내 앞에 있는 숲 쪽으로 돌아섰습니다. 숲은 캄캄했고, 위나는 발작하듯 나에게 매달렸지만, 눈길이 차츰 어둠에 익숙해지자 나무줄기를 피할 수 있을 정도의 빛은 아직 남아 있었습니다. 나뭇잎 사이로 멀리 보이는 푸른 하늘이 여기저기서 우리를 비추고 있을 뿐, 머리 위는 칠흑처럼 어두웠지요. 나는 두 손이 다 자유롭지 못해서 성냥을 하나도 켜지 않았습니다. 왼팔로는 위나를 끌어안았고, 오른손에는 쇠몽둥이를 쥐고 있었으니까요.

한동안은 내 발밑에서 나뭇가지가 딱딱 부서지는 소리, 머리 위에서 산들바람이 살랑거리는 소리, 내가 숨 쉬는 소리, 내 귓속에서 혈관이 고동치는 소리밖에는 들리지 않았습니다. 그때 문득 주위에서 타닥거리는 발소리가 나는 것 같았습니다. 나는 단호하게 전진을 계속했습니다. 타닥거리는 소리는 점점 분명해졌고, 곧이어 내가 지하 세계에서 들은 것과 똑같은 기묘한 소리와 목소리가 들렸습니다. 몰록 몇이 다가오고 있는 게 분명했습니다. 실제로 1분 뒤에는 몰록이 내 외투를 잡아당기는 것을 느꼈고, 무언가가 팔에 닿았습니다. 위나는 세차게 몸을 떨다가 곧 꼼짝도 하지 않게 되었지요.

성냥을 켜야 할 때였습니다. 하지만 성냥을 켜려면 위나를 내려놓아야 합니다. 나는 위나를 내려놓았고, 주머니를 뒤지는 동안 무릎 근처의 어둠 속에서 싸움이 시작됐습니다. 위나는 아무 소리도 내지 않았고, 몰록들은 구구거리는 그 독특한 소리를 내면서 싸우더군요. 작고 부드러운 손들이 내 외투와 등 위를 기어다니고, 내 목에 닿기까지 했습니다. 그때 성냥이 쉿 소리를 내며 켜졌습니다. 활활 타는 성냥불을 치켜들자, 나무들 사이로 달아나는 몰록들의 하얀 등이 보였습니다. 나는 서둘러 주머니에서 장뇌 한 덩이를 꺼냈습니다. 그리고 성냥불이 사그라지면 얼른 장뇌에 불을 붙일 준비를 하고 위나를 보았습니다. 위나는 땅바닥에 얼굴을 대고 엎드린 채 내 두 발을 움켜잡고 꼼짝도 하지 않았습니다. 나는 깜짝 놀라서 위나에게 몸을 굽혔습니다. 위나는 숨을 쉬는 것 같지도 않았어요. 나는 장뇌에 불을 붙여서 땅바닥에 던졌습니다. 장뇌가 쪼개지면서 불길이 확 일어나 몰록들과 어둠을 뒤로 밀어내자, 나는 위나 옆에 무릎을 꿇고 그녀를 안아 들었습니다. 뒤쪽의 숲은 거대한 무리가 움직이는 소리와 수군대는 소리로 가득 찬 것 같더군요.

위나는 기절한 것 같았습니다. 위나를 조심스럽게 어깨에 둘러메고 일어선 순간, 나는 무서운 사실을 깨달았습니다. 성냥을 켜고 위나를 업으면서 여러 번 몸을 돌렸기 때문에, 이제 어느 쪽으로 가야 할지 방향을 알 수 없게 된 겁니다. 어쩌면 〈청자 궁전〉 쪽으로 돌아가게 될지도 모릅니다. 식은땀이 나더군요. 어떻게 할 것인지, 빨리 생각해야 했습니다. 나는 그 자리에 불을 피우고 야영을 하기로 결정했습니다. 여전히 꼼짝도 하지 않는 위나를 잔디로 덮인 나무줄기 위에 내려놓고, 첫 번째 장뇌 덩이가 거의 다 탔기 때문에 서둘러 나뭇가지와 나뭇잎을 주워 모으기 시작했습니다. 주위의 어둠 속에서는 몰록들의 눈이 석류석처럼 빨갛게 빛나고 있었지요.

장뇌를 태우는 불이 깜박거리다가 꺼져 버렸습니다. 나는 성냥불을 켰습니다. 그러자 위나에게 슬며시 다가오고 있던 두 개의 하얀 형체가 황급히 물러나더군요. 한 놈은 불빛에 눈이 부셔서 내 쪽으로 곧장 다가오기에 주먹으로 한 방 후려쳤더니 뼈가 부스러지는 감촉이 느껴졌습니다. 녀석은 놀라서 으악 소리를 지르고는 잠시 비틀거리다가 쓰러졌지요. 나는 다른 장뇌에 불을 붙이고, 계속 땔감을 모았습니다. 나는 머리 위의 나뭇잎이 바싹 말라 있는 것을 곧 알아차렸습니다. 내가 타임머신을 타고 도착한 지 일주일쯤 지났는데, 그동안 비가 한 방울도 내리지 않았으니까요. 그래서 나는 나무들 사이를 돌아다니며 떨어진 나뭇가지를 줍는 대신, 펄쩍 뛰어올라 나뭇가지를 끌어내리기 시작했습니다. 나는 금세 생가지와 삭정이로 모닥불을 피워 많은 연기를 내게 했고, 그렇게 함으로써 귀한 장뇌를 절약할 수 있었지요. 이어서 나는 쇠몽둥이 옆에 누워 있는 위나에게 돌아갔습니다. 나는 위나가 기운을 되찾게 하려고 온갖 수단을 다 써보았지만, 위나는 여전히 송장처럼 꼼짝도 않고 누워 있었습니다. 위나가 숨을 쉬는지 어떤지도 알 수 없었습니다.

그런데 모닥불의 연기가 내 쪽으로 흘러왔고, 그것이 나를 갑자기 노곤하게 만들었습니다. 게다가 공기 속에는 장뇌 증기가 감돌고 있었습니다. 모닥불도 1시간 정도는 땔감을 보충할 필요가 없었지요. 나는 격렬한 활동을 한 뒤여서 심한 피로감을 느끼고 땅바닥에 주저앉았습니다. 숲은 내가 알아들을 수 없는 술렁거림으로 가득 차서 더욱 졸음이 오게 했습니다. 나는 잠깐 고개를 꾸벅꾸벅하다가 눈을 뜬 것 같았는데, 사방이 캄캄하고 몰록들이 내 몸에 손을 대고 있더군요. 나는 달라붙는 놈들의 손가락을 뿌리치고, 서둘러 주머니에 손을 넣어 성냥갑을 찾았습니다. 그런데 성냥갑이 없는 거예요! 그러자 놈들은 다시 덤벼들어 나를 움켜잡았습니다. 무슨 일이 일어났는지 당장 알아차렸지요. 나는 깜박 잠이 들었고, 그사이에 모닥불이 꺼져 버린 겁니다. 죽음의 고통이 내 영혼을 사로잡았습니다. 숲은 불타는 나무 냄새로 가득 찬 것 같았습니다. 몰록들은 내 목과 머리털과 팔을 잡고 끌어 내렸습니다. 어둠 속에서 그 부드러운 동물들이 내 몸 위에 잔뜩 올라와 있는 느낌은 뭐라고 형언할 수 없을 만큼 끔찍했지요. 거대한 괴물 거미의 거미줄에 걸린 듯한 기분이었습니다. 결국 나는 놈들에게 제압당하여 쓰러지고 말았습니다. 작은 이빨이 내 목을 물어뜯는 게 느껴졌습니다. 나는 몸을 굴렸고, 그러자 내 손이 쇠몽둥이에 닿았습니다. 그것이 나에게 힘을 주었지요. 나는 인간 쥐들을 내 몸에서 털어 내면서 벌떡 일어나, 몽둥이를 짧게 쥐고는 놈들의 얼굴이 있으리라 짐작되는 곳을 향해 힘껏 휘둘렀습니다. 나는 놈들의 살과 뼈가 다육 식물처럼 터지고 으깨지는 것을 느낄 수 있었고, 잠깐이나마 자유를 되찾았습니다.

격렬한 싸움에 흔히 뒤따르는 그 야릇한 환희가 나를 덮쳤습니다. 나는 나도 위나도 죽은 목숨이라는 것을 알았지만, 몰록들이 우리를 거저 잡아먹도록 하지는 않겠다고 결심했지요. 나는 나무에 등을 대고 서서 몽둥이를 휘둘렀습니다. 숲 전체가 몰록들이 날뛰는 소리와 외치는 소리로 가득 차 있더군요. 1분이 지났습니다. 놈들의 목소리는 흥분한 나머지 더욱 높아지는 것 같았고, 놈들의 몸놀림도 점점 빨라졌습니다. 하지만 몽둥이가 닿는 범위 안에 들어오는 녀석은 하나도 없었지요. 나는 캄캄한 어둠을 노려보며 서 있었습니다. 그때 갑자기 희망이 생겼습니다. 몰록들이 겁을 먹고 있다면 어떨까? 그러자 곧이어 묘한 일이 일어났습니다. 어둠이 밝아지는 것 같았지요. 주위의 몰록들이 어렴풋이 보이기 시작했습니다. 몽둥이에 얻어맞고 내 발치에 쓰러진 세 녀석이 보이더군요. 이어서 나는 다른 몰록들이 달아나고 있는 것을 알아차리고 놀라움에 사로잡혔습니다. 내 뒤쪽에서 달려와 앞쪽의 숲을 빠져나가는 몰록들의 흐름이 끊임없이 이어지는 것 같았지요. 놈들의 등은 이제 하얀색이 아니라 불그스름해 보였습니다. 놀라서 입을 딱 벌리고 서 있던 나는 나뭇가지 사이로 빨간 불똥 하나가 별빛을 가로질러 날아가다가 사라지는 것을 보았습니다. 그제야 나는 나무 타는 냄새가 난 이유, 졸음이 오게 하는 술렁거림(이 소리는 이제 으르렁거리는 굉음이 되어 가고 있었습니다), 그리고 불그스름한 빛과 몰록들이 달아난 이유를 알았습니다.

나무 뒤에서 나와 뒤를 돌아보니, 가까운 나무들의 검은 기둥 사이로 불타는 숲의 불길이 보였습니다. 내가 처음에 피운 불이 나를 쫓아온 겁니다. 나는 그 불빛으로 위나를 찾았지만 보이지 않더군요. 내 뒤에는 쉭쉭거리는 소리와 딱딱거리는 소리가 났고, 싱싱한 나무가 타오를 때마다 폭발음이 났기 때문에, 깊이 생각할 시간이 없었지요. 나는 몽둥이를 손에 쥔 채 몰록들을 따라갔습니다. 아슬아슬한 경주였어요. 한번은 내 오른쪽에서 불길이 너무 빨리 다가와 나를 앞질렀기 때문에 나는 길을 왼쪽으로 벗어나야 했답니다. 하지만 마침내 나는 작은 빈터에 이르렀고, 그때 몰록 한 놈이 내 쪽으로 비틀거리며 다가오더니, 나를 지나쳐서 불 속으로 곧장 들어가더군요.

이제 나는 그 미래에서 목격한 모든 광경 중에 가장 불가사의하고 끔찍한 광경을 보게 됐습니다. 이 빈터는 산불의 반사광으로 대낮처럼 환했습니다. 빈터 한복판에는 작은 언덕이 있었고, 그 위에는 불에 탄 가시나무가 있었습니다. 그 너머에는 불타고 있는 숲이 있고, 노란 불길이 벌써 숲에서 혀를 날름거리고 있더군요. 불은 빈터를 울타리처럼 완전히 에워싸고 있었습니다. 언덕 비탈에는 몰록이 30~40명쯤 있었는데, 눈부신 불빛과 뜨거운 열기에 당황한 나머지 놈들은 서로 부딪치면서 이리저리 비틀거렸지요. 처음엔 그들의 눈이 먼 것을 알아차리지 못했습니다. 그들이 다가오자 나는 미친 듯한 공포에 사로잡혀, 몽둥이를 마구 휘둘러서 한 놈을 죽이고 여러 놈을 불구로 만들었답니다. 하지만 붉은 하늘을 배경으로 가시나무 아래를 손으로 더듬고 있는 놈들의 몸짓을 보고 신음 소리를 들었을 때, 나는 놈들이 눈부신 빛 속에서는 완전히 무력하고 심한 고통을 느끼는 게 분명하다는 것을 깨닫고, 더 이상 때리지 않았습니다.

하지만 몰록들은 이따금 떨리는 목소리로 공포를 발산하며 내 쪽으로 다가오곤 했습니다. 그러면 나는 재빨리 피했지요. 한번은 불길이 약간 잦아들었고, 나는 그 야비한 짐승들이 이제 곧 나를 볼 수 있지 않을까 두려웠습니다. 그런 사태가 벌어지기 전에 몇 놈을 죽여서 싸움을 시작할까 생각하고 있는데 불이 또다시 밝게 타올랐고, 나는 놈들을 때리고 싶은 충동을 억눌렀습니다. 나는 놈들 속에서 놈들을 피해 언덕을 돌아다니며 위나의 흔적을 찾았지만, 위나는 끝내 보이지 않았습니다.

마침내 나는 빈터 한복판의 작은 언덕마루에 주저앉아, 그 이상한 무리를 지켜보았습니다. 눈부신 불빛이 습격하면, 앞이 보이지 않는 놈들은 손으로 더듬거리며 이리저리 달아나고, 그러면서 서로에게 무시무시한 소리를 냈습니다. 갑자기 분출한 연기가 소용돌이치며 하늘을 가로질러 흐르고, 그 붉은 덮개에 드문드문 뚫린 구멍을 통해 다른 우주에 속한 것처럼 멀어 보이는 작은 별들이 빛나더군요. 몰록 두세 놈이 비틀거리며 나한테 부딪치기에, 나는 주먹을 휘둘러 놈들을 쫓아 버리면서 덜덜 떨었답니다.

그날 밤 거의 내내, 나는 그것이 악몽이라고 생각했습니다. 나는 입술을 깨물고, 악몽에서 깨어나고 싶은 마음에 열렬히 소리를 질렀지요. 두 손으로 땅바닥을 때리고, 일어났다가 다시 주저앉고, 여기저기 돌아다니다가 다시 주저앉았습니다. 그러다가 눈을 비비고 악몽에서 깨어나게 해달라고 신에게 호소하곤 했습니다. 나는 몰록들이 고통스러운 나머지 고개를 숙이고 불길 속으로 뛰어드는 것을 세 번 보았습니다. 하지만 마침내 약해지는 붉은 불빛 위에, 하늘을 가로질러 흐르는 검은 연기 덩어리 위에, 하얘지거나 검어지고 있는 나무 그루터기 위에, 그리고 점점 수가 줄어들고 있는 몰록들의 어렴풋한 형체 위에 하얀 새벽빛이 나타났습니다.

나는 다시 위나의 흔적을 찾았지만, 아무 흔적도 없었습니다. 가엾은 위나의 주검을 놈들이 숲 속에 놓아두고 간 게 분명했습니다. 위나의 주검이 그래도 피할 수 없을 것 같았던 끔찍한 운명을 면했다고 생각하자 얼마나 마음이 놓였는지 모릅니다. 하지만 그것을 생각하자 갑자기 분노가 치밀어, 주위에 힘없이 널브러져 있는 놈들을 상대로 대량 학살을 개시할 뻔했지만, 그 충동을 간신히 억눌렀습니다. 작은 언덕 마루에 올라서자, 엷은 안개 같은 연기를 통해 〈청자 궁전〉을 알아볼 수 있었습니다. 그리고 하얀 스핑크스에 대한 나의 상대적인 위치도 알 수 있었습니다. 그래서 날이 밝아 오자, 아직도 신음하며 이리저리 돌아다니고 있는 그 저주받은 놈들의 잔당을 내버려 두고 떠나기로 했습니다. 나는 발에 풀을 동여매고, 연기 나는 재를 가로질러 몰록들이 타임머신을 감추어 둔 곳으로 갔습니다. 나는 다리를 절었을 뿐만 아니라 거의 녹초가 되어 있었기 때문에 천천히 걸었습니다. 위나가 끔찍하게 죽은 것이 더없이 불쌍했습니다. 이제 정든 이곳으로 돌아오고 보니, 그것이 실제로 일어난 상실이라기보다 꿈속의 슬픔처럼 느껴집니다. 하지만 그날 아침에 나는 위나의 죽음으로 다시 외로워졌습니다. 정말 지독하게 외로웠지요. 그래서 나는 내 집, 이 난롯가, 여러분을 생각하기 시작했고, 그런 생각과 함께 집으로 돌아가고 싶은 고통스러운 갈망이 찾아왔습니다.

하지만 눈부시게 밝은 아침 하늘 아래에서 연기를 내고 있는 재 위를 걷다가, 나는 한 가지 발견을 했습니다. 내 바지 주머니에 아직 성냥 몇 개가 남아 있었던 것입니다. 성냥갑이 사라지기 전에 성냥 몇 개가 성냥갑에서 새어 나온 모양입니다.

10

아침 8시나 9시쯤, 나는 노란 금속으로 만들어진 의자에 이르렀습니다. 미래에 도착한 날 저녁에 나는 그 의자에 앉아서 주위 세상을 바라보았지요. 그날 저녁 내가 내린 성급한 결론을 생각하자, 건방지게 우쭐거렸던 나 자신에 대해 쓴웃음을 짓지 않을 수 없었습니다. 이곳에는 그때와 마찬가지로 아름다운 풍경이 있고, 무성하게 우거진 나뭇잎이 있고, 화려한 궁전과 웅장한 폐허가 있고, 비옥한 유역 사이를 흐르는 은빛 강이 있었습니다. 화려한 옷을 걸친 아름다운 사람들이 나무들 사이를 이리저리 돌아다니고 있었지요. 내가 위나를 구해 준 곳에서 미역을 감는 사람들도 있었습니다. 그 광경을 보자 갑자기 고통이 가슴을 날카롭게 찔렀습니다. 풍경을 가리는 얼룩처럼 지하 세계로 내려가는 통로 위에 뾰족탑이 솟아 있었습니다. 이제 나는 지상인의 아름다움이 무엇을 가리고 있는지를 알았습니다. 그들의 낮은 무척 즐거웠습니다. 들판에서 풀을 뜯는 소 떼의 낮이 즐거운 것처럼 말입니다. 소 떼와 마찬가지로 그들에게도 적이 없었고, 만일의 경우에 대비할 필요도 없었습니다. 그리고 그들의 종말도 소 떼와 마찬가지였지요.

인간의 지성에 대한 꿈이 얼마나 덧없었는가를 생각하자 슬펐습니다. 인간의 지성은 자살한 겁니다. 지성은 안전하고 영속적이고 균형 잡힌 사회를 모토로 삼고, 쾌적하고 안락한 생활을 위해 꾸준히 노력했지요. 지성은 마침내 여기에 도달하여 희망을 이루었습니다. 한때는 목숨과 재산이 거의 절대적인 안전에 도달했던 게 분명합니다. 부자들은 재산과 안락을 보장받았고, 노동자들은 생존과 일자리를 보장받았지요. 그 완벽한 세계에서는 실업 문제도 없고, 해결되지 않은 채 남아 있는 사회 문제도 없었을 것입니다. 그리고 엄청난 평온이 뒤이어 찾아왔습니다.

지적 융통성은 변화와 위험과 번민에 대한 보상 작용이라는 것은 우리가 흔히 간과하는 자연 법칙입니다. 주위 환경과 완전한 조화를 이루는 동물은 완전한 기계장치죠. 습관과 본능이 쓸모없게 되었을 때, 비로소 자연은 지성에 호소하는 법입니다. 변화가 없고 변화할 필요도 없는 곳에는 어떤 지성도 존재하지 않습니다. 더없이 다양한 필요성과 위험에 직면해야 하는 동물만이 지성을 가질 수 있는 것이죠.

그래서 내가 생각하기에 지상인은 연약한 아름다움 쪽으로 서서히 이동했고, 지하 세계는 단순한 기계적 생산 공장이 되어 버렸습니다. 하지만 그 완벽한 상태가 기계적 완전성에 도달하기에는 한 가지가 부족했습니다. 바로 절대적인 영속성이었지요. 지하 세계에 대한 식량 공급이 어떻게 이루어지고 있었든, 시간이 갈수록 식량 공급 체계가 교란된 것은 분명합니다. 지성의 어머니인 〈필요〉는 몇 천 년 동안 외면당했지만 이제 다시 돌아와서, 우선 지하 세계에서 활동하기 시작했습니다. 지하 세계는 기계장치와 계속 접촉하고 있었는데, 기계는 아무리 완벽하다 해도 습관의 범위를 넘어선 사소한 지능을 여전히 필요로 합니다. 따라서 지하 세계는 필연적으로 지상 세계보다 많은 창의력을 유지했을 겁니다. 다른 인간적 특징들은 지상인보다 적었을지 모르지만요. 그런데 그들은 다른 고기를 구할 수 없게 되자, 오랜 습관이 금지하고 있던 인육을 먹기 시작한 겁니다. 802701년의 세계를 마지막으로 보았을 때 나는 그것을 목격했습니다. 이것은 인간의 재치가 꾸며 낼 수 있는 가장 잘못된 설명일지도 모릅니다. 하지만 나한테는 그렇게 보였고, 그래서 여러분께 그대로 전달하는 것입니다.

지난 며칠 동안 피로와 흥분과 공포에 시달린 뒤여서, 위나를 잃은 슬픔이 사라지지 않았는데도, 이렇게 의자에 앉아 평화로운 경치를 바라보며 따뜻한 햇빛을 쬐는 것이 정말로 즐거웠습니다. 나는 몹시 피곤하고 졸렸기 때문에, 머릿속으로 이론을 세우다가 곧 선잠으로 넘어갔습니다. 나는 꾸벅꾸벅 졸고 있는 나 자신을 알아차리고 잔디밭에 길게 드러누워, 심신을 상쾌하게 해주는 잠을 오랫동안 잤습니다.

내가 깨어난 것은 해가 지기 직전이었지요. 이제 선잠을 자다가 몰록들에게 공격당할 염려는 없었습니다. 나는 기지개를 켜고 언덕을 내려가 하얀 스핑크스 쪽으로 갔습니다. 한 손에는 쇠몽둥이를 들고, 다른 손으로는 주머니에 든 성냥을 만지작거리고 있었지요.

그때 전혀 예기치 못한 일이 일어났습니다. 스핑크스 대좌로 다가간 나는 청동 문이 열려 있는 것을 보았습니다. 문은 홈 속으로 미끄러져 내려가 있었습니다.

나는 청동 문 앞에 멈춰 서서 들어갈까 말까 망설였습니다. 안에는 작은 방이 있고, 구석의 조금 높은 단 위에 타임머신이 있었습니다. 타임머신의 작은 레버들은 내 주머니에 들어 있었습니다. 하얀 스핑크스를 공격하려고 공들여 준비했는데, 상대가 무기력하게 항복해 버린 겁니다. 나는 몽둥이를 내던졌습니다. 그것을 쓰지 않게 된 것이 유감스러울 정도였지요.

입구 쪽으로 몸을 굽혔을 때, 갑자기 어떤 생각이 떠올랐습니다. 적어도 이번만은 내가 몰록들의 정신 작용을 제대로 파악했습니다. 나는 웃음을 터뜨리고 싶은 충동을 억누르고, 청동 문틀을 지나 타임머신 쪽으로 다가갔습니다. 놈들이 타임머신에 정성껏 기름을 치고 깨끗이 손질해 놓은 것을 보고 깜짝 놀랐지요. 몰록들이 타임머신의 용도를 알아내려고 애쓰다가 부분적으로나마 타임머신을 분해해 본 게 아닐까 하는 의심을 지금도 떨쳐 버릴 수 없습니다.

타임머신 앞에 서서 그 발명품을 만지는 것만으로도 기쁨을 느끼며 기계장치를 살펴보고 있을 때, 내가 예상했던 일이 일어났습니다. 청동 문이 갑자기 위로 올라가 땡그랑 소리를 내며 문틀을 때린 겁니다. 나는 어둠 속에 갇히고 말았지요. 몰록들은 내가 함정에 빠졌다고 생각했을 겁니다. 나는 기분 좋게 킬킬거렸지요.

몰록들이 다가오면서 쿡쿡 웃는 소리를 벌써 들을 수 있었습니다. 나는 침착하게 성냥불을 켜려고 했습니다. 레버를 타임머신에 고정시킨 다음 유령처럼 사라지기만 하면 되었으니까요. 하지만 나는 한 가지 사소한 문제를 간과했던 겁니다. 성냥이란 게 성냥갑이 없으면 불을 켤 수 없는 물건이었던 거예요.

내 침착성이 사라져 버린 것은 여러분도 짐작할 수 있을 겁니다. 작은 짐승들은 벌써 가까이 다가와 있었습니다. 한 녀석이 나를 만지더군요. 나는 어둠 속에서 놈들을 향해 레버를 휘두르고, 타임머신의 안장으로 기어오르기 시작했습니다. 그러자 손 하나가 나를 움켜잡았고, 이어서 또 다른 손이 나를 붙잡았습니다. 나는 레버를 빼앗으려는 놈들의 끈질긴 손과 맞서 싸우는 동시에, 레버를 끼워 넣을 볼트를 손으로 더듬어 찾아야 했습니다. 실제로 놈들은 레버를 빼앗을 뻔했답니다. 레버가 손에서 미끄러져 나가자, 나는 그것을 되찾으려고 어둠 속에서 박치기를 해야 했지요. 몰록의 두개골이 종처럼 울리는 소리가 들리더군요. 이 마지막 쟁탈전은 숲 속에서 벌어진 싸움보다도 승산이 없었을 겁니다.

하지만 마침내 나는 레버를 끼우고 잡아당겼습니다. 나를 잡고 매달렸던 손들이 떨어져 나가더군요. 곧 내 눈에서 어둠이 걷히고, 나는 어느새 아까 말한 그 회색의 빛과 격렬한 진동 속에 들어와 있었습니다.

11

 시간 여행에 뒤따르는 구역질과 혼란에 대해서는 이미 말씀드렸습니다. 게다가 이번에는 안장에 제대로 앉지도 못하고 불안정하게 옆으로 앉아 있었지요. 나는 무한정한 시간 동안 내가 어디로 가고 있는지도 신경 쓰지 않은 채 전후좌우로 흔들리고 진동하는 타임머신에 매달려 있었는데, 얼마 후 다시 문자반을 보고 내가 어느 시대에 도착했는지를 알고는 깜짝 놀라고 말았답니다. 첫 번째 문자반은 하루 단위를 기록하고, 두 번째 문자반은 천 일 단위, 세 번째 문자반은 백만 일 단위, 네 번째 문자반은 십억 일 단위를 기록합니다. 그런데 나는 레버를 후진시키는 대신 계속 앞으로 나아가도록 잡아당긴 겁니다. 내가 문자반을 보았을 때는 천 일 단위를 기록하는 바늘이 시계의 초침처럼 빠르게 돌고 있었습니다. 미래를 향해서 말입니다.

 앞으로 나아가는 동안, 주위의 양상에 기묘한 변화가 일어났습니다. 고동치는 회색이 점점 어두워지더니, 나는 여전히 엄청나게 빠른 속도로 여행하고 있었지만, 낮과 밤이 바뀔 때의 깜박거림이 점점 또렷이 보이게 되었습니다. 보통은 속도가 느려지고 있다는 표시였지요. 처음에는 몹시 당황했습니다. 낮과 밤의 교대는 점점 느려졌고, 태양이 하늘을 건너는 속도도 느려졌습니다. 나중에는 낮과 밤이 수 세기 동안이나 계속되는 것 같았지요. 마침내 황혼이 지구에 내리덮였습니다. 이따금 어스레한 하늘을 가로지르는 혜성의 빛이 황혼의 단조로움을 깨뜨렸을 뿐입니다. 태양을 나타냈던 빛의 띠는 사라진 지 오래였습니다. 태양은 이제 수평선 아래로 가라앉지 않고 서녘 하늘에서 오르내릴 뿐이었습니다. 그러면서 점점 커지고 붉어졌습니다. 달의 흔적은 모두 사라졌습니다. 별들의 회전은 점점 느려져서, 천천히 나아가는 빛의 점으로 바뀌었습니다. 내가 멈추기 조금 전에 아주 크고 붉어진 태양이 마침내 수평선 위에 멈춰서 꼼짝도 하지 않게 되었습니다. 태양은 미지근한 열과 약한 빛을 내는 거대한 돔 같았고, 그 빛은 이따금 잠깐씩 꺼지기도 했지요. 한번은 다시 눈부신 빛을 내기도 했지만, 오래가지 못하고 곧 음침한 붉은색으로 돌아가더군요. 나는 해가 뜨고 지는 것이 이렇게 느려지는 것을 보고, 인력의 작용이 끝난 것을 알아차렸습니다. 지구는 태양에 한쪽 면만 향하게 된 것입니다. 우리 시대에 달이 지구에 한쪽 면만 향하고 있듯이 말입니다. 나는 지난번에 거꾸로 곤두박이치듯 떨어진 것을 기억했기 때문에, 아주 조심스럽게 이동 방향을 역전시키기 시작했습니다. 바늘의 회전 속도가 점점 느려지더니 천 일 단위를 기록하는 문자반의 바늘은 움직이지 않는 듯이 보였고, 하루 단위를 기록하는 문자반의 바늘도 눈금 위에서 안개처럼 뿌옇게만 보이지는 않았습니다. 속도가 더 느려지자, 황량한 해변의 윤곽이 어렴풋이 보이더군요.

나는 조용히 멈춘 다음, 타임머신에 앉은 채 주위를 둘러보았습니다. 하늘은 더 이상 푸르지 않았습니다. 북동쪽은 칠흑처럼 새까맸고, 그 어둠 속에서 옅은 흰색을 띤 별들이 여전히 밝게 빛나고 있었습니다. 머리 위의 하늘은 짙은 적갈색이었고, 별은 하나도 보이지 않았습니다. 남동쪽 하늘은 점점 밝아져서 불타는 듯한 진홍빛을 띠었고, 붉은 태양의 거대한 상반부가 수평선 위에 꼼짝도 않고 누워 있더군요. 내 주위의 바위들은 칙칙한 붉은색을 띠었고, 처음에 눈에 띈 생명의 흔적은 바위의 남동쪽 면에 돌출한 부분들을 뒤덮고 있는 짙은 녹색의 식물뿐이었습니다. 그 진녹색은 숲 속의 이끼나 동굴 속의 지의류와 같은 색이었지요. 이것들과 마찬가지로 영원한 어스름 속에서 자라는 식물들입니다.

타임머신은 비탈진 해변에 서 있었습니다. 바다는 남서쪽으로 멀리 뻗어 있었고, 파란 하늘을 배경으로 수평선이 선명하게 떠올라 있더군요. 파도도 없고 물결도 없었습니다. 바람이 한 점도 없었으니까요. 기름을 바른 듯한 수면이 조용히 숨 쉬듯 오르내릴 뿐이었습니다. 그 넘실거리는 수면은 영원한 바다가 아직 살아서 움직이고 있다는 것을 보여 주었지요. 그래도 이따금 파도가 밀려와 부서지는 바닷가를 따라 두꺼운 소금 층이 생겨나 있었습니다. 소금은 타는 듯이 붉은 하늘 밑에서 분홍빛을 띠고 있었지요. 나는 머리에 압박감을 느꼈고, 호흡이 가빠진 것을 알아차렸습니다. 한두 번 높은 산에 올라간 적이 있었는데, 그때의 경험이 생각나더군요. 그 감각 때문에 나는 공기가 오늘날보다 희박해진 모양이라고 판단했습니다.

황량한 비탈 위에서 귀에 거슬리는 비명 소리가 들리더니,

거대한 흰나비 같은 것이 날개를 퍼덕이며 하늘로 비스듬히 올라가는 것이 보였습니다. 그것은 하늘에서 원을 그리다가 저쪽에 있는 낮은 언덕들 너머로 사라졌습니다. 그 목소리는 너무 음산해서 오싹 소름이 끼칠 정도였습니다. 나는 타임머신에 더욱 단단히 몸을 고정시켰지요. 다시 주위를 둘러보니, 가까이에 불그스름한 바윗덩어리가 있더군요. 그런데 바윗덩어리인 줄 알았던 그것이 천천히 내 쪽으로 움직이는 것이었습니다. 사실 그것은 거대한 게처럼 생긴 동물이었습니다. 저기 탁자만큼 커다란 괴물이 많은 다리를 천천히 움직이고, 커다란 집게발을 휘두르고, 마부의 채찍 같은 긴 더듬이를 흔들거나 더듬고, 금속 같은 얼굴 양쪽에 툭 튀어나온 눈알을 번득이며 사람을 노려보는 것을 상상할 수 있습니까? 괴물의 골 진 등짝은 꼴사나운 혹으로 장식되어 있었고, 초록빛을 띤 딱지가 여기저기 얼룩처럼 붙어 있었지요. 녀석이 움직일 때, 복잡한 주둥이에 돋아난 수많은 촉수가 흔들리며 더듬는 것을 볼 수 있었습니다.

이 악귀 같은 괴물이 내 쪽으로 기어오는 것을 지켜보고 있을 때, 마치 파리가 뺨에 앉은 것처럼 뺨이 근질거리는 것을 느꼈습니다. 나는 손으로 털어 내려 했지만 녀석은 곧 돌아왔고, 거의 동시에 귀 옆에도 또 한 마리가 앉았습니다. 이 녀석을 손바닥으로 찰싹 때렸더니, 무슨 실 같은 것이 손에 잡혔습니다. 불쾌하고 불안한 마음으로 돌아섰더니, 내 손은 바로 뒤에 서 있는 또 다른 괴물의 더듬이를 움켜잡고 있었습니다. 자루 끝에 달린 괴물의 사악한 눈알이 꿈틀거리고 있었습니다. 주둥이는 식탐으로 생기에 넘쳤고, 꼴사납게 거대한 집게발은 끈적거리는 점액으로 얼룩져 있었는데, 그것이 나를 향해 내려오고 있더군요. 나는 재빨리 레버를 움직여 이 괴물들과 나 사이에 한 달의 간격을 두었습니다. 하지만 나는 여전히 그 해변에 있었고, 멈추자마자 괴물들의 모습이 또렷이 보였습니다. 수십 마리가 음산한 어스름 속에서 사방에 널리 퍼진 진초록 잎사귀 사이를 이리저리 기어다니고 있었습니다.

세상을 뒤덮은 그 지독하게 황량한 느낌을 어떻게 표현할 수가 없군요. 붉은 동녘 하늘, 북쪽의 새까만 어둠, 짠물 사해,[41] 천천히 기어다니는 괴물들이 우글거리는 돌투성이 해변, 독을 품고 있어 보이는 지의류의 단조로운 초록빛, 폐를 손상시키는 희박한 공기, 이 모든 것이 소름 끼치는 효과를 내는 데 한몫 거들고 있었습니다. 나는 1백 년쯤 앞으로 이동했지만, 그곳에도 역시 붉은 태양, 1백 년 전보다 조금 더 커지고 조금 더 흐려진 태양이 있었고, 바다는 여전히 죽어 가고 있었고, 공기는 여전히 으스스했고, 똑같이 야비한 갑각류가 초록 잡초와 붉은 바위 사이를 들락거리며 기어다니고 있었습니다. 그리고 서쪽 하늘에는 거대한 초승달처럼 구부러진 어스레한 선 하나가 보였습니다.

그렇게 나는 지구의 운명이 보여 주는 신비에 이끌려 한 번에 약 1천 년 정도의 속도로 여행을 계속했습니다. 그동안 이따금 멈추어, 서쪽 하늘에서 태양이 점점 커지면서 흐릿해지고 늙은 지구의 생명이 쇠퇴해 가는 것을 묘하게 매혹된 눈으로 지켜보았지요. 지금으로부터 3천만 년이 지나자, 마침내 시뻘겋게 달아오른 거대한 태양이 어스레한 하늘을 10분

---

41 오늘날의 이스라엘과 요르단에 걸쳐 있는 호수. 사실상 생물이 살지 않는 이 호수는 지구상에서 가장 짠물이다.

의 1쯤 가리게 되었습니다. 나는 거기서 다시 한 번 멈추었습니다. 땅을 기어다니던 수많은 게들은 자취를 감추었고, 붉은 해변은 검푸른 초록빛 이끼와 지의류를 제외하고는 어떤 생물도 없는 듯이 보였거든요. 이제 그 해변은 하얀빛으로 얼룩져 있었습니다. 지독한 추위가 나를 덮쳤습니다. 드문드문 하얀 눈송이가 소용돌이치며 내려왔습니다. 북동쪽에 쌓인 눈이 음산한 하늘의 별빛을 받아 반짝반짝 빛났습니다. 물결 모양의 언덕마루들이 분홍빛을 띤 흰빛으로 보였습니다. 바닷가를 따라 얼음이 띠를 이루었고, 바다에는 성엣장이 떠다니고 있었지요. 하지만 영원한 황혼 아래에서 온통 핏빛을 띤 그 짠물 바다의 대부분은 아직 얼지 않았더군요.

나는 동물의 흔적이 남아 있는지 보려고 주위를 둘러보았습니다. 뭐라고 형언할 수 없는 불안감 때문에 나는 타임머신의 안장을 떠나지 않았지요. 하지만 땅에도 하늘에도 바다에도 움직이는 것은 전혀 보이지 않았습니다. 바위 위의 초록빛 점액만 생물이 아직 멸종하지 않았음을 보여 주었지요. 얕은 모래톱이 바다에 나타났고, 바닷물은 해변에서 물러나 있었습니다. 무언가 검은 물체가 이 모래톱 위를 팔딱팔딱 돌아다니는 게 보인 듯했습니다. 하지만 내가 바라보니 그것은 움직이지 않게 되었습니다. 그래서 나는 잘못 본 모양이라고, 그 검은 물체는 바위였을 뿐이라고 판단했습니다. 하늘의 별들은 눈부시게 밝았고, 거의 깜박거리지 않는 것처럼 보이더군요.

나는 둥근 태양의 서쪽 윤곽선이 달라진 것을 갑자기 알아차렸습니다. 곡선에 움푹 파고들어 간 부분이 나타난 겁니다. 나는 이 오목한 곳이 점점 커지는 것을 보았습니다. 슬며시 다가와 태양을 가리는 이 검은 부분을 보고 나는 놀라서 입이 벌어졌습니다. 잠시 그렇게 바라본 뒤에야 일식이 시작된 것을 알아차렸습니다. 달이나 수성이 태양을 가로질러 지나가고 있었던 것입니다. 물론 처음에는 그것이 달이라고 생각했지만, 내가 정말로 본 것은 지구보다 안쪽에 있는 행성이 지구와 아주 가까운 곳을 지나가는 장면이었다고 믿고 싶어집니다.

주위가 순식간에 어두워졌습니다. 동쪽에서 찬바람이 불기 시작하더니 점점 거세지는 돌풍으로 변하고, 쏟아지는 하얀 눈송이도 수가 더욱 늘어났습니다. 바닷가에서는 잔물결이 찰랑거리는 소리가 들려왔습니다. 생명이 없는 이런 소리를 제외하면 세상은 고요했습니다. 고요하다고? 세상의 그 적막을 표현하기는 어려울 겁니다. 사람이 내는 모든 소리, 양들의 울음소리, 새들이 지저귀는 소리, 벌레들이 윙윙거리는 소리, 우리 생활의 배경을 이루는 생명의 소리. 이 모든 소리가 그쳐 버린 겁니다. 어둠이 깊어질수록 소용돌이치는 눈송이는 더욱 많아져서 내 눈앞에서 춤을 추었고, 공기는 더욱 차가워졌지요. 마침내 멀리 떨어진 언덕들의 하얀 마루가 하나씩 빠르게 어둠 속으로 사라졌습니다. 산들바람은 점점 강해져서 신음하는 듯한 소리를 냈습니다. 일식으로 새까매진 태양의 그림자가 내 쪽으로 빠르게 다가오는 것이 보였습니다. 다음 순간에는 창백한 별들만 보이더군요. 다른 것은 모두 캄캄한 어둠에 싸였습니다. 하늘은 완전히 새까맣게 변했지요.

이 거대한 어둠의 공포가 나를 덮쳤습니다. 골수까지 스며드는 추위, 숨 쉴 때마다 느껴지는 통증이 나를 압도했습니다. 몸이 덜덜 떨렸고, 지독한 구역질이 났습니다. 바로 그때 하늘에 태양의 가장자리가 새빨갛게 달구어진 활처럼 나타났습니다. 나는 기운을 차리려고 타임머신에서 내렸습니다. 현기증이 나서 집으로 돌아가는 여행을 도저히 감당할 수 없었습니다. 내가 그곳에 서서 어쩔 줄 몰라 고민하고 있을 때, 또다시 모래톱에서 붉은 바닷물을 배경으로 움직이는 물체가 보였습니다. 그게 움직이는 물체라는 것은 이제 분명했습니다. 모양은 둥글고, 크기는 축구공만 했습니다. 아니, 어쩌면 그보다 좀 클지도 모릅니다. 촉수가 길게 늘어져 있더군요. 그것은 굽이치는 핏빛 바닷물을 배경으로 검게 보였고, 발작적으로 팔짝팔짝 뛰어다녔습니다. 그때 나는 몸에서 힘이 빠지고 의식이 흐려지는 것을 느꼈습니다. 하지만 그 먼 미래의 무서운 황혼 속에 무력하게 누워 있을 생각을 하니 너무 무섭더군요. 내가 안장에 기어오르는 동안 기절하지 않도록 나를 지탱해 준 것은 그 지독한 두려움이었습니다.

# 12

 나는 그렇게 돌아왔습니다. 나는 타임머신에서 오랫동안 의식을 잃고 있었나 봅니다. 낮과 밤이 다시 깜박거리며 연달아 바뀌고, 태양은 다시 황금빛을 띠고, 하늘도 푸른빛을 되찾았습니다. 숨쉬기도 훨씬 편해졌습니다. 땅의 윤곽이 썰물과 밀물처럼 수시로 변했습니다. 바늘들은 문자반 위에서 역회전했습니다. 마침내 나는 집들의 희미한 흔적을 다시 보았습니다. 그것은 쇠퇴해 가는 인류의 증거였지요. 이런 것들도 변화하면서 지나갔고, 다른 것이 나타났습니다. 곧 백만 단위를 나타내는 문자반이 0을 가리키자 나는 속도를 늦추었습니다. 이윽고 우리 시대의 작고 친숙한 건축물이 눈에 띄기 시작했고, 천 단위를 나타내는 문자반 바늘이 출발점으로 돌아오고, 낮과 밤의 교대가 점점 느려지더니, 곧이어 연구실의 정든 벽이 돌아왔습니다. 나는 이제 타임머신의 속도를 천천히, 아주 천천히 늦추었지요.
 그런데 나는 한 가지 기묘한 것을 보았습니다. 내가 막 출발해서 속도가 엄청나게 빨라지기 전에 가정부인 워쳇 부인이 방을 가로질렀는데, 내 눈에는 부인이 로켓처럼 휙 날아간 것처럼 보였다는 얘기는 아까 했을 겁니다. 그런데 아까 돌아왔을 때, 나는 부인이 연구실을 가로지른 그 순간을 다시 통과했습니다. 하지만 부인의 움직임이 지난번과는 정반대로 보였지요. 연구실 끝에 있는 문이 열리고, 부인은 조용히 뒷걸음질로 연구실을 미끄러지듯 가로질러 원래 들어왔던 문 뒤로 사라진 겁니다. 그 직전에 하인인 힐리어가 잠깐 보인 것 같았지만, 힐리어는 섬광처럼 지나갔습니다.

그 후 나는 타임머신을 세우고, 다시 주위를 둘러보았습니다. 정든 연구실과 내 도구와 장치는 내가 시간 여행을 떠났을 때와 똑같았습니다. 나는 심하게 비틀거리며 타임머신에서 내려와 작업대에 앉았습니다. 그리고 몇 분 동안 격렬하게 몸을 떨었습니다. 그러다가 차츰 진정되었지요. 나는 다시 전과 똑같은 내 정든 작업실에 있었습니다. 어쩌면 거기서 잠들었을지도 모르고, 모든 게 꿈이었을지도 모릅니다.

하지만 전혀 그렇지 않습니다! 타임머신은 연구실의 남동쪽 모퉁이에서 출발했는데, 다시 돌아왔을 때는 여러분이 보시다시피 북서쪽 모퉁이에 벽을 등지고 멈춰 서게 된 겁니다. 그 이동 거리는 내가 착륙한 잔디밭에서 몰록들이 타임머신을 숨겨 놓은 하얀 스핑크스의 대좌까지의 거리와 정확히 일치합니다.

한동안 내 머리는 잘 돌아가지 않았습니다. 하지만 나는 곧 일어나서 복도를 지나 여기로 왔습니다. 뒤꿈치가 아파서 다리를 절뚝거렸고, 몸이 몹시 더러워진 느낌이 들었지요. 나는 문 옆의 탁자 위에 『펠맬 가제트』[42]가 놓여 있는 것을 보았고,

---

42 1865년에 창간되어 1923년까지 발간된 석간신문. 〈신사를 위한 신문〉으로 불렸다. 웰스는 1893년부터 1895년까지 이 신문에 자주 기고했다.

날짜가 정말로 오늘인 것을 알았습니다. 다음에는 시계를 보고 8시가 다 된 것을 알았고요. 나는 여러분의 목소리를 들었고, 접시가 달그락거리는 소리도 들었지요. 나는 망설였습니다. 속이 메슥거리고 기운이 없었으니까요. 그러다가 몸에 좋은 고기 냄새를 맡고, 여러분이 있는 이 방의 문을 연 것입니다. 그다음은 여러분도 아시는 대로입니다. 몸을 씻었고, 식사를 했고, 이제는 이렇게 여러분께 이야기를 하고 있지요.」

그는 잠시 숨을 고른 다음 말을 이었다.

「이 모든 이야기가 여러분께는 믿을 수 없는 일이라는 것을 나도 알고 있습니다. 내게도 한 가지 믿을 수 없는 일이 있는데, 그것은 내가 오늘 밤 여기 있다는 것, 이 정든 방에서 여러분의 다정한 얼굴을 보며 이상한 모험담을 여러분께 들려드리고 있다는 것입니다.」

그는 의사를 바라보았다.

「선생도 내 이야기를 믿지 않으실 겁니다. 충분히 이해합니다. 그냥 거짓말로, 또는 예언으로 받아들이세요. 내가 작업실에서 꿈을 꾼 모양이라고, 내가 우리 인류의 운명을 심사숙고한 나머지 이런 허구를 지어냈다고 생각하세요. 이 이야기가 사실이라는 내 주장은 이야기의 흥미를 높이기 위한 기교일 뿐이라고 생각하세요. 그런데 그게 지어낸 이야기라 치고, 선생은 그 이야기를 어떻게 생각하십니까?」

그는 담배 파이프를 집어 들더니, 평소에 늘 하던 대로 벽난로의 철망을 신경질적으로 두드리기 시작했다. 잠시 침묵이 흘렀다. 그러다가 의자들이 삐걱거리기 시작하고, 구두가 카펫을 문지르기 시작했다. 나는 시간 여행자의 얼굴에서 눈을 떼어 청중을 둘러보았다. 그들은 어둠 속에 있었고, 작은 반점들이 그들 앞에서 떠다니고 있었다. 의사는 시간 여행자를 눈여겨보고 있는 것 같았다. 편집장은 입에 물고 있는 시가 끝을 열심히 바라보고 있었다. 그것은 여섯 대째 시가였다. 신문 기자는 회중시계를 더듬어 찾았다. 다른 사람들은 내가 기억하는 한 꼼짝도 하지 않았다.

편집장이 한숨을 내쉬며 일어섰다. 그러고는 시간 여행자의 어깨에 손을 올려놓으면서 말했다.

「당신이 소설가가 아닌 게 유감이군요.」

「내 이야기를 믿지 않는 겁니까?」

「글쎄요.」

「그럴 줄 알았어요.」 시간 여행자가 말하고는 우리를 돌아보았다. 「성냥은 어디 있죠?」 그러고는 성냥불을 켜서 파이프에 불을 붙이고 뻐끔거리면서 말했다. 「솔직히 말하면……나 자신도 거의 믿을 수가 없습니다. 하지만……」

그는 작은 탁자 위에서 시들어 버린 하얀 꽃을 말없이 묻는 듯한 눈으로 내려다보았다. 그러다가 파이프를 쥔 손을 뒤집었다. 나는 그가 손가락 마디의 반쯤 아문 상처를 들여다보고 있다는 것을 알았다.

의사가 일어나서 램프로 다가가 하얀 꽃을 살펴보았다.

「암술이 이상하군.」 그가 말했다.

심리학자도 꽃을 보려고 몸을 앞으로 기울이고는 꽃 쪽으로 손을 내밀었다.

「아니, 이런. 벌써 1시 15분 전이군.」 신문 기자가 말했다. 「어떻게 집에 가죠?」

「역에는 마차가 얼마든지 있다네.」 심리학자가 말했다.

「정말 이상한 꽃이야.」 의사가 말했다. 「어떤 부류에 속하는 꽃인지 전혀 모르겠어. 내가 가져가도 될까?」

시간 여행자는 망설이다가 불쑥 말했다.

「안 됩니다.」

「이 꽃을 어디서 구했나?」 의사가 물었다.

시간 여행자는 머리에 손을 얹었다. 그리고 좀처럼 잡히지 않는 생각을 붙잡으려고 애쓰는 사람처럼 말했다.

「그 꽃은 내가 시간 속을 여행할 때 위나가 주머니에 넣어 준 겁니다.」 그는 방을 둘러보았다. 「그 모든 게 사실이 아닐 리가 없습니다. 이 방과 여러분과 나날의 분위기도 내 기억이 감당하기에는 너무 버거워요. 내가 정말로 타임머신을 만들었나요? 아니면 그저 모형만 만들었나요? 아니면 그게 다 꿈일 뿐인가요? 인생은 꿈이라고들 말하죠. 때로는 귀중한 꿈이라고. 하지만 어울리지 않는 꿈은 더 이상 참을 수 없습니다. 그건 광기예요. 그런데 그 꿈은 어디서 왔을까요? 그 기계를 봐야겠어요. 그런 기계가 있다면!」

그는 램프를 재빨리 집어 들더니, 붉은 불꽃이 너울거리는 램프를 든 채 문을 지나 복도로 나갔다. 우리는 모두 그를 따라갔다. 깜박거리는 불빛 속에 타임머신이 분명히 있었다. 땅딸막하고 보기 흉한 기계가 비스듬히 놓여 있었다. 놋쇠와 흑단, 상아, 반투명 석영으로 만들어진 기계였다. 만져 보니 단단했고(나는 손을 뻗어 타임머신의 가로대를 만져 보았다), 상아에는 갈색 반점과 얼룩이 묻어 있었고, 아래쪽에는 풀잎 조각과 이끼가 묻어 있었고, 가로대 하나는 비스듬히 구부러져 있었다.

시간 여행자는 램프를 작업대에 내려놓고, 망가진 가로대를 손으로 쓸어 보았다.

「이제 됐습니다.」그가 말했다.「내가 한 이야기는 모두 사실이었어요. 이렇게 추운 곳으로 데려와서 미안합니다.」

그는 램프를 들어 올렸다. 우리는 조용히 흡연실로 돌아왔다.

그는 우리와 함께 홀로 들어가서 편집장이 코트 입는 것을 도와주었다. 의사는 그의 얼굴을 들여다보고, 그가 과로에 시달리는 것 같다고 조금 머뭇거리는 투로 말했다. 그러자 그는 큰 소리로 웃었다. 나는 그가 열린 문간에 서서 큰 소리로 작별 인사를 한 것을 지금도 기억하고 있다.

나는 편집장과 같은 마차에 합승했다. 편집장은 시간 여행자의 이야기가 〈현란하게 꾸민 거짓말〉이라고 생각했다. 나는 결론을 내릴 수 없었다. 그 이야기 자체는 너무 환상적이어서 도저히 믿을 수 없었지만, 말투는 설득력 있고 진지했다. 나는 거기에 대해 생각하느라 거의 밤새도록 잠을 이루지 못했다. 이튿날 아침에 다시 시간 여행자를 만나러 가서 보니, 그가 연구실에 있다는 것이었다. 나는 그의 집을 잘 알기 때문에 연구실로 올라갔다. 하지만 연구실에는 아무도 없었다. 나는 잠시 타임머신을 바라보다가 손을 뻗어 레버를 만져 보았다. 그러자 땅딸막하고 튼튼해 보이는 쇳덩어리가 바람에 흔들리는 나뭇가지처럼 흔들렸다. 나는 타임머신이 너무 불안정한 것을 알고 깜짝 놀랐다. 묘하게도 물건을 함부로 만지지 말라는 말을 자주 듣곤 했던 어린 시절의 추억이 생각났다. 나는 복도를 지나 돌아왔다. 그리고 흡연실에서 시간 여행자를 만났다. 그는 본채 쪽에서 오고 있었는데, 한 손에는 작은 카메라를 들었고 다른 손에는 배낭을 들고 있었다. 나를 보더니 그는 소리 내어 웃으면서, 손을 내밀어 악수를 하는 대신 한쪽 팔꿈치를 흔들었다.

「나는 지금 몹시 바쁘다네. 저기 있는 저 기계 때문에 말이야.」

「하지만 그건 우리를 속이는 가벼운 장난이 아닌가? 자네, 정말로 시간 속을 여행하나?」

「정말이야.」 그가 대답했다. 그러고는 솔직하게 내 눈을 들여다보며 잠시 망설였다. 그의 눈길이 방을 이리저리 돌아다녔다. 「이제 30분만 더 일하면 돼. 자네가 온 이유는 알고 있어. 와줘서 정말 고맙네. 여기 잡지가 몇 권 있으니까, 점심때까지 여기서 이걸 읽으면서 기다려 주게. 그러면 확실한 증거를 들어서 시간 여행을 증명해 보일게. 지금 자네를 놔두고 가도 되겠나?」

나는 동의했지만, 그때는 그의 말을 완전히 이해하지 못했다. 그는 고개를 끄덕이고 복도를 따라 멀어져 갔다. 나는 연구실 문이 닫히는 소리를 듣고, 의자에 앉아서 신문을 집어 들었다. 그는 점심시간 전에 뭘 하려는 것일까? 그때 나는 신문에 난 광고를 보고, 출판업자인 리처드슨과 2시에 만나기로 한 약속을 문득 생각해 냈다. 시계를 보니, 지금 가면 그 약속을 간신히 지킬 수 있을 것 같았다. 나는 일어나서, 시간 여행자에게 사정을 말하려고 복도를 걸어갔다.

문손잡이를 잡은 순간, 끝이 묘하게 뚝 잘린 듯한 외침 소리와 찰칵하는 소리와 쿵 하는 소리가 들렸다. 문을 열자 돌풍이 내 주위에서 소용돌이쳤다. 그리고 유리가 바닥에 떨어져 깨지는 소리가 안에서 들려왔다. 시간 여행자는 그곳에 없었다. 유령처럼 흐릿한 형상이 소용돌이치는 검은색과 놋쇠 덩어리 속에 앉아 있는 것을 잠깐 본 듯했다. 그 형상은 너무

투명해서, 형상 뒤에 있는 작업대와 그 위에 놓여 있는 도면들도 또렷이 보였다. 하지만 내가 눈을 비비고 다시 보니 유령은 이미 사라진 뒤였다. 타임머신도 사라지고 없었다. 피어오른 먼지가 가라앉고 있을 뿐, 연구실의 저쪽 끝은 텅 비어 있었다. 천창의 유리창 하나가 방금 깨져서 안쪽으로 떨어진 것 같았다.

나는 영문 모를 놀라움을 느꼈다. 뭔가 이상한 일이 일어난 것은 알았지만, 그 이상한 일이 무엇인지는 지금 당장은 알 수 없었다. 내가 멍하니 서 있을 때, 정원으로 통하는 문이 열리고 하인이 나타났다.

우리는 서로 얼굴을 마주보았다. 그제야 생각들이 떠오르기 시작했다.

「주인은 그쪽으로 나갔나?」 내가 물었다.

「아닙니다, 나리. 이쪽으로는 아무도 나가지 않았습니다. 저는 주인님이 여기 계신 줄 알았는데요.」

이 말을 듣고 나는 이해했다. 리처드슨을 실망시켜서 안됐지만, 그런 실례를 무릅쓰고 나는 거기에 남아서 시간 여행자를 기다렸다. 첫 번째보다 더 이상할지 모를 두 번째 이야기를 기다렸고, 그가 가져올 표본과 사진을 기다렸다. 아니, 어쩌면 나는 평생을 기다려야 하지 않을까 걱정이 되기 시작했다. 시간 여행자는 3년 전에 사라졌다. 지금은 누구나 알고 있듯이, 그는 아직도 돌아오지 않았다.

에필로그

 우리는 궁금할 수밖에 없다. 그는 돌아올까? 그는 과거로 돌아가, 온몸이 털로 뒤덮인 구석기 시대의 야만인들 사이에 떨어졌을지도 모른다. 아니면 백악기의 깊은 바다에 떨어졌거나 쥐라기의 거대하고 잔인한 파충류들 사이에 떨어졌을지도 모른다. 그는 지금도 — 〈지금〉이라는 말을 쓸 수 있다면 — 플레시오사우루스[43]가 출몰하는 어란상(魚卵狀) 석회질 산호초 위나 트라이아스기[44]의 쓸쓸한 짠물 호숫가를 헤매고 있을지도 모른다. 아니면 그는 좀 더 가까운 미래, 인간이 아직 인간으로 남아 있는 시대로 갔을까? 우리 시대의 수수께끼가 모두 풀리고, 우리를 괴롭히는 지겨운 문제들도 해결된 시대로 갔을까? 그것은 인류가 어엿한 어른으로 성숙한 시대일 것이다. 나로서는, 실험은 불충분하고 이론은 단편적이고 서로 화합하지 못하는 현대가 인류의 절정기라고는 도

---

43 중생대에 살았던 거대한 바다 파충류. 노처럼 생긴 커다란 다리와 길고 유연한 목을 갖고 있었다.
44 중생대의 첫 시대. 약 2억 4천5백만 년 전부터 약 2억 1천만 년 전까지의 시기이며, 파충류·암모나이트·겉씨식물이 번성하고 포유류가 출현했다.

저히 생각할 수 없기 때문이다. 분명히 말해 두지만 이것은 어디까지나 내 생각이다. 그가 인류의 진보를 매우 암울하게 생각했고, 문명을 쌓는 것은 어리석은 축적에 지나지 않는다고 생각했다는 것을 나는 알고 있다. 내가 이것을 아는 이유는 그가 타임머신을 만들기 오래전에 우리가 이 문제를 토론했기 때문이다. 축적된 문명은 결국에는 필연적으로 그 축적을 이룩한 사람들의 머리 위로 무너져 그들을 파괴할 게 분명하다고 그는 생각했다. 설령 그렇다 해도, 우리는 마치 그렇지 않은 것처럼 살아갈 수밖에 없다. 하지만 나에게 미래는 여전히 암흑이고 공백이다. 그의 이야기를 듣고 그 기억으로 몇 군데 불이 켜졌을 뿐, 거대한 미지의 세계다. 그리고 내 옆에는 그 기묘한 하얀 꽃 두 송이 — 지금은 갈색으로 시들어 부서지기 쉽지만 — 가 있어서 나를 위로해 준다. 그 꽃은 지성과 체력이 사라진 뒤에도 감사하는 마음과 서로에 대한 애정은 여전히 인간의 가슴속에 살아 있었다는 증거이기 때문이다.

부록
회색 인간[45]

시간 여행에 뒤따르는 구역질과 혼란에 대해서는 이미 말씀드렸습니다. 게다가 이번에는 안장에 제대로 앉지도 못하고 불안정하게 옆으로 앉아 있었지요. 나는 무한정한 시간 동안 내가 어디로 가고 있는지도 신경 쓰지 않은 채 전후좌우로 흔들리고 진동하는 타임머신에 매달려 있었는데, 얼마 후 다시 문자반을 보고 내가 어느 시대에 도착했는지를 알고는 깜짝 놀라고 말았답니다. 첫 번째 문자반은 하루 단위를 기록하고, 두 번째 문자반은 천 일 단위, 세 번째 문자반은 백만 일 단위, 네 번째 문자반은 십억 일 단위를 기록합니다. 그런데 나는 레버를 후진시키는 대신 계속 앞으로 나아가도록 잡

[45] 『뉴 리뷰』(1895년 5월호)에 실린 제11장의 일부가 책에서는 삭제되었다. 그것은 원래 편집장인 윌리엄 어니스트 헨리의 제안으로 작성된 것이었다. 헨리는 웰스가 특히 인간의 〈궁극적인 퇴화〉를 예시하는 방법으로 본문의 분량을 늘려 주기 바랐다. 그러나 나중에 웰스가 회고한 바에 따르면, 〈작가와 헨리 사이에 가벼운 다툼이 있었다. 헨리는 이야기에 약간의 《기법》을 집어넣고 싶어 했다.〉하지만 자기 작품에 대해 나름의 방식을 갖고 있었던 웰스는 거기에 반발했고, 그래서 책으로 나올 때는 헨리가 삽입한 부분이 삭제되었다. 이 삭제된 부분은 다른 지면에서 「회색 인간」으로 발표되었다.

아당긴 겁니다. 내가 문자반을 보았을 때는 천 일 단위를 기록하는 바늘이 시계의 초침처럼 빠르게 돌고 있었습니다. 미래를 향해서 말입니다.

나는 지난번에 거꾸로 곤두박이치듯 떨어진 것을 기억했기 때문에, 아주 조심스럽게 이동 방향을 역전시키기 시작했습니다. 바늘의 회전 속도가 점점 느려지더니 천 일 단위를 기록하는 문자반의 바늘은 움직이지 않는 듯이 보였고, 하루 단위를 기록하는 문자반의 바늘도 이제 눈금 위에서 안개처럼 뿌옇게만 보이지는 않았습니다. 속도가 더 느려지자, 황량한 해변의 윤곽이 어렴풋이 보이더군요.

나는 멈춰 섰습니다. 그곳은 드문드문 식물이 나 있고 서리가 얇게 덮여서 잿빛을 띤 쓸쓸한 황야였습니다. 때는 한낮이었고, 빛을 잃은 주황색 태양이 칙칙한 잿빛 하늘의 자오선 근처에 떠 있더군요. 검은 관목 몇 그루만이 이 풍경의 단조로움을 깨뜨리고 있었습니다. 내가 아주 최근에(내게는 그렇게 느껴졌습니다) 함께 지냈던 쇠퇴한 인간들의 거대한 건물들은 모두 사라졌고, 흔적도 남아 있지 않았습니다. 그 건물들이 있었던 자리를 알려 주는 둔덕조차 없었습니다. 언덕과 골짜기, 바다와 강 — 이것들은 모두 비와 서리의 작용으로 풍화되어 새로운 형태로 변했더군요. 몰록들의 지하 땅굴도 비와 눈으로 파괴된 지 오래였을 게 분명합니다. 살을 에는 바람이 내 손과 얼굴을 찔렀습니다. 어디를 보아도 우울한 고원이 울퉁불퉁하게 펼쳐져 있을 뿐, 언덕도 나무도 강도 전혀 없었습니다.

그때 갑자기 황야에서 검은색의 거대한 동물이 나타났습니다. 가장자리가 톱니 모양으로 깔쭉깔쭉한 철판을 여러 개

겹쳐 놓은 것처럼 희미하게 빛나는 그것은 나타나자마자 당장 우묵한 구덩이 속으로 사라졌지요. 그 후 나는 서리로 뒤덮인 흙과 거의 똑같은 흐릿한 회색을 띤 수많은 동물들이 드문드문 돋아난 풀을 뜯거나 앞뒤로 뛰어다니고 있는 것을 알아차리게 되었습니다. 처음에는 한 녀석이 갑자기 놀라서 펄쩍 뛰어오르는 것을 보았습니다. 이어서 내 눈이 녀석들을 스무 마리쯤 찾아냈습니다. 처음에는 그것이 토끼이거나 아니면 몸집 작은 캥거루 품종인 줄 알았습니다. 그러다가 한 녀석이 내 쪽으로 깡충거리며 다가왔을 때, 나는 녀석이 토끼도 아니고 캥거루도 아니라는 것을 알았습니다. 그것은 발바닥 전체를 땅에 대고 걷는 척행(蹠行) 동물이었고, 뒷다리가 앞다리보다 조금 길었습니다. 꼬리는 없고, 곧은 회색 털로 덮여 있었습니다. 특히 머리 언저리에 털이 무성해서 스카이테리어의 갈기 같더군요. 황금시대에 인간은 거의 모든 동물을 죽여 버렸고, 다른 동물보다 예쁜 장식용 동물만 몇 종 남겨 두었습니다. 나는 그것을 알고 있었기 때문에 자연히 그 동물에 대해 호기심을 느꼈지요. 녀석들은 나를 두려워하는 것 같지 않았습니다. 사람 왕래가 없는 곳에 사는 토끼들이 그렇듯이 녀석들도 나를 구경하듯 빤히 바라보더군요. 어쩌면 표본 하나를 확보할 수 있을지 모른다는 생각이 문득 떠올랐습니다.

나는 타임머신에서 내려와 큰 돌멩이를 집어 들었습니다. 그러자마자 녀석들 가운데 하나가 사정거리 안에 들어왔습니다. 나는 재수 좋게도 단번에 녀석의 머리를 맞혔고, 녀석은 당장 나가떨어져서 꼼짝도 하지 않고 널브러져 있었습니다. 나는 얼른 녀석에게 달려갔지요. 녀석은 죽은 것처럼 가만히 있었어요. 나는 녀석의 앞발과 뒷발에 연약한 발가락이

다섯 개씩 있는 것을 보고 놀랐습니다. 사실 앞발은 개구리의 앞발만큼 사람 손과 비슷했지요. 게다가 녀석은 둥그스름한 머리와 튀어나온 이마, 앞쪽을 바라보는 눈을 가지고 있었습니다. 이 눈은 곧고 부드러운 털에 가려져 있었지요. 언짢은 불안감이 내 마음을 스치고 지나갔습니다. 나는 무릎을 꿇고 포로를 잡았습니다. 이빨이나 그 밖에 인간의 특징을 보여 줄 수 있는 해부학적 특징들을 조사해 볼 작정이었지요. 바로 그때 내가 이미 언급한 금속성 물체가 황야의 등성이 위에 다시 나타나더니 내 쪽으로 다가오면서 기묘하게 타닥거리는 소리를 냈습니다. 그러자 당장 내 주위에 있던 회색 동물들이 공포에 질린 듯 짧고 가냘프게 캥캥 짖는 소리로 응답하기 시작하더니, 이 새로운 동물이 다가오고 있는 쪽과는 정반대 방향으로 잽싸게 달아났습니다. 녀석들은 굴속에 숨거나 덤불과 풀숲 뒤에 숨은 게 분명합니다. 순식간에 한 마리도 보이지 않게 되었으니까요.

나는 일어나서 그 기괴한 동물을 노려보았습니다. 그것을 묘사하려면 지네와 비교할 수밖에 없습니다. 키는 1미터나 되고, 분절로 이루어진 몸은 길이가 아마 10미터는 되었을 겁니다. 분절 부분에서는 초록빛을 띤 검은색 판이 기묘하게 겹쳐 있었지요. 그것은 전진할 때 몸을 고리로 만들면서 수많은 발로 기어다니는 것 같았습니다. 뭉툭하고 둥근 머리에는 검은 점 같은 눈들이 다각형으로 배열되어 있고, 유연하게 구부러지는 뿔 같은 더듬이가 두 개 달려 있었습니다. 내가 판단하건대 괴물은 시속 12킬로미터 내지 15킬로미터 정도로 다가오는 것 같더군요. 그래서 나는 생각할 시간이 거의 없었습니다. 나는 사로잡은 회색 동물인지 회색 인간인지를 땅바닥에 내버려 두고 타임머신 쪽으로 갔습니다. 중간쯤 갔을 때 걸음을 멈추고 포로를 놓아두고 온 것을 후회했지만, 어깨 너머로 뒤를 돌아본 순간 그런 후회는 말끔히 사라졌습니다. 내가 타임머신에 다다랐을 때, 괴물은 50미터도 채 떨어지지 않은 곳까지 다가와 있었거든요. 괴물이 척추동물이 아닌 것은 확실했습니다. 코도 없고, 마디로 이어진 짙은 색깔의 판이 입 둘레에 늘어서 있었습니다. 하지만 더 가까이에서 자세히 보고 싶지는 않더군요.

나는 하루 앞으로 가서 다시 멈추었습니다. 하루가 지났으니 거대한 괴물은 사라지고 내 포로의 흔적도 찾을 수 있을 거라고 기대했지요. 하지만 둘 다 사라지고 없더군요. 아니, 뼈만 한 무더기 남아 있었는데, 내가 판단하건대 거대한 지네가 뼈에는 신경을 쓰지 않았던 것 같습니다. 어쨌든 그 작은 동물들이 다소나마 인간적인 특징을 갖고 있었던 게 나를 혼란스럽게 했습니다. 생각해 보면 퇴화한 인간이 결국 모든 육상 척추동물의 조상인 이어(泥魚)⁴⁶의 자손만큼 다양한 종으로 분화되지 않을 이유는 없으니까요. 나는 분절로 이루어진 그 거대한 동물이 곤충일 게 분명하다고 생각했지만, 그것이 더는 눈에 띄지 않았습니다. 오늘날 모든 곤충의 몸을 작게 유지하는 생리적 어려움은 마침내 극복된 게 분명합니다. 그리고 동물계의 한 부류인 이 곤충은 오랫동안 기다렸던 최고의 지위에 도달했을 것입니다. 사실 엄청난 에너지와 생명력을 지닌 곤충은 동물의 왕국에서 지배권을 차지할 자격이 있습니다. 나는 회색을 띤 해충 같은 동물을 하나 더 죽이거나

---

46 진흙 속에서 사는 미꾸라지나 모래무지 같은 물고기의 총칭.

사로잡으려고 여러 번 시도했지만, 내가 던진 돌멩이는 하나도 첫 번째 돌멩이만큼 성공을 거두지 못했습니다. 여남은 번쯤 헛된 돌팔매질을 하고 나자 팔이 아프더군요. 무기도 장비도 없이 그렇게 먼 미래로 들어온 내 어리석음에 그만 울화통이 터졌습니다. 나는 더 먼 미래로 달려가서 시간의 더 깊은 심연을 잠깐 엿본 다음 여러분과 나의 시대로 돌아오기로 결심했지요. 다시 타임머신에 올라탔고, 세상은 다시 한 번 짙은 안개가 낀 것처럼 흐릿한 잿빛이 되었습니다.

앞으로 나아가는 동안, 주위의 양상에 기묘한 변화가 일어났습니다. 고동치는 회색이 점점 어두워지더니, 나는 여전히 엄청나게 빠른 속도로 여행하고 있었지만, 낮과 밤이 바뀔 때의 깜박거림이 점점 또렷이 보이게 되었습니다. 보통은 속도가 느려지고 있다는 표시였지요. 처음에는 몹시 당황했습니다. 낮과 밤의 교대는 점점 느려졌고, 태양이 하늘을 건너는 속도도 느려졌습니다. 나중에는 낮과 밤이 수 세기 동안이나 계속되는 것 같았지요. 마침내 황혼이 지구에 내리덮였습니다. 이따금 어스레한 하늘을 가로지르는 혜성의 빛이 황혼의 단조로움을 깨뜨렸을 뿐입니다. 태양을 나타냈던 빛의 띠는 사라진 지 오래였습니다. 태양은 이제 수평선 아래로 가라앉지 않고 서녘 하늘에서 오르내릴 뿐이었습니다. 그러면서 점점 커지고 붉어졌습니다. 달의 흔적은 모두 사라졌습니다. 별들의 회전은 점점 느려져서, 천천히 나아가는 빛의 점으로 바뀌었습니다. 내가 멈추기 조금 전에 아주 크고 붉어진 태양이 마침내 수평선 위에 멈춰서 꼼짝도 하지 않게 되었습니다. 태양은 미지근한 열과 약한 빛을 내는 거대한 돔 같았고, 그 빛은 이따금 잠깐씩 꺼지기도 했지요. 한번은 다시 눈부신 빛을 내기도 했지만, 오래가지 못하고 곧 음침한 붉은색으로 돌아가더군요. 나는 해가 뜨고 지는 것이 이렇게 느려지는 것을 보고, 인력의 작용이 끝난 것을 알아차렸습니다. 지구는 태양에 한쪽 면만 향하게 된 것입니다. 우리 시대에 달이 지구에 한쪽 면만 향하고 있듯이 말입니다.

나는 조용히 멈춘 다음, 타임머신에 앉은 채 주위를 둘러보았습니다.

단편들

〈크로닉 아르고〉호[1]

1
네보집펠 박사의 리두드 체류기

리두드 마을에서 페니풀이라고 불리는 산의 동쪽 측면을 넘어 루스토그로 가는 길을 따라 1킬로미터쯤 가면 〈맨스〉라는 커다란 농장 건물이 있다. 〈목사관〉을 뜻하는 맨스라는 이름은 이 건물이 한때 칼뱅파 감리 교회의 목사관이었다는 사실에서 유래한다. 철길에서 수백 미터 떨어져 있는 그것은 예스럽고 독특한 아취가 있는 나지막하고 파격적인 건물이지만, 지금은 **빠른** 속도로 황폐해지고 있다.

[1] 「〈크로닉 아르고〉호」는 웰스가 최초로 시도한 시간 여행 이야기인데, 이 작품은 원래 그가 1884년부터 1887년까지 수학한 런던의 사우스켄징턴에 있는 과학 사범학교(나중에 로열 칼리지로 바뀜)의 학생 잡지에 세 번에 걸쳐 연재되었다. 〈호손의 영향을 많이 받아서〉 쓰기 시작했지만, 재능의 부족 때문에 잡지에 세 번 실린 뒤 중단할 수밖에 없었다. 그 후 『사이언스 스쿨 저널』(1888년 4·5·6월호)에 새롭게 발표되었다. 〈아르고〉호는 그리스 신화에서 이아손을 비롯한 50명의 영웅들이 황금 양털을 되찾으러 원정을 떠날 때 탔던 배의 이름이다.

이 집은 지난 세기 후반에 지어진 뒤 운명이 여러 번 바뀌었다. 농장주가 너무 거창하지 않고 더 넓은 본거지를 찾아 오래전에 이 건물을 버리고 떠났기 때문이다. 그 후 많은 사람이 이곳을 거처로 삼았지만, 그중에서도 특히 〈프랑스의 사포〉[2]라고 불리는 카르노 양이 한때 이곳에 살았고, 나중에는 윌리엄스라는 노인이 세 들어 살았는데, 이 노인이 두 아들에게 비참하게 살해당한 일이 이곳이 상당히 오랫동안 빈집으로 남아 있게 된 원인이었다. 방치된 건물이 심하게 황폐해진 것은 피할 수 없는 결과였다.

이 집은 오명을 얻었고, 젊은이와 자연은 힘을 합쳐 건물을 빠르게 황폐시켰다. 리두드의 젊은이들이 아무도 살지 않는 이 황폐한 집에 침입하고 싶은 욕망을 채우지 못한 것은 윌리엄스 가족에 대한 두려움 때문이었다. 그들이 건물 외부의 깨지기 쉬운 것에 대해 유난히 파괴적인 적개심을 보인 데에도 그 두려움이 나타나 있었다. 그들이 건물에 던진 무기는 자신의 정신적 두려움을 토로하는 동시에 거부하고 있었다. 건물의 좁은 창문에는 유리가 거의 한 조각도 남지 않았고, 납으로 만든 구식 창틀만 찌그러진 채 유물처럼 남아 있었다. 집 주위에는 깨진 기왓장이 수없이 널려 있고, 지붕에 드러난 서까래 뒤쪽에는 검은 구멍 네댓 개가 입을 벌리고 있었다. 이것들도 리두드 젊은이들의 거부감이 얼마나 강한지를 생생히 보여 주었다.

그래서 비와 바람은 자유롭게 빈방으로 들어가 그곳에서 마음대로 목적을 이루었고, 오랜 세월이 그들을 돕고 부추겼

---

[2] 기원전 7세기에 활동한 그리스의 여류 시인. 레스보스 섬에 살면서 소녀나 청년에 대한 정열적인 애정을 읊은 서정시를 지었다.

다. 마루와 징두리널의 널빤지는 습기를 빨아들였다가 마르기를 되풀이하면서 기묘하게 뒤틀렸고, 여기저기가 쪼개졌고, 한때 그들을 단단히 붙잡아 두었던 녹슨 못에서 류머티즘의 통증처럼 발작적으로 떨어져 나왔다. 벽과 천장의 회반죽은 빗물을 먹고 사는 하등 생물로 뒤덮여 진녹색을 띠게 되었고, 발효하는 윗가지에서 서서히 떨어져 나왔다. 조용한 시간에 벽과 천장의 큰 조각이 불가사의하게 떨어져 내려 요란한 소리와 함께 집 전체를 뒤흔들었다. 이 때문에 윌리엄스 노인과 그의 아들들이 최후의 심판을 받을 때까지 무서운 비극을 재현할 운명이라는 미신이 설득력을 얻었다. 카르노 양이 처음에 벽을 장식하려고 심은 담쟁이와 백장미는 이제 이끼 낀 기와를 무성하게 뒤덮었고, 가늘고 우아한 잔가지들은 거미줄이 늘어진 어두운 방으로 조심스럽게 침입하고 있었다. 병적으로 창백한 색깔의 곰팡이가 지하실 바닥의 벽돌을 들어올리기 시작했다. 곰팡이는 도처에서 썩어 가는 목재 위에 무리를 지어, 자주색과 얼룩덜룩한 진홍색, 노란색을 띤 갈색과 짙은 적갈색으로 번성했다. 쥐머느리와 개미, 딱정벌레와 나방, 수많은 날벌레와 땅벌레들이 날마다 폐허 속에서 더 적당한 집을 찾았다. 그들에 이어 종기가 우툴두툴 돋아난 두꺼비의 수도 계속 늘어나 집 안에 우글거렸다. 제비와 휜털발제비는 조용하고 바람이 잘 통하는 위층 방에 해마다 더 빽빽하게 집을 지었다. 박쥐와 올빼미는 아래층 방의 어두컴컴한 구석을 서로 차지하려고 다투었다.

 1887년 봄에 자연은 낡은 맨스의 점유권을 그런 식으로 느리지만 확실하게 차지하고 있었다. 인간이 버린 것도 다른 생물들은 유용하게 쓸 수 있다는 것을 인식하지 못하는 사람들은 〈그 집은 확실히, 그리고 빠르게 쇠퇴하고 있었다〉고 말할 것이다. 하지만 그럼에도 불구하고 그 집은 최종적으로 무너지기 전에 다른 인간의 거처가 될 운명이었다.

조용한 리두드 마을에 새 주민이 온다는 정보는 전혀 없었다. 그는 아무 예고도 없이 거대한 미지의 세계에서 작은 마을의 면밀한 염탐과 쑥덕공론의 영역으로 들어왔다. 그는 말하자면 대낮에 떨어진 벼락처럼 느닷없이 리두드 세계에 떨어진 것이다. 그는 어디선지 모르게 갑자기 나타난 존재였다. 사실은 그가 런던에서 기차를 타고 와서 망설이지도 않고 곧장 낡은 맨스로 걸어가는 것을 보았다는 막연한 소문이 돌았다. 그는 그 집에 가는 목적에 대해 아무한테도 말이나 몸짓으로 설명하지 않았다. 하지만 그 소문을 퍼뜨린 정보원은 그가 페니풀 산의 가파른 비탈을 엄청나게 빠른 속도로 스치듯 지나가는 것을 보았다고, 그 명석한 목격자에게는 그가 체와 비슷하게 생긴 기구를 타고 달리는 것처럼 보였으며, 또한 굴뚝을 통해 집 안으로 들어갔다고 암시했다. 서로 모순되는 이 소문들 가운데 첫 번째 소문이 먼저 퍼졌지만, 새 주민의 기괴한 풍채와 별난 행동 때문에 결국에는 두 번째 소문을 믿는 사람이 더 많아졌다. 어떤 수단으로 도착했든, 그가 5월 1일 도착하여 맨스를 점유한 것은 의심할 여지가 없다. 그날 아침에 모건 앱 로이드 존스 부인이 그를 면밀히 조사했고, 그 후 부인의 보고를 들은 수많은 사람들이 산비탈을 올라가 보니, 그는 새 거처의 텅 빈 창틀에다 양철 판을 못 박는 기묘한 작업에 열중해 있었다. 모건 앱 로이드 존스 부인은 그가 〈집에 눈가리개를 하고 있었다〉고 적절하게 표현했다.

그는 몸집이 작고 병적으로 누리끼리한 얼굴에 뻣뻣하고

검은 옷감으로 몸에 꼭 맞게 지은 옷을 입고 있었다. 리두드의 제화공인 패리 데이비스 씨는 그 옷감이 가죽이라고 생각했다. 낯선 사내의 매부리코와 얇은 입술, 튀어나온 광대뼈와 뾰족한 턱은 모두 작아서 서로 균형이 잡혀 있었다. 하지만 몸이 너무 여위어서 얼굴의 뼈와 근육이 지나치게 두드러지고 눈에 띄었다. 진지해 보이는 커다란 잿빛 눈이 움푹 들어간 것처럼 보이는 것도 같은 이유에서였다. 그 눈은 놀랄 만큼 넓고 높은 이마 밑에서 열심히 앞을 바라보고 있었다. 관찰자의 주의를 가장 강하게 끌어당긴 것은 바로 이 이마였다. 이마는 얼굴의 나머지 부분과의 비율로 예상된 것보다 훨씬 넓어 보였다. 너비, 주름살, 주름 골, 혈맥이 모두 비정상적으로 과장되어 있었다. 그 이마 밑에 있는 눈은 벼랑 기슭의 동굴 속에 켜진 모닥불처럼 빛났다. 이마는 얼굴의 나머지 부분을 완전히 압도하고 있었기 때문에, 거의 초인적으로 보일 정도였다. 그 이마만 아니었다면 분명히 잘생긴 얼굴이었을 것이다. 그의 이마는 부자연스러울 만큼 높았을 뿐만 아니라, 그의 눈앞에 헝클어져 있는 곧고 부드러운 검은 머리는 수두증으로 돋아난 종기를 머리카락으로 가리려는 듯한 느낌을 주어, 이마의 이 효과를 감추기보다는 오히려 더욱 부각시킬 뿐이었다. 투명하고 누리끼리한 피부를 통해 보이는 관자놀이의 측두 동맥이 힘차게 고동치는 것도 그가 초인적 존재라는 생각을 더욱 강조해 주었다. 이런 것들을 고려하면, 지나치게 시적인 리두드의 웨일스인들 사이에서 그가 체와 비슷한 기구를 타고 도착했다는 설이 상당한 지지를 얻은 것도 결코 놀라운 일은 아니다.

하지만 사람들이 그를 마법사로 믿게 된 것은 그의 생김새보다 그의 태도와 행동 때문이었다. 거의 모든 상황에서 그를 유심히 지켜본 마을 사람들은 그의 방식이 그들과 다를 뿐만 아니라, 그들이 생각해 낼 수 있는 어떤 동기론으로도 전혀 설명할 수 없다는 것을 곧 알게 되었다. 그렇게 처음에는 사소한 문제로 시작되었다. 카나번[3]의 모든 선술집에서 뛰어난 사교적 재능으로 유명한 아서 프라이스 윌리엄스가 창문을 양철 판으로 막아 버린 일과 관련하여 낯선 사내를 대화에 끌어들이려고 더할 나위 없이 고상한 웨일스어와 그보다 더 고상한 영어로 말을 걸었지만, 깨끗이 실패하고 만 것이다. 종교 재판소 같은 억측, 단도직입적인 질문, 도와주겠다는 제의, 방법을 넌지시 암시하기, 빈정거림, 야유, 독설, 그리고 마지막으로 길가 산울타리에서 목청껏 소리를 질러 싸움을 걸기까지 했지만, 집 안에서는 아무 응답이 없었고, 윌리엄스의 말을 경청한 것 같지도 않았다. 아서 프라이스 윌리엄스는 돌멩이를 던지는 것도 상대를 대화에 끌어들인다는 목적에는 아무 효과도 없다는 것을 알았다. 모인 사람들은 채우지 못한 호기심과 의혹을 품고 흩어졌다.

그날 오후, 까무잡잡한 유령이 산길을 성큼성큼 내려와 마을 쪽으로 가는 것이 목격되었다. 유령은 모자도 쓰지 않고, 결연한 표정으로 빠르게 성큼성큼 걸었기 때문에, 멀리 떨어진 선술집 〈돼지와 휘파람〉 문간에서 그를 바라보고 있던 아서 프라이스 윌리엄스는 깜짝 놀라, 그가 지나갈 때까지 부엌의 커다란 가마솥 뒤에 숨어 있었다. 교실에서 나오던 아이들도 공포에 사로잡혀, 강풍 앞의 나뭇잎처럼 다시 교실 안으로

---

[3] 영국 웨일스 귀네드 카운티의 중심 도시.

몰려 들어갔다. 하지만 그는 식료품 가게를 찾고 있었을 뿐이다. 그는 가게에 한참 머물면서 한 아름이나 되는 다양한 꾸러미, 빵 덩어리, 청어, 돼지 족발, 소금에 절인 돼지고기를 안고 싸움이라도 할 것처럼 험악한 기세로 가게에서 뛰쳐나와, 왔을 때처럼 쏜살같이 빠른 걸음으로 맨스로 돌아갔다. 그의 장보기 방식은 필요한 물건의 이름을 대는 것이었다. 설명하거나 부탁하거나 요구하는 말은 한 마디도 하지 않고 단지 이름만 댔을 뿐이다.

그는 가게 주인의 유치한 기상학적 미신과 꼬치꼬치 캐묻는 진부한 말을 듣지 못한 것 같았다. 그가 전혀 관계없는 말에 즉각 반응하여 재빨리 주의를 기울이지 않았다면, 다른 사람들은 그를 귀머거리로 생각했을지도 모른다. 결국 그는 꼭 필요한 인간관계를 제외하고는 모든 교류를 피하기로 결심했다는 소문이 순식간에 퍼졌다. 그는 무너져 가는 목사관에서 하인이나 말벗도 없이 완전히 신비에 싸여 살고 있었다. 잠은 아마 널빤지나 들것 위에서 잘 테고, 음식은 직접 요리하거나 날것으로 먹을 것이다. 이것은 끊임없이 마음속에 떠오르는 부친 살해범에 대한 통념과 결부되어, 새 주민과 마을 주민 사이에는 엄청난 차이가 있다는 대중의 억측을 강화하는 데 이바지했다. 그를 인류로부터 격리시키는 이 생각과 조화를 이루지 못하는 것은 수송용 나무 상자가 끊임없이 유입된다는 것뿐이었다. 기괴하게 비틀린 유리그릇들, 놋쇠와 강철로 만든 도구들, 철사를 똘똘 감아 놓은 거대한 뭉치, 쇠와 내화 점토로 만들어졌지만 용도가 무엇인지 상상도 할 수 없는 기구들, 검은색과 진홍색으로 〈독〉이라고 쓴 라벨이 붙어 있는 크고 작은 유리병들, 커다란 책 꾸러미, 돌돌 감겨 있는 엄청난 양의 약포지로 가득 찬 나무 상자들이 바깥세상에서 리두드에 있는 그의 거처로 들어왔다. 이 다양한 위탁 화물에 상형 문자처럼 적혀 있는 글씨를 퓨 존스가 면밀히 조사한 결과, 새 주민의 칭호와 직함은 〈Ph.D., F.R.S., N.W.R., PAID〉[4] 모지스 네보깁펠 박사로 밝혀졌다. 이것을 발견하고, 특히 순수하게 웨일스어를 사용하는 토박이들은 많은 교훈을 느꼈다. 그보다 이 화물들은 인간이 합법적으로 사용하기에는 부적당해 보이고 악마적인 것으로 추정되었기 때문에, 이웃 사람들은 막연한 공포와 생생한 호기심에 사로잡혔다. 게다가 맨스에서 이 화물을 받은 뒤에 일어난 놀라운 사건들과 거기에 대한 설명(이 설명은 사건 자체보다 더 놀라웠다)은 사람들의 공포와 호기심을 더욱 부추겼다.

첫 번째 사건은 5월 15일 수요일에 일어났다. 이날은 리두드의 칼뱅파 감리교도들이 해마다 축제를 여는 날이었다. 관례에 따라 주변 교구인 루스토그, 페니간, 카길루드, 랜드뿐만 아니라 멀리 떨어진 랜루스트의 사람들도 리두드 마을로 몰려왔다. 신에 대한 감사는 여느 때처럼 건포도 빵과 버터, 여러 가지 재료를 넣어서 끓인 차, 테르차,[5] 신성한 연애 놀이, 키스 놀이, 마구잡이 축구, 독설을 퍼붓는 정치 연설로 표현되었다. 8시 30분쯤에는 재미가 시들해지기 시작했고, 사람들은 흩어지기 시작했다. 9시쯤에는 둘씩 짝을 지은 수많은 남녀와 삼삼오오로 무리를 지은 사람들이 언덕이 많은 리두드

4 Ph.D.는 Doctor of Philosophy(철학 박사), F.R.S.는 Fellow of the Royal Society(왕립 학회 회원)을 말한다. 퓨 존스는 N.W.R.을 학위나 직함으로 알았지만, 이것은 North West Region(북서 지역)을 나타내는 우편 지명이며, 그 다음의 PAID는 〈송료 지불 완료〉라는 뜻이다.

5 3부로 된 노래.

와 루스토그를 잇는 길을 따라 어둠 속을 걸어가고 있었다.

조용하고 따뜻한 밤이었다. 램프와 가스등을 켜거나 깊이 잠드는 것이 조물주에게 감사하지 않는 어리석은 짓으로 여겨지는 밤이었다. 머리 위의 하늘은 형언할 수 없이 깊고 투명한 푸른빛이었고, 서쪽의 맑은 어둠 속에는 저녁 별이 황금빛으로 걸려 있었다. 북서쪽 하늘의 희미한 인광이 가라앉은 해를 표시해 주었다. 이제 막 떠오르고 있는 달은 안개에 가려 흐릿해 보이는 페니풀 산의 거대한 어깨 위에 볼록하게 부풀어 오른 모습으로 창백하게 걸려 있었다. 산비탈의 희미한 윤곽선에서 돌출한 맨스는 파리한 동쪽 하늘을 배경으로 검고 또렷하고 쓸쓸해 보였다. 황혼의 고요함은 낮의 수많은 소리를 억눌렀다. 단속적으로 길에서 들려왔다 사라지는 발소리와 말소리와 웃음소리, 그리고 어두워진 집에서 간헐적으로 들려오는 망치 소리만이 정적을 깨뜨릴 뿐이었다.

그때 갑자기 윙윙거리는 이상한 소리가 밤공기를 흔들고, 사람들이 걸어가는 어두컴컴한 길을 밝은 불빛이 가로질렀다. 모두 놀라서 낡은 맨스를 돌아보았다. 그 집은 이제 밋밋한 검은 덩어리가 아니라 빛이 넘쳐흐를 만큼 가득 차 있었다. 지붕에 뚫린 구멍에서, 기와와 벽돌의 틈새와 균열에서, 자연이나 인간이 허물어지는 낡은 껍데기에 뚫어 놓은 모든 틈새에서 눈부신 청백색 빛이 흘러나오고 있었다. 그 빛에 비하면, 떠오르는 달은 불투명한 녹황색 원반처럼 보였다. 이슬에 젖은 밤의 옅은 안개가 보라색 불빛을 포착하여, 무색의 불꽃 위에 초자연적인 연기처럼 감돌고 있었다.

낡은 맨스 안에서는 이제 이상한 혼란과 절규가 시작되었다. 몰려드는 구경꾼들에게 그 소리는 점점 또렷해졌고, 그와 함께 창문을 가리고 있는 양철 판에 무언가가 부딪히는 요란한 소리가 울려 퍼졌다. 이어서 지붕에 뚫린 구멍이 갑자기 다양한 생물들을 토해 냈다. 제비, 참새, 흰털발제비, 올빼미, 박쥐, 곤충이 수없이 쏟아져 나와 몇 분 동안 검은 박공과 굴뚝 위에 구름처럼 맴돌면서 시끄럽게 떠들어 대고 소용돌이 치듯 맴돌다가 점점 사방으로 퍼져 갔다. 이윽고 그 동물들은 서서히 구름이 걷히듯 밤의 어둠 속으로 사라져 갔다.

이 소란이 가라앉자, 처음에 사람들의 주의를 끈 윙윙거리는 소리가 또다시 들려오기 시작하여, 나중에는 긴 정적 속에서 그 소리밖에는 들리지 않게 되었다. 하지만 곧 무리를 지어 집으로 돌아가는 루스토그 사람들의 발소리에 길이 다시 깨어났다. 그들은 눈부시게 하얀 빛에 눈을 깜박거리며 한 사람씩 차례로 고개를 돌리고, 깊은 생각에 잠겨 발을 끌면서 집으로 걸음을 재촉했다.

교양 있는 독자라면 그 훌륭한 사람들의 마음에 으스스한 생각의 씨를 뿌린 현상이 단지 맨스에 전등이 설치된 것을 나타낼 뿐이라는 사실을 벌써 알아차렸을 것이다. 사실 이 낡은 집의 그 마지막 변화는 가장 기묘한 것이었다. 집이 인간 세상으로 돌아온 것은 죽은 라자로[6]가 되살아난 것과 같았다. 그때부터 양철 판으로 가려진 창문 뒤에서는 밤낮으로 길들여진 번갯불이 빠르게 변화하는 내부의 모든 구석을 환히 비추었다. 곧고 부드러운 머리카락에 가죽옷을 입은 땅딸막한 박사의 광적인 에너지는 잘 보이지도 않는 구멍 속과 구석진 곳과 파괴된 곳을 모조리 쓸어 냈고, 얼기설기 퍼진 담

---

6 신약 성서에 나오는 인물로, 죽은 지 4일 만에 예수에 의해 되살아났다.

쟁이덩굴과 독버섯, 장미 잎, 새 둥지, 새알, 거미줄, 그 밖에 노망한 어머니 같은 〈자연〉이 썩어 가는 집을 매장하기 위해 장식한 온갖 기발한 장식을 모두 쓸어 버렸다. 자전기(磁電氣) 장치는 징두리널을 붙인 식당의 유물 사이에서 끊임없이 윙윙거렸는데, 그곳은 옛날 18세기에 그 집에 세 들어 살았던 사람이 경건하게 아침 기도문을 읽고 일요일 만찬을 먹던 곳이었다. 그 사람의 신성하고 상징적인 찬장이 놓여 있던 자리에는 이제 더러운 코크스가 수북이 쌓여 있었다. 제빵실의 오븐은 대장간의 토대와 재료를 공급했다. 증기를 내뿜으며 헐떡거리는 풀무 소리를 듣거나 간헐적으로 붉은 불똥이 섞여 나오는 세찬 바람 소리를 들으면, 무지하지만 성경으로 교화된 웨일스 여자들은 서둘러 지나가면서, 물이 흐르는 듯한 웨일스어로 〈그의 입김은 숯불을 피우고, 그의 입에서는 불꽃이 나온다〉[7]고 중얼거리곤 했다. 이 선량한 사람들은, 길이 들었지만 이따금 다루기 어려워지는 레비아단[8]이 유령의 집에 들어온 탓에 그 집이 더욱 무서워졌다는 생각을 갖게 되었다.

끊임없이 늘어나는 기계들, 커다란 놋쇠 주물, 주석 덩어리, 통, 운반용 나무 상자, 수많은 꾸러미를 놓아두려면 공간이 필요했기 때문에, 집 안의 약한 칸막이벽은 대부분 희생될 수밖에 없었다. 지칠 줄 모르는 과학자는 위층 방들의 들보와 마루도 무자비하게 톱으로 잘라 내어, 지하실과 서까래 사이의 넓은 공간에 조금 남은 들보와 마루는 단순한 선반과 모서리 선반처럼 보였다. 비교적 튼튼한 널빤지는 넓은 탁자를 만드는 데 활용되었다. 조잡하게 만들어진 이 탁자 위에는 서

---

7 구약 성서 「욥기」 41장 21절.
8 성서에 나오는 거대한 바다 괴물.

류와 기하학적 도형들이 순식간에 무더기로 쌓였다. 네보집펠 박사의 마음은 이 기하학적 도형을 만드는 데 단단히 붙박여 있는 듯했다. 그의 삶을 이루는 나머지 것들은 모두 이 한 가지 일에 완전히 종속되어 있었다. 그것은 기묘하게 복잡한 선으로 이루어진 그물 무늬였다. 그는 로그를 이용한 장치와 복잡한 곡면 도형 기계의 도움을 받아 능숙한 솜씨로 설계도와 입면도, 평면도와 단면도를 수많은 종이에 재빨리 펼쳐 놓았다. 이렇게 기호화된 도형의 일부는 런던으로 보내졌고, 얼마 후 놋쇠와 상아, 니켈과 마호가니의 형태로 〈구현〉되어 돌아왔다. 일부는 그가 직접 금속과 나무로 모형을 만들었는데, 때로는 거푸집을 만들어 금속 모형을 주조하기도 했지만, 정확한 치수를 위해 덩어리에서 힘들게 모형을 잘라 내는 경우가 많았다. 이 두 번째 공정에서 그는 여러 가지 도구를 사용했는데, 그중에서도 특히 중요한 것은 다이아몬드 가루로 톱날을 간 둥근 쇠톱이었다. 이 톱은 증기와 다중 기어를 이용하여 놀랄 만큼 빠른 속도로 회전했는데, 리두드 마을을 네보집펠 박사에 대한 혐오감으로 가득 채운 것은 무엇보다도 이 다중 기어였다. 리두드 사람들은 박사를 피와 어둠의 사나이라고 싫어했다. 조용한 한밤중에 — 리두드의 새 주민은 끊임없이 연구에 몰두하느라 태양에 대해서는 별로 주의를 기울이지 않았기 때문이다 — 잠에서 깬 페니풀 산 주변의 주민들은 〈구르르 — 우르〉 하는 소리를 듣곤 했다. 처음에는 다친 남자의 신음 소리처럼 낮은 소리로 투덜거리다가 조금 뒤에는 절망에 빠져 열나게 항의하는 목소리처럼 소리의 높이와 강도가 조금씩 올라갔고, 마지막에는 귀청을 찢는 날카로운 비명 소리와 함께 갑자기 끝났다. 이 새된 목소리는 그 후 몇 시간 동안이나 귓속에서 울려 퍼졌고, 수없이 많은 악몽을 낳았다.

이 세상의 것 같지 않은 이 모든 괴상한 소음과 설명할 수 없는 현상의 수수께끼, 일에 몰두하고 있지 않을 때 박사가 보여 주는 몰인정하고 무뚝뚝한 태도와 명백한 불안감, 주제넘게 집으로 밀고 들어와 이것저것 참견하는 침입자들을 겁먹게 하는 박사의 행동은 많은 사람의 적개심과 호기심을 최고로 자극했고, 그의 행동을 일반 대중이 공식적으로 조사하려는 계획 ― 이 공식 조사에는 아마 실험적인 물고문도 수반될 것이다 ― 이 벌써 진행되고 있었다.

그런데 바로 그때 꼽추인 휴스가 발작을 일으켜 갑자기 죽는 바람에 일이 예기치 않은 난관에 부닥쳤다. 훤한 대낮에 맨스의 바로 맞은편 길에서 일어난 일이었다. 여섯 사람이 그것을 목격했다. 불운한 꼽추는 갑자기 쓰러져 오솔길을 데굴데굴 구르며 마구 몸부림을 쳤다. 목격자들에게는 눈에 보이지 않는 공격자와 맹렬히 싸우고 있는 것처럼 보였다. 도움의 손길이 뻗쳤을 때 그의 얼굴은 자줏빛이었고, 푸르스름한 입술은 달걀 흰자위 모양의 거품으로 덮여 있었다. 도와줄 사람들이 그에게 손을 대자마자 그는 숨을 거두었다.

꼽추의 주검은 〈돼지와 휘파람〉으로 옮겨졌다. 개업의인 오언 토머스는 순식간에 〈돼지와 휘파람〉 바깥에 모여든 흥분한 군중에게 꼽추의 죽음은 의심할 여지가 없는 자연사라고 장담했지만, 아무 소용이 없었다. 무서운 의혹이 전염병처럼 퍼져 갔다. 꼽추의 죽음은 네보깁펠 박사의 영묘한 힘에 희생된 것이라는 의혹이었다. 번개처럼 마을 전체에 퍼진 소식은 강한 전염성을 갖고 있었다. 이런 악행을 저지른 자를 혼내 주고 싶은 욕망으로 리두드 전체가 들끓었다. 전에는 비웃음과 박사가 두려워서 다소 조심스럽게 마을을 돌아다녔던 노골적인 미신이 이제는 위엄 있는 진실의 옷을 입고 모든 사람의 눈앞에 대담하게 모습을 드러냈다. 지금까지는 도깨비 같은 철학자에 대한 두려움을 표현하지 못하고 침묵을 지켰던 사람들이 갑자기 자신과 비슷한 사람들에게 무서운 가능성을 속삭이는 데에서 커다란 즐거움을 발견했다. 공감을 불러일으키는 그들의 발언은 가능성을 속삭이는 데에서 발전하여, 크고 높은 목소리로 주저 없이 그 가능성을 단언하게 되었다. 앞에서 암시되었듯이 사로잡힌 레비아단의 이미지는 지금까지는 무지한 노파들의 비밀 모임에 오싹하면서도 은밀한 즐거움을 주었지만, 이제는 의심할 여지 없는 사실로 만천하에 공표되었다.

한번은 그 동물이 모건 앱 로이드 존스 부인을 루스토그까지 따라갔다는 소문이 부인 자신의 말을 근거로 하여 퍼지고 있었다. 네보깁펠이 윌리엄스 가족과 함께 맨스의 기도실에서 지독히 신성모독적인 말을 하는 것을 들었다는 소문, 〈어린 송아지만 한 크기의 검은 새 같은 것〉이 퍼덕퍼덕 날갯짓을 하면서 지붕에 뚫린 구멍으로 들어갔다는 소문을 믿는 사람이 많았다. 교회 묘지에서 발부리가 걸려 넘어진 데에서 비롯된 소름 끼치는 일화가 널리 퍼졌는데, 그것은 네보깁펠 박사가 길고 하얀 손가락으로 갓 생긴 무덤을 잔인하게 파헤치는 현장을 들켰다는 괴담이었다. 네보깁펠과 살해된 윌리엄스 영감이 두 아들을 집 뒷마당의 유령 같은 교수대에 목매다는 장면을 목격했다는 증언이 수없이 나왔지만, 이것은 발작적으로 바람에 흔들리는 나무를 전깃불이 비추면서 착각을 일으켰기 때문이다. 이와 비슷한 수백 가지 소문이 마을에 무성하게 퍼지면서 분위기가 어두워졌다. 일라이자 율리시스 쿡 신부는 소란을 가라앉히려고 나섰지만, 점점 심해지는 벼락이 자기한테 떨어지는 것을 간신히 피했다.

8시에는(그날은 7월 22일 월요일이었다) 이미 〈마법사〉에 반대하는 대규모 시위가 자연스럽게 시작되었다. 남자들 가운데 좀 더 대담한 사람들이 군중의 핵심을 이루었고, 밤이 되자 아서 프라이스 윌리엄스와 존 피터스를 비롯한 여러 사람이 횃불을 가져와서 불똥이 비처럼 쏟아지는 횃불을 높이 쳐들고 짤막하게 심상치 않은 제안을 했다. 그렇게 대담하지 않은 남자들은 뒤늦게 한 사람씩 집결지에 나타났고, 그들과 함께 아낙네들도 삼삼오오 떼를 지어 나타나 새되고 신경질적인 말소리와 활발한 상상력으로 집회의 흥분을 크게 고조시켰다. 뒤이어 형언할 수 없는 두려움에 사로잡힌 아이들과 처녀들이 지나치게 조용하고 어두운 집에서 조용히 빠져나와, 소나무 옹이를 태우는 노란 불빛과 점점 늘어나는 군중의 떠들썩한 소란 속으로 들어왔다. 9시에는 이미 리두드 인구의 거의 절반이 〈돼지와 휘파람〉 앞에 모여 있었다. 많은 사람이 중얼거리는 소리가 어지럽게 뒤섞였지만, 피에 굶주린 늙은 광신자 프리처드의 거칠고 갈라진 목소리가 점점 늘어나는 군중의 웅성거림과 재잘거림을 모두 누르고 또렷이 들려왔다. 그는 카르멜 산[9]의 우상 숭배자 450명의 운명에서 제 성미에 맞는 교훈을 끌어내고 있었다.

9 이스라엘 하이파의 동남쪽에 있는 산으로, 구약 성서의 기록에 의하면 이 산은 우상 숭배의 중심지였으며, 예언자 엘리야(영어로는 일라이자)가 바알 신의 거짓 예언자들과 대결한 장소로 기록되어 있다.

시각을 알리는 교회 종이 막 울리고 있을 때, 언덕 위에서 신비로운 움직임이 시작되었다. 다음 순간, 그곳에 모인 군중은 남녀노소 할 것 없이 모두 두려움을 이기려고 밀집 대형을 이룬 채 불운한 박사의 집 쪽으로 움직이고 있었다. 그들이 환하게 불이 밝혀진 선술집을 떠날 때, 어떤 여자가 칼뱅교도의 귀를 만족시키는 섬뜩한 찬송가를 떨리는 목소리로 부르기 시작했다. 그 노래는 놀랄 만큼 짧은 시간 안에 군중 전체로 퍼졌다. 처음에는 두세 명이 따라 불렀지만, 곧 행렬 전체가 합창을 했다. 많은 사람이 무거운 구두를 끌면서 걷는 소리가 찬송가의 강한 리듬과 함께 또 하나의 리듬이 되었다. 하지만 그들의 목적지가 불타듯이 선명한 별처럼 굽이치는 길 위로 떠오르자, 노랫소리가 갑자기 잦아들고 주동자들의 목소리만 남았다.

그들은 이제 가락도 맞지 않는 노래를 전보다 더 기운차게 바락바락 부르고 있었다. 그들이 집요함과 본보기를 보였지만, 맨스가 가까워질수록 군중의 보조가 눈에 띄게 흐트러지고 느려지는 것을 막지는 못했다. 그리고 대문에 이르자 군중 전체가 갑자기 우뚝 멈춰 섰다. 마을 사람들을 여기까지 데려온 용기를 낳은 것은 미래에 대한 막연한 두려움이었다. 이제 현재에 대한 두려움이 그와 비슷한 용기의 탄생을 억눌렀다. 죽음처럼 조용한 건물 틈새에서 나오는 강렬한 불빛이 망설이고 있는 창백한 얼굴들을 비추었다. 아이들 사이에서 겁에 질려 숨을 죽이고 흐느끼는 소리가 들려왔다. 아서 프라이스 윌리엄스는 겸손한 기독교도의 태도를 노련하게 꾸미면서 잭 피터스에게 말을 걸었다.

「잭, 이제 어떻게 하지?」

하지만 피터스는 분명히 의심스러운 태도로 맨스를 바라보면서 그의 질문을 무시했다. 리두드의 마녀 사냥은 갑자기 중단되는 것 같았다.

이 중대한 시점에 프리처드 영감이 깡마른 손과 기다란 팔로 야릇한 몸짓을 하면서 갑자기 앞으로 나섰다.

「뭐라고?」 그는 갈라진 목소리로 외쳤다. 「주님이 싫어하시는데 공격을 두려워해? 마법사를 불태워 버려!」 그러고는 피터스한테서 횃불을 낚아채어 삐걱거리는 대문을 휙 열어젖히고는 진입로를 성큼성큼 걸어갔다. 그의 횃불이 지나간 자리에는 밤바람에 소용돌이치는 반짝이는 불똥이 길게 남았다.

「마법사를 불태워라.」 주저하는 군중 속에서 새된 목소리가 비명을 지르듯 외쳤다. 그러자 당장 무리를 지은 인간의 본능이 우세를 차지했다. 위협적인 목소리가 터져 나오자, 군중은 광신자를 따라 우르르 집 안으로 쏟아져 들어갔다.

이제 철학자에게 화 있을진저! 그들은 문이 바리케이드로 막혀 있을 거라고 예상했는데, 프리처드가 문을 밀자 경첩이 녹슨 현관문은 무력하게 삐걱거리는 소리를 내며 열렸다. 그는 눈부신 불빛 때문에 앞이 보이지 않아서 문지방에 멈춰 선 채 잠시 망설였다. 그러는 동안, 추종자들이 그의 뒤에 떼를 지어 모여들었다.

그곳에 있었던 사람들은 네보깁펠 박사가 색조도 없는 전등 불빛 속에서 놋쇠와 흑단과 상아로 만든 독특한 구조물 위에 서 있는 것을 보았다고 말했다. 그는 연민과 경멸이 반반씩 섞여 있는 미소를 짓고 있는 것 같았다고 한다. 그것은 순교자들이 짓는 것과 비슷한 미소라고 한다. 게다가 그의 곁에는 검은 외투 차림의 키 큰 남자가 앉아 있었다고 주장하는 사람도 있고, 이 두 번째 남자 — 다른 이들은 이 남자의 존재를 부인한다 — 가 일라이자 율리시스 쿡 신부와 얼굴이 닮았다고 주장하는 사람도 있고, 살해당한 윌리엄스 영감과 인상이 닮았다고 주장하는 사람도 있다. 어느 쪽이든, 이제는 영원히 증명되지 않은 상태로 놓아둘 수밖에 없다. 군중이 입구를 지나 안으로 몰려 들어갈 때 갑자기 놀라운 일이 일어났기 때문이다. 피처드가 의식을 잃고 바닥에 나동그라졌다. 분노의 외침 소리와 비명 소리는 도중에 고통스러운 공포의 고함 소리로 바뀌거나 심장이 멎는 듯한 공포의 헐떡거림으로 바뀌었고, 이어서 사람들은 미친 듯이 대문을 향해 돌진했다.

차분하게 미소를 짓고 있는 박사와 검은 외투 차림의 조용한 동행자, 그리고 그들을 떠받치고 있던 광택 나는 디딤판이 그들의 눈앞에서 홀연히 사라져 버렸기 때문이다!

2
비밀 이야기는 어떻게 가능해졌는가

은빛 잎사귀를 가진 호숫가 버드나무. 버드나무 아래, 물냉이로 장식된 물에서 사초 잎이 무더기로 솟아오르고, 그 속에서 자줏빛 백합과 물망초의 담청 빛 증기가 눈부시게 빛난다. 그 너머에는 유유히 흐르는 강물에 습기 찬 소택지의 새파란 하늘이 비쳐 있다. 그리고 그 너머에는 버드나무에 둘러싸인 작은 섬이 강물에 떠 있다. 줄기만 남은 나무들이 흩어져 있고 작살처럼 생긴 포플러가 멀리 보랏빛으로 보이는 원경을 배경으로 서 있는 것을 제외하면, 이것이 눈에 보이는 모든 우주를 한정한다. 버드나무 발치에는 저자가 비스듬히 누워서 구릿빛 날개를 가진 부전나비 한 마리가 이 붓꽃에서 저 붓꽃으로 팔랑팔랑 날아다니는 것을 지켜보고 있다.

저녁놀의 빛깔을 누가 고정시킬 수 있는가? 누가 불꽃의 주형을 뜰 수 있는가? 인간의 생각이 부전나비에서 육체를 떠난 영혼으로 이동하고, 거기서 다시 초자연적인 움직임으로 넘어가고, 모지스 네보집펠 박사와 일라이자 율리시스 쿡 신부가 이 감각의 세계에서 사라져 버린 사건으로 넘어가는 변화 과정을 저자로 하여금 기록하게 해보자.

저자가 그곳에 누워 일광욕을 하면서, 옛날에 누군가가 보리수 아래에서 그랬듯이[10] 불가해한 변화를 명상하고 있을 때, 어떤 존재가 분명해졌다. 그와 자줏빛 지평선 사이에 있는 작은 섬에 무언가가 있었다. 강물에 비친 그것은 누워 있는 그의 눈이 어렴풋이 감지할 수 있는 흐릿한 실체였다. 그는 놀라서 눈을 들었다.

저게 뭐지?

그는 넋을 잃을 만큼 놀라서 그 유령을 뚫어지게 바라보고, 의심하고, 눈을 깜박거리고, 눈을 비비고, 다시 바라보고, 믿었다. 그것은 고체의 실물이었고, 그림자가 딸려 있었고, 두 사람을 태우고 있었다. 그 안에는 대낮의 햇빛 속에서 백열광을 내는 마그네슘처럼 눈부시게 빛나는 하얀 금속과 햇빛을 빨아들이는 흑단 막대기, 문질러 닦은 상아처럼 은은하게 빛나는 하얀 부속품이 있었다. 하지만 그런데도 그것은 비현실적으로 보였다. 기계라면 마땅히 네모나야 할 것 같은데,

---

[10] 석가모니는 보리수 아래에서 깨달음을 얻어 부처가 되었다.

그것은 네모가 아니라 완전히 구부러져 있었다. 그것은 뒤틀려 있었고, 삼사정계(三斜晶系)[11]라고 불리는 그 기묘한 크리스털처럼 두 방향으로 매달린 채 늘어져 있는 것 같았다. 그것은 으스러지거나 일그러진 기계처럼 보였다. 그것은 무질서한 꿈의 기계처럼 확정적이 아니라 암시적이었다. 그 위에 올라탄 남자들도 꿈만 같았다. 한 사람은 땅딸막한 키에 혈색이 병적으로 누리끼리했다. 머리 모양이 이상했고, 짙은 올리브색 옷을 입고 있었다. 또 한 사람은 기괴할 만큼 그 자리에 어울리지 않았다. 그는 분명 성공회의 성직자였고, 금발에 창백한 얼굴을 가진 점잖아 보이는 남자였다.

또다시 의혹이 저자에게 밀려왔다. 그는 벌렁 드러누워 하늘을 쳐다보고, 눈을 비비고, 그와 푸른 하늘 사이에 늘어져 있는 버드나무 가지를 바라보고, 제 눈이 손에 대해 뭔가 새로운 사실을 말해 주지 않을까 하고 두 손을 유심히 살펴본 다음, 다시 일어나 앉아서 작은 섬을 뚫어지게 바라보았다. 가벼운 산들바람이 버드나무 가지를 흔들었다. 하얀 새 한 마리가 날개를 파닥거리며 낮은 하늘을 날아갔다. 환상의 기계는 사라지고 없었다! 그것은 환영이었다. 주관적인 정신 상태의 투영이었다. 정신의 비물질성을 주장하는 사실이었다.

〈그래.〉 바로 그때 정신의 회의적 기능이 끼어들었다. 〈하지만 신부가 아직도 저기 있는 건 어찌 된 일이지?〉

신부는 사라지지 않았다. 저자는 몹시 당황하여, 검은 외투 차림의 신부를 유심히 살펴보았다. 신부는 손으로 차양을

---

11 결정학에서 3개의 벡터로 묘사되는 일곱 결정계 중의 하나. 삼사정계에서 3개의 벡터는 길이가 모두 다를 뿐만 아니라, 벡터가 이루는 각도 서로 다르며 직각이 아니다.

만들어 눈 위에 대고 세상을 바라보며 서 있었다. 저자는 그 작은 섬의 둘레를 외고 있었다. 그를 괴롭힌 의문은 〈어디서 왔을까?〉였다. 신부는 뉴헤이븐[12]에 상륙한 프랑스인처럼 보였다. 긴 여행에 완전히 지쳐 버린 것처럼 보였다는 뜻이다. 그의 옷은 환한 햇빛 속에서 보니 닳아 해지고 솔기가 드러나 보였다. 신부는 섬 가장자리로 와서 저자에게 떨리는 소리로 물었다. 목소리가 심하게 갈라져 있었다.

「맞아요.」 저자가 대답했다. 「그건 섬이에요. 그곳엔 어떻게 간 겁니까?」

하지만 신부는 대답하는 대신, 아주 이상한 질문을 던졌다. 「당신은 지금 19세기에 있나요?」

저자는 대답하기 전에 신부에게 같은 질문을 되풀이하게 했다. 그가 그렇다고 대답하자, 신부는 기쁨에 넘쳐서 외쳤다.

「아이고, 고마워라.」 그러고는 아주 진지한 태도로 정확한 날짜를 물었다.

「1887년 8월 9일.」 신부는 저자의 대답을 되풀이했다. 그러고는 〈아이고, 고마워라〉를 다시 한 번 말하고 작은 섬에 털썩 주저앉았다. 그래서 사초 잎에 가려져 보이지 않게 되었다. 하지만 신부는 저자에게 들릴 만큼 큰 소리로 울음을 터뜨렸다.

이제 저자는 이 모든 일에 몹시 놀라서 호숫가를 따라 얼마쯤 가다가 삿대로 움직이는 조각배 한 척을 발견했다. 그는 그 배에 올라타고, 신부를 마지막으로 본 작은 섬으로 서

---

12 영국 잉글랜드 남부 해안에 있는 항구 도시. 우즈 강 어귀에 있으며, 이곳은 프랑스의 디에프까지 연결되는 영국 해협 횡단 노선의 영국 쪽 종착지이다.

둘러 노를 저어 갔다. 신부는 갈대밭에 의식을 잃고 누워 있었다. 저자는 신부를 배에 실어서 그가 사는 집으로 데려왔다. 신부는 그 집에 열흘 동안 인사불성으로 누워 있었다.

그러는 동안 그가 3주 전에 모지스 네보집펠 박사와 함께 리두드에서 사라진 일라이자 쿡 신부라는 사실이 알려졌다.

8월 19일, 간호사가 저자를 서재 밖으로 불러내어 환자와 이야기를 해보라고 말했다. 저자가 가서 보니 신부는 완전히 의식을 되찾았지만, 눈은 이상하게 번득였고 얼굴은 백짓장처럼 창백했다.

「내가 누군지 알아냈나요?」 신부가 물었다.

「일라이자 율리시스 쿡 신부입니다. 옥스퍼드 대학 펨브로크 칼리지에서 문학 석사 학위를 받았고, 카나번의 루스토그 근처에 있는 리두드라는 마을의 교구 신부예요.」

신부는 고개를 숙였다.

「내가 어떻게 여기 왔는지에 대해 뭔가 들은 게 있나요?」

「저는 갈대밭에서 신부님을 발견했습니다.」 내가 말했다.

신부는 말없이 한동안 생각에 잠겨 있더니, 이윽고 입을 열었다.

「증언할 게 있는데, 내 증언서를 맡아 주시겠소? 그건 1862년에 일어난 윌리엄스라는 노인의 살해 사건과 이번에 일어난 모지스 네보집펠 박사의 실종 사건, 그리고 피후견인의 유괴 사건과 관련되어 있는데, 이 마지막 사건이 일어난 해는 4003년······.」

저자는 신부를 뚫어지게 바라보았다.

「그러니까, 서기 4003년.」 신부가 말뜻을 바로잡았다. 「그해는 올 겁니다. 그리고 17901년과 17902년에는 공무원들이 여러 번 공격당할 겁니다.」

저자는 헛기침을 했다.

「17901년과 17902년, 그리고 언제나 귀중한 의학적, 사회적, 지형학적 자료.」

의사와 상의한 뒤, 증언을 받아 적기로 결정되었다. 그 기록이 〈크로닉 아르고〉호에 대한 나머지 이야기를 이룬다.

1887년 8월 28일, 일라이자 쿡 신부가 죽었다. 그의 유해는 리두드로 운구되었다.

3
시대에 맞지 않은 인간

일라이자 율리시스 쿡 신부가 그 기억할 만한 7월 22일 오후에 마을 사람들의 미신적인 흥분을 가라앉히려고 했지만 실패했다는 이야기는 앞에서 말했다. 그의 다음 행동은 비사교적인 철학자에게 위험이 임박했음을 경고하는 것이었다. 이를 위해 그는 소문이 난무하는 마을을 떠나, 조용하고 나른한 7월 오후의 더위를 뚫고 페니풀 산의 비탈을 올라 맨스로 갔다. 그가 육중한 문을 힘껏 두드리자, 안에서 둔탁한 반향이 일어나고, 삐걱거리는 포치에서 썩어 가는 부싯깃 파편과 회반죽 덩어리가 소나기처럼 우수수 쏟아졌다. 하지만 문 너머에서는 여름 한낮의 꿈꾸는 듯한 정적이 조금도 깨지지 않은 채 남아 있었다. 그가 응답을 기다리며 서 있는 동안, 사방이 너무 조용해서 루스토그 쪽으로 몇 킬로미터 떨어진 들판에서 건초 만드는 사람들이 이따금 나누는 말소리도 또렷이 들을 수 있을 정도였다. 신부는 기다렸다가 다시 문을 두드리고 다시 기다리고, 노크 소리의 메아리와 부스러기가 떨어지는 소리가 깊은 적막 속으로 녹아들 때까지 귀를 기울였다. 나중에는 귀의 혈관 속으로 살며시 기어드는 소리를 답답하게나마 들을 수 있게 되었다. 그 소리는 멀리 떨어져 있는 군중의 웅성거림 같은 소리와 함께 커졌다가 약해지기를 되풀이했고, 그의 마음속에 서서히 번져 가는 불안을 불러일으켰다.

그는 또다시 문을 두드렸다. 이번에는 지팡이로 힘껏 빠르게 두드렸다. 그러고는 당장 문에 손을 대고 발로 문짝을 세차게 걷어찼다. 메아리가 외치고, 경첩들이 삐걱거리며 항의하더니, 참나무 문이 하품하듯 열리면서 푸르스름한 전깃불 속에 칸막이벽의 흔적과 수북이 쌓인 두꺼운 판자와 지푸라기, 금속 덩어리, 종이 뭉치와 뒤엎어진 장비 따위가 신부의 놀란 눈앞에 드러났다.

「네보집펠 박사님, 방해해서 죄송합니다.」 그가 큰 소리로 외쳤지만, 머리 위에 매달려 어렴풋이 보이는 검은 들보와 그림자들 사이에서 울려 퍼지는 메아리가 유일한 반응이었다. 그는 거의 1분 동안 그곳에 서서 문지방 너머로 몸을 기울이고 반짝거리는 기계장치와 설계도와 책들을 바라보았다. 그것들은 먹다 만 음식, 운반용 포장 상자들, 코크스 더미와 건초 더미, 작은 목재 따위와 더불어 칸막이벽도 없이 탁 트인 집 안 곳곳에 아무렇게나 흩어져 있었다. 그는 침묵이 무슨 신성한 존재라도 되는 것처럼 모자를 벗고, 겉보기에는 아무도 살지 않는 박사의 거처로 살며시 발을 들여놓았다.

그는 어질러진 잡동사니 사이의 선명한 검은색 그림자 속

어딘가에 숨어 있는 네보겝펠 박사를 찾을 수 있으리라는 기묘한 기대를 품고, 혼란 속을 조심스럽게 뚫고 나아가면서 사방을 열심히 두리번거렸다. 존재를 감지하는 형언할 수 없는 감각이 강하게 느껴졌다. 이 느낌은 너무 생생해서, 그는 탐색이 실패로 끝난 뒤 네보겝펠의 도면으로 뒤덮인 작업대에 앉았을 때 쥐죽은 듯 조용한 공간을 향해 쉰 목소리로 부자연스럽게 설명했다.

「박사는 여기 없어. 나는 그이한테 할 말이 있으니까, 여기서 그를 기다려야 돼.」

그 느낌은 너무 생생해서, 그는 뒤쪽의 텅 빈 구석에서 모래가 벽을 따라 조금씩 흘러내리는 소리를 듣고 갑자기 땀을 흘리며 홱 고개를 돌렸다. 거기에는 아무것도 보이지 않았지만, 다시 고개를 돌렸을 때 유령처럼 창백한 네보겝펠이 소리도 없이 나타난 것을 보고 그는 공포에 질려 몸이 굳어 버렸다. 손이 붉게 물든 네보겝펠은 이상하게 생긴 금속 디딤판 위에 몸을 웅크리고, 짙은 잿빛 눈으로 손님의 얼굴을 뚫어지게 들여다보고 있었다.

쿡의 첫 번째 충동은 고함을 질러 두려움을 표현하는 것이었다. 하지만 목이 마비되어 아무 소리도 나지 않았다. 그는 그렇게 갑자기 나타난 기괴한 얼굴을 마법에라도 걸린 것처럼 바라볼 수밖에 없었다. 입술은 바들바들 떨리고 있었고, 숨소리는 짧고 발작적인 흐느낌처럼 들렸다. 초인적인 이마는 땀으로 젖어 있고, 혈관은 자줏빛으로 부풀어 올랐고 군데군데 옹이가 생겨 있었다. 쿡은 박사의 붉은 손도 떨리고 있음을 알아차렸다. 약한 사람이 근육을 심하게 혹사한 뒤 손이 바들바들 떨리는 것 같았다. 박사도 말하기가 어려운 듯 입술을 달싹거리다가 헐떡이는 소리로 말했다.

「누구 — 세요? 여기서 뭘 하고 있는 겁니까?」

쿡은 한마디 대답도 하지 않고, 머리털을 곤두세우고 입을 벌린 채 디딤판의 상아와 반짝이는 니켈과 빛나는 흑단에 줄무늬를 그리고 있는 검붉은 얼룩을 동공이 커진 눈으로 뚫어지게 바라보았다.

「여기서 뭘 하고 있는 겁니까?」 박사가 몸을 일으키면서 같은 질문을 되풀이했다. 「원하는 게 뭐죠?」

쿡은 발작적인 노력으로 간신히 목소리를 냈다.

「도대체 당신은 〈뭐〉요?」

그때 검은 커튼이 사방에서 다가와, 웅크리고 있는 작은 유령을 휩쓸어 갔다. 유령은 그의 눈앞에서 빛도 없고 소리도 없는 밤 속으로 사라졌다.

일라이자 율리시스 쿡 신부가 의식을 되찾았을 때는 맨스의 마룻바닥에 누워 있었다. 네보깁펠 박사는 이제 피 얼룩도 없고 흥분한 흔적도 말끔히 사라진 모습으로 신부 옆에 무릎을 꿇고는 브랜디 잔을 손에 든 채 그를 굽어보고 있었다.

신부가 눈을 뜨자 철학자는 희미한 미소를 지으며 말했다.

「놀라지 마세요. 내가 신부님을 육체에서 이탈한 영혼으로 만들거나, 그런 놀라운 존재로 만들지는 않았으니까요. 자, 이걸 좀 드시겠어요?」

신부는 조용히 브랜디를 받아 마신 다음, 당혹스러운 눈길로 네보깁펠의 얼굴을 빤히 쳐다보았다. 의식을 잃기 전에 무슨 일이 일어났는지를 생각해 내려고 애썼지만 허사였다. 그는 마침내 몸을 일으켜 바닥에 앉아서, 박사와 함께 나타난 금속 덩어리를 바라보았다. 그러자 당장 의식을 잃기 전에 일어난 일들이 섬광처럼 마음에 되살아났다. 그는 이 구조물로부터 은둔자 쪽으로 눈길을 돌렸다가 다시 은둔자한테서 구조물 쪽으로 눈길을 돌렸다.

「속임수는 전혀 없습니다.」 네보집펠은 비웃는 기색이 조금도 없는 목소리로 말했다. 「초자연적인 일을 한다고는 주장하지 않습니다. 저건 순전히 기계적인 장치예요. 결단코 이 더러운 세상의 물건이죠. 잠깐만 실례합니다.」

그는 무릎을 펴고 일어나더니, 마호가니 디딤판 위로 올라가서 기묘하게 구부러진 레버를 쥐고 위로 잡아당겼다. 쿡은 눈을 비볐다. 분명히 속임수는 없었다. 박사와 기계는 정말로 사라져 버렸다.

박사가 눈 깜짝할 사이에 곧 다시 나타나 기계에서 내려오는 것을 보고도 신부는 전혀 공포를 느끼지 않았다. 그저 신경에 약간의 충격을 느꼈을 뿐이다. 박사는 두 손을 등 뒤로 돌린 채 고개를 숙이고 기계에서 곧장 일직선으로 걸어갔다. 둥근 톱이 앞을 가로막았을 때에야 비로소 그는 전진을 멈추고 돌아서서 말했다.

「나는…… 떠나 있는 동안…… 생각하고 있었습니다……. 신부님도 가시겠습니까? 나는 길동무를 무척 소중히 여길 겁니다.」

신부는 모자도 쓰지 않은 채 여전히 바닥에 주저앉아 있었다.

「겁이 나는군요.」 그가 천천히 말했다. 「내가 어리석다고 생각하시겠지만…….」

「천만에요.」박사가 신부의 말을 가로막았다. 「어리석은 건 나예요. 신부님은 이 모든 일이 설명되기를 바라고 있습니다. 내가 어디에 갈 것인지, 우선 그걸 알고 싶은 거죠. 나는 벌써 10년이 넘도록 이 시대 사람들과는 이야기를 나누지 않아서, 다른 사람의 마음을 고려하고 양보하기를 그만두었습니다. 나는 최선을 다하겠지만, 별로 만족스럽지 않을 것 같아서 걱정입니다. 아주 긴 이야기인데……. 그 바닥에 앉아 있는 게 편하세요? 불편하면 저쪽에 좋은 포장 상자가 있고, 아니면 뒤쪽에는 건초가 있고, 아니면 이 작업대에……. 설계도는 이제 치웠지만, 압핀이 있을까 봐 걱정입니다. 〈크로닉 아르고〉호에 앉아도 좋습니다!」

「고맙지만 사양하겠습니다.」 신부는 박사가 가리키는 그 꼴사나운 구조물을 의심스러운 눈으로 바라보면서 천천히 대답했다. 「나는 여기가 편합니다.」

「그럼 시작하죠. 우화를 읽으십니까? 현대의 우화를?」

「솔직히 말해서 소설은 많이 읽는 편입니다.」 신부가 비난하는 듯한 어조로 말했다. 「웨일스에서는 교회 사제로 임명된 성직자들은 한가한 시간이 너무 많아서…….」

「〈미운 오리 새끼〉를 읽어 보셨나요?」

「한스 크리스티안 안데르센의 동화 말인가요? 예, 어릴 적에 읽었지요.」

「그건 정말 놀라운 이야기입니다. 내게는 희망과 눈물로 가득 찬 이야기지요. 그 동화는 외로웠던 어린 시절에 처음 나한테 와서 말할 수 없이 고약한 상황에서 나를 구해 주었으니까요. 저 기계가 인간의 두뇌 속에서 어떻게 창안되었는지를 이해하려면 우선 나에 대해 알아야 하는데, 안데르센의 그

동화는 나에 대해 알아야 할 것을 거의 다 말해 줄 겁니다. 물론 신부님이 그 동화를 올바로 이해한다는 게 전제 조건이지만요. 그 단순한 이야기를 처음 읽었을 때에도 나는 수많은 쓰라린 경험을 통해서 내가 우리 집안 사람들 사이에서 따돌림당하고 있다는 것을 깨닫기 시작했답니다. 나는 그 동화가 나를 위한 이야기라는 걸 알았어요. 백조로 밝혀진 미운 오리 새끼, 온갖 멸시와 고난을 겪으며 자란 뒤 마침내 고상하게 날아오른 백조. 그때부터 나는 나와 같은 부류의 사람들과 만날 것을 꿈꾸었고, 공감할 수 있는 사람과 만나기를 꿈꾸었지요. 내가 충심으로 가장 절실히 필요로 하는 것은 다른 사람과의 공감이라는 것을 나는 알고 있었습니다. 나는 그런 희망 속에서 살았고, 살면서 일했고, 살면서 방랑했고, 심지어 사랑도 해봤고 결국 절망도 해봤습니다. 내가 그 열정적인 방랑길에 만난 수많은 사람들, 의아해하고 놀라고 무관심하고 멸시하고 교활한 수백만 명의 얼굴들 가운데 딱 한 번, 〈한 사람〉이 내가 바라던 눈빛으로 나를 보았습니다······.」

그는 말을 멈추었다. 쿡 신부는 그의 얼굴을 쳐다보았다. 그의 마지막 말에 담겨 있었던 깊은 감정의 표시가 얼굴에 나타나 있으리라고 기대했다. 그 얼굴은 풀이 죽어 있었고 울적해 보였고 생각에 잠겨 있었지만, 입은 엄격하고 결연해 보였다.

「신부님, 요컨대 나는 내가 천재라고 불리는 그 우수한 카고인[13]의 일원이라는 사실을 알게 되었습니다. 나는 내 시대에 맞지 않게 태어난 사람, 더 현명한 시대의 생각을 갖고 있

---

13 남프랑스에서 핍박받은 소수 민족. 이들은 14세기와 15세기에 이단자·나병 환자·마법사·식인종으로 취급당해 따돌림을 받았다.

는 사람, 인간이 지금은 이해할 수 없는 일을 하고 이해할 수 없는 것을 믿는 사람입니다. 나에게 주어진 시대에 존재하는 것은 내 영혼의 고통과 침묵뿐이죠. 끊임없이 지속되는 고독, 인간의 가장 쓰라린 고통뿐입니다. 나는 내가 시대에 맞지 않은 인간이라는 것을 알았습니다. 내 시대는 아직 오지 않았습니다. 희미한 한 가지 희망만이 나를 삶에 붙잡아 놓았습니다. 나는 그 희망이 확실해질 때까지 거기에 매달렸지요. 30년 동안 쉴 새 없이 끈질기게 일하고, 숨겨진 것들 사이에서 사물과 형태와 생명을 깊이 생각한 끝에 드디어 저것, 시간 속을 항해하는 배인 〈크로닉 아르고〉호를 만들었고, 그래서 이제 나는 나의 세대와 합류하기 위해, 나의 시대가 올 때까지 오랜 세월을 항해하기 위해 떠나려 합니다.」

4
〈크로닉 아르고〉호

네보깁펠 박사는 말을 끊고, 신부의 당황한 얼굴을 의심스러운 눈으로 바라보았다.

「시간 속을 여행한다는 말이 미친 소리처럼 들리겠지요?」

신부는 반박하는 기색을 억양에 살짝 드러내면서 〈크로닉 아르고〉호를 향해 말했다.

「그건 확실히 일반적으로 인정되고 있는 견해와는 일치하지 않습니다.」 성공회 신부도 때로는 환상을 의심할 수 있다.

「그건 확실히 일반적으로 인정되고 있는 견해와는 일치하지 않죠.」 철학자가 진심으로 동의했다. 「아니, 그 정도가 아닙니다. 그것은 일반적으로 인정되고 있는 견해에 도전해서 치명적인 싸움을 겁니다. 신부님, 온갖 종류의 견해들, 그러니까 과학적 이론과 법칙, 신조, 또는 학문의 원리에 관해 말하면 논리적 전제나 사상 따위, 이 모든 것이 필연적으로 형언할 수 없는 것들을 개략적으로 묘사한 수많은 캐리커처입니다. 화가한테 연필로 그리는 윤곽선이 필요하고, 엔지니어한테 설계도와 단면도가 필요하듯, 결과를 만들어 내는 데 꼭 필요한 경우를 빼고는 완전히 피해야 할 캐리커처지요. 하지만 사람들은 자기 존재의 필요성 때문에 이 사실을 믿기 어렵습니다.」

일라이자 율리시스 쿡 신부는 조용히 미소를 지으며 고개를 끄덕였다. 그것은 상대가 무심코 자기한테 승리를 안겨 주었을 때 보이는 회심의 미소였다.

「사상을 본질의 완전한 재현으로 생각하게 되는 건 아주 쉬운 일입니다. 그래서 문명화한 사람들은 거의 다 그리스의 기하학적 개념의 〈진실성〉을 믿게 되지요.」

「오! 죄송합니다.」 쿡이 박사의 말을 가로막았다. 「대다수 사람들은 기하학적 점이 물질계에 존재하지 않는다는 것을 알고 있고, 기하학적 선도 마찬가지예요. 내 생각에 당신은 과소평가…….」

「맞습니다. 〈그런〉 것들은 인정되고 있습니다.」 네보깁펠은 침착하게 말했다. 「하지만 입체…… 그건 물질계에 존재합니까?」

「물론이죠.」

「순간적인 입체는요?」

「무슨 의도로 그런 표현을 쓰는지 모르겠군요.」

「다른 어떤 종류의 연장(延長)도 없는 입체, 길이와 너비와 두께만 가진 입체가 존재합니까?」

「그것 말고 또 어떤 종류의 연장이 존재할 수 있죠?」 쿡은 미간을 찌푸리며 되물었다.

「물질계에서는 시간의 연장이 없는 형태는 결코 존재할 수 없다는 생각을 해본 적이 없습니까? 인간과 사차원 기하학, 그러니까 길이와 너비와 두께 그리고 지속성을 가진 기하학의 사이를 갈라놓는 것은 견해의 관성, 청동기 시대 레반트 지방의 철학자들[14]한테 받은 자극뿐이라는 생각이 신부님의 의식 속에 희미하게 나타난 적이 없습니까?」

「그걸 그런 식으로 표현하면……」 신부가 말했다. 「삼차원적 존재라는 개념 어딘가에 결함이 있는 것처럼 보입니다. 하지만……」 그는 입을 다물고, 충분한 표현력을 가진 그 〈하지만〉이라는 낱말이 그의 마음을 가득 채운 편견과 불신을 모두 전달하도록 내버려 두었다.

「우리가 사차원이라는 이 새로운 관점을 받아들여 우리의 자연 과학을 그 빛 속에서 재검토하면……」 네보깁펠은 여기서 잠시 말을 끊었다가 다시 이었다. 「우리는 어떤 시간에, 즉 우리 자신의 세대에 절망적으로 구속될 필요가 없습니다. 지속성이라는 네 번째 선을 따라 이동하는 것, 즉 시간 여행이 우선 기하학 이론의 범위 안에 들어오고, 다음에는 실제 기계학의 범위 안에 들어옵니다. 인간이 운명적으로 정해진 지방에서 수평으로만 이동할 수 있었던 시대도 있었습니다. 그들의 머리 위를 흘러가는 구름은 그들이 도달할 수 없는 것이었

---

14 이것은 어떤 특정한 철학자나 철학 학파를 가리키는 것이 아니라 기원전 두 번째 밀레니엄 때 지중해 동부 지역에서 생겨난 서양 철학의 기원을 가리킨다.

고, 산꼭대기에 사는 무서운 신들이 타고 다니는 신비로운 전차였습니다. 좀 과장해서 말하면 그 당시 사람들은 이차원 운동에 한정되어 있었어요. 그리고 이차원에서도 주위를 둘러싼 대양과 히포보레아스[15]에 대한 두려움이 인간을 구속했지요. 하지만 그 시대는 지나갈 운명이었습니다. 우선 이아손의 배가 〈충돌하는 바위〉[16] 사이를 뚫고 지나갔고, 다음에는 때가 되어 콜럼버스가 아틀란티스 만에 닻을 내렸습니다.[17] 그 후 인간은 이차원의 한계를 돌파하여 세 번째 차원을 침범했는데, 몽골피에와 함께 구름 속으로 올라갔다가[18] 잠수종[19]과 함께 바다의 자줏빛 보물 동굴 속으로 가라앉았지요. 그리고 이제 또다시 한 걸음을 내디뎠고, 감추어진 과거와 미지의 미래가 우리 앞에 있습니다. 우리는 산꼭대기에 서서 밑에 펼쳐진 시대의 평원을 내려다보고 있는 것입니다.」

네보집펠은 말을 끊고 신부를 내려다보았다.

일라이자 율리시스 쿡 신부는 불신이 뚜렷이 드러난 표정

---

15 그리스 신화에 나오는 〈히페르보레아스〉를 빗댄 단어. 〈히페르보레아스〉가 〈북풍 너머〉의 땅, 즉 늘 따뜻한 나라를 뜻하는 데 반해, 〈히포보레아스〉는 〈북풍 아래〉의 땅, 즉 늘 추운 나라를 뜻한다.

16 그리스 신화에서 〈충돌하는 바위〉는 소아시아의 다르다넬스 해협 어귀에 있는 한 쌍의 바위였다. 이 두 바위는 일정하지 않은 간격을 두고 서로 충돌했다. 이아손과 〈아르고〉호 선원들은 황금 양털을 찾으러 갈 때 이 〈충돌하는 바위〉 사이를 무사히 빠져나갔다.

17 중세에 〈사라진 아틀란티스 대륙〉의 위치로 제안된 곳들 가운데 하나는 카나리아 제도 서쪽에 있는 미답의 바다였다. 크리스토퍼 콜럼버스는 1492년 10월 바하마 제도에 상륙했을 때, 자기가 혹시 아틀란티스 대륙을 발견한 게 아닐까 하고 생각했을지도 모른다.

18 몽골피에 형제인 조제프 미셸(1740~1810)과 자크 에티엔(1745~1799)은 사상 최초로 사람을 태운 열기구 비행의 공로자였다.

19 큰 종 모양의 잠수 도구.

을 지으며 앉아 있었다. 그는 설교를 많이 했기 때문에 어떤 진실에 대해서는 아주 생생히 절감하고 있었고, 남의 말을 들으면 언제나 그게 수사법이 아닐까 하고 의심했다.

「그건 비유적 표현인가요? 아니면 액면 그대로 받아들여야 합니까? 전능하신 신이 폭풍을 타고 지나간다고 말할 때와 같은 방식으로 시간 여행에 대해 말하는 겁니까? 아니면, 정말로 시간 속을 여행한다는 뜻인가요?」

네보깁펠 박사는 조용히 미소를 지었다.

「이리 와서 이 도면을 보세요.」 그가 말하고는 새로운 사차원 기하학을 신부에게 다시 설명하기 시작했다.

쿡의 반감은 자기도 모르는 사이에 사라졌고, 이제 도면과 모형 같은 유형의 것이 명백한 증거로 제시되었기 때문에 불가능해 보이던 것이 가능해졌다. 그는 곧 저도 모르게 질문을 던졌고, 네보깁펠이 그 괴상한 발명품의 아름다운 상태를 천천히 명쾌하게 설명하자 쿡의 흥미는 점점 강해졌다. 박사가 자신의 연구를 이야기하는 단계로 넘어갔을 때는 시간이 어느덧 순식간에 지나갔고, 신부는 열린 문을 통해 해 질 녘의 짙푸른 하늘을 보고 움찔 놀랐다.

네보깁펠은 이야기를 마무리하고 있었다.

「항해에는 꿈에도 생각지 못한 위험들이 따르게 될 겁니다. 언젠가 시간 여행을 잠깐 시도해 본 적이 있는데, 그때도 나는 죽음의 문턱까지 갔다 왔답니다. 하지만 또 한편으로는 꿈에도 생각지 못한 기쁨들이 따르기도 합니다. 가시겠습니까? 황금시대 사람들을 만나, 그들 속을 걸어 보시지 않겠습니까?」

하지만 철학자가 죽음을 언급한 것 때문에, 유령을 처음

보았을 때의 그 무서운 느낌이 쿡의 마음에 다시금 홍수처럼 넘쳐흘렀다.

「네보집펠 박사…… 한 가지만 물어봐도 되겠습니까?」 그는 머뭇거렸다. 「당신 손에 묻었던 그건…… 피였나요?」

네보집펠의 안색이 어두워졌다. 그가 천천히 말했다.

「기계를 세웠을 때 나는 과거 한때의 이 방에 있었습니다. 아니, 저게 무슨 소리죠?」

「루스토그 쪽의 숲에서 부는 바람 소리요.」

「내 귀엔 사람들이 노래를 부르는 소리처럼 들렸어요……. 기계를 세웠을 때 나는 과거 한때의 이 방에 있었습니다. 노인과 청년과 소년이 탁자를 둘러싸고 앉아 있더군요. 그들은 함께 어떤 책을 읽고 있었습니다. 나는 그들 뒤에 서 있었지만, 그들은 내 존재를 전혀 눈치채지 못했지요. 〈악령들이 그를 공격했다.〉 노인이 책을 낭독했습니다. 〈하지만 악령들의 공격을 극복하는 자에게는 영생이 주어지리라. 악령들은 간청하는 친구로서 왔지만, 그는 악령들의 유혹을 모두 견뎌 냈다. 악령들은 군주의 지위와 권력으로서 왔지만, 그는 왕중 왕의 이름으로 그들에게 저항했다. 한번은 그가 서재에서 신약 성서를 독일어로 번역하고 있을 때[20] 마왕이 직접 그 앞에 나타났다고 한다…….〉 바로 그때 소년이 겁먹은 눈으로 주위를 둘러보고는, 무섭게 울부짖으면서 정신을 잃었습니다…….

노인과 청년이 나한테 덤벼들었습니다. 무서운 격투가 벌

---

20 여기서 노인은 마르틴 루터(1483~1546)의 전기를 읽고 있는 것 같다. 루터가 독일어로 번역한 성서는 성서의 여러 판본 가운데 사상 최초이자 가장 영향력 있는 〈일상 토착어 판본〉이었다.

어졌지요. 노인은 내 목을 움켜잡고 외쳤습니다. 〈네가 사람이든 악마든, 나는 너에게 저항한다…….〉

나는 어쩔 수 없었습니다. 우리는 함께 마루 위에서 데굴데굴 굴렀지요. 노인의 아들이 부들부들 떨다가 떨어뜨린 칼이 내 손에 들어왔습니다……. 잘 들어 보세요!」

그는 말을 끊고 귀를 기울였지만, 신부는 피 묻은 손의 기억이 되살아났을 때 취했던 공포에 질린 태도로 여전히 박사를 뚫어지게 바라보고 있었다.

「저 사람들이 뭐라고 외치는지 들리십니까? 들어 보세요!」
— 마법사를 불태워라! 살인자를 불태워라!
「들리세요? 꾸물거릴 시간이 없습니다.」
— 장애자들을 죽인 살인자를 죽여라. 악마의 발톱을 죽여라!
「갑시다! 어서요!」

쿡은 간신히 반박하는 몸짓을 하며 문으로 성큼성큼 다가갔다. 새빨간 횃불 빛 속에서 아우성치며 몰려오는 검은 형체들을 보고, 그는 놀라서 뒷걸음질 쳤다. 그는 문을 닫고 네보집펠과 마주 섰다.

박사의 얄팍한 입술이 뒤틀리면서 경멸하는 듯한 웃음을 지었다.

「신부님, 여기 그냥 남아 있으면 놈들 손에 죽을 겁니다.」
박사가 말하고는, 이제는 저항하지 않는 손님의 손목을 움켜잡고 반짝이는 기계 쪽으로 끌고 갔다. 쿡은 기계 위에 앉아서 두 손으로 얼굴을 가렸다.

다음 순간, 문이 활짝 열리고 프리처드 영감이 문지방에 서서 눈을 깜박거렸다.

잠시 침묵이 흘렀다. 목쉰 외침 소리가 갑자기 새되고 날카로운 비명으로 바뀌었다.

거대한 샘물이 갑자기 터져 나온 듯한 굉음이 우레처럼 울려 퍼졌다.

시간 여행선 〈크로닉 아르고〉호의 항해가 시작된 것이다.

수정 알

1년쯤 전까지 세븐다이얼스 가[1] 근처에 몹시 지저분한 느낌을 주는 작은 가게가 하나 있었다. 그 가게 간판에는 비바람에 바랜 노란색 글씨로 〈C. 케이브, 박제·고물상〉이라고 적혀 있었다. 진열창 안에 전시되어 있는 물건들은 기묘하게 잡다해서, 그 내용물은 상아 몇 개, 말이 다 갖추어져 있지 않은 체스 한 벌, 구슬과 무기들, 눈알 한 상자, 호랑이 두개골 두 개와 인간의 두개골 하나, 벌레 먹은 원숭이 박제 몇 개(그 중 하나는 램프를 들고 있다), 구식 캐비닛 한 개, 파리가 쉬를 슬어 구더기가 들끓는 타조 알 하나, 낚시 도구, 유난히 더럽고 텅 비어 있는 유리 수족관 한 개로 이루어져 있었다. 이 이야기가 시작된 순간에는 그 밖에도 수정 덩어리가 하나 있었는데, 그것은 알 모양으로 세공되어 눈부시게 반짝이고 있었다. 그리고 두 사람이 진열창 밖에 서서 그 수정 알을 바라보고 있었는데, 한 사람은 키가 크고 여윈 목사였고, 또 한 사람은 검은 턱수염을 기른 젊은 남자로, 얼굴이 까무잡잡하고

---

[1] 런던 시 트라팔가르 광장과 영국 박물관의 중간에 있는 지역.

수수한 옷을 입고 있었다. 이 젊은이는 열성적인 몸짓으로 말하고 있었는데, 동행한 남자가 그 물건을 사기를 간절히 바라는 것 같았다.

두 사람이 그러고 있는 동안 케이브 씨가 가게로 들어갔다. 그는 차와 함께 나온 빵을 씹느라 아직도 턱수염을 움직이고 있었다. 두 남자와 그들의 관심거리를 보고는 그의 얼굴이 어두워졌다. 그는 무슨 죄라도 지은 것처럼 어깨 너머를 힐끗 돌아보고 조용히 문을 닫았다. 그는 작달막한 노인이었는데, 창백한 얼굴과 눈물을 머금은 듯한 특이한 푸른 눈을 갖고 있었다. 머리카락은 지저분한 잿빛이었고, 초라한 푸른색 프록코트 차림에 낡은 실크해트를 쓰고, 뒤축이 닳아 버린 실내용 모직 슬리퍼를 신고 있었다. 그는 두 남자가 이야기하고 있는 것을 계속 지켜보았다. 목사는 바지 주머니에 손을 깊이 찔러 넣어 돈을 한 움큼 꺼내 살펴본 뒤, 이를 드러내고 기분 좋은 미소를 지었다. 그들이 가게 안으로 들어오자 케이브 씨는 더욱 우울해진 것 같았다.

목사는 격식도 차리지 않고 다짜고짜 수정 알의 가격을 물었다. 케이브 씨는 거실로 통하는 문을 신경질적으로 힐끗 돌아본 뒤, 5파운드라고 대답했다. 목사는 케이브 씨와 동행한 젊은이한테 값이 너무 비싸다고 항의했다. 사실 5파운드는 케이브 씨가 애당초 그 물건을 들여놓았을 때 매길 작정이었던 액수보다 훨씬 비싼 가격이었다. 그래서 값을 깎기 위한 흥정이 벌어졌다. 케이브 씨는 가게 문으로 걸어가서 문을 열었다.

「내가 매긴 값은 5파운드요.」 그는 쓸데없이 실랑이하는 수고를 덜고 싶다는 투로 말했다.

그때 여자 얼굴의 윗부분이 객실로 통하는 문의 위쪽 유리를 가린 블라인드 위로 나타나, 두 손님을 호기심 어린 눈으로 빤히 바라보았다.

「5파운드가 내가 매긴 값이오.」 케이브 씨가 떨리는 목소리로 말했다.

까무잡잡한 젊은이는, 이제까지는 방관자로서 케이브 씨를 날카롭게 바라보고 있었지만, 여기서 입을 열었다.

「5파운드를 치르세요.」

목사는 젊은이의 말이 진심인지 확인하려고 그를 힐끔 돌아보았다. 그리고 다시 케이브 씨에게 눈길을 돌렸을 때, 노인의 얼굴이 창백해진 것을 보았다. 「그건 큰돈이야.」 목사가 말하고는 주머니 속에 손을 집어넣어 돈을 세기 시작했다. 그가 가진 돈은 30실링[2] 남짓밖에 안 되었다. 그래서 동행한 젊은이에게 모자라는 돈을 내달라고 부탁했다. 목사는 그 젊은이와 상당히 친한 사이인 듯했다. 그러는 동안 케이브 씨는 생각을 정리할 수 있었다. 그는 흥분한 태도로 변명하기 시작했다. 사실을 말하면 그 수정은 마음대로 팔 수 있는 물건이 아니라는 것이었다. 두 손님은 당연히 놀라서, 왜 흥정을 시작하기 전에 그 사실을 밝히지 않았느냐고 따져 물었다. 케이브 씨는 당황했지만, 수정을 사려는 임자가 벌써 나타났기 때문에 사실 수정은 이날 오후에 팔 물건이 아니었다는 주장을 고집했다. 두 손님은 이것을 값을 더 올리려는 수작으로 받아들여, 가게를 나가려는 기색을 보였다. 하지만 그때 객실

---

2 영국의 옛 화폐 단위. 영국에서는 오랫동안 1파운드가 20실링, 1실링이 12펜스라는 화폐 제도가 유지되어 왔는데, 이 제도가 1971년에 십진법으로 바뀌면서 파운드와 펜스의 중간 단위로 사용되어온 실링이 폐지되었다.

문이 열리고, 검은 머리와 작은 눈을 가진 여자가 나타났다.

그녀는 천박한 생김새에 뚱보였고, 케이브 씨보다 젊고 훨씬 덩치가 컸다. 그녀는 육중한 몸으로 느릿느릿 걸었고, 얼굴은 붉게 상기되어 있었다.

「그 수정은 팔 물건이에요. 그리고 값은 5파운드면 충분해요. 여보, 저 신사분의 제의를 받아들이지 않다니, 도대체 어쩔 셈인지 모르겠군요.」

케이브 씨는 이 참견에 몹시 당황하여, 안경테 너머로 그녀에게 성난 눈길을 보냈다. 그리고 자기는 장사를 자기 나름대로 꾸려 갈 권리가 있다고, 별로 자신 없는 태도로 주장했다. 말다툼이 시작되었다. 두 손님은 약간 재미도 느끼면서 흥미롭게 그 장면을 지켜보았고, 이따금 눈짓으로 케이브 부인을 거들었다. 궁지에 몰린 케이브 씨는 그날 오전에 수정에 대해 문의해 온 사람이 있었다는, 궁색하고 믿기 어려운 이야기를 고집했다. 그의 흥분은 이제 보기에도 애처로울 정도였다. 하지만 그는 이상할 만큼 끈질기게 자기주장에 집착했다. 이 기묘한 말다툼을 끝낸 것은 젊은 동양인이었다. 그는 수정에 대해 문의했다는 사람에게 공정한 기회를 주기 위해 이틀 뒤에 다시 오겠다고 말했다.

「그때도 우리는 5파운드를 고집할 겁니다.」 목사가 말했다.

케이브 부인은 남편의 태도를 대신 사과하면서, 남편이 이따금 〈좀 이상해질 때가 있다〉고 변명했다. 두 손님이 떠나자 부부는 이 사건을 모든 면에서 자유롭게 토론할 준비를 했다.

케이브 부인은 이상할 만큼 솔직하게 남편에게 말했다. 몸집이 작은 불쌍한 남편은 격한 감정을 억제하지 못해 부들부들 떨면서, 한편으로는 다른 손님이 수정을 살 거라고 주장했고, 또 한편으로는 수정 값이 솔직히 10기니(10파운드 남짓)는 된다고 아무렇게나 입에서 나오는 대로 지껄였다.

「그럼 왜 5파운드를 달라고 했어요?」 아내가 물었다.

「내 장사는 내 방식대로 꾸려 나가게 내버려 둬!」 케이브 씨가 말했다.

케이브 씨에게는 함께 살고 있는 의붓딸과 의붓아들이 하나씩 있었다. 그날 밤 저녁 식탁에서 이 거래가 또다시 화제에 올랐다. 아무도 케이브 씨의 장사 방식을 좋게 생각지 않았고, 그의 행동은 어리석기 짝이 없는 짓으로 여겨졌다.

「아버지는 전에도 그 수정을 파는 걸 거절했다는 게 내 의견이에요.」 사지가 느즈러지고 본데없는 녀석인 열여덟 살짜리 의붓아들이 말했다.

「하지만 5파운드야!」 논쟁을 좋아하는 스물여섯 살짜리 의붓딸이 말했다.

케이브 씨의 대답은 한심했다. 그가 할 수 있는 일이라고는, 자기 장사는 자기가 제일 잘 안다는 설득력 없는 주장을 중얼거리는 것뿐이었다. 가족은 그가 저녁 식사를 끝내기도 전에 가게 문을 닫으라고 가게로 몰아냈다. 그의 귀는 발갛게 홍조를 띠고, 안경 뒤에서는 분노의 눈물이 흘러내렸다.

「왜 아버지는 그 수정을 진열창에 그렇게 오랫동안 놓아두었지? 정말 어리석은 짓이야!」

그가 생각하기에는 그것이 가장 절박한 고민거리였다. 당분간은 수정을 팔지 않을 방법을 찾을 수가 없었다.

저녁 식사가 끝난 뒤, 의붓딸과 의붓아들은 말쑥하게 차려입고 외출했다. 아내는 뜨거운 물에 설탕과 레몬 따위를 탄 음료를 마시면서 수정의 상업적 측면을 심사숙고하려고 위층으로 올라갔다. 케이브 씨는 가게로 들어가 늦게까지 그곳에 머물렀다. 겉으로는 금붕어 어항을 장식할 돌멩이를 만든다는 핑계를 댔지만, 실제로는 은밀한 목적이 있었다. 그 목적이 무엇인지는 나중에 설명하는 것이 좋겠다.

이튿날 케이브 부인은 수정이 진열창에서 사라진 것을 알았다. 수정은 낚시질에 관한 헌책 뒤에 놓여 있었다. 케이브 부인은 수정을 눈에 잘 띄는 자리에 돌려놓았다. 하지만 거기에 대해서는 더 이상 왈가왈부하지 않았다. 신경성 두통 때문에 논쟁을 벌일 마음이 내키지 않았기 때문이다. 케이브 씨는 논쟁하기를 싫어했다. 그날은 불쾌하게 지나갔다. 케이브 씨는 여느 때보다 멍해 보였고, 게다가 이상하게 짜증을 냈다. 오후에 아내가 평소 습관대로 낮잠을 자고 있을 때 그는 수정을 다시 진열창에서 치워 버렸다.

이튿날 케이브 씨는 병원 부속 학교에 위탁 판매품인 돔발상어를 배달해야 했다. 학교에서 해부할 돔발상어가 필요했기 때문이다. 남편이 없는 동안, 케이브 부인의 마음은 다시 수정에 대한 생각으로 되돌아갔고, 5파운드나 되는 횡재에 걸맞은 지출 방법을 궁리하기 시작했다. 부인은 이미 적당한 지출 방법을 몇 가지 생각해 냈다. 특히 기분 좋은 방법은 초록빛 실크 드레스를 사는 것과 리치먼드[3]로 여행을 가는 것이었다. 바로 그때 정문에 달린 종이 딸랑딸랑 울렸기 때문에 케이브 부인은 가게로 들어갔다. 방금 들어온 손님은 시험지도 교사였는데, 전날 주문한 개구리가 배달되지 않았다고 불평하러 온 것이었다. 케이브 부인은 남편의 이 사업 분야

---

3 런던에서 남서쪽으로 수 킬로미터 떨어져 있는 템스 강 연안의 주거 지역.

를 좋게 생각지 않았다. 다소 공격적인 기분으로 찾아왔던 신사는 잠깐 말을 나눈 뒤 돌아갔다. 케이브 부인의 태도는 어쨌든 간에, 신사 쪽에서는 매우 점잖게 행동했다. 그 후 케이브 부인의 눈은 자연히 진열창 쪽으로 돌아갔다. 수정을 보는 것은 5파운드와 그녀의 꿈을 보증해 주었기 때문이다. 그런데 수정이 사라진 것을 알았을 때 그녀는 얼마나 놀랐는지 모른다!

카운터 위에 자물쇠가 달린 궤가 놓여 있었다. 전날은 그 궤 뒤에서 수정을 발견했기 때문에 케이브 부인은 거기로 가 보았다. 하지만 수정은 그곳에 없었다. 케이브 부인은 당장 가게를 열심히 수색하기 시작했다.

오후 1시 45분쯤 케이브 씨가 돔발상어를 배달하고 돌아와 보니 가게 안이 어질러져 있고, 잔뜩 화가 난 아내가 카운터 뒤에 무릎을 꿇고 박제 재료를 샅샅이 뒤지고 있었다. 정문에 달린 종이 딸랑거려 남편이 돌아온 것을 알리자, 흥분과 분노에 불타는 아내의 얼굴이 카운터 위로 올라왔다. 케이브 부인은 당장 〈그것을 감추었다〉며 남편을 비난했다.

「뭘 감췄다는 거야?」 케이브 씨가 물었다.

「수정!」

이 말에 케이브 씨는 깜짝 놀라서 진열창으로 달려갔다.

「여기 없어? 맙소사! 그게 어디로 갔지?」

바로 그때 케이브 씨의 의붓아들이 안쪽 방에서 가게로 다시 들어와서(그는 케이브 씨보다 1분쯤 전에 귀가했다) 거리낌 없이 욕지거리를 했다. 그는 길 아래쪽에 있는 중고 가구점에서 수습공으로 일하고 있었지만, 식사는 집에서 했다. 그런데 식사 준비가 전혀 되어 있지 않은 것을 보고 당연히 짜증이 난 것이다.

하지만 수정이 없어졌다는 말을 듣자, 그는 식사도 잊고 어머니한테서 의붓아버지한테로 분노의 대상을 바꾸었다. 그들의 머리에 맨 먼저 떠오른 생각은 물론 케이브 씨가 수정을 감추었다는 것이었다. 하지만 케이브 씨는 수정이 어떻게 되었는지 전혀 모른다고 단호히 부인했다. 그 문제에 관해서는 선서 진술서도 얼마든지 쓰겠다고 말했다. 그리고 마지막에는 수정을 몰래 팔기 위해 가져갔다고 아내와 의붓아들을 차례로 비난하기까지 했다. 그래서 신랄하고 감정적인 논쟁이 시작되었는데, 케이브 부인에게 이 논쟁은 히스테리 발작과 광란의 중간쯤 되는 독특한 신경 증세를 일으켰고, 의붓아들은 오후에 중고 가구점에 30분 늦게 출근했다. 케이브 씨는 아내의 분노를 피해 가게에 틀어박혀 있었다.

저녁에 이 문제가 다시 거론되었지만, 의붓딸이 토론을 주재했기 때문에 덜 감정적이고 더 공정한 분위기에서 진행되었다. 저녁 식사는 우울하게 지나갔고, 결국 고통스러운 장면으로 끝났다. 케이브 씨가 마침내 극도의 분노에 굴복하여 현관문을 쾅 닫고 나가 버린 것이다. 그러자 나머지 가족은 그가 없는 틈을 타서 자유롭게 의견을 나눈 끝에 수정을 찾으려고 다락방에서 지하실까지 집 안을 샅샅이 뒤졌다.

이튿날 두 손님이 다시 찾아왔다. 케이브 부인은 울음을 터뜨릴 것 같은 얼굴로 그들을 맞았다. 그것은 케이브 부인이 순례 여행과도 같은 결혼 생활 동안 여러 번 남편에게 상상도 할 수 없는 학대를 견디며 살아왔다는 인상을 풍겼다. 부인은 수정의 실종에 대해서도 왜곡된 이야기를 지어냈다. 목사와 젊은 동양인은 서로 얼굴을 쳐다보고 조용히 웃으면서 그건 정말 놀라운 일이라고 말했다. 케이브 부인이 자기가 살아온 내력을 모두 들려주고 싶은 눈치를 보였기 때문에, 그들은 가게를 떠나려고 했다. 그러자 케이브 부인은 아직도 희망을 버리지 않고, 남편한테서 무엇이든 알아낼 수 있다면 그것을 전해 줄 수 있도록 주소를 가르쳐 달라고 목사한테 말했다. 목사는 당연히 주소를 쪽지에 적어 주었지만, 케이브 부인은 나중에 그 쪽지를 어딘가에 두고 잊어버린 모양이었다. 케이브 부인은 거기에 대해 아무것도 기억하지 못한다.

그날 저녁 케이브 부부는 감정을 완전히 고갈시킨 것 같았다. 오후에 외출했던 케이브 씨는 혼자 우울하고 쓸쓸하게 저녁을 먹었다. 그것은 전날의 격렬한 논쟁과는 우스울 만큼 대조적이었다. 케이브 씨의 집안 분위기는 한동안 팽팽히 긴장되어 있었지만, 수정도 고객도 다시는 나타나지 않았다.

이제 숨김없이 분명히 말하면, 우리는 케이브 씨가 거짓말쟁이라는 것을 인정할 수밖에 없다. 그는 수정이 어디 있는지를 아주 잘 알고 있었다. 수정은 웨스트본 가에 있는 세인트 캐서린 병원의 실습 조수인 제이코비 웨이스 씨의 방에 있었다. 그것은 검은 벨벳 천에 반쯤 덮인 채 찬장 위에 놓여 있었고, 그 옆에는 미국산 위스키를 담은 식탁용 유리병이 놓여 있었다. 이 이야기의 바탕이 된 상세한 기록은 사실 웨이스 씨한테서 유래한 것이다. 케이브 씨는 문제의 수정을 돔발상어 자루에 감추고 병원으로 가져와서, 그것을 자기 대신 보관해 달라고 젊은 연구자에게 억지로 떠맡겼다. 웨이스 씨도 처음에는 좀 의아하게 생각했다. 그와 케이브 씨의 관계는 특별했다. 웨이스 씨는 특이한 성격을 가진 사람을 좋아해서, 자기 방에서 같이 담배도 피우고 술도 마시면서 재미있는 인생

관과 특히 아내에 대한 재미있는 견해를 펼쳐 놓으라고 노인에게 여러 번 권했다. 웨이스 씨는 케이브 씨가 집에 없을 때 갔다가 부인을 만난 적이 있었다. 그래서 케이브 씨가 아내의 끊임없는 간섭과 잔소리에 시달린다는 것을 알고 있어서, 케이브 씨의 이야기를 비판적으로 고찰한 뒤 수정을 숨겨 주기로 결정했다. 케이브 씨는 그 수정에 유별난 애착을 품는 이유를 나중에 충분히 설명하겠다고 약속했지만, 수정 속에서 환상을 본다고 분명히 말했다. 케이브 씨는 그날 저녁에 웨이스 씨를 찾아왔다.

그의 이야기는 아주 복잡했다. 그 수정은 다른 골동품상의 동산이 강제로 경매되었을 때 그가 다른 잡동사니와 함께 손에 넣은 것이었다. 그는 그 수정의 가치를 몰랐기 때문에 10실링이라는 가격표를 붙였다. 수정은 몇 달 동안 그 가격으로 팔리기를 기다렸지만 팔리지 않았다. 그래서 〈가격 인하〉를 고려하고 있을 때 실로 기묘한 것을 발견했다.

그 당시 그는 건강이 아주 나빴다. 이 경험을 하는 동안 그의 건강 상태가 계속 나빠졌다는 것을 기억해 둘 필요가 있다. 그리고 그는 아내와 의붓자식들한테 무시당하고 심지어는 학대까지 받고 있어서 상당한 고통을 겪고 있었다. 아내는 허영심이 강하고 사치스럽고 냉담하고 게다가 몰래 술 마시는 버릇이 점점 심해지고 있었다. 의붓딸은 비열하고 주제넘었다. 의붓아들은 그에게 격렬한 혐오감을 품고 있었고, 그런 감정을 드러낼 기회가 생기면 절대로 놓치지 않았다. 사업을 꾸려 나가기 위해 필요한 일들이 그를 무겁게 짓눌렀기 때문에 이따금 무절제하게 폭음하거나 과격한 언동을 보였을 거라고 웨이스 씨는 생각한다. 그는 유복한 환경에서 태어나 편안하게 인생을 시작했고, 상당한 교육을 받은 사람이었다. 그는 몇 주 동안 우울증과 불면증에 시달렸다. 그는 이런저런 생각 때문에 참을 수 없게 되면, 아내의 잠을 방해하지 않으려고 조용히 침대에서 빠져나와 집 안을 돌아다니곤 했다. 그러다가 8월 말의 어느 날 밤 3시쯤, 그는 우연히 가게 안으로 들어갔다.

더럽고 좁은 가게는 칠흑처럼 어두웠지만, 한 곳에서 그는 신기한 빛을 감지했다. 가까이 가서 보니 그것은 카운터 구석에 창문 쪽을 향해 서 있는 수정 알이었다. 가느다란 빛줄기가 덧문의 갈라진 틈새로 뚫고 들어와 수정 알에 부딪혔다. 빛은 수정 알의 내부를 가득 채우고 있는 것처럼 보였다.

그건 학창 시절에 배운 광학 법칙과 일치하지 않는다는 생각이 케이브 씨의 머리에 문득 떠올랐다. 수정이 광선을 굴절시켜 내부의 초점에 광선이 모이는 것은 이해할 수 있었지만, 이 빛의 산란은 그가 알고 있는 물리적 개념과 일치하지 않았다. 그는 수정에 가까이 다가가서 안을 들여다보기도 하고 수정 주위를 살펴보기도 했다. 젊은 시절에 직업 선택을 결정했던 과학적 호기심이 잠시 되살아났다. 그는 빛이 고정되어 있지 않고 수정 알 내부에서 요동치고 있는 것을 보고 깜짝 놀랐다. 마치 속이 빈 구체(球體) 안에 빛을 내는 증기가 들어 있는 것 같았다. 그는 다양한 관점에서 바라보려고 수정을 이리저리 움직이다가, 자신이 수정과 빛 사이에 서 있고, 그런데도 수정은 여전히 빛을 내고 있다는 것을 문득 알아차렸다. 깜짝 놀란 그는 수정을 빛줄기 밖으로 들어올리고, 가게에서 가장 어두운 곳으로 가져갔다. 그런데도 수정은 4~5분 동안 여전히 밝게 빛났고, 그런 다음에야 빛은 서서히 약해지다가 꺼져 버렸다. 그는 수정을 밖에서 새어 들어오는 가느다란 햇살 속에 놓았다. 그러자 수정은 당장 발광성을 되찾았다.

적어도 여기까지는 웨이스 씨도 케이브 씨의 놀라운 이야기가 진실임을 확인할 수 있었다. 그는 여러 번 수정을 빛줄기 속에 들고 있었다(빛줄기의 지름은 1밀리미터보다 작아야 했다). 그러면 벨벳 천으로 만들 수 있는 완전한 어둠 속에서 수정은 어김없이 희미한 인광을 냈다. 하지만 그 발광성은 좀 비정상적인 것이었고, 모든 사람의 눈이 똑같이 볼 수 있는 것은 아닌 듯했다. 하빙거 씨(이 이름은 파스퇴르 연구소와 관련하여 과학에 관심이 많은 독자에게는 친숙할 것이다)는 어떤 빛도 볼 수 없었기 때문이다. 그리고 웨이스 씨가 수정에서 나오는 빛을 식별하는 능력도 케이브 씨와는 비교할 수도 없을 만큼 떨어졌다. 케이브 씨의 식별 능력도 때에 따라 상당히 달라졌다. 몸이 극도로 쇠약해지고 지친 상태일 때 그 빛이 가장 또렷이 보였다.

그런데 수정 속의 이 빛은 처음부터 케이브 씨에게 이상한 매력을 발휘했다. 그리고 그 빛은 그의 외로운 영혼을 위해 감동적인 책 한 권보다 더 많은 것을 말해 준다. 그는 어떤 인간에게도 자신이 관찰한 기묘한 현상을 털어놓지 않았다. 그는 지금까지 비열한 악의로 가득 찬 분위기 속에서 살았기 때문에, 그에게 기쁨을 주는 것의 존재를 인정하면 그것을 잃을 위험이 높았을 것이다. 그는 동이 튼 뒤 산란된 빛의 양이 차츰 늘어나면 수정은 아무리 보아도 전혀 빛을 내지 않게 된다는 것을 발견했다. 당분간은 가게의 어두운 구석에서 밤에만 수정 속에서 무언가를 볼 수 있었다.

하지만 광물 표본에 배경으로 사용한 낡은 벨벳 천을 이용하는 방법이 문득 떠올랐다. 이 벨벳 천을 이중으로 겹쳐서 머리와 손에 씌우면 낮에도 수정 속에서 빛이 움직이는 것을 볼 수 있었다. 그는 아내에게 들키지 않도록 무척 조심했고, 오후에 아내가 위층에서 낮잠을 잘 때에만 카운터 뒤의 움푹 들어간 곳에서 신중하게 이 방법을 사용했다. 그러던 어느 날 그는 두 손으로 수정을 이리저리 돌리다가 무언가를 보았다. 그 무언가는 섬광처럼 나타났다가 사라졌지만, 수정이 잠깐 열리면서 넓고 낯선 지방의 풍경을 보여 준 듯한 느낌이 들었다. 그가 수정을 이리저리 돌리자, 빛이 사라져 갈 때 아까와 똑같은 환상이 또다시 나타났다.

그런데 지금부터 케이브 씨의 발견 단계를 하나씩 모두 기술하는 것은 지루하고 불필요한 노릇일 것이다. 그 결과는 이러했다고 말하면 충분하다. 수정을 빛이 비쳐 오는 방향에서 약 137도의 각도로 들여다보면 넓고 독특한 시골 풍경이 또렷하고 일관되게 나타났다. 그것은 결코 꿈 같은 광경이 아니었다. 그것은 실제로 존재한다는 명확한 느낌을 주었고, 빛이 좋을수록 그 광경은 더욱 현실적이고 충실해 보였다. 그것은 움직이는 그림이었다. 즉 그 안에서 어떤 물체가 움직였고, 실물처럼 질서 정연하게 천천히 움직였다. 그리고 조명이나 시선의 방향이 바뀌면 그림도 바뀌었다. 실제로 알 모양의 유리를 통해 풍경을 바라보고, 유리를 이리저리 돌리며 풍경의 여러 면을 포착했다면 그런 식으로 보였을 게 분명하다.

케이브 씨의 설명은 지극히 상세했고, 환각에 따라다니는 감정적 특징이 전혀 없었다고 웨이스 씨는 장담한다. 하지만 웨이스 씨는 희미한 유백색의 수정 속에서 케이브 씨가 본 것과 비슷한 풍경을 보려고 아무리 애를 써도 성공하지 못했다.

두 사람이 받은 인상의 강도 차이가 너무 커서, 케이브 씨에게는 풍경으로 보였던 것이 웨이스 씨에게는 성운처럼 흐릿한 것으로 보였을 뿐이라고 생각할 수도 있다.

케이브 씨의 설명에 따르면 그 풍경은 언제나 넓은 평원이었고, 그는 항상 탑이나 돛대처럼 상당히 높은 곳에서 그 평원을 바라보고 있는 것 같았다. 평원과 동쪽과 서쪽에는 저 멀리 불그스름한 색을 띤 거대한 절벽이 있었다. 그 절벽은 그가 어떤 그림에서 본 절벽을 연상시켰지만, 웨이스 씨는 그게 어떤 그림인지 확인할 수 없었다. 이 절벽은 남북으로 뻗어 있었고(그는 밤하늘에 보이는 별들을 보고 방위를 알 수 있었다), 거의 무한한 원경으로 멀어져 간 뒤, 동쪽과 서쪽의 절벽이 만나기 전에 안개에 싸인 것처럼 흐릿해져서 사라졌다. 그는 동쪽 절벽에 더 가까이 있었다. 그 풍경을 처음 보았을 때는 태양이 동쪽 절벽 위로 막 떠오르고 있는 참이었다. 그리고 수많은 형체가 하늘 높이 날아올랐다. 케이브 씨가 새라고 생각한 그 형체들은 햇빛을 배경으로 보면 검게 보이고, 절벽의 그림자를 배경으로 보면 하얗게 보였다. 그의 눈 아래에는 건물들이 끝없이 늘어서 있었다. 그는 그 건물들을 위에서 내려다보는 기분이었다. 흐릿해지고 굴절된 그림 가장자리 쪽으로 가면 건물의 형체도 희미해졌다. 반짝반짝 빛나는 넓은 수로 옆에는 생긴 것도 기묘하고 짙은 이끼 색과 아름다운 회색을 띤 나무들도 있었다. 그리고 화려한 빛깔을 띤 거대한 무언가가 그림을 가로질러 날아갔다. 하지만 케이브 씨가 이 풍경을 처음 보았을 때는 그것을 섬광처럼 얼핏 보았을 뿐이었다. 그는 두 손을 휘두르고 머리를 움직였다. 그 환상은 보였다 말았다 하다가 안개에 싸인 것처럼 희미해졌다. 처음에는, 일단 그 방향을 잃어버리면 풍경을 다시 찾기가 무척 어려웠다.

그가 두 번째로 뚜렷한 환상을 본 것은 일주일쯤 뒤였다. 그 일주일 동안은 잠깐씩 나타나는 형상을 감질나게 보았을 뿐이지만, 유익한 경험도 했다. 두 번째 환상은 골짜기를 길이로 내려다본 풍경을 그에게 보여 주었다. 풍경은 달랐지만, 그는 첫 번째와 똑같은 지점에서 방향만 바꾸어 이 낯선 세계를 내려다보고 있다고 확신했다. 이 야릇한 확신은 그 후의 관찰을 통해 충분히 확인되었다. 지난번에는 거대한 건물의 지붕을 내려다보았지만, 지금은 그 건물의 긴 정면이 원경으로 멀어져 가고 있었다. 그는 그 지붕을 알아보았다. 정면 앞에는 거대하고 엄청나게 긴 테라스가 있고, 테라스 중간에는 거대하지만 매우 우아한 기둥들이 일정한 간격을 두고 서 있었다. 기둥들 위에는 반짝거리는 작은 물체들이 석양빛을 반사하고 있었다. 이 작은 물체들의 의미는 얼마 후 웨이스 씨에게 그 장면을 설명하고 있을 때에야 비로소 케이브 씨의 머리에 떠올랐다. 테라스는 무성하고 우아한 식물의 덤불 위로 튀어나와 있었고, 그 너머에는 넓은 잔디밭이 있고, 모양은 딱정벌레와 비슷하지만 그보다 훨씬 큰 넓적한 동물들이 잔디밭에서 쉬고 있었다. 다시 그 너머에는 분홍빛 돌로 화려하게 장식된 둑길이 뻗어 있고, 그 너머에는 거울처럼 잔잔한 수면이 넓게 펼쳐져 있었다. 물가에는 붉은 잡초가 무성하고, 수로는 멀리 있는 절벽과 평행으로 골짜기를 올라가고 있었다. 하늘은 당당한 곡선을 그리며 편대 비행을 하는 큰 새들의 무리로 가득 차 있는 것 같았다. 강 건너에는 이끼나 지의류 같은 식물들이 울창하고, 그 숲 속에는 화려하게 채색되고 금속성 장식 무늬와 절단면이 반짝반짝 빛나는 호화로운 건물이 많이 보였다.

그때 불현듯 무언가가 환상을 가로질러 파닥거렸다. 보석을 박은 부채를 펄럭펄럭 부치거나 새가 날개를 치는 것 같기도 했다. 그리고 아주 커다란 눈을 가진 얼굴이 수정 반대편에 있는 것처럼 그의 얼굴로 바싹 다가왔다. 이 눈이 너무 진짜 같았기 때문에 케이브 씨는 깜짝 놀랐고, 깊은 인상을 받았다. 그래서 그는 수정 뒤쪽을 보려고 수정에서 얼굴을 떼었다. 그는 수정 속을 들여다보는 데 몰두해 있었기 때문에, 그곳이 친숙한 메틸 냄새와 곰팡내와 썩는 냄새가 풍기는 춥고 어두운 자신의 가게인 것을 깨닫고 깜짝 놀랐다. 그가 눈을 깜박이며 주위를 둘러보는 동안, 수정의 밝은 빛이 흐릿해지더니 꺼져 버렸다.

케이브 씨가 처음에 받은 전반적인 인상은 그러했다. 그의 이야기는 기묘하게 솔직하고 상세하다. 골짜기가 순간적으로 그의 의식에 처음 번득였을 때부터 그의 상상력은 이상하게 영향을 받았고, 자기가 본 장면의 세부를 분간하기 시작하자 그의 경탄은 열정이라고 해도 좋을 정도까지 고조되었다. 그는 장사에 무관심해졌고, 마음이 심란해서 언제면 수정을 다시 관찰할 수 있을까 하는 생각에만 골몰했다. 그런데 처음 골짜기를 본 지 2~3주 뒤에 두 손님이 와서 수정을 사겠다고 제의한 것이다. 그 제의가 그에게 준 스트레스와 흥분, 간신히 수정을 팔지 않고 넘어간 상황에 대해서는 앞에서 이미 이야기했다.

수정이 케이브 씨의 비밀로 남아 있는 동안은 어린아이가 금지된 정원을 엿보듯 남몰래 다가와서 들여다보는 경이로운 물건일 뿐이었다. 하지만 웨이스 씨는 젊은 과학도답게 특히 명석하고 일관된 기질을 갖고 있었다. 수정과 거기에 얽힌 이야기는 그의 마음을 단번에 사로잡았다. 그는 제 눈으로 직접 수정에서 나오는 빛을 보고 케이브 씨의 말을 입증할 확실한 증거가 있다고 확신했기 때문에, 이 문제를 체계적으로 밝혀내기로 했다. 케이브 씨는 웨이스 씨의 집에 와서 수정 속의 이상한 나라를 보며 눈을 즐겁게 해주는 데 열심이었다. 그는 밤마다 8시 30분부터 10시 30분까지 웨이스 씨의 집에서 지냈고, 때로는 낮에 웨이스 씨가 집에 없을 때도 찾아오곤 했다. 그는 일요일 오후에도 왔다. 처음부터 웨이스 씨는 많은 것을 기록했다. 광선이 수정에 들어오는 방향과 그림의 방위 사이의 관계가 입증된 것은 그의 과학적 방법 덕분이었다. 그는 빛을 받아들이는 작은 구멍만 뚫린 상자에 수정을 넣고, 암실을 만들기 위해 사용한 황갈색의 가죽 블라인드를 검은 마직으로 바꾸어 관찰 조건을 크게 향상시켰다. 그래서 그들은 짧은 기간에 원하는 모든 방향에서 골짜기를 바라볼 수 있었다.

그렇게 길을 열어 두었으니까, 이제 우리는 수정 속에 나타난 이 환상적인 세계를 간단히 설명할 수 있다. 풍경을 본 것은 언제나 케이브 씨였다. 그가 수정을 관찰하면서 눈에 보이는 것을 보고하면, 웨이스 씨는(그는 과학도로서 어둠 속에서 글씨를 쓰는 요령을 터득해 두었다) 그의 보고를 간단히 기록했다. 수정의 빛이 사라지면 수정을 상자에 넣어 알맞은 장소에 보관하고, 전등을 켰다. 웨이스 씨는 질문을 하고, 의문점을 해결하기 위해 이런저런 부분을 관찰하라고 제의했다. 사실 어떤 방법도 그보다 덜 환상적이고 그보다 더 사무적일 수는 없었을 것이다.

초기에 케이브 씨는 환상을 볼 때마다 나타나는 새 같은 동물들한테 당장 관심이 쏠렸다. 그가 처음에 받은 인상은 곧 수정되어, 한동안 그는 그 동물들이 낮에 활동하는 박쥐일지 모른다고 생각했고, 그다음에는 참으로 기묘한 일이지만 그들이 케루빔[4]일지도 모른다고 생각했다. 그들의 머리는 둥글고 묘하게 인간과 비슷했다. 두 번째로 관찰했을 때 그를 놀라게 한 것은 그들 가운데 하나의 눈이었다. 그들은 넓은 은빛 날개를 가졌는데, 날개에는 깃털이 나 있지 않았고 갓 잡은 물고기처럼 영롱한 빛으로 번득였다. (구부러진 시맥[5]을 가진 일종의 나비 날개 같다는 표현이 그들의 날개를 가장 잘 묘사해 주는 듯하다.) 몸은 작았지만, 입 바로 밑에 무언가를 잡기에 적합한 긴 촉수 같은 기관을 두 다발 갖추고 있었다. 이런 동물이 넓은 골짜기를 그토록 화려하게 만든 멋진 정원과 거대한 인간식 건물들을 소유하고 있다는 사실이 웨이스 씨에게는 도저히 믿을 수 없는 일로 여겨졌지만, 결국에는 납득할 수밖에 없었다. 그리고 건물들은 여러 가지 기묘한 특징을 갖고 있지만, 무엇보다 문이 없고, 그 대신 자유롭게 열리는 크고 둥근 창문이 뚫려 있어서 그 동물들이 마음대로 건물에 드나들 수 있다는 것을 케이브 씨는 알아차렸다. 그들은 촉수로 건물에 내려앉으면 날개를 거의 막대기처럼 작게 접고, 건물 안으로 팔짝팔짝 뛰어 들어갔다. 하지만 그들 중에는 커다란 잠자리와 나방과 날아다니는 딱정벌레처럼 더 작은 날개를 가진 동물도 많았고, 잔디밭에서는 화려한 빛깔의

---

[4] 구약 성서에서 사람 또는 짐승의 얼굴에 날개를 가진 초인적 존재.
[5] 곤충의 날개에 무늬처럼 갈라져 있는 맥.

거대한 딱정벌레들이 게으르게 이리저리 기어다녔다. 게다가 둑길과 테라스에서는 큰 날개를 가진 파리와 비슷하지만 날개가 없고 머리가 큰 동물들이 손 같은 촉수 다발로 부지런히 뛰어다니는 광경을 볼 수 있었다.

가까운 건물의 테라스에 서 있는 기둥들 꼭대기에서 반짝거리는 물체들에 대해서는 앞에서 이미 언급했다. 환상이 유난히 선명하게 나타난 어느 날, 케이브 씨는 이 기둥들 가운데 하나를 뚫어지게 관찰한 뒤 기둥 위에서 반짝거리는 물체는 그가 들여다보고 있는 수정과 똑같은 수정이라는 사실을 문득 깨달았다. 그는 좀 더 주의 깊게 관찰한 결과, 풍경 속에 나타난 스무 개 가까운 기둥들 위에 모두 비슷한 물체가 있다고 확신했다.

이따금 커다란 날짐승이 기둥으로 날아와 날개를 접고 수많은 촉수를 기둥에 돌돌 감은 뒤, 한참 동안 수정을 뚫어지게 들여다보곤 했다. 때로는 15분 동안이나 바라보기도 했다. 웨이스 씨의 제안으로 관찰해 본 결과, 이 환상 세계에 관한 한 그들이 들여다본 수정은 실제로 테라스 끝에 있는 기둥 꼭대기에 놓여 있다고 그들은 둘 다 확신하게 되었다. 그리고 한번은 이 다른 세계의 주민들 가운데 적어도 하나가 수정을 관찰하고 있는 케이브 씨의 얼굴을 들여다보았다고 그들은 확신했다.

기묘하기 짝이 없는 이 이야기의 기본적인 사실은 이런 정도다. 우리가 그 모든 사실을 웨이스 씨가 기묘하게 꾸며 낸 이야기로 치부하여 물리치지 않는다면, 우리는 두 가지 가운데 하나를 믿어야 한다. 첫째는 케이브 씨의 수정이 두 세계에 동시에 존재한다는 것이다. 그렇다면 한 세계에서는 수정을 이리저리 옮길 수 있지만 다른 세계에서는 수정이 고정되어 있다는 뜻인데, 이것은 너무 불합리해 보인다. 둘째는 케이브 씨의 수정이 다른 세계에 있는 비슷한 수정과 교감하는 독특한 관계를 갖고 있다는 것이다. 그래서 이 세계의 수정 속에 나타난 것은 적절한 조건이 갖추어지면 그에 대응하는 다른 세계의 수정 속에도 나타나 관찰자가 볼 수 있고, 그 반대도 마찬가지다. 사실 지금 우리는 두 개의 수정이 그렇게 교감할 수 있는 방법을 모르지만, 그 일이 결코 불가능하지는 않다는 것을 이해할 만큼은 알고 있다. 두 개의 수정이 서로 감응하는 관계에 있다는 이 견해는 웨이스 씨의 머리에 문득 떠오른 추정이었고, 적어도 나에게는 충분히 그럴듯하게 여겨진다.

그런데 이 다른 세계는 어디에 있었는가? 웨이스 씨의 예민한 지성은 여기에도 당장 빛을 비추어서 문제를 해명했다. 해가 지면 하늘은 금세 어두워지고(사실 그 사이에는 아주 짧은 어스름이 있었다) 별들이 빛나기 시작했다. 그 별들은 우리가 보는 별과 같다는 것을 분간할 수 있었고, 같은 별자리에 배치되어 있었다. 케이브 씨는 큰곰자리, 플레이아데스성단, 황소자리의 일등성인 알데바란과 시리우스를 알아보았다. 따라서 그 다른 세계는 태양계 안의 어딘가에 있는 게 분명하다. 우리 지구에서 기껏해야 3~4억 킬로미터밖에 떨어져 있지 않을 것이다. 웨이스 씨는 이 단서를 추적하여, 그곳은 심야의 하늘이 우리 지구의 한겨울 하늘보다 훨씬 짙은 푸른색이고 태양이 우리보다 조금 작아 보인다는 것을 알았다. 게다가 그곳에는 작은 달이 두 개 있었다! 〈우리 달과 비슷하지만 크기가 더 작고 표면의 무늬가 전혀 다른〉 달 하나는 너무 빠르게 움직여서, 주의 깊게 지켜보면 그 움직임을 분명히 볼 수 있었다. 이 달들은 하늘 높이 떠오르지 않고, 뜨자마자 사라졌다. 즉 달들은 행성과 너무 가까이 있었기 때문에 행성 주위를 한 바퀴 돌 때마다 월식을 일으켰다. 그런데 케이브 씨는 몰랐지만, 이 모든 것은 화성의 상황과 완전히 일치한다.

실제로 케이브 씨가 이 수정 속에서 화성과 화성인을 보았다는 것은 충분히 그럴듯한 결론으로 여겨진다. 그렇다면 그 먼 풍경의 하늘에서 밝게 빛난 저녁별은 다름 아닌 우리 지구였다.

한동안 화성인들은 — 그들이 정말 화성인이라면 — 케이브 씨가 자신들을 관측하고 있는 것을 알아차리지 못한 듯하다. 화성인은 한두 번 수정을 들여다보러 왔지만, 환상에 만족하지 못한 것처럼 금세 다른 기둥으로 가버렸다. 그동안 케이브 씨는 이 날개 달린 사람들의 행동을 그들에게 들키지 않고 관찰할 수 있었다. 그의 보고는 불확실하고 단편적일 수밖에 없지만, 그래도 매우 암시적이다. 화성인이 힘든 준비 과정을 거치고 눈을 상당히 피곤하게 한 뒤, 한 번에 기껏해야 4분 동안 세인트 마틴 교회[6]의 뾰족탑 위에서 런던을 바라볼 수 있다면, 그 화성인 관찰자가 지구인에 대해 어떤 인상을 받을지 상상해 보라. 케이브 씨는 날개 달린 화성인들이 둑길과 테라스를 팔짝팔짝 뛰어다니던 화성인들과 같은지, 후자도 원하기만 하면 마음대로 날개를 달 수 있는지 확인할 수 없었다. 케이브 씨는 서투르게 두 발로 걸어다녀서 원숭이

---

[6] 런던의 트라팔가르 광장의 북쪽 모퉁이에 있는 성공회 교회.

를 연상시키는 동물들을 몇 번 보았다. 몸은 하얀색이었고 부분적으로 반투명했다. 지의류로 덮인 나무에서 먹이를 먹었고, 한번은 이 두발짐승 몇 마리가 팔짝팔짝 뛰어다니는 둥근 머리의 화성인들과 마주치자 잽싸게 달아난 적도 있었다. 화성인들은 두발짐승 가운데 한 마리를 촉수로 잡았지만, 그 때 갑자기 그림이 희미해지면서, 케이브 씨는 어둠 속에 감질나게 남겨졌다. 또 한번은 거대한 형체(케이브 씨는 처음에는 그것을 거대한 곤충으로 생각했다)가 수로 옆 둑길을 따라 놀랄 만큼 빠른 속도로 전진하는 것처럼 보였다. 이 형체가 점점 다가오자, 케이브 씨는 그것이 빛나는 금속으로 만든 놀랄 만큼 복잡한 기계라는 것을 알아차렸다. 그가 다시 보았을 때 그것은 시야에서 사라진 뒤였다.

그러는 동안 웨이스 씨는 화성인들의 관심을 끌고 싶어졌고, 그래서 다음번에 화성인의 기묘한 눈이 수정 가까이 나타나자 케이브 씨는 소리를 지르며 휙 물러섰다. 그들은 얼른 불을 켜고, 신호를 연상시키는 몸짓을 하기 시작했다. 하지만 잠시 후 케이브 씨가 다시 수정을 들여다보니 화성인은 이미 자리를 뜬 뒤였다.

11월 초에는 관찰이 거기까지 진행되었고, 그 후 케이브 씨는 수정에 대한 가족들의 의심이 가라앉은 것을 느끼고, 어느덧 그의 삶에서 가장 현실적인 것이 되어 가고 있는 수정 관찰을 밤이든 낮이든 기회가 있을 때면 아무 때나 즐길 수 있도록 수정을 몸에 지니고 다니기 시작했다.

12월에 시험 기간이 다가오자 웨이스 씨의 본업은 그것과 관련하여 바빠졌다. 그래서 케이브 씨와 함께 수정을 관찰하는 일은 어쩔 수 없이 일주일 동안 연기되었고, 그는 열흘이

나 열하루 동안(어느 쪽인지는 웨이스 씨도 정확하게 기억하지 못한다) 케이브 씨를 한 번도 보지 못했다. 그 후 웨이스 씨는 수정 관찰을 재개하고 싶어졌고, 계절노동의 중압감이 줄어들자 세븐다이얼스 가에 있는 케이브 씨의 가게로 갔다. 길모퉁이에서 그는 조류 사육자의 창문에 덧문이 닫혀 있고, 구두 수선공의 창문에도 덧문이 닫혀 있는 것을 알아차렸다. 케이브 씨의 가게도 닫혀 있었다.

그가 문을 두드리자, 검은 옷차림의 의붓아들이 문을 열었다. 그는 당장 케이브 부인을 불렀다. 웨이스 씨는 케이브 부인이 싸구려지만 넉넉하고 인상적인 모양새의 과부용 상복을 입고 있는 것을 알아차리지 않을 수 없었다. 웨이스 씨는 케이브 씨가 죽었으며 장례도 이미 끝났다는 소식을 듣고도 별로 놀라지 않았다. 케이브 부인은 눈물을 흘렸고, 목소리는 조금 탁했다. 부인은 방금 하이게이트[7]에서 돌아온 참이었다. 그녀의 마음은 자신의 장래 문제와 훌륭한 장례식에 대한 생각으로 가득 차 있는 것 같았지만, 웨이스 씨는 마침내 케이브 씨가 어떻게 죽었는지를 소상히 알 수 있었다. 케이브 씨는 웨이스 씨를 마지막으로 방문한 이튿날 이른 아침에 가게에서 죽은 채 발견되었는데, 돌처럼 차갑게 굳은 두 손은 수정을 꽉 움켜쥐고 있었다. 얼굴에는 미소가 떠올라 있었다고 케이브 부인은 말했다. 광물 표본 밑에 깔아 두었던 벨벳 천이 그의 발치에 놓여 있었다. 그는 죽은 지 대여섯 시간 뒤에야 발견된 게 분명했다.

이것은 웨이스 씨에게 큰 충격으로 다가왔다. 그는 노인의

---

[7] 런던 북부에 있는 공동묘지.

건강이 나쁘다는 명백한 징후를 알고도 무시한 자신을 심하게 자책하기 시작했다. 하지만 그가 가장 걱정한 것은 수정이었다. 그는 케이브 부인의 유별난 성질을 알고 있었기 때문에 매우 신중하게 그 화제에 접근했다. 하지만 수정이 벌써 팔린 것을 알고는 너무 놀라서 말문이 막혔다.

케이브 씨의 시신이 위층으로 옮겨지자마자 케이브 부인을 가장 먼저 사로잡은 충동은 수정을 5파운드에 사겠다고 제의한 그 미친 목사에게 편지를 써서 수정을 찾았다고 알리는 일이었다. 하지만 딸과 함께 집 안을 샅샅이 찾아보았지만, 목사의 주소를 적은 쪽지가 보이지 않았다. 세븐다이얼스 가에 오래 거주한 주민의 품위에 어울리는 방식으로 케이브 씨를 애도하고 매장하려면 많은 돈이 필요했지만, 그들은 그럴 돈이 없었기 때문에 친구인 그레이트포틀랜드 가의 소매상인에게 부탁했다. 그는 친절하게도 재고품의 일부를 감정 가격에 인수해 주었다. 가격은 물론 그가 직접 감정했고, 그가 인수한 재고품 중에는 수정 알도 포함되어 있었다.

이런 사정 이야기를 듣고 웨이스 씨는 적당히 — 아마 좀 무뚝뚝하게 — 몇 마디 위로의 말을 건넨 다음, 당장 그레이트포틀랜드 가로 달려갔다. 하지만 그곳에서 그는 수정 알이 회색 옷차림의 키가 크고 까무잡잡한 남자에게 벌써 팔린 것을 알았다. 이 기묘한 이야기, 적어도 나에게는 매우 암시적인 이 이야기에서 구체적인 사실은 여기서 끝나 버린다. 그레이트포틀랜드 가의 상인은 회색 옷차림의 키가 크고 까무잡잡한 남자가 누구인지 몰랐고, 그 사람의 인상착의를 자세히 묘사할 수 있을 만큼 유심히 관찰하지도 않았다. 상인은 그 사람이 가게를 나간 뒤 어느 쪽으로 갔는지도 알지 못했다.

웨이스 씨는 잠시 가게에 남아서 부질없는 질문으로 상인의 인내심을 시험하고, 자신의 분노를 발산했다. 그리고 마침내 그는 모든 것이 자기 손에서 벗어났다는 것, 밤의 환상처럼 사라져 버렸다는 것을 깨닫고 자기 방으로 돌아갔다. 그리고 자기가 쓴 관찰 기록이 어수선한 탁자 위에 아직도 놓여 있어서 손으로 만질 수도 있고 눈으로 볼 수도 있다는 것을 알고 조금 놀랐다.

당연한 일이지만, 그는 몹시 곤혹스러웠고 낙담했다. 그는 그레이트포틀랜드 가의 상인을 두 번째로 찾아갔고(그것도 첫 번째와 마찬가지로 아무 효과가 없었다), 골동품 수집가의 손에 들어갈 만한 정기 간행물에 광고를 내는 방법도 써보았다. 그는 『데일리 크로니클』지와 『네이처』지에 편지를 쓰기도 했지만, 그 정기 간행물들은 둘 다 장난 편지가 아닐까 의심하여, 기사를 싣기 전에 그에게 행동을 재고해 보라고 요구했다. 그리고 그런 이상한 이야기는 불행하게도 그것을 뒷받침하는 증거가 거의 없기 때문에 연구자로서 그의 평판을 위태롭게 할지도 모른다고 충고했다. 게다가 그는 본업에도 많은 시간과 노력을 기울여야 했다. 그래서 한 달쯤 지나자 이따금 상인들에게 그 일을 상기시키는 것을 제외하고는 수정 알을 찾는 일을 어쩔 수 없이 포기해야 했다. 그날부터 지금까지 수정 알은 발견되지 않았다. 하지만 이따금 열정이 폭발하면 더 긴급한 일을 팽개치고 다시 수정 알을 찾아다닌다고 그는 나에게 말한다. 그리고 나는 그의 말을 충분히 믿을 수 있다.

그런 재료로 만들어졌고 그런 기원을 가진 물건이 영영 사라진 채 나타나지 않을 것인지, 현재로는 추측할 수밖에 없다. 현재의 구매자가 수집가라면, 상인들을 통해 웨이스 씨가 수정에 대해 문의한 것을 알고 거기에 대비했을 거라고 예상할 수 있다. 웨이스 씨가 알아낸 바에 따르면, 케이브 씨를 찾아왔던 목사와 젊은 동양인은 바로 제임스 파커 목사와 자바의 보소쿠니 왕국의 젊은 왕자였다. 그들 덕분에 몇 가지 자세한 점을 알 수 있었는데, 왕자가 수정을 손에 넣으려 한 목적은 단순한 호기심과 낭비벽이었다. 왕자가 수정을 그렇게 사고 싶어 한 것은 케이브 씨가 그처럼 이상한 태도로 수정을 팔기를 꺼렸기 때문이다. 두 번째로 그것을 구입한 사람도 수집가가 아니라 우연한 구매자에 불과했을 가능성도 있다. 어쩌면 그 수정 알은 지금 내게서 1킬로미터도 떨어지지 않은 곳에 있을지도 모른다. 현재의 소유자는 수정 알의 놀라운 기능을 전혀 모른 채, 응접실 장식품이나 문진으로 쓰고 있을지도 모른다. 사실 그럴 수도 있다고 생각했기 때문에, 나는 평범한 독자들도 읽을 가능성이 있는 형태로 이 이야기를 기술했다.

이 문제에서 나 자신의 생각은 웨이스 씨의 생각과 거의 같다. 나는 화성의 기둥 꼭대기에 있는 수정과 케이브 씨의 수정 알이 물리적인, 하지만 지금은 뭐라고 설명할 수 없는 방법으로 일치한다고 믿는다. 우리는 또한 지구의 수정이 — 아마 먼 옛날 — 그 행성에서 이곳으로 보내진 게 분명하다고 믿는다. 그 목적은 화성인들이 우리 지구인의 사정을 가까운 거리에서 볼 수 있도록 하기 위해서였을 것이다. 화성의 다른 기둥들에 있는 것들과 짝을 이루는 수정도 아마 우리 지구에 있을 것이다. 어떤 환각 이론도 사실을 다 설명할 수는 없다.

맹인들의 나라

 침보라소 산[1]에서 3백여 마일, 눈 덮인 코토곽시 산[2]에서 1백 마일 떨어진, 에콰도르의 안데스 산맥에서 가장 거친 황무지 한가운데, 모든 인간 세상과 단절된 그 신비로운 산골짜기에 맹인들의 나라가 있다. 먼 옛날 그 골짜기는 속세와 너무 멀리 떨어져 있어서, 무서운 협곡을 지나고 얼음으로 덮인 고개를 넘어야만 비로소 평탄한 풀밭에 다다를 수 있었다. 그곳에 사람들이 왔다. 악독한 스페인 통치자의 탐욕과 폭정에서 도망친 페루 혼혈인 가족이었다. 이어서 민도밤바 산[3]의 놀라운 분화가 일어났다. 키토[4]에서는 무려 17일 동안 밤이 계속되었고, 야과치[5]에서는 물이 부글부글 끓어올랐고, 멀리 떨어진 과야킬[6]에서도 물고기가 죽어서 둥둥 떠다녔다. 안데스 산맥의 태평양 쪽 비탈에서는 산사태와 갑작스러운 해빙

1 남아메리카 에콰도르 중앙부, 안데스 산맥에 있는 휴화산.
2 에콰도르 중부 안데스 산맥에 있는, 세계에서 가장 큰 활화산.
3 허구로 지어낸 산.
4 에콰도르의 수도. 잉카 제국의 고도(古都)였으며 적도 바로 아래 있다.
5 에콰도르 서남부 과야스 주에 있는 도시.
6 에콰도르 서남부에 있는 항구 도시.

과 홍수가 도처에서 일어났고, 저 유명한 아라우카 산[7]은 꼭대기의 한쪽 면이 완전히 잘려서 우레 같은 소리와 함께 아래로 쓸려 내려가 맹인들의 나라를 탐험가의 발길에서 영원히 단절시켰다. 하지만 세상이 그처럼 무섭게 흔들렸을 때, 이들 초기 정착민 가운데 하나가 우연히 협곡 이쪽에 와 있었다. 어쩔 수 없이 그는 맹인들의 나라에 남겨 둔 처자식과 친구와 재산을 모두 잊고 아래 세상에서 인생을 다시 시작해야 했다. 그는 인생을 다시 시작했지만 병에 걸려서 시력을 잃고, 광산에서 혹독한 학대를 당하다가 죽었다. 하지만 그가 한 이야기는 오늘날까지 안데스 산맥 도처에 면면히 전해 내려오는 전설을 낳았다.

그는 그 도피처에서 아래 세상으로 과감하게 돌아온 이유를 말했다. 그는 어렸을 때 일용품을 꾸린 커다란 짐 꾸러미와 함께 야마[8]에 묶여 골짜기로 들어갔는데, 그 골짜기에는 인간의 마음이 바랄 수 있는 모든 것 — 단물과 목초지, 온화한 기후, 비옥한 갈색 토양으로 이루어진 비탈, 거기에 무성한 관목, 관목에 주렁주렁 열린 맛있는 열매가 있었고, 한쪽에는 산사태를 높은 곳에서 저지하는 넓은 소나무 숲이 낭떠러지에서 내밀려 나온 것처럼 펼쳐져 있었다. 머리 위를 올려다보면 삼면에 회녹색 바위로 이루어진 거대한 절벽이 보이고, 절벽 위에는 깎아지른 빙벽이 있었다. 하지만 빙하는 골짜기로 흘러내리지 않고 건너편 비탈 옆을 지나 흘러갔다. 골짜기 쪽에는 이따금 거대한 얼음 덩어리가 떨어질 뿐이었다.

---

7 허구로 지어낸 산.
8 낙타과의 포유류. 야생의 과나코를 가축화한 종으로, 낙타와 비슷하나 훨씬 작고 혹이 없다.

이 골짜기에는 비도 내리지 않고 눈도 내리지 않았지만, 풍부한 샘물이 비옥한 초록빛 목초지를 만들었을 뿐 아니라 골짜기 전체에 널리 퍼지곤 했다. 이곳에 정착한 이주민들은 여기서 정말로 안락하게 살았다. 가축도 편안하고 건강하게 살면서 점점 수가 늘어났지만, 그들의 행복을 해치는 것이 딱 하나 있었다. 하지만 그것은 행복을 완전히 망쳐 놓기에 충분했다. 이상한 질병이 그들을 덮쳐, 그곳에서 태어난 모든 아이들을 — 그리고 실제로는 그보다 나이가 많은 몇몇 아이들도 — 장님으로 만들어 버린 것이다.

그가 피로와 위험과 난관을 무릅쓰고 협곡 아래로 돌아온 것은 사람의 눈을 멀게 하는 이 전염병과 맞설 수 있는 주문이나 해독제를 찾기 위해서였다. 그 당시 사람들은 그런 경우 세균이나 감염을 생각하지 않고 죄를 생각했다. 이 재난의 이유는 성직자도 없이 이주한 사람들이 골짜기에 들어오자마자 신전을 세우지 않았기 때문이라고 그는 생각했다. 그는 골짜기에 신전 — 아름답고 값싸지만 영험이 있는 신전 — 을 짓고 싶었다. 그는 성유물과 그런 효능이 있는 신성한 물건들, 축복받은 물건과 신비로운 메달과 기도서를 원했다. 그의 지갑 속에는 천연 은괴가 하나 들어 있었지만, 그는 거기에 대해 설명하려 하지 않고, 서투른 거짓말쟁이 특유의 고집스러운 태도로 골짜기에서는 은이 전혀 나지 않는다고 주장했다. 골짜기에서는 돈이나 장신구가 별로 필요하지 않았기 때문에, 전염병에 맞설 성물을 사기 위해 주민들이 돈과 장신구를 모두 내놓았다고 그는 말했다.

눈이 흐려진 산악 지방의 젊은이, 햇볕에 탄 여윈 몸에 걱정스러운 표정으로 열에 들뜬 듯이 모자챙을 움켜잡은 남자,

아래 세상의 물정에 전혀 익숙지 않은 남자가 큰 발작을 일으키기 전에 날카로운 눈으로 주의 깊게 귀를 기울이는 어느 성직자에게 이 이야기를 하고 있는 모습이 눈앞에 생생히 떠오른다. 나는 그가 그 질병에 대항할 수 있는 신성하고 확실한 수단을 구해서 당장 돌아가고 싶어 하는 것도 상상할 수 있고, 한때 협곡이 있었던 곳에서 산사태로 생긴 드넓은 황무지에 직면했을 때 그가 얼마나 놀랐을지도 상상할 수 있다. 나는 그가 몇 년 뒤 비참하게 죽은 것만 알고 있을 뿐, 그가 당한 재난의 나머지는 전혀 모른다. 그 먼 곳에서 온 가엾은 방랑자! 한때 협곡을 만들었던 물은 이제 바위 동굴 입구에서 터져 나온다. 서투르고 불충분한 그의 이야기는 〈저 너머 어딘가〉에 맹인족이 산다는 전설로 발전하여, 오늘날에도 그 전설을 들을 수 있다.

지금은 고립되고 잊혀진 그 골짜기에 사는 소수의 사람들 사이에서 그 질병은 자연스러운 경과를 거쳤다. 노인들은 손으로 더듬으며 나아가게 되었고, 젊은이들은 사물을 희미하게밖에 보지 못했고, 그들에게서 태어난 아이들은 날 때부터 전혀 앞을 보지 못했다. 하지만 눈으로 둘러싸인 그 분지에서의 생활은 아주 편안했다. 바깥세상의 영향을 전혀 받지 않는 그곳에는 가시나무도 없고 해충도 없고 온순한 야마를 빼고는 짐승도 없었다. 그들은 수량이 줄어든 강바닥을 따라 야마를 억지로 끌고 밀면서 협곡으로 데려왔다. 그들은 시력이 아주 조금씩 약해졌기 때문에, 시력을 잃어 가고 있다는 것도 거의 알아차리지 못했다. 그들은 앞을 보지 못하는 아이들이 놀랍게도 골짜기 전체를 알게 될 때까지 이리저리 데리고 다녔다. 마침내 그들이 모두 시력을 잃었을 때에도 맹인족은 생명을 유지했다.

그들은 눈으로 보지 않고 불을 통제하는 데 적응할 시간이 있었다. 그들은 돌로 만든 난로 속에서 주의 깊게 불을 피웠다. 그들은 처음에는 스페인 문명과 조금 접촉했을 뿐, 글도 읽을 줄 모르는 소박한 사람들이었지만, 고대 페루의 예술과 사라진 철학의 전통을 물려받았다. 세대가 몇 번 바뀌었다. 그들은 많은 것을 잊었고, 많은 것을 새로 고안했다. 그들이 떠나온 더 큰 세계의 전통은 신화적인 색채를 띠고 불명확해졌다. 시력을 제외한 모든 면에서 그들은 뛰어난 힘과 능력을 발휘했다. 이윽고 독창적인 정신을 갖고 뛰어난 말주변과 설득력을 가진 사람이 차례로 두 명 나타났다. 이들 두 사람은 죽은 뒤에도 막대한 영향을 남겼고, 그 작은 공동체는 인구도 늘어나고 지적 능력도 높아졌다. 그들은 사회적·경제적 문제에 부닥쳤고 그것을 해결했다. 세대가 거듭되고, 세월이 흘러갔다. 신의 도움을 찾아 은괴 하나를 가지고 골짜기를 나갔다가 다시는 돌아오지 않은 그 조상으로부터 15세대째 아이가 태어났을 무렵, 우연히도 한 남자가 바깥세상에서 이 공동체로 들어왔다. 이것은 그 남자의 이야기다.

그는 키토 근처의 산악 지방 출신으로 바다에 내려가 세상을 본 남자였고, 독창적인 방식으로 책을 읽는 예리하고 진취적인 남자였다. 그런데 에콰도르에 등산하러 온 영국 등반대가 그를 안내인으로 고용했다. 그들이 데려온 스위스 출신 안내인 세 명 가운데 하나가 병에 걸렸기 때문이다. 그는 이 산을 오르고 저 산을 오른 다음, 안데스의 마터호른[9]이라고

---

9 스위스와 이탈리아의 국경에 있는 알프스 산맥의 한 봉우리. 봉우리가 높고 험하여 오르기 힘든 것으로 유명하다.

불리는 파라스코토페틀 산[10]에 오르려다가 실종되었다. 그 사고 이야기는 열 번도 넘게 기록되었는데, 그중에서도 가장 뛰어난 것은 포인터 씨의 기록이다. 그는 그 작은 등반대가 거의 수직에 가까운 절벽을 기어올라 마지막의 가장 큰 절벽 발치까지 도달한 과정을 이야기하고, 그들이 작은 암봉 위의 눈밭에 야간 대피소를 어떻게 지었는지를 이야기하고, 얼마 후 그들이 어떻게 누네스의 실종을 알아차렸는지를 실로 극적이고 힘찬 필치로 이야기한다. 그들은 큰 소리로 누네스를 불러 보았지만 아무 대답이 없었다. 그들은 소리를 지르고 휘파람을 불면서, 그날 밤새도록 잠을 이루지 못했다.

날이 밝자 그들은 누네스가 추락한 흔적을 발견했다. 그가 아무 소리도 지르지 못하고 떨어졌다 해도 무리는 아닌 것 같다. 그는 동쪽에 있는 미지의 사면 쪽으로 미끄러졌다. 저 아래에서 그는 가파른 눈 비탈에 부딪힌 뒤, 눈사태가 한창일 때 쟁기질하듯 눈을 헤집고 나아갔다. 그의 흔적은 무시무시한 절벽 가장자리까지 곧장 이어져 있었고, 그 너머에는 아무것도 보이지 않았다. 너무 멀어서 흐릿해 보이는 저 아래 좁은 틈에서 올라온 나무들이 보였다. 사실 골짜기에는 사라진 맹인국이 갇혀 있었지만, 그들은 그것이 사라진 맹인국이라는 것을 알지 못했고, 고원 지방의 골짜기에 있는 좁은 틈새와 그것을 구별하지도 못했다. 이 재난에 당황한 그들은 오후에 산을 오르려던 계획을 포기했고, 포인터 씨는 또다시 그 산에 도전하기 전에 전쟁터로 불려 나갔다. 오늘날까지 파라스코토페틀 산의 정상은 정복되지 않았고, 포인터 씨의 대피

10 허구로 지어낸 산.

소는 아무도 찾는 이 없이 눈밭에서 허물어지고 있다.

그런데 추락한 사람은 살아 있었다.

그 눈 비탈을 3백 미터나 미끄러져 비탈 끝에 다다른 그는 구름처럼 피어오른 눈을 뚫고 위에 있는 비탈보다 훨씬 가파른 눈 비탈에 떨어졌다. 그는 의식을 잃고 기절한 채 이 비탈을 굴러떨어졌지만, 뼈 하나 부러지지 않았다. 마침내 그는 좀 더 완만한 비탈에 이르렀고, 마침내 비탈에서 굴러 나와 부드러운 눈 더미에 파묻힌 채 조용히 누워 있었다. 이 하얀 눈 더미가 그와 동행하면서 그를 구해 주었다. 그는 어렴풋이 의식을 되찾았지만, 아파서 병석에 누워 있다고 상상했다. 그러다가 등산가의 직감으로 자신의 처지를 깨달았고, 눈 더미 속에서 간신히 빠져나오자 잠시 쉬었다가 별이 보이는 곳까지 기어 나왔다. 그리고 잠시 그곳에 납작 엎드려, 여기가 어디이고 자기한테 무슨 일이 일어났는지를 생각했다. 팔다리를 조사해 보니, 단추가 몇 개 떨어져 나가고 코트가 머리 위로 뒤집혀 있다는 것을 알 수 있었다. 주머니에 넣어 둔 칼은 사라졌고, 턱 밑에서 끈으로 묶어 둔 모자도 없어져 버렸다. 그는 대피소의 벽을 높이기 위해 돌멩이를 찾고 있었던 것을 생각해 냈다. 그의 피켈도 사라져 버렸다.

그는 자기가 추락한 게 분명하다고 판단하고, 얼마나 먼 거리를 비행했는지 보려고 눈을 들었다. 떠오르는 달의 창백한 달빛 때문에 그 엄청난 거리가 더욱 과장되어 보였다. 그는 잠시 누워서 머리 위로 높이 솟은 그 거대하고 창백한 절벽이 썰물처럼 물러가는 어둠 속에서 시시각각 떠오르는 것을 멍하니 쳐다보았다. 그 환상적이고 신비로운 아름다움이 잠시 그를 사로잡았다. 이어서 흐느끼는 듯한 웃음의 발작이 그를 덮쳤다…….

한참 뒤에야 그는 자기가 눈 비탈의 아래쪽 가장자리 근처에 있다는 것을 알아차렸다. 이제 달빛을 받은 완만한 비탈 밑에는 바위가 점점이 흩어진 풀밭이 여기저기에 검게 보였다. 온몸의 뼈마디와 사지가 욱신거려서 간신히 일어난 그는 주위에 쌓인 눈 더미에서 힘들게 내려와 풀밭까지 내려갔다. 그리고 둥근 바윗돌 옆에 누웠다기보다는 털썩 쓰러져서, 안주머니에 들어 있던 술병을 꺼내 길게 한 모금 들이켜고 당장 잠에 빠져들었다…….

그는 저 아래 숲에서 새들이 지저귀는 소리에 잠에서 깨어났다.

일어나 보니, 그는 거대한 절벽 기슭에 있는 작은 목초지에 앉아 있었다. 그 절벽은 그가 눈 더미와 함께 내려온 계곡에서 조금 아래쪽으로 비탈져 있었다. 맞은편에는 또 다른 암벽이 하늘을 배경으로 우뚝 솟아 있었다. 이 두 절벽 사이의 골짜기는 동서로 뻗어 있었고, 동쪽에서 서쪽을 비추는 햇빛으로 가득했다. 서쪽에서는 무너진 산이 아래쪽으로 비탈진 골짜기를 막고 있었다. 그가 앉아 있는 목초지 밑에도 그만큼 가파른 절벽이 있는 것 같았지만, 계곡에 쌓인 눈 뒤에서 그는 눈 녹은 물이 똑똑 떨어지고 있는 틈새를 발견했다. 필사적인 사람이라면 어떻게든 그 틈새로 내려갈 수 있을 것 같았다. 그것은 보기보다 쉬웠다.

그는 마침내 또 다른 목초지에 이르렀고, 바위 하나를 별로 어렵지 않게 기어올라 나무가 우거진 가파른 비탈에 이르렀다. 그는 자신의 위치를 확인한 뒤 골짜기 위쪽을 돌아보았다. 골짜기 위쪽에 초록빛 목초지가 펼쳐져 있는 것이 보이고, 그곳에 생소한 방식으로 지은 돌집들이 무리 지어 있는 것이 보였기 때문이다. 그는 이따금 암벽을 기어오르듯이 나아갔다. 얼마 뒤에는 떠오르는 태양이 더 이상 계곡을 비추지 않았고, 지저귀는 새들의 노랫소리도 사라지고, 주위의 공기는 점점 차갑고 어두워졌다. 그런데도 집들이 모여 있는 먼 골짜기는 더욱 밝아졌다. 그는 곧 낭떠러지 밑으로 부서져 떨어진 쇄석이 쌓여 있는 비탈에 이르렀고, 바위 사이에서 진귀한 양치류를 발견했다. 그는 뛰어난 관찰력을 가진 사람이었기 때문이다. 그 양치류는 바위 틈새에서 초록빛 손을 내밀어 필사적으로 무언가를 움켜잡으려 하는 것처럼 보였다. 잎을 한두 장 따서 줄기를 씹어 보니 꽤 먹을 만했다.

정오 무렵에 그는 마침내 계곡을 벗어나 햇빛이 비치는 평원으로 나왔다. 몸이 뻣뻣하고 피곤했다. 그는 바위 그늘에 앉아 샘물을 술병에 채워서 들이켜고 잠시 쉬다가 집들 쪽으로 걸어갔다.

집들은 무척 이상하게 보였다. 사실은 그 골짜기 전체가 보면 볼수록 점점 더 기묘해지고 낯설어졌다. 표면은 대부분 풀이 무성한 초록빛 목초지였다. 목초지에는 아름다운 꽃들이 점점이 박혀 있고, 꼼꼼하게 관개 시설이 되어 있었다. 목초지를 여러 구획으로 나누어, 한 구획씩 체계적으로 풀을 베는 것이 분명했다. 담장이 골짜기 위쪽과 주위를 둘러싸고 있었다. 그리고 주변을 둘러싼 수로처럼 보이는 것에서 물이 흘러나와 목초지를 적셨고, 그 위에 있는 높은 비탈에서는 야마 떼가 드문드문 돋아난 풀을 뜯어 먹고 있었다. 야마 떼가 쉬거나 먹이를 먹는 곳으로 보이는 헛간들이 경계선의 돌담을 따라 여기저기 서 있었다. 관개용 개천들이 하나의 수로에 모여 골짜기 한복판을 흘러 내려갔다. 수로의 양쪽은 가슴 높이의 담장으로 막혀 있었다. 이것은 이 외딴 곳에 기묘하게 도회적인 분위기를 주었다. 흑백의 돌로 포장되어 있고 양옆에 기묘하게 작은 연석이 있는 수많은 샛길이 질서 정연하게 사방팔방으로 뻗어 있는 것이 그런 분위기를 더욱 짙게 해주었다. 그가 알고 있는 산촌들은 집들이 아무렇게나 모여 난잡한 덩어리를 이루고 있었지만, 이 골짜기 중앙에 있는 마을의 집들은 그런 산촌과는 달리 놀랄 만큼 깨끗한 안길 양쪽에 한 줄로 빈틈없이 이어져 있고, 알록달록한 빛깔의 정면 여기저기에 문이 하나씩 뚫려 있을 뿐 길에 면한 정면에는 창문이 하나도 뚫려 있지 않았다. 집들의 색깔은 유난히 불규칙하고 다채로워서 회색이나 담갈색, 또는 짙은 청회색이나 짙은 갈색을 띤 일종의 회반죽이 칠해져 있었다. 탐험가의 머리에 〈장님〉이라는 낱말이 처음 떠오른 것은 이 꼴사나운 회반죽 칠을 보았을 때였다.

〈저 벽을 칠한 사람은 박쥐처럼 장님이었을 거야〉하고 그는 생각했다.

그는 가파른 비탈을 내려가 골짜기 주변을 달리는 담장과 수로에 이르렀다. 그 부근에서 수로는 남는 물을 내뿜었고, 그렇게 분출한 물은 가늘게 흔들리는 폭포가 되어 깊은 골짜기로 떨어지고 있었다. 이제 그는 많은 남녀가 먼 목초지에서 낮잠을 자고 있는 것처럼 베어서 쌓아 놓은 풀 위에 누워 있는 것을 볼 수 있었다. 마을과 더 가까운 곳에는 많은 아이들이 누워 있었고, 그보다 더 가까운 곳에서는 세 남자가 마을을 둘러싼 담장에서 집들 쪽으로 뻗어 있는 좁은 샛길을 따라 물지게에 매단 양동이를 나르고 있었다. 이들은 야마 천으로 지은 옷을 입고 가죽 부츠를 신고 가죽 허리띠를 매고 목덜미와 귀를 덮는 덮개가 달린 헝겊 모자를 쓰고 있었다. 그들은 한 줄로 천천히 걸었고, 밤새 한숨도 자지 않은 사람들처럼 걸으면서 하품을 하고 있었다. 그들의 태도에는 보는 사람을 안심시키는 여유와 품위가 있었기 때문에, 누네스는 잠시 망설인 뒤 최대한 눈에 띄게 바위 위에 올라서서 골짜기 전체에 울려 퍼질 만큼 큰 소리로 외쳤다.

세 남자는 우뚝 멈춰 서서, 주위를 둘러보는 것처럼 고개를 움직였다. 그들이 이쪽저쪽으로 고개를 돌리는 것을 보고 누네스는 대담하게 몸짓을 했다. 하지만 그의 몸짓에도 불구하고 그들은 그를 보지 못하는 것 같았다. 잠시 후 그들은 오른쪽으로 멀리 떨어진 산 쪽으로 돌아서서 그의 외침 소리에 대답하듯 큰 소리로 외쳤다. 누네스는 다시 고함을 질렀고, 잠시 후 다시 한 번 고함을 쳤다. 아무 효과도 없는 몸짓을 하는 동안, 〈장님〉이라는 낱말이 그의 머리꼭지로 올라왔다.

〈저 멍청이들은 눈이 안 보이는 게 분명해〉 하고 그는 중얼거렸다.

한참 동안 소리를 지르고 분통을 터뜨린 뒤, 누네스는 개천에 걸려 있는 작은 다리를 건너 성문을 지나갔다. 그리하여 마침내 그들에게 접근했을 때 누네스는 그들이 장님이고 이곳은 전설에 나오는 맹인국이 분명하다고 확신했다. 확신이 생겨났고, 남들이 부러워할 만한 멋진 모험을 하고 있다는 생각이 들었다. 나란히 서 있는 세 남자는 그를 보지는 않았지만, 익숙지 않은 발소리를 듣고 그의 위치를 파악하여 그 쪽으로 귀를 돌리고 있었다. 그들은 조금 겁먹은 사람들처럼 서로 바싹 붙어서 서 있었다. 그는 그들의 눈꺼풀이 감겨 있고,

그 밑에 있는 눈알이 오그라든 것처럼 눈꺼풀이 움푹 꺼져 있는 것을 볼 수 있었다. 그들의 얼굴에는 경외심과 비슷한 표정이 떠올라 있었다.

「사람이…… 사람이…… 아니면 귀신이…… 바위에서 내려오고 있어.」 한 사람이 거의 알아들을 수 없는 스페인어로 말했다.

하지만 누네스는 사회생활을 처음 시작하는 젊은이처럼 자신만만한 걸음으로 나아갔다. 오래전에 들었던, 사라진 골짜기와 맹인국에 대한 이야기가 모두 마음에 되살아났다. 오래된 속담이 후렴처럼 되풀이해서 그의 마음속을 지나갔다.

〈장님 나라에서는 외눈박이가 왕이다.〉

그는 세 남자에게 공손히 인사하고 말을 걸면서 눈으로는 그들을 유심히 관찰했다.

「저놈은 어디서 왔지, 페드로 형제?」 한 사람이 물었다.

「바위에서 나왔어.」

「나는 산들을 넘어서 왔소.」 누네스가 말했다. 「저 너머에 있는 나라에서. 그곳 사람들은 앞을 볼 수 있소. 내 고향 근처에 있는 보고타[11]는 인구가 10만 명이나 되고, 끝이 보이지 않을 만큼 멀리까지 시가지가 펼쳐져 있지요.」

「앞을 볼 수 있다고?」 페드로가 중얼거렸다. 「그게 뭐지?」

「저놈은 바위에서 나왔어.」 두 번째 장님이 말했다.

그들의 코트 옷감은 기묘하게 만들어졌고, 바느질 방식이 제각기 다르다는 것을 누네스는 알아차렸다. 그들은 저마다 손을 내밀고 그를 향해 동시에 움직여 그를 놀라게 했다. 그

---

11 콜롬비아의 수도. 안데스 산맥의 고원에 있다.

는 다가오는 그들의 손가락을 피해 뒤로 물러섰다.

「이리 와.」세 번째 장님이 그의 움직임을 따라와서 솜씨좋게 그를 붙잡으며 말했다.

그들은 누네스를 잡아서 온몸을 더듬었고, 그 일이 끝날 때까지 한마디도 하지 않았다.

「조심해.」손가락 하나가 눈을 찔렀기 때문에 누네스는 소리를 질렀다. 그들은 실룩거리는 눈꺼풀에 덮인 눈이라는 그 기관을 이상하게 생각하는 것 같았다. 그들은 그의 눈을 다시 한 번 조사했다.

「이상한 동물이군, 코레아.」페드로라고 불린 장님이 말했다.「이 거친 머리털을 만져 봐. 야마 털처럼 거칠어.」

「이놈은 자기를 낳은 바위처럼 거칠어.」코레아가 부드럽고 약간 축축한 손으로 면도하지 않은 누네스의 턱을 매만지면서 말했다.「아마 차츰 부드러워질 거야.」

누네스는 그들의 조사를 받으면서 가볍게 몸부림을 쳤지만, 그들은 그를 단단히 붙잡았다.

「조심해.」그가 다시 한 번 말했다.

「이놈은 말을 하고 있어.」세 번째 남자가 말했다.「그러니까 사람인 게 분명해.」

「우우.」페드로가 그의 거친 코트를 만지면서 말했다.

「그런데 너는 어떻게 세상에 들어왔나?」페드로가 물었다.

「들어온 게 아니라 세상에서 나왔지. 산을 넘고 빙하를 건너서. 바로 저기를 넘어 왔어. 조금만 더 가면 태양에 닿을 만큼 높은 산을 넘어 왔다고. 바다에 이르려면 열흘도 넘게 걸리는 넓고 큰 세계에서 나왔지.」

그들은 그의 말에 거의 주의를 기울이지 않는 것 같았다.

「우리 조상들은 자연의 힘이 인간을 만들 수도 있다고 말했어.」 코레아가 말했다. 「자연의 힘은 온기와 습기 그리고 부패 — 그래, 부패도 필요해.」

「이놈을 장로들한테 데려가자.」 페드로가 말했다.

「우선 소리를 질러.」 코레아가 말했다. 「아이들이 겁을 먹지 않도록. 이건 정말 놀라운 사건이야.」

그래서 그들은 소리를 질렀고, 페드로가 앞장서서 누네스의 손을 잡고 마을 쪽으로 데려가려고 했다.

누네스가 손을 잡아 빼면서 말했다.

「나는 볼 수 있어.」

「본다고?」 코레아가 물었다.

「그래, 보여.」 누네스는 코레아 쪽으로 돌아서며 말했지만, 페드로의 양동이에 부딪혀 비틀거렸다.

「이놈의 감각은 아직 불완전해.」 세 번째 장님이 말했다. 「발부리가 걸려 비틀거리고, 무의미한 말을 지껄이지. 손을 잡고 데려가.」

「마음대로 해.」 누네스가 말하고는 웃으면서 끌려갔다.

그들은 시각에 대해서는 아무것도 모르는 것 같았다.

좋아, 나중에 편리할 때 가르쳐 주자, 하고 누네스는 생각했다.

그는 사람들의 외침 소리를 들었고, 수많은 사람이 마을 안길에 모여 있는 것을 보았다.

맹인국 사람들과의 첫 만남은 그가 예상한 것보다 훨씬 그의 용기와 인내심에 무거운 부담을 주었다. 가까이 다가갈수록 그곳은 더 커 보였고, 건물에 바른 회반죽은 더 기묘해 보였고, 수많은 남녀노소(여자와 소녀들 가운데 일부는 비록 눈이 닫히고 움푹 꺼져 있었지만 얼굴이 무척 아름다웠다)가 그에게 다가와 매달리고, 부드럽고 민감한 손으로 그를 만지고, 그의 냄새를 맡고, 그의 말에 귀를 기울였다. 하지만 일부 처녀와 아이들은 겁을 먹은 것처럼 멀찌감치 떨어져 있었다. 사실 그들의 부드러운 목소리에 비하면 그의 목소리는 거칠고 사납게 들렸다. 그들은 그에게 떼를 지어 몰려들었다. 세 안내인은 소유권을 주장하듯 그에게 바싹 붙어서, 되풀이 말하고 있었다.

「바위에서 나온 야만인이야.」

「보고타야.」 그가 말했다. 「보고타. 산 너머에 있는 곳이야.」

「거친 말을 쓰는 야만인이야.」 페드로가 말했다. 「모두 들었지? 〈보고타〉라고? 이놈의 정신은 아직 다 형성되지 않았어. 이제 막 말을 시작했을 뿐이야.」

어린 사내아이가 그의 손을 꼬집고 조롱하듯 말했다.

「보고타!」

「그래. 너희 마을에 비하면 큰 도시지. 나는 넓은 세상에서 왔어. 그곳 사람들은 눈이 있고, 눈으로 세상을 볼 수 있지.」

「이놈의 이름은 보고타야.」 그들은 말했다.

「이놈은 발부리가 걸려서 비틀거렸어.」 코레아가 말했다. 「여기로 오는 동안 두 번이나 비틀거렸지.」

「장로들한테 데려가.」

그들은 문간을 통해 칠흑처럼 캄캄한 방으로 그를 밀어 넣었다. 그 방은 저쪽 구석에서 난롯불이 희미한 빛을 내고 있을 뿐이었다. 뒤에서 군중이 밀려들어 희미한 햇빛만 남기고 모든 빛을 차단해 버렸다. 힘껏 떠밀린 그는 멈추지 못하고 앞으로 고꾸라져, 앉아 있는 사람의 발 위로 넘어졌다. 그가 내뻗은 팔은 넘어질 때 누군가의 얼굴을 때렸다. 그는 얼굴이 팔에 닿은 부드러운 충격을 느꼈고 성난 외침 소리를 들었다. 누네스는 자신을 붙잡은 수많은 손을 뿌리치려고 잠시 몸부림을 쳤다. 그것은 일방적인 싸움이었다. 상황을 어렴풋이 알아차리자 그는 몸부림을 멈추고 조용히 누워 있었다.

「나는 넘어졌소. 이렇게 어두운 곳에서는 아무것도 보이지 않으니까.」 그가 말했다.

잠시 침묵이 흘렀다. 주위에 있는 것은 분명하지만 보이지 않는 사람들은 그의 말을 이해하려고 애쓰는 것 같았다. 이윽고 코레아의 목소리가 말했다.

「이놈은 이제 막 새로 생겨났어. 그래서 걸을 때는 비틀거리고, 아무 뜻도 없는 낱말을 섞어서 말하는 거야.」

다른 사람들도 그에 대해 이런저런 이야기를 했지만, 그는 그들의 말을 완전히 이해하거나 알아들을 수 없었다.

「일어나 앉아도 됩니까?」 그가 망설이며 물었다. 「다시는 당신들과 맞서 싸우지 않겠소.」

그들은 서로 의논한 뒤, 그가 일어나는 것을 허락했다.

노인의 목소리가 그에게 질문을 던지기 시작했다. 누네스는 추락하기 전에 살았던 넓은 세상과 하늘과 산 같은 놀라운 것들을 맹인국의 어둠 속에 앉아 있는 노인들에게 설명하려고 애쓰는 처지가 되었다. 그런데 그가 무슨 말을 해도 그들은 믿으려 하지 않았고, 이해하려 하지도 않았다. 이것은 그가 전혀 예상치 못한 일이었다. 그들은 그가 쓰는 낱말조차 거의 이해하지 못했다. 이 사람들은 14세대 동안 눈이 먼 채, 눈이 보이는 세상에서 완전히 단절되어 있었다. 시각과 관련된 사물의 이름은 모두 사라지거나 바뀌었고, 바깥세상에 대한 이야기는 빛이 바래거나 동화로 바뀌었다. 그들은 주위를 에워싼 담장 위로 솟아 있는 암벽 너머에 있는 것에는 관심을 갖지 않게 되었다. 그들 사이에서 천재적인 장님이 나타나, 그들이 앞을 볼 수 있었던 시절부터 전해져 내려온 믿음과 전통에 의문을 제기하고, 그 모든 것을 터무니없는 공상으로 단정하여 물리친 뒤, 그럴듯한 새로운 설명으로 바꾸었다. 그들의 상상력은 눈과 함께 거의 위축되었고, 그들은 더욱 예민해진 청각과 촉각으로 새로운 상상을 스스로 만들어 냈다.

누네스는 자신이 바깥세상에서 왔으며 눈이 보인다고 해서 이 사람들이 경탄하고 존경해 주기를 기대할 수는 없다는 것을 깨닫게 되었다. 그리고 그들에게 시각에 관해 서투르게 설명해 봤자, 새로 만들어진 존재가 자신의 지리멸렬한 감각의 경이로움을 묘사하면서 당황하여 어쩔 줄 모르고 갈팡질팡하는 것으로 무시당했을 뿐이라는 것도 깨달았다. 그는 좀 낙담하여 그들의 가르침에 귀를 기울이기로 했다. 장님들 가운데 가장 연로한 사람이 생명과 철학과 종교를 그에게 설명했는데, 세상(그들의 골짜기)이 처음에는 바위에 뚫린 빈 구멍에 불과했지만, 이윽고 촉각도 없는 무생물이 나타났고, 다음에는 감각이 거의 없는 야마와 몇몇 동물들이 나타났으며, 이어서 인간이 나타났고, 마지막으로 천사가 나타났다는 것이다. 사람은 천사의 노래 소리와 날갯짓 소리를 들을 수 있었지만 만질 수는 없었다. 이 이야기를 들으면서 누네스는 어리둥절했지만, 천사가 새를 뜻한다는 것을 겨우 생각해 냈다.

장로는, 여기서는 시간이 어떻게 따뜻한 시간과 추운 시간으로 나뉘었는지를 누네스에게 말해 주었다. 장님들에게는 이것이 각각 낮과 밤에 해당한다. 따뜻한 시간은 잠을 자기에 좋고 추운 시간은 일하기에 좋기 때문에, 누네스가 출현하지 않았다면 지금은 장님들의 도시 전체가 잠들어 있었을 거라고 장로는 말했다. 장로는 자신들이 얻은 지혜를 배우고 활용하기 위해 누네스가 창조된 게 분명하다고 말했고, 누네스는 정신적으로 미숙하고 행동이 서투르지만, 용기를 가져야 하고 배우기 위해 최선을 다해야 한다고 말했다. 그러자 문간에 있던 모든 사람들이 격려의 말을 중얼거렸다. 그는 이제 밤이 멀리 가버렸으니까 ─ 장님들은 낮을 밤이라고 부른다 ─ 모두 잠을 자러 돌아가야 한다고 말했다. 장로는 잠자는 법을 아느냐고 누네스에게 물었다. 누네스는 물론 잠을 잘 줄은 알지만 그 전에 음식을 먹고 싶다고 말했다. 그들은 그릇에 담은 야마 젖과 소금을 넣은 거친 빵을 가져다주고, 그들의 말소리가 들리지 않는 곳에서 그가 식사를 하고 저녁 산의 냉기가 그들을 깨워 다시 하루 일을 시작할 때까지 잠을 잘 수 있도록 외진 곳으로 그를 데려갔다. 하지만 누네스는 한숨도 자지 않았다.

그들이 떠나자, 누네스는 그 외진 곳에 앉아 팔다리를 쉬면서 생각지도 않게 이 나라에 오게 된 상황을 속으로 되풀이 생각했다.

이따금 그는 소리 내어 웃었다. 때로는 즐거워서 웃었고, 때로는 화가 나서 웃었다.

〈정신이 미숙하다고? 아직 아무 감각도 얻지 못했다고? 놈들은 하늘이 보내 준 왕이자 주인을 모독했다는 걸 모르고 있어…….

놈들이 이치를 분간할 수 있게 해줘야지.

생각해 보자.

생각해 보자.〉

해가 졌을 때도 그는 여전히 생각하고 있었다.

누네스는 온갖 아름다운 것들을 보는 안목이 있었다. 골짜기 주변 여기저기에 솟아 있는 빙하와 설원을 비추는 석양만큼 아름다운 것은 이제껏 본 적이 없는 것 같았다. 그는 가까이 갈 수 없는 그 찬란한 석양에서 어스름 속으로 빠르게 가라앉는 마을과 관개 시설이 되어 있는 목초지 쪽으로 눈길을 돌렸다. 그러자 갑자기 감정의 물결이 그를 사로잡았다. 그는 시력을 준 신에게 진심으로 감사했다.

그때 마을 밖에서 그를 부르는 목소리가 들렸다.

「어이, 보고타! 이리 와!」

이 소리에 그는 미소를 지으며 일어섰다. 그는 시력이 인간에게 얼마나 큰 도움이 되는지를 이 사람들에게 분명히 보여 줄 작정이었다. 그들은 그를 찾으려 하겠지만 찾지 못할 것이다.

「움직이지 않는군, 보고타.」 목소리가 말했다.

누네스는 소리 없이 웃고는 길에서 옆으로 살금살금 두 걸음을 벗어났다.

「풀을 밟지 마, 보고타. 그건 금지되어 있어.」

누네스는 자기가 낸 소리를 거의 듣지 못했다. 그는 놀라서 멈춰 섰다.

목소리의 주인은 검은 돌과 흰 돌로 포장된 길을 달려왔다. 그는 다시 길로 돌아갔다.

「난 여기 있어.」 그가 말했다.

「아까 내가 불렀을 때 왜 안 왔지?」 눈먼 사내가 말했다. 「어린애처럼 누가 끌고 가줘야 돼? 걸을 때, 길을 들을 수 없나?」

누네스는 소리 내어 웃었다.

「길을 들을 수는 없지만, 볼 수는 있지.」 그가 말했다.

「본다는 낱말은 없어.」 눈먼 사내가 말했다. 「그 따위 어리석은 짓은 그만두고, 내 발소리를 따라와.」

누네스는 좀 짜증이 나서 그를 따라갔다.

「내 시대가 올 거야.」 그가 말했다.

「너도 배우게 되겠지.」 눈먼 사내가 대답했다. 「세상에는 배울 게 많아.」

「〈장님 나라에서는 외눈박이가 왕〉이라는 말을 들어 본 적이 없나?」

「장님이라는 게 뭐지?」 눈먼 사내가 무관심하게 어깨 너머로 물었다.

나흘이 지나고 닷새째 되는 날에도 〈맹인국의 왕〉은 여전히 백성들에게 서투르고 쓸모없는 이방인 취급을 받으며 이름 없는 존재에 머물러 있었다.

스스로 나서서 자신을 왕으로 선언하는 것은 그가 생각한 것보다 훨씬 어려웠다. 그는 쿠데타 계획을 세우는 동안 그들이 시키는 대로 하면서, 맹인국의 예절과 관습을 배웠다. 그가 특히 성가시게 생각한 것은 그들이 밤중에 일하고 돌아다니는 것이었다. 그는 그것을 먼저 바꾸기로 결심했다.

맹인국 사람들은 소박하고 부지런한 생활을 하고 있었다. 사람들이 미덕과 행복의 요소로 생각할 수 있는 것을 그들은 모두 갖추고 있었다. 그들은 힘들게 일했지만, 가혹할 만큼 지나치게 일하지는 않았다. 음식과 옷은 필요한 만큼 충분히 구할 수 있었다. 휴일도 있고 휴가철도 있었다. 음악과 노래

부르기를 중요하게 생각했고, 서로 사랑하며 아이들을 귀여워했다. 그들이 질서 정연한 세상을 얼마나 자신 있고 정확하게 운영하는지는 경탄스러울 정도였다. 모든 것이 그들의 필요에 적합하게 만들어져 있었다. 골짜기 지역의 부채꼴 도로는 제각기 다른 도로들과 일정한 각도를 이루었고, 연석에 새겨진 특별한 눈금이 각 도로의 특색을 나타내고 있었다. 도로나 목초지의 모든 장애물과 울퉁불퉁한 곳은 말끔히 제거된 지 오래였다. 그들의 방법과 절차는 모두 그들의 특별한 필요에서 자연스럽게 생겨난 것이었다. 그들의 감각은 놀랄 만큼 예민했다. 그들은 여남은 걸음 떨어진 사람의 아주 작은 몸짓도 소리로 듣고 판단할 수 있었다. 그 사람의 심장 고동 소리까지 들을 수 있었다. 그들에게는 억양이 표정을 대신한 지 오래였고, 접촉이 몸짓을 대신한 지 오래였다. 그들은 괭이와 삽과 쇠스랑을 이용하여 더없이 자유롭게 밭일을 했다. 그들의 후각은 놀랄 만큼 뛰어났다. 그들은 개처럼 쉽게 각자의 체취로 사람을 구별할 수 있었고, 야마를 키우는 일도 역시 쉽고 자유롭게 해냈다. 야마들은 평소에는 위쪽 바위 절벽에 살았고, 먹이를 먹거나 잠을 잘 때만 담장 쪽으로 내려오곤 했다. 그들이 앞을 보지 못해도 얼마나 쉽고 자유롭게 움직일 수 있는가를 누네스가 깨달은 것은 그가 마침내 자기 존재를 주장하려고 애썼을 때였다.

그는 반란을 일으키기 전에 우선 그들을 설득하려고 했다.

처음에는 시각에 대해 여러 번 설명했다.

「여러분, 여기를 보세요. 나는 여러분이 이해할 수 없는 것들을 가지고 있습니다.」

그들 가운데 한두 명이 한두 번 그의 말에 귀를 기울였다.

그들은 고개를 숙이고 앉아서 귀를 누네스 쪽으로 영리하게 돌렸다. 그는 본다는 게 어떤 것인지를 설명하려고 최선을 다했다. 그의 말을 들은 사람들 가운데 눈꺼풀이 다른 사람들보다 덜 붉고 그렇게 움푹 꺼지지 않은 소녀가 하나 있었다. 그래서 눈꺼풀 속에 눈이 숨어 있는 게 아닐까 하는 생각이 들 정도였고, 누네스는 특히 그 소녀를 설득하는 데 기대를 품었다. 그는 시각의 이점에 대해 이야기했다. 산을 보는 것에 대해, 하늘과 해돋이에 대해 이야기했다. 그들은 즐거워하면서도 그의 말을 믿지 않았고, 이런 불신은 곧 비난으로 바뀌었다. 그들은 산 따위는 존재하지 않으며 야마들이 풀을 뜯는 바위 절벽 끝이 곧 세상의 끝이라고 말했다. 세상 끝인 그곳에서 동굴 천장 같은 우주의 지붕이 솟아 나오고, 그 지붕에서 이슬과 눈사태가 떨어진다는 것이다. 세상에는 그들이 말하는 그런 끝도 없고 지붕도 없다고 누네스가 고집스럽게 주장하자, 그들은 그의 생각이 사악하다고 말했다. 그가 설명하는 하늘과 구름과 별이 그들에게는 소름이 끼칠 만큼 무서운 허공처럼 여겨졌다. 그들은 매끄러운 지붕이 세상 만물을 덮고 있다고 생각하지만, 그의 이야기를 들으면 지붕 대신 아무것도 없는 무시무시한 공허만 존재하는 것 같다는 것이다. 동굴 천장 같은 우주의 지붕은 만져 보면 아주 매끄럽다는 것이 그들의 신조였다. 누네스는 자기가 그들에게 얼마간 충격을 준 것을 알아차리고 세상에 대해 설명하는 것은 완전히 포기했다. 그 대신 시각이 지닌 실질적 가치를 알려 주려고 애썼다.

어느 날 아침, 그는 〈17번〉이라고 불리는 길에서 페드로가 마을 한복판에 있는 집들 쪽으로 오고 있는 것을 보았다. 하지만 아직 거리가 너무 멀어서 소리를 듣거나 체취를 맡을 수는 없었다. 누네스는 사람들에게 이렇게 예언했다.

「조금 있으면 페드로가 여기 올 겁니다.」

한 노인이 페드로는 17번 도로에 볼일이 없다고 말했다. 그러자 그 말을 입증하듯 페드로가 가까이 오다 말고 홱 돌아서서 10번 길로 가로질러 가더니 바깥쪽 담장 쪽으로 재빨리 돌아갔다. 페드로가 오지 않자 그들은 누네스를 놀렸고, 나중에 누네스가 페드로에게 자기를 골탕 먹이려고 일부러 돌아간 게 아니냐고 묻자 페드로는 아니라고 대꾸하면서 대담하게 그와 맞섰다. 그리고 그 후로는 누네스를 차갑게 대했다.

그 후 그들은 누네스의 설득을 받아들여, 어느 친절한 사람과 함께 그를 멀리 떨어진 담장 쪽 비탈진 목초지로 보내 주었다. 누네스는 그 높은 목초지에서 집들을 내려다보며 거기서 일어나는 일을 모두 묘사해 보겠다고 그에게 약속했다. 누네스는 길을 오가는 사람들을 보았지만, 이들에게 정말로 중요하게 여겨지는 일들은 창문이 없는 집 안이나 집 뒤에서 일어났다. 그들은 누네스를 시험하려고 그런 곳에서 일어나는 일에만 주의를 기울였다. 하지만 누네스는 물론 그런 일을 볼 수도 없었고, 거기에 대해 말할 수도 없었다. 그가 이 시도에 실패하고 그들이 비웃음과 함께 그를 실컷 조롱한 뒤에야 비로소 그는 힘에 호소했다. 그는 삽을 움켜잡고 한두 놈을 때려눕혀, 공정한 결투에서는 눈이 보인다는 사실이 얼마나 유리한지를 실제로 보여 주는 게 어떨까 생각했다. 그렇게 결심하고 실제로 삽을 잡기까지 했지만, 그때 자신의 새로운 면을 발견했다. 무슨 일이 있어도 눈먼 장님을 냉혹하게 때릴 수는 없다는 것이었다.

그는 망설였고, 실제로 그가 삽을 움켜잡는 것을 그들이 모두 알고 있다는 사실을 깨달았다. 그들은 고개를 한쪽으로 기울이고, 그가 다음에 할 일에 대비하여 귀를 그 쪽으로 기울인 채 경계 태세로 서 있었다.

「그 삽을 내려놔.」 한 사람이 말했다.

그는 일종의 무력한 공포를 느끼고, 하마터면 그 말에 복종할 뻔했다.

그는 한 사람을 집의 벽 쪽으로 떠밀고 그 옆을 지나 마을 밖으로 달아났다.

그는 목초지 하나를 가로질러 가면서 풀이 짓밟힌 흔적을 뒤에 남겼다. 이윽고 그는 길가에 주저앉았다. 싸움을 시작할 때는 누구나 기운이 솟는 것을 느끼는 법이다. 누네스도 다소 기운이 나는 것을 느꼈지만, 그보다는 당혹감이 더 컸다. 그는 자기와 전혀 다른 정신적 토대 위에 서 있는 사람과는 즐겁게 싸울 수도 없다는 것을 깨닫기 시작했다. 멀리서 삽과 몽둥이를 든 남자들이 집에서 나오는 것이 보였다. 그들은 한 줄로 늘어서서 여러 개의 길을 따라 그가 있는 쪽으로 몰려오고 있었다. 그들은 서로 이야기를 나누면서 천천히 전진했다. 그들은 이따금 모두 함께 멈춰 서서 킁킁거리며 공기 냄새를 맡고 귀를 기울였다.

그들이 처음 그렇게 했을 때, 누네스는 웃었다. 하지만 나중에는 웃지 않았다.

한 사람이 목초지 풀밭에서 그가 지나간 자국을 발견하고는 허리를 구부리고 그 흔적을 더듬었다.

5분 동안 그는 대열이 서서히 확대되는 것을 지켜보았다.

당장 무슨 수를 써야 한다는 그의 막연한 생각은 이제 광란으로 변했다. 그는 벌떡 일어나서 마을을 둘러싼 담장 쪽으로 한두 걸음 가다가 홱 돌아서서 조금 뒤로 되돌아왔다. 그들은 모두 거기에 초승달 모양으로 서서 가만히 귀를 기울이고 있었다.

누네스도 삽을 두 손으로 단단히 움켜잡고 가만히 서 있었다. 저들을 공격할까?

귓속에서 울리는 맥박이 〈장님 나라에서는 외눈박이가 왕이다〉의 리듬으로 고동쳤다.

저들을 공격할까?

그는 도저히 기어오를 수 없는 높은 담장을 돌아보았다. 담장은 매끄럽게 회반죽이 발라져 있어서 기어오를 수 없었지만, 한편으로는 작은 문이 많이 뚫려 있고 추적자들의 대열은 점점 가까이 다가오고 있었다. 집들이 늘어서 있는 길에서 이제 또 다른 사람들이 나타나 그 대열 뒤로 모여들고 있었다.

저들을 공격할까?

「보고타!」 한 사람이 외쳤다. 「보고타! 어디 있나?」

누네스는 삽을 더 단단히 움켜잡고 목초지에서 부락 쪽으로 내려갔다. 그가 움직이자마자 그들이 몰려들었다.

「나한테 손을 대면 가만있지 않겠어. 맹세코 반드시 공격할 거야.」 그는 속으로 다짐하고 큰 소리로 외쳤다. 「이것 봐. 나는 이 골짜기에서 내가 하고 싶은 대로 할 거야. 내 말 들려? 내가 하고 싶은 일을 하고, 내가 가고 싶은 곳에 갈 거야.」

그들은 빠르게 다가오고 있었다. 손으로 더듬으면서도 재빨리 움직이고 있었다. 그것은 마치 한 사람만 빼고 모두 눈가리개를 한 상태로 술래놀이를 하고 있는 것 같았다.

「보고타를 잡아!」 한 사람이 외쳤다.

누네스는 느슨한 곡선을 그린 추적자들의 반원 속에 들어가 버린 것을 깨달았다. 이럴 때는 적극적으로 단호하게 행동해야 한다는 생각이 문득 떠올랐다.

「당신들은 이해하지 못해.」 그는 위엄 있고 단호한 목소리를 내려고 했지만 목소리가 갈라졌다. 「당신들은 눈이 멀었고, 나는 볼 수 있어. 나를 내버려 둬!」

「보고타! 그 삽을 내려놓고 풀밭에서 나와!」

도회지풍의 허물없는 말투가 괴상하게 느껴지는 이 마지막 명령에 누네스의 분노가 폭발했다.

「나는 당신들을 해칠 거야.」 그는 감정에 겨워 흐느끼면서 말했다. 「반드시 해치겠어! 나를 내버려 둬!」

그는 달리기 시작했다. 어디로 달려가는지도 모른 채 무턱대고 달렸다. 그는 가장 가까이에 있는 장님한테서 멀어지는 방향으로 달려갔다. 그 장님을 때리는 것이 그에게는 공포였기 때문이다. 그는 멈춰 섰다가 다가오는 추적자들의 대열에서 달아나기 위해 돌진했다. 그는 간격이 넓은 쪽으로 달려갔지만, 간격의 양쪽에 있던 사람들은 그의 발소리가 다가오는 것을 재빨리 알아차리고 간격을 좁혔다. 그는 앞으로 뛰쳐나갔지만, 잡힐 게 뻔하다는 것을 알아차리고 삽을 휘둘렀다. 삽이 손과 팔을 때리는 물컹한 감촉이 느껴졌다. 삽에 맞은 사람이 비명을 지르며 쓰러졌다. 그는 포위망을 빠져나갔다.

그런데 그는 집들이 늘어서 있는 거리 바로 옆에 와 있었고, 장님들이 삽과 몽둥이를 휘두르며 여기저기로 빠르게 달리고 있었다.

바로 그때 뒤에서 발소리가 들렸다. 키 큰 남자가 앞으로 돌진하면서 누네스가 내는 소리를 향해 무기를 휘두르고 있었다. 그는 겁을 먹고 이 적수에게서 1미터나 벗어난 곳에 삽을 내던지고는 홱 돌아서서 달아났다. 그리고 다른 적수를 피하면서 고함을 질렀다.

그는 공포에 질려 허둥대고 있었다. 미친 듯이 이리저리 달리고, 피할 필요도 없는데 재빨리 몸을 비켜 피하고, 사방을 한꺼번에 보고 싶어서 허둥대다가 발부리가 걸려 넘어졌다. 그는 잠시 땅바닥에 누워 있었다. 그들은 그가 넘어지는 소리를 들었다. 멀리 마을을 둘러싼 담장에 뚫려 있는 작은 문이 천국처럼 보였다. 그는 미친 듯이 그 문을 향해 달려갔다. 문에 닿을 때까지는 추적자들을 돌아보지도 않았고, 비틀거리며 다리를 건너 바위 사이를 조금 기어올랐다. 야마 새끼 한 마리가 깜짝 놀라 보이지 않는 곳으로 황급히 달아났다. 그는 땅바닥에 드러누워, 숨을 쉬려고 흐느끼는 듯한 소리로 헐떡거렸다.

그의 쿠데타는 이렇게 끝났다.

그는 꼬박 이틀 밤과 이틀 낮을 아무것도 먹지 못하고 편히 잠잘 곳도 없이 장님들의 골짜기 담장 밖에 머물면서 〈예기치 않은 일들〉에 대해 곰곰 생각했다. 생각하는 동안 그는 타파된 속담 ─ 〈장님 나라에서는 외눈박이가 왕이다〉 ─ 을 자주 되풀이했고, 되풀이할 때마다 조롱하는 말투가 점점 심해졌다. 그는 주로 이 사람들과 싸워서 정복하는 방법을 생각했지만, 그가 실행할 수 있는 방법은 하나도 없다는 것이 차츰 분명해졌다. 그는 무기도 없었고, 이제 무기를 손에 넣기는 어려울 터였다.

그는 보고타에 있을 때부터 문명의 병폐에 감염되어 있었기 때문에, 장님을 죽일 만한 야만적인 용기가 자신에게 없다는 것을 알 수 있었다. 물론 장님 한 명을 죽일 수만 있다면, 그들을 모조리 죽이겠다고 협박하여 자신의 요구 조건을 그들에게 강요할 수 있을지도 모른다. 하지만 조만간 그는 잠을 자야 한다!

그는 솔숲에서 먹을 것을 찾으려 했고, 밤에 서리가 내리는 동안 소나무 가지 밑에서 휴식을 취하려고 애썼다. 그리고 ─ 별로 자신은 없었지만 ─ 계략으로 야마 한 마리를 잡아 보려고 애썼다. 야마를 잡으려고 한 것은, 야마를 죽여서 ─ 아마 돌멩이로 때려서 ─ 그 고기를 조금 먹기 위해서였다. 하지만 야마들은 그를 의심했고, 그가 다가가면 의심에 찬 갈색 눈으로 그를 바라보며 침을 뱉었다. 이틀째 되는 날에는 두려움이 그를 덮쳤고, 오한이 나서 발작적으로 와들와들 떨었다. 마침내 그는 맹인국을 둘러싼 담장으로 기어 내려가 장님들과 타협하려고 했다. 그가 소리를 지르며 시냇가를 기어가자, 장님 두 명이 문으로 나와서 그에게 말을 걸었다.

「저번엔 내가 미쳤소. 하지만 나는 이제 막 새로 만들어진 미숙한 인간이오.」

그들은 그게 더 낫다고 말했다.

그는 이제 좀 더 현명해졌고, 자기가 한 짓을 모두 후회한다고 말했다.

그런 다음 울 작정은 아니었는데, 저도 모르게 눈물을 흘리며 울었다. 이제 그는 몹시 쇠약해졌고 몸도 아팠기 때문이다. 그들은 그것을 바람직한 징조로 받아들였다.

그들은 아직도 〈볼〉 수 있다고 생각하느냐고 그에게 물었다.

「아니오.」그가 대답했다.「그건 어리석은 생각이었소. 〈본다〉는 낱말은 아무 의미도 없소. 아니, 무의미한 정도가 아니라 그 이하요.」

그들은 머리 위에 있는 것이 뭐냐고 물었다.

「사람 키의 1백 배쯤 되는 곳에 세상을 덮은 지붕, 바위로 된 지붕이 있소. 그 지붕은 너무 매끄러워서, 더없이 아름답고 매끄러워서……」그는 여기서 다시 신경질적인 울음을 터뜨렸다.「질문은 잠시 뒤로 미루고, 우선 음식을 좀 주세요. 뭘 먹지 않으면 나는 굶어 죽을 거요!」

그는 무서운 벌을 받을 거라고 예상했지만, 이 장님들은 관용을 베풀 줄 알았다. 그들은 그의 반역을 그가 전반적으로 미숙하고 열등하다는 것을 보여 주는 또 하나의 증거로 생각했다. 그들은 그를 채찍질한 뒤, 누구나 할 수 있는 가장 단순하고 힘든 중노동을 그에게 맡겼다. 그는 달리 살아갈 방법이 보이지 않았기 때문에 그들이 시키는 대로 고분고분 따를 수밖에 없었다.

그는 며칠 동안 아팠고, 그들은 친절하게 그를 보살폈다. 그 때문에 그의 복종은 순수해졌다. 하지만 그들은 그가 어둠 속에 누워 있어야 한다고 고집했고, 그것은 그에게 큰 고통이었다. 그리고 눈먼 철학자들이 와서 그의 마음이 사악하고 경솔한 것에 대해 이야기했고, 찜통처럼 생긴 그들의 우주를 덮고 있는 바위 뚜껑에 대한 그의 의심을 너무나 인상적으로 비난했기 때문에 하마터면 그는 자기가 정말로 환각에 빠져 머리 위의 바위 뚜껑을 보지 못하는 게 아닐까 하고 의심할 뻔했다.

그렇게 누네스는 맹인국 시민이 되었고, 이들은 그에게 일반화된 사람들이 아니라 각자 개성을 지닌 개체가 되었다. 산 너머에 있는 세상은 점점 멀어지고 비현실적인 곳이 되어 간 반면, 맹인국의 장님들은 그에게 친숙한 존재가 되어 갔다. 우선 그의 주인인 야콥이 있었다. 야콥은 화가 나지 않았을 때는 친절한 사람이었다. 야콥의 조카인 페드로와 야콥의 막내딸인 메디나-사로테도 있었다. 메디나-사로테는 장님들의 세상에서는 별로 높은 평가를 받지 못했다. 장님들이 이상형으로 생각하는 미인은 촉감을 만족시키는 반들반들하고 매끄러운 살결이었지만, 메디나-사로테는 윤곽이 뚜렷한 이목구비를 가진 대신 피부는 별로 매끄럽지 않았기 때문이다. 하지만 누네스는 처음에도 그녀를 아름답다고 생각했고, 얼마 후에는 세상 만물 가운데 가장 아름다운 존재라고 생각하게 되었다. 그녀의 감긴 눈꺼풀은 골짜기의 다른 장님들과는 달리 붉그스름하거나 움푹 꺼져 있지 않고, 언제라도 다시 뜰 수 있을 것처럼 보였다. 게다가 그녀는 긴 속눈썹을 갖고 있었는데, 맹인국에서는 그것이 몹시 중대한 흠으로 간주되었다. 더구나 그녀는 목소리가 약해서, 골짜기에 사는 젊은이들의 민감한 청각을 만족시키지 못했다. 그래서 그녀는 애인이 없었다.

이윽고 누네스는 그녀를 얻을 수만 있다면 평생 동안 골짜기에 사는 것도 감수하겠다고 생각하게 되었다.

누네스는 그녀를 지켜보았다. 그녀에게 사소한 도움을 줄 수 있는 기회를 노렸고, 오래지 않아 그녀가 그의 존재를 알아차린 것을 알았다. 한번은 휴일 모임에서 희미한 별빛 아래 둘이 나란히 앉게 되었다. 감미로운 음악이 흘렀다. 그의 손이 그녀의 손으로 다가갔다. 그는 용기를 내어 그녀의 손을 잡았다. 그러자 그녀도 아주 부드럽게 그의 손을 맞잡았다. 하루는 어둠 속에서 식사를 하고 있을 때, 그는 그녀의 손이 살며시 그를 찾고 있는 것을 느꼈다. 그때 우연히 불이 확 피어올랐기 때문에 그는 그녀의 얼굴에 떠오른 다정한 표정을 보았다.

그는 그녀에게 말을 걸려고 했다.

어느 여름날, 그는 달빛 속에 앉아서 실을 잣고 있는 그녀에게 다가갔다. 달빛 때문에 그녀는 은으로 만들어진 신비로운 존재처럼 보였다. 그는 그녀의 발치에 앉아서 당신을 사랑한다고 말한 다음, 내게는 당신이 얼마나 아름다워 보이는지 모른다고 이야기했다. 그의 목소리는 사랑에 빠진 연인의 목소리였고, 그의 목소리에 담긴 경의는 거의 경외심에 가까웠다. 그녀가 이런 숭배를 받아 본 것은 난생처음이었다. 그녀는 결정적인 대답을 하지 않았지만, 그의 말이 그녀를 기쁘게 해준 것은 분명했다.

그 후 그는 기회 있을 때마다 그녀에게 말을 걸었다. 골짜기는 그의 유일한 세계가 되었고, 사람들이 낮에 활동하는 산 너머의 세상은 나중에 언젠가 그녀에게 들려줄 옛날이야기처럼 여겨졌다. 그는 자신 없는 태도로 머뭇거리며 시각에 대해 그녀에게 이야기했다.

그녀에게는 시각이 지극히 시적인 공상처럼 여겨졌다. 그는 산과 별, 그리고 하얗게 빛나는 그녀의 아름다움을 묘사했고, 그녀는 마치 그것이 벌을 받아 마땅한 탐닉이라도 되는 것처럼 그의 말에 귀를 기울였다. 그녀는 그의 말을 믿지 않았고 절반밖에는 이해할 수 없었지만, 이상하게 즐거웠다. 그에게는 그녀가 그의 말을 완전히 이해한 것처럼 보였다.

그의 사랑은 경외심을 버리고 용기를 얻었다. 이윽고 그는 야콥과 장로들에게 그녀를 아내로 달라고 요구하려고 했다. 하지만 그녀는 겁을 먹고 그것을 뒤로 미루었다. 결국 메디나-사로테와 누네스가 사랑에 빠졌다고 야콥에게 말한 것은 그녀의 언니였다.

누네스와 메디나-사로테의 결혼은 처음부터 강력한 반대에 부딪혔다. 그들이 그녀를 소중히 여겼기 때문이라기보다, 오히려 그를 별개의 존재, 인간에게 허용되는 수준에도 미치지 못하는 무능하고 우둔한 바보 천치로 생각했기 때문이다. 언니들은 그녀가 그런 남자와 결혼하면 자기네 평판이 떨어진다고 맹렬히 반대했다. 야콥 영감은 서투르지만 충실한 노예인 누네스를 좋아하게 되었지만, 결혼은 있을 수 없는 일이라고 고개를 저었다. 젊은 남자들은 맹인국의 혈통을 오염시킨다는 생각에 모두 분노했고, 한 사람은 누네스에게 욕을 하며 주먹을 휘두르기까지 했다. 누네스도 맞서 싸웠다. 그때 처음으로 그는 본다는 것의 이점을 알았다. 어스름 속에서도 사물을 볼 수 있다는 것은 훨씬 유리했다. 그 싸움이 끝난 뒤에는 아무도 누네스를 때리려 하지 않았다. 하지만 그들은 여전히 그가 메디나-사로테와 결혼하는 것은 도저히 있을 수 없는 일이라고 생각했다.

야콥 영감은 막내딸을 사랑했기 때문에, 딸이 그의 어깨에 기대어 흐느끼자 슬픔에 빠졌다.

「애야, 그 녀석은 바보 멍청이야. 망상에 빠져 있고, 제대로 하는 일이 하나도 없어.」

「알아요.」 메디나-사로테는 흐느껴 울면서 말했다. 「하지만 전보다 나아졌어요. 그리고 지금도 계속 나아지고 있어요. 그 사람은 강해요, 아버지. 그리고 친절해요. 세상 어느 남자보다 강하고 친절해요. 게다가 그 사람은 저를 사랑해요. 그리고 아버지, 저도 그 사람을 사랑해요.」

야콥 영감은 딸을 위로할 길이 없어서 마음이 아팠다. 게다가 더욱 고민스러운 것은 그 자신이 많은 점에서 누네스를 좋아한다는 것이었다. 그래서 그는 창문이 없는 회의실에 다른 장로들과 함께 앉아서 회의의 흐름을 지켜보다가, 적절한 기회에 입을 열었다.

「그는 전보다 나아졌습니다. 아마 언젠가는 우리처럼 건전한 사고방식을 갖게 될 겁니다.」

그 후 생각이 깊은 한 장로가 묘안을 생각해 냈다. 그는 이곳 사람들 사이에서 유명한 주술의였는데, 매우 철학적이고 창의적인 정신을 갖고 있었다. 그의 마음에 든 생각은 누네스의 괴상한 면을 고치자는 것이었다. 어느 날 야콥이 있는 자리에서 그는 다시 누네스를 화제로 삼았다.

「내가 누네스를 진찰해 본 결과, 증상을 더 분명히 알게 됐소. 아마 누네스를 고칠 수 있을 것 같소.」

「그건 내가 늘 바라던 일입니다.」 야콥 영감이 말했다.

「누네스의 뇌는 무언가에 영향을 받고 있소.」 눈먼 의사가 말했다.

장로들은 맞다고 중얼거렸다.

「그러면 그 〈무언가〉는 무엇인가?」

「아아!」 야콥 영감이 말했다.

「바로 이거요.」 의사는 자기 질문에 스스로 대답했다. 「눈이라고 불리는 그 요상한 것, 얼굴에 적당히 오목한 곳을 만들기 위해 존재하는 그것이 누네스의 경우에는 병에 걸려서

뇌에 해로운 영향을 미치고 있는 거요. 누네스의 눈은 심하게 팽창되어 있소. 속눈썹도 있고, 눈꺼풀이 움직이고, 따라서 그의 뇌는 끊임없이 자극을 받고 혼란스러운 상태에 빠져 있는 거요.」

「아하, 그렇군요.」 야콥 영감이 말했다. 「그래서요?」

「그래서 나는 간단하고 쉬운 외과 수술만 하면 누네스를 완전히 치료할 수 있다고 자신 있게 말할 수 있소. 요컨대 뇌를 자극하는 그 눈만 제거하면 되는 거요.」

「그러면 제정신을 갖게 될까요?」

「그러면 완전히 제정신을 갖게 되고, 아주 존경할 만한 시민이 될 거요.」

「과학은 참 고마운 거군요!」 야콥 영감은 그렇게 말하고, 당장 누네스에게 이 기쁜 소식을 전하러 갔다.

하지만 누네스가 그 좋은 소식을 받아들이는 태도는 그를 실망시키고 흥을 깨뜨렸다.

「다른 사람이 네 말투를 들으면 네가 내 딸을 사랑하지 않는다고 생각할지도 몰라.」 그가 말했다.

누네스를 설득하여 눈먼 의사들과 맞서게 한 것은 메디나-사로테였다.

「시력은 내가 타고난 특수한 능력이야. 당신은 내가 시력을 잃는 걸 바라지 않겠지?」

그녀는 고개를 저었다.

「시력은 곧 나의 세상이야.」

그녀는 고개를 더 낮게 숙였다.

「세상에는 아름다운 것들이 많아. 아름답고 작은 것들 — 꽃, 바위틈에서 자라는 이끼, 동물의 털에 비치는 햇빛과 그 부드러운 감촉, 먼 하늘을 흘러가는 구름, 석양과 별, 그리고 당신이 있어. 당신만을 보기 위해서라도 시력은 가질 가치가 있어. 예쁘고 평온한 얼굴, 다정한 입술, 맞잡은 아름다운 손을 보기 위해서라도 시력을 갖는 건 좋은 일이야. 당신은 내 눈을 얻었고, 나를 당신과 묶어 주는 건 내 눈이야. 그런데 그 바보들이 이 눈을 빼앗으려는 거야. 눈이 없으면 나는 당신을 보는 대신 만져야 하고, 당신의 목소리를 들어야 돼. 두 번 다시 당신을 보지 못해. 나는 그 바위 지붕과 돌과 어둠 아래로 들어가야 돼. 그 끔찍한 지붕 밑에서 당신들의 상상력은 움츠러들고……. 안 돼! 설마 당신은 내가 그러기를 바라지는 않겠지?」

불쾌한 의심이 그의 마음속에 생겨났다. 그는 말을 멈추고, 그 의심은 의문으로 남겼다.

「나는 이따금 바라는데……」 그녀는 말을 끊었다.

「뭘 바라지?」 그가 좀 불안한 얼굴로 물었다.

「나는 이따금…… 당신이 그런 식으로 말하지 않았으면 좋겠어.」

「어떤 식으로?」

「그게 멋지다는 건 나도 알아. 그건 당신의 상상이야. 나는 그걸 좋아하지만, 이제는…….」

그는 섬뜩한 기분을 느꼈다.

「이제는?」 그가 힘없이 물었다.

그녀는 꼼짝도 하지 않고 앉아 있었다.

「당신 말은, 그러니까 당신 생각에는 내가 더 나아질 거라고, 아마 그게 더 나을 거라고…….」

그는 상황을 빠르게 알아차리고 있었다. 그리고 재미없는 운명에 대해 아마 분노를 느꼈을 테지만, 한편으로는 이해력이 부족한 그녀를 동정하기도 했다. 그 동정은 연민에 가까웠다.

「맙소사!」그가 말했다. 그리고 그녀의 얼굴이 하얗게 질리는 것을 보고, 차마 입으로 말할 수 없는 것을 그녀의 마음이 얼마나 팽팽하게 압박하고 있는가를 알 수 있었다. 그는 그녀를 얼싸안고 귀에 입을 맞추었다. 그들은 한동안 말없이 앉아 있었다.

「내가 수술에 동의하면?」마침내 그가 더없이 부드러운 목소리로 말했다.

그녀는 그를 끌어안고 엉엉 울었다.

「오오, 당신이 그래 주면……」그녀가 흐느끼는 소리로 말했다. 「당신이 그렇게만 해준다면!」

그를 열등한 노예 상태에서 눈먼 시민의 수준으로 끌어올려 줄 수술을 받기 전 일주일 동안, 누네스는 한숨도 자지 못했다. 햇빛이 비치는 따뜻한 시간 동안, 다른 사람들은 모두 행복하게 잠들어 있는 그동안 그는 줄곧 일어나 앉아서 골똘히 생각에 잠기거나 정처 없이 헤매면서 진퇴양난의 궁지를 견디려고 애썼다. 그는 수술을 받겠다고 대답했고, 수술에 동의했지만, 아직도 확신할 수가 없었다. 마침내 노동 시간이 끝나자 황금빛 산꼭대기 위로 태양이 눈부시게 떠올랐다. 그에게는 세상을 볼 수 있는 마지막 날이 시작되었다. 그는 메디나-사로테가 잠자러 가기 전에 몇 분 동안 그녀와 함께 시간을 보냈다.

「내일이야. 내일이면 나는 더 이상 볼 수 없게 돼.」

「내 사랑!」그녀가 대답하고 그의 두 손을 힘껏 잡았다.

「조금밖에 아프지 않을 거야. 그리고 당신은 고통을 잘 견뎌 낼 거야. 나를 위해 고통을 견뎌 낼 거야. 여자의 마음과 생명으로 가능한 일이라면 당신한테 보답하겠어. 부드러운 목소리를 가진 내 사랑, 반드시 보답할 거야.」

그는 자신과 그녀에 대한 연민에 빠졌다.

그는 그녀를 끌어안아 입을 맞추고, 마지막으로 그녀의 아름다운 얼굴을 바라보았다.

「안녕!」 그는 그 아름다운 모습을 향해 속삭였다. 「안녕!」

그러고는 말없이 그녀한테서 돌아섰다.

그녀는 천천히 멀어져 가는 그의 발소리를 들을 수 있었다. 발소리의 리듬에 섞인 무언가가 그녀를 깊은 슬픔에 빠뜨렸다. 그녀는 울음을 터뜨렸다.

그는 멀어져 갔다.

사실 그는 하얀 수선화가 피어 있는 아름답고 쓸쓸한 목초지에 가서 눈을 희생할 시간이 올 때까지 그곳에 있을 작정이었지만, 걸어가다가 눈을 들어 아침 해를 쳐다보았다. 황금 갑옷을 입은 천사 같은 아침 해가 가파른 비탈을 내려오고 있었다.

이 찬란한 태양 앞에서는 그와 골짜기의 이 눈먼 세상, 그리고 그의 사랑과 모든 것이 지옥에 불과한 것처럼 느껴졌다.

그는 애초에 작정했던 것처럼 옆으로 방향을 바꾸지 않고 계속 걸어서 담장을 지나 바위산으로 나왔다. 그의 눈은 햇빛을 받은 얼음과 눈에 계속 고정되어 있었다.

그는 그것의 무한한 아름다움을 보았고, 그의 상상은 그 위로 높이 올라가 그 너머에 있는 것들, 그가 이제 영원히 포기하려는 것들로 날아갔다!

그는 그 넓고 자유로운 세상을 생각했다. 그가 떠나온 세상, 그 자신의 것이었던 세상을 생각했다. 그는 머나먼 산비탈을 상상했고, 골짜기와 비탈의 중간쯤에 아름답게 자리 잡고 있는 보고타를 상상했다. 보고타는 사람을 흥분시키는 다양한 아름다움이 존재하는 곳, 낮에는 찬란한 태양이 비치고 밤에는 조명의 신비가 존재하는 곳, 궁전과 분수, 동상과 하얀 집들이 늘어서 있는 곳이었다. 그는 하루 정도만 산길을 내려가면 보고타의 번화한 거리에 가까이 다가갈 수 있을 거라고 생각했다. 그는 날마다 강을 운항하는 것도 생각했다. 넓은 보고타에서 그보다 훨씬 거대한 세상으로 힘차게 흐르는 강을 따라서 날마다 도시와 마을을 지나고, 숲과 황무지를 지나 여행하는 것을 생각했다. 강둑이 멀어지고 거대한 기선들이 물을 튀기며 지나갈 때까지 강을 따라 여행하다가 바다에 이르는 것을 생각했다. 끝없는 바다, 수천 개의 섬이 떠 있고, 너무 멀어서 희미하게 보이는 배들이 더 넓은 세상을 끊임없이 항해하는 바다. 그리고 산들에 갇히지 않은 그곳에서 사람은 하늘을 보았다. 여기서 보는 것과 같은 동그란 원반 모양의 하늘이 아니라 무한히 푸른 아치 모양의 하늘, 회전하는 별들이 떠 있는 깊고 깊은 하늘을 보았다…….

그의 눈이 거대한 커튼 같은 산들을 더욱 날카롭게 살펴보기 시작했다.

이렇게 계속 걸어가서 저 협곡을 올라가 저 침니로 가면, 일종의 바위 시렁에 둘러서 있는 소나무들, 높은 곳에서 자랐기 때문에 제대로 발육하지 못한 소나무들, 골짜기 위를 지나 점점 높이 올라가는 소나무들 사이로 나갈 수 있을 거야. 그 다음에는? 저 낭떠러지 밑에 쌓인 쇄석을 이용할 수 있을지도 몰라. 저기서는 아마 눈이 쌓인 절벽까지 올라갈 수 있는 길을 찾을 수 있을 거야. 그 침니를 오르지 못하면, 동쪽에 있는 다른 침니가 더 도움이 될지도 몰라. 그다음에는? 다음에는 햇빛을 받아 호박색으로 보이는 저 눈밭으로 나갈 수 있을 거야. 그러면 저 아름다운 황무지 꼭대기까지 절반쯤 올라간 셈이지. 그리고 운이 좋다면!

그는 마을을 힐끗 돌아본 다음, 마을 쪽으로 돌아서서 팔짱을 끼고 마을을 바라보았다.

그는 메디나-사로테를 생각했다. 그녀는 작고 멀어져 있었다.

그는 다시 벽처럼 우뚝 솟아 있는 산 쪽으로 돌아섰다. 아침 해가 가파른 산비탈을 내려와 그에게 다가오고 있었다.

그는 매우 신중하게 산을 오르기 시작했다.

해가 졌을 때, 그는 더 이상 산을 오르고 있지 않았지만 마을에서 멀리 떨어진 높은 곳에 다다라 있었다. 옷은 찢어지고 팔다리는 피로 얼룩졌고 멍든 곳은 셀 수 없이 많았지만, 편안한 것처럼 누워 있었다. 얼굴에는 미소가 떠올라 있었다.

그가 누워 있는 곳에서 보면 골짜기는 구덩이 속에 있는 것 같았고, 거의 1마일이나 밑에 있는 것처럼 보였다. 주위의 산꼭대기는 석양빛으로 불타는 것 같았지만, 마을은 벌써 안개와 그늘로 어두컴컴했다. 가까운 바위는 빛과 아름다움에 흠뻑 젖어 있었다. 초록빛 광물의 광맥 한 줄기가 회색 바위를 꿰뚫고, 여기저기에 작은 크리스털이 번득이고, 그의 얼굴 바로 옆에는 섬세하고 아름다운 주홍빛 이끼가 돋아나 있었다. 협곡에는 짙고 신비로운 그림자들이 있었다. 푸른빛은 자줏빛으로 짙어지고, 자줏빛은 다시 빛을 내는 듯한 어둠으로 변해 갔다. 머리 위에는 끝없이 넓은 하늘이 있었다. 하지만 그는 더 이상 이런 것들에 주의를 기울이지 않고 거기에 가만히 누워서, 스스로 왕이 될 작정이었던 장님들의 골짜기에서 도망친 것만으로도 만족한 것처럼 미소 짓고 있었다.

황혼이 지나자 밤이 찾아왔다. 그는 차갑게 빛나는 밝은 별들 아래에 여전히 누워 있었다.

역자 해설
소설가의 상상과 과학자의 통찰로 미래를 훔쳐보다

허버트 조지 웰스는 한 시대를 대표하는 다재다능한 인물이었다. 그는 19세기 말부터 20세기 중엽에 걸친 격동기에 문학과 과학과 정치 분야에서 큰 발자취를 남긴 거인이었다. 그를 어떤 호칭으로 부르는 것이 가장 어울릴지는 지금도 논란거리인데, 생각나는 것만 들어 보아도 풍속 소설가, 저널리스트, SF(과학 소설) 작가, 백과전서가, 역사가, 사회주의자, 대중계몽가, 과학자, 유토피안, 페미니스트, 예언자 등등 끝이 없을 정도다. 하지만 어떤 호칭을 붙여도 웰스는 그 범주에서 벗어나 버린다. 영국 박물관의 도서 목록에는 웰스의 이름 밑에 기입되어 있는 항목이 무려 6백 개에 이른다고 한다. 그 방대한 저작에서 그가 다루지 않은 주제는 거의 없다고 말할 수 있을 정도다. 당시 세계에서 이슈가 된 모든 사안이 그의 사고의 그물에 걸렸다고 말할 수 있을 것이다. 지구상의 사건이 문자 그대로 〈글로벌〉하게 문제가 되고, 모든 학문 분야의 원리가 재검토되고 있는 오늘날, 웰스의 발자취는 재검토할 만하다.

그의 생애를 대충 기술하기 전에 웰스에 대한 비평을 인용

할 테니, 누구의 글인지 추측해 보시라.

웰스는 일반 문제의 평론가로서는 요설이고, 소설가로서는 더욱 웅변이었다. 그는 과학적 이야기를 썼지만, 그 참신함은 지식의 진보 때문에 오래전에 사라져 버렸다. 또한 소설도 썼지만, 동시대의 골즈워디John Galsworthy나 베넷Enoch Arnold Bennett의 작품이 갖는 풍속 묘사의 정확성이 부족하고, 또한 서머싯 몸William Somerset Maugham의 『어셴덴*Ashenden*』 같은 작품이나 당시의 젊은 미국 작가들에게서 볼 수 있는 그 무자비한 진솔함도 부족하다. 웰스의 본질은 폭력과 열광, 애국, 당파, 생명, 감정의 홍수를 본능적으로 혐오한 지식인이다. 그가 감정을 다룰 때는 걸핏하면 불성실한 태도를 취했다. 그가 품은 치열한 감정은 지적 허위나 도덕적 허위에 대한 차가운 분노였다. 그는 문학적인 것을 썼지만, 예술가라기보다는 오히려 과학자였다. 현재 그의 작품은 거의 남아 있지 않지만, 그나마 이런 사람이 없었다면 오늘날 우리 문명의 공통된 기반은 형성되지 않았을 것이다.

이 글은 웰스가 1936년에 『리스너*The Listener*』(1929~1991년에 발간된 주간지)의 청탁으로 쓴 자신의 〈부고 기사〉다. 이만큼 자신을 객관화할 수 있었던 유머리스트, 방대한 백과사전적 지식을 가지고 있으면서도 이만큼 허식이 없는 사람도 드물었다고 말할 수 있을 것이다. 웰스는 60년 가까운 저작 생활에서 서로 모순되는 글을 쓰고, 실생활에서도 많은 애인을 사귀는 등, 세간의 상식으로 보면 분열증적 행동을 보이기도 했다. 하지만 그는 그런 자신을 포함한 인간의 자아 분열에 결코 눈을 감지 않았다. 아니, 통일된 인격의 기초를 이루는 자아라는 관념조차 의심하고 있었다. 특히 웰스는 개인으로서의 인간보다는 사회생활을 영위하는 생물의 한 종으로서의 인간에 관심이 많았다. 이 종으로서의 인간의 존속이 세계적으로 위태로워지고 있는 오늘날, 웰스를 다시 읽는 것도 뜻있는 일이 아닐 수 없다.

그러면, 다윈의 진화론에 짙게 물든 세기말에서 원자력이 등장한 시대까지 거의 1세기에 가까운 웰스의 생애를 살펴보자.

웰스는 영국 켄트 주 브럼리에서 1866년 9월 21일 태어났다. 아버지 조지프Joseph Wells는 작은 가게를 운영하면서 도자기나 파라핀, 크리켓 도구 따위를 팔았지만, 장사가 시원치 않아서 직업 크리켓 선수로 돈을 벌어 생활을 꾸려 가고 있었다. 어머니 세러 닐Sarah Neal은 서식스의 주막집 딸이었고, 결혼하기 전에는 어파크 저택(페더스턴하프 집안의 시골 별장)에서 하녀로 일한 적도 있었다. 성격은 내성적이고 고지식할 만큼 성실했다. 소년 시절에 버티Bertie라는 애칭으로 불린 웰스는 아버지한테 독서 습관을 물려받아 브럼리 도서관을 자주 이용했다고 한다.

그는 브럼리에서 초등학교를 졸업하고 몰리 상업 학교에 진학했다. 하지만 아버지의 장사가 잘 되지 않아서, 한때는 오스트레일리아로 이주할 생각까지 했을 정도다. 웰스가 11세 때 아버지가 다리에 골절상을 입어 크리켓 선수로 활동할 수 없게 되자 생활 형편은 더욱 나빠졌다. 결국 1880년에 웰스의 어머니는 어파크 저택에서 다시 하녀로 일하게 되었고, 웰스도 수습 점원으로 일하게 되었다. 그가 일한 가게는 윈저에 있는 포목점이었다. 이 무렵 웰스의 두 형은 이미 포목 행상으로 자립해 있었다. 하지만 웰스는 점원 일이 아무래도 마음에 들지 않았고, 두 달도 지나기 전에 가게 주인은 웰스의 어머니에게 아들을 도로 데려가라는 편지를 보냈다.

그는 어머니가 하녀로 일하고 있는 어파크 저택에 한동안 얹혀살았다. 여기서 그는 상류 계층의 생활을 가까이에서 보고, 비로소 영국 계급 제도의 실체를 알았다. (1909년에 발표한 풍속 소설『토노-번게이 *Tono-Bungay*』에서 웰스는 어파크 같은 귀족의 저택을 모르는 사람은 영국 사회에서 방향을 측정할 단서를 잃고 영원히 길을 헤매는 거나 마찬가지라고 말했다.) 동시에 그는 이 저택의 도서실에서 플라톤Platon과 기번Edward Gibbon, 볼테르Voltaire의 저작을 접했다. 1881년에 그는 잠시 약국에서 수습 점원으로 일했다. 처방전을 읽기 위해 라틴어를 공부할 수 있다고 기뻐했지만 곧 해고를 당하고 다시 어파크 저택에 얹혀살다가 지방의 그래머스쿨에 기숙생으로 입학했다. 웰스는 좋아하는 공부를 할 수 있다고 의욕에 넘쳤지만, 운명은 그에게 냉혹했다. 어머니는 그를 위해 다시 포목점에 일자리를 찾아냈다. 이번에는 5년 계약이었지만, 웰스는 일이 마음에 들지 않아서 끊임없이 동료나 주인과 충돌했다. 2년 동안 참고 견디다가 결국 도망쳐 나온 웰스를 어머니는 쉽게 용서해 주지 않았다. 어려운 형편에서도 어머니는 40파운드를 취직 보증금으로 이미 포목점에 지불했기 때문이다.

그 후 웰스는 미드허스트에서 그래머스쿨의 보조 교사로

일하게 되었는데, 이것은 그에게 큰 전환점이었다. 상인의 세계에서 성장한 그가 진정한 학문으로서의 과학에 눈을 뜬 것은 이 학교에 있을 때였다. 여기서 그는 열심히 공부하여 장학금을 받아 1884년에는 런던의 사우스켄징턴에 있는 과학사범학교에 입학할 수 있었다. 3년 동안 웰스는 물리학, 화학, 생물학, 지질학을 공부했지만, 특히 생물학에서는 당시의 위대한 학자인 T. H. 헉슬리Thomas Henry Huxley에게 큰 영향을 받았다. 그는 타고난 노력가였지만, 하층 계급의 비참하고 비좁은 세계에서 탈출하고 싶은 소망도 있어서 공부를 게을리하지 않았다. 하지만 사촌 누이인 이저벨Isabel Mary Wells과 사랑에 빠져 생활에 쫓긴 나머지 학업을 소홀히 했고, 그 결과 시험에 낙제하여 학위를 받지 못했다. 이 무렵부터 웰스의 관심은 과학에서 정치와 문학으로 옮아갔고, 윌리엄 모리스William Morris와 버나드 쇼George Bernard Shaw 같은 사회주의자들의 집회에 참석하게 되었다. 1889년에 웰스는 동화작가 A. A. 밀른Alan Alexander Milne의 아버지가 경영하는 학교에서 임시 교사로 교편을 잡았다. 1891년에 이저벨과 결혼했지만, 이것은 그에게 잘못된 출발이었다. 이저벨과 웰스는 처음부터 성격이 맞지 않았다. 1891년부터 1893년까지 웰스는 주급 4파운드를 받고 통신 교육 대학에서 생물학을 가르치게 되었고, 또 한편으로는 에세이나 단편 습작을 학교 잡지에 발표했는데, 그중에는 그가 문단에서 입지를 굳히는 계기가 된 『타임머신*The Time Machine*』의 습작인 「〈크로닉 아르고〉호The Chronic Argonauts」도 포함되어 있었다. 당시에는 이데올로기로서 진화론이 마르크스주의보다 더 큰 세력을 갖고 있었고, 그 영향으로 사람들이 인류 사

역자 해설 **271**

회의 과거와 미래라는 문제에 깊은 관심을 쏟고 있었다. 또한 전문가들 사이에서는 사차원이 가장 진지하게 논의된 시대이기도 했다. 사차원을 주제로 공개 토론회도 열렸고, 웰스도 몇 번 토론을 들으러 갔다. 『타임머신』은 진화론과 사차원론 그리고 인생에 대한 웰스 자신의 좌절감과 세기말적 우수가 결합하여 탄생한 작품이다.

1893년에 웰스는 생물학 교과서를 출간했고, 『포트나이틀리 리뷰*Fortnightly Review*』의 편집을 맡고 있던 프랭크 해리스와 『내셔널 업저버*National Observer*』의 W. E. 헨리 William Ernest Henley 등에게 발굴된 것이 계기가 되어 『펠 맬 가제트*Pall Mall Gazette*』나 『네이처*Nature*』 같은 일류 매체에 정기적으로 기고하게 되었다.

1895년, 즉 『타임머신』으로 화려하게 데뷔한 해에 웰스와 이저벨의 이혼이 성립하여, 웰스는 통신 교육 대학 시절의 제자인 에이미 캐서린 로빈스Amy Catherine Robbins와 재혼했다. 캐서린은 그 후 웰스의 거듭된 여성 편력에도 불구하고 1927년에 죽을 때까지 아내의 자리를 지켰다. 같은 해에 중편소설 『놀라운 방문객*The Wonderful Visit*』과 단편집 『도둑맞은 세균*The Stolen Bacillus*』이 나왔다. T. S. 엘리엇Thomas Stearns Eliot의 표현을 빌리면 〈1등칸에서도 3등칸에서도 애독되는〉 작가가 된 웰스는 그 후 5년 동안 『투명 인간*The Invisible Man*』을 비롯한 여섯 편의 작품을 쓰고, 1900년에는 3천 파운드를 들여 당시의 일류 건축가에게 의뢰하여 켄트 주의 샌드게이트라는 바닷가에 〈스페이드 하우스〉라는 호화 저택을 지었다. 웰스는 어떤 의미에서는 행운아였다. 그의 친구이고 그와 비슷한 처지에 있었던 조지 기싱George Robert

Gissing이 돈과 여자 때문에 고생하고, 그의 작품이 언제까지나 햇빛을 보지 못한 것과는 대조적이다.

웰스는 스페이드 하우스에 정착하자 정력적으로 소설과 평론을 쓰는 한편, 당대의 일류 문인들과도 폭넓게 교류하게 되었다. 우선 연극 비평 관계로 알게 된 버나드 쇼의 소개로 1903년에 페이비언 협회Fabian Society에 들어갔다. 그리고 1908년에 버나드 쇼와 웨브Webb 부부와 대립하여 탈퇴할 때까지 페이비언 협회 활동을 통해 젊은 세대에게 커다란 영향을 미쳤다.

이 시기, 즉 1900년부터 1910년 사이에 그의 문학 작품은 과학 소설에서 풍속 소설로 변화했다. 풍속을 묘사한 그의 리얼리즘 소설 가운데 대표작은 『사랑과 루이셤 씨Love and Mr Lewisham』(1900), 『킵스Kipps』(1905), 『토노-번게이』(1909), 『폴리 씨의 생애The History of Mr Polly』(1910) 등이다. 이들 네 작품의 공통된 특징을 들면, 첫째 자전적 요소가 아주 강해서 주인공은 억압된 중하류 계급 출신으로 돈과 계급 제도가 지배하는 에드워드 시대(1901~1910년)의 사회에서 어떻게든 교육과 재능으로 출세하고 싶어 한다는 점, 둘째로는 당시 하층 계급 사람들의 말, 특히 속어를 섞은 대화가 이런 소설을 생생하게 만들어 주고 있다는 점이다. 웰스는 이런 소설들과 병행하여 몇 편의 평론을 썼는데 『형성 중인 인류Mankind in the Making』(1903)나 『근대의 유토피아A Modern Utopia』(1905) 같은 작품은 당시 큰 영향을 주었다. 웰스의 다음 세대에 등장한 작가 조지 오웰George Orwell은 (만년의 웰스를 비판하기는 했지만) 다음과 같이 말했다.

〈1900년부터 10년 동안 영어로 글을 쓴 작가들 가운데 웰스만큼 청년들에게 영향을 미친 작가는 없다. 우리의 세계와 사상은 웰스가 존재하지 않았다면 지금과는 사뭇 달랐을 것이다.〉

웰스의 생애에서 가장 큰 스캔들은 『앤 베로니카*Ann Veronica*』(1909)의 출간이었다. 앞에서도 말했듯이 많은 여성과 염문을 뿌린 웰스가 공공연히 자전적 사실을 소재로 젊은 여성의 성 해방을 노래한 이 소설은 성에 대한 낡은 관념의 지배를 받고 있던 에드워드 시대의 도덕관을 교란했다. 각 신문의 비평가들은 〈독을 품고 있는 책〉이라느니 〈문학적 오물〉이라고 이 소설을 매도했다. 하지만 웰스는 성 해방이 시대의 요청이라는 생각에 입각하여 자신의 주장을 굽히지 않았다.

1909년에 웰스는 정든 스페이드 하우스를 떠나 런던으로 나왔다. 1912년에는 에식스 주의 이스트파크에 집을 사서 1927년까지 살았다. 1911년에 나온 『뉴 마키아벨리*The New Machiavelli*』는 사회주의를 주제로 페이비언 협회를 패러디한 소설이었는데, 이 소설을 경계로 그 후 웰스의 소설은 문제 소설로 변해 갔다. 문제 소설이란 등장인물이나 줄거리가 웰스 자신이 전하고 싶은 주의 주장이나 문제의식을 위한 구실에 불과한 소설을 말한다. 이 계열의 대표작으로는 『결혼*Marriage*』(1912), 『아이작 하먼 경의 아내*The Wife of Sir Isaac Harman*』(1914), 『윌리엄 클리솔드의 세계*The World of William Clissold*』(1926) 등이 있다.

제1차 세계 대전이 시작되었을 때, 웰스는 이미 48세여서 전장에 나가기에는 나이가 너무 많았지만, 그는 영국이 〈전쟁을 끝내기 위한 전쟁〉을 하고 있다고 주장하면서 반독일

선전 활동에 종사하는 한편 문단과의 개인적 전쟁을 개시했다. 1915년에 그는 레지널드 블리스Reginald Bliss라는 필명으로 『분*Boon*』이라는 책을 써서 헨리 제임스Henry James를 공격했는데, 헨리 제임스가 소설을 고도로 예술화하자고 주창한 데 반대하여 웰스는 형식에 사로잡히지 않는 인생을 위한 소설을 주장했다. 하지만 이 예술 논쟁도 한 꺼풀 벗기면 헨리 제임스나 조지프 콘래드Joseph Conrad나 토머스 하디 Thomas Hardy 같은 동시대 작가들과 웰스의 근본적 차이에 원인이 있었던 것 같다. 그 차이는 콘래드가 웰스에게 쓴 편지에 요약되어 있다.

〈웰스 군, 우리의 차이는 근본적인 데 있는 것 같네. 자네는 인간성에 관심이 없으면서 인간은 진보한다고 생각하고 있네. 그런데 나는 인간을 사랑하지만 인간성은 변하지 않는다고 생각하네.〉

전쟁이 끝나자 웰스는 국제 연맹의 구상을 실현하는 데 이바지했다. 워싱턴 회의에 참석하는가 하면 스탈린Stalin을 인터뷰하는 등, 세계적 명사로서 수완과 능력을 발휘하여 활약했다. 하지만 개인적으로는 성공한 사람에게서 자주 볼 수 있는 마음의 공동(空洞)에 허영심이 스며들었기 때문인지, 정신 분열증적 상태에 있었던 모양이다. 여류 작가로서 웰스의 아이를 낳은 레베카 웨스트Rebecca West도 1922년에 〈웰스는 그 무렵 정신 착란 기미가 있었고, 허영심이 강하고 화를 잘 냈다〉고 말했다. 1920년에 웰스는 전문 학자의 협력을 얻어 『세계사 대계*The Outline of History*』를 출간했고 1921년에는 『문명의 구원*The Salvaging of Civilization*』을 출간하여 일반인에게는 인기를 얻었지만, 지식인에게는 차츰 버림받기 시작했다. 전기 작가이자 비평가로 유명한 리튼 스트레이치 Lytton Strachey 같은 사람은 〈웰스가 사상가로서 이야기할 때는 그를 무시한다〉고 거리낌 없이 말할 정도였다. 이것은 웰스의 상상력이 쇠퇴했기 때문이기도 하지만, 1920년대에는 이미 진보가 반동과 마찬가지로 허위이고, 기계 문명은 원시 문명과 마찬가지로 야만이라는 것을 인식한 젊은 작가들 (D. H. 로런스David Herbert Lawrence, 올더스 헉슬리 Aldous Leonard Huxley 등)이 나왔기 때문이기도 하다. 1895년부터 시작된 웰스 시대는 겉보기에는 어떻든 실질적으로는 1910년에 끝났다고 말할 수 있다.

1922년에 로이드 조지David Lloyd George 내각이 붕괴한 뒤, 노동당에 희망을 건 웰스는 노동당 후보로 두 번 출마했지만 두 번 다 낙선하여 정치에서 물러났다. 1924년에는 레베카 웨스트와도 헤어지고, 1927년에는 본처인 캐서린과 사별하여 개인적으로는 깊은 절망감에 빠졌다. 본격 소설가로 인정받지 못하는 초조감이 그를 평론으로 몰아냈지만, 이 평론도 1930년대에 들어오면 재탕이 많아지고 착상도 퇴색했다.

하지만 1934년에 나온 『자서전의 실험An Experiment in Autobiography』은 주목할 만하다. 웰스 자신은 이 책을 〈상업 자본주의 후기의 대표적인 두뇌 모험〉이라고 부른다. 자신의 전반생을 적나라하게 토로한 이 자서전은 에드워드 시대의 성공담, 시대의 우화라고도 말할 수 있을 것이다. 그리고 청년 특유의 성적 좌절을 이만큼 대담하게 고백한 책도 당시로서는 드물다.

제2차 세계 대전이 일어난 1939년에 나온 평론 『호모사피엔스의 운명The Fate of Homo Sapiens』에서 웰스는 인류의 미래에 대해 어두운 예감을 품고 있음을 보여 주고, 인간은 스스로 쌓아 올린 기계 문명을 통제하지 못해 결국 파멸에 직면해 있다고 말했다. 〈우주는 인간에게 싫증이 났고〉 인간은 〈붕괴와 고통과 죽음을 향해 운명의 강을 떠내려가기〉 때문에 〈강한 의지로 노력하지 않으면 그 흐름에 휩쓸려 파멸할 뿐〉이라고 그는 주장했다. 세계의 종말을 주제로 한 SF 작가로 출발한 웰스가 제2차 세계 대전으로 실현된 그 종말을 본 것은 운명의 아이러니였다.

웰스는 1944년부터 건강이 나빠졌는데도 공습을 받고 있는 런던을 떠나지 않고 버텼지만, 병에는 이기지 못했다. 그는 1946년 8월 13일에 간암으로 사망했다. 웰스의 죽음은 당장 전 세계에 알려졌다. 먼 아르헨티나의 시인·작가이자 비평가인 호르헤 루이스 보르헤스Jorge Luis Borges는 이렇게 웰스를 추모했다.

〈케베도Francisco Gómez de Quevedo나 볼테르나 괴테 Johann Wolfgang von Goethe와 마찬가지로 웰스도 문인이라기보다는 문학자였다. 그는 디킨스풍의 교묘한 표현으로 사회학적 우화를 썼다. 백과전서파적인 작업으로 소설의 가능성을 확대했을 뿐만 아니라 정직한 자서전도 우리에게 남겨 주었다. 그는 공산주의, 나치즘, 기독교와 싸웠다. 그는 역사에 대해 논쟁하고, 과거를 탐구했는가 하면, 미래로 눈을 돌려 모든 현실과 가공의 삶을 기록했다. 그가 우리에게 남겨 준 방대한 저작들 가운데 나는 잔혹한 기적의 이야기, 즉 『타임머신』과 『모로 박사의 섬 The Island of Doctor Moreau』과 『투명 인간』을 가장 좋아한다. 그것은 내가 어린 시절에 읽은 최초의 책이고, 내가 읽는 마지막 책이 될지도 모른다.〉

웰스는 『타임머신』으로 일약 시대의 총아가 되었지만, 그렇다면 이 작품에서의 참신한 창의는 무엇이었을까?

그것은 한마디로 말하면 시간 여행을 마술이나 단순한 꿈이나 기적에서 해방시켜 과학적으로 이론을 부여한 것이다. 또한 시간 여행 수단으로 머신을 등장시켜, 종래의 시간 여행에 따라다니는 신비의 환영을 제거하고 〈과학적 경이〉를 전면에 내세운 점에서도 웰스가 제일인자였다. 바로 이 점에 과학기술의 발명광들의 시대(문학 방면에서)를 주도한 선구자 웰스의 진면목이 있다고 말할 수 있다.

『타임머신』은 발표와 동시에 평판을 얻었고, 여러 신문에 서평이 실렸다. 그중에서도 『데일리 크로니클 *Daily Chronicle*』같은 신문은 스티븐슨Robert Louis Stevenson의 『지킬 박사와 하이드 씨 *Strange Case of Dr. Jekyll and Mr. Hyde*』이래의 걸작이라고 칭찬했다. 『펠맬 매거진 *Pall Mall Magazine*』처럼 시간 여행의 불가능성에 대해 비평한 잡지도 있었지만, 『타임머신』이 옛날부터 있었던 미래 여행의 성격을 바꾸어 놓은 것은 확실했다. 미래 여행의 가능성이 과학적 가설을 원용함으로써 정당화되었다고 해도 과언이 아니다. 그뿐만 아니라, 조금 과장하여 말하면 문학에서 〈시간〉의 개념까지 바꾸어 놓았다. 시간을 오늘에서 내일을 향해 일직선으로 흐르는 강처럼 상상하고 있던 소설 속에 유연한 시간 개념을 밀어 넣은 웰스의 공적은 매우 크다. 이로써 소설이라는 장르에 큰 전망이 열렸고, 우리는 인류 사회를 미래나 과거의 시점에 서서 바라볼 수 있게 되었다. 이것이야말로 SF의 출발이다.

80만 년 뒤의 지구상에 웰스가 외삽(外揷)한 문제는 인류 사회가 현재와 같은 계급 대립을 안은 채 진보했을 경우 진보의 정점에 도달한 뒤에는 어떻게 될 것인가 하는 문제다. 스티븐슨이 지킬 박사와 하이드 씨로 분열해 가는 개인의 내적 모순을 묘사한 반면, 웰스는 엘로이와 몰록으로 분열해 가는 사회의 모순을 묘사했다. 그는 진보를 믿고 부지런히 걸어온 인류가 맞이하게 될 침체와 종말을 문학적인 이미지로 정착하는 데 성공했다. 시간 여행가의 비관적인 감개, 〈인간 지성의 꿈의 덧없음〉이라는 말은 이 작품의 주제를 가장 잘 표현하고 있다고 말할 수 있다. 하지만 시간 여행자가 목격한 것은 인류 사회의 종말만이 아니다. 그가 3천만 년 뒤의 미래에서 본 것은 지구 자체의 종말이었다. 거기서는 태양이 지평선 위에 정지되어 있다. 인류는 물론 동식물도 거의 모습을 감추고, 묵시록적인 죽음의 정적이 지구를 뒤덮고 있다. 거기에는 무기물로 변한 지구의 처참한 모습이 드러나 있다.

주의 깊은 독자라면 이미 알아차렸겠지만, 『타임머신』의 미래는 진화의 역전 현상이다. 우주에서 지구가 생겨나고 지각이 굳어지고 바다가 생기고 아메바 모양의 생물이 태어나고 갑각류가 생겨난다. 이윽고 어류와 파충류를 거쳐 인류가 생겨나지만, 이윽고 인류는 전성기를 지나고 지구상의 생물들도 퇴화해 간다. 마침내 해변을 뛰어다니는 기분 나쁜 생물만 남은 채 지구는 차갑게 식어 버리고 바다도 죽는다는 것이 웰스가 생각한 지구라는 행성, 우주에 떠 있는 한 행성의 운명이다. 이것은 다윈이 제창한 진화론의 반대, 즉 퇴화론의 소설이라고 말할 수 있지 않을까. 지구 종말의 모습을 이만큼 시각적으로 포착하여 생생하게 묘사한 작가는 웰스뿐이었고, T. S. 엘리엇 같은 까다로운 비평가가 『타임머신』의 마지막 장면을 격찬한 것도 웰스의 시적 상상력이 풍부하다는 증거가 될 것이다.

　웰스는 진화론을 이런 식으로 뒤집는 데 대한 힌트를 어디서 얻었을까. T. H. 헉슬리는 일찍이 『진화와 윤리*Evolution and Ethics*』에서 이렇게 말했다.

　〈진화론은 우리의 지적 기대를 촉구한다. 하지만 수백만 년 동안 지구가 진화 과정을 밟아 가면 이윽고 정점에 다다를 테고, 그다음은 하강 일로를 걷지 않을까.〉

　이런 설을 일반적으로 비관적 우주론이라고 부른다. 웰스는 헉슬리의 설을 『타임머신』에 원용하여 진화와 퇴화의 순환론을 만들어 냈다.

김석희

허버트 조지 웰스 연보

1866년 출생 9월 21일에 영국 켄트 주 브럼리에서 조지프 웰스Joseph Wells와 세러 닐Sarah Neal의 넷째 아이이자 막내로 태어남. 조지프는 한때 정원사로 일했고, 허버트가 태어났을 때는 소매상으로 일하면서 크리켓 선수로 활동했으며, 세라는 결혼하기 전에 서식스 주의 페더스턴하프 집안의 시골 별장인 어파크에서 하녀로 일했음.

1874년 8세 브럼리 초등학교에 다니기 시작함.

1877년 11세 조지프가 사다리에서 떨어져 다리가 부러짐. 가뜩이나 불안정했던 가족의 경제 사정이 더욱 나빠짐.

1880년 14세 윈저의 포목점에 수습 점원으로 들어가지만 곧 쫓겨남. 서머싯의 시골 학교에서 교생으로 잠시 일함. 세라는 어파크의 가정부로 일자리를 얻음.

1881년 15세 미드허스트의 약국에 수습 점원으로 들어감. 미드허스트 그래머스쿨에서 수업을 받기 시작함. 약국 일을 그만두고 사우스시의 포목점에서 수습 점원으로 일함.

1883년 17세 미드허스트 그래머스쿨의 교생으로 고용됨. 독학의 범위를 넓혀 자연 과학과 경제학 서적을 폭넓게 읽음. 과학 교육 분야에서 국가시험을 치를 준비를 함.

1884년 18세 런던의 사우스켄징턴에 있는 과학 사범학교(나중에 로열 칼리지로 바뀜)에 정부 장학생으로 입학함. 사범학교 학장인 T. H. 헉슬리Thomas Henry Huxley의 생물학과 동물학 강의를 들음.

1885년 19세 여름 시험에서 제1급 우등상을 받고 장학생 자격을 갱신함.

1886년 20세 관심 분야가 넓어져 문학과 정치 문제에도 관심을 갖게 된 반면, 정식 공부에 대한 열의는 급속히 줄어듦. 윌리엄 모리스William Morris의 집에서 열린 사회주의자 집회에 참석함. 사회주의에 관한 논문을 대학 토론회에 전달함. 『사이언스 스쿨 저널*The Science School Journal*』을 창간하여 편집함(1887년 4월까지). 사촌 누이인 이저벨 메리 웰스Isabel Mary Wells를 만남.

1887년 21세 지질학 최종 시험에 낙제하여 장학생 자격을 잃고, 학위를 받지 못한 채 사범학교를 떠남. 웨일스 북부의 홀트 아카데미에서 교사 자리를 얻음. 교내 축구 시합에서 다른 선수와 충돌하여 신장 파열과 폐출혈을 일으키고, 어쩔 수 없이 홀트 아카데미를 그만둠. 어파크에서 병을 치료하면서 글쓰기에 몰두함.

1888년 22세 런던의 헨리 하우스 학교에서 교사 자리를 얻음. 『사이언스 스쿨 저널』에 「〈크로닉 아르고〉호The Chronic Argonauts」를 연재함.

1890년 24세 런던 대학에서 이학사 시험을 치러 생물학에서는 제1급 우등으로, 지질학에서는 제2급으로 합격함. 동물학회 특별 회원으로 뽑힘. 유니버시티 통신 교육 대학에 채용되어 생물학 교사가 됨.

1891년 25세 「독특한 것의 재발견The Rediscovery of the Unique」이 그의 과학 평론으로는 처음으로 주요 잡지인 『포트나이틀리 리뷰*Fortnightly Review*』에 실림. 10월 사촌 누이 이저벨과 결혼.

1892년 26세 에이미 캐서린 로빈스Amy Catherine Robbins(통칭 〈제인Jane〉)를 만남.

1893년 27세 폐출혈 재발. 교사 일을 포기하고 오로지 집필에만 전념하기로 결심함. 소설과 연극 평, 진지하거나 경박한 주제에 대한 평론을 런던의 다양한 정기 간행물에 게재하기 시작함.

1894년 28세 제인과 사랑의 도피를 함. 나중에 『타임머신*The Time Machine*』이 될 일곱 가지 에피소드가 『내셔널 업저버*National Observer*』(3~6월)에 발표됨. 세베노악스로 이사함.

1895년 29세 이저벨과 이혼하고 제인과 결혼. 워킹으로 이사함. 『타임머신』이 『뉴 리뷰*The New Review*』(1~5월)에 연재됨. 5월 하이네만William Heinemann이 『타임머신』을 출간함. 단편집 두 권(『아저씨와의 대화*Select Conversations With an Uncle*』, 『도둑맞은 세균*The Stolen Bacillus*』)과 중편소설(『놀라운 방문객*The Wonderful Visit*』)도 출간됨.

1896년 30세 서리 주 우스터파크로 이사함. 조지 기싱George Robert Gissing을 만남. 두 번째 과학 소설 『모로 박사의 섬*The Island of Doctor Moreau*』과 가정 소설 『우연의 바퀴*The Wheels of Chance*』를 출간함.

1897년 31세 아널드 베넷Arnold Bennett과 평생에 걸친 편지 왕래를 시작함. 『투명 인간*The Invisible Man*』과 『플래트너 이야기*The Plattner Story and Others*』, 『개인적인 문제들*Certain Personal Matters*』이 출간됨.

1898년 32세 폐출혈 재발. 남해안에서 요양함. 헨리 제임스Henry James, 조지프 콘래드Joseph Conrad, 포드 매덕스 포드Ford Madox Ford, 스티븐 크레인Stephen Crane을 만남. 기싱과 함께 이탈리아를 여행. 『우주 전쟁*The War of the Worlds*』을 출간함.

1899년 33세 『잠자는 사람이 깨어날 때*When the Sleeper Wakes*』와 『공간과 시간 이야기*Tales of Space and Time*』를 출간함.

1900년 34세 『사랑과 루이셤 씨*Love and Mr Lewisham*』를 출간함. 켄트 주 샌드게이트에 〈스페이드 하우스〉를 지음.

1901년 35세 첫 아이인 조지 필립George Philip이 태어남. 『달나라

최초의 인간*The First Men in the Moon*』과 사회학적 연구서인 『예측 *Anticipation*』을 출간함.

1902년 36세 영국 과학 연구소에 초빙되어 연설함. 소설 『바다의 여인*The Sea Lady*』과 논픽션 『미래의 발견*The Discovery of the Future*』을 출간함.

1903년 37세 둘째 아이인 프랭크 리처드Frank Richard가 태어남. 사회주의적인 페이비언 협회Fabian Society에 가입함. 조지 버나드 쇼 George Bernard Shaw, 시드니 웨브Sidney James Webb와 비어트리스 웨브Martha Beatrice Potter Webb, 버넌 리Vernon Lee와 친교를 맺음. 『열두 가지 이야기와 하나의 꿈*Twelve Stories and a Dream*』과 논픽션 『형성 중인 인류*Mankind in the Making*』를 발표함.

1904년 38세 소설 『신들의 양식*The Food of the Gods*』을 출간함.

1905년 39세 어머니 세라 웰스 사망. 소설 『근대의 유토피아*A Modern Utopia*』와 『킵스*Kipps*』를 출간함.

1906년 40세 미국에서 강연 여행을 하고, 막심 고리키Maksim Gor'kii, 시어도어 루스벨트Theodore Roosevelt, 부커 T. 워싱턴Booker T. Washington을 만나고, 도로시 리처드슨Dorothy Miller Richardson, 로자먼드 블랜드Rosamund Bland, 앰버 리브스Amber Reeves와 염문을 뿌리고, 소설 『혜성의 시대*In the Days of the Comet*』와 논픽션 『미국의 미래*The Future in America*』와 『사회주의와 가족*Socialism and the Family*』을 출간하는 등 바쁜 한 해를 보냄.

1908년 42세 버나드 쇼, 웨브 부부와 사이가 틀어져서 페이비언 협회를 탈퇴함. 소설 『공중 전쟁*The War in the Air*』과 논픽션 『구세계를 위한 신세계*New World for Old*』와 『첫 번째와 마지막 것*First and Last Things*』을 출간함.

1909년 43세 제인과 함께 런던 햄스테드로 이사함. 소설 『토노-번게이*Tono-Bungay*』와 『앤 베로니카*Ann Veronica*』를 출간함.

1910년 44세 조지프 웰스 사망. 소설 『폴리 씨의 생애*The History of Mr Polly*』를 출간함. 엘리자베트 폰 아르님Elizabeth von Arnim과 연애를 시작함.

1911년 45세 작품집 두 권(『맹인들의 나라*The Country of the Blind*』, 『벽 속의 문*The Door in the Wall*』)과 소설 『뉴 마키아벨리*The New Machiavelli*』와 논픽션 『플로어 게임*Floor Games*』을 출간함.

1912년 46세 소설 『결혼*Marriage*』을 출간함. 에식스 주의 던모로 이사함.

1913년 47세 소설 『열정적인 친구들*The Passionate Friends*』과 논픽션 『작은 전쟁들*Little Wars*』을 출간함. 레베카 웨스트Rebecca West와 연애를 시작함.

1914년 48세 1월 러시아를 방문함. 레베카 웨스트가 그의 아들 앤서니 웨스트Anthony West를 낳음. 소설 『해방된 세계*The World Set Free*』와 『아이작 하먼 경의 아내*The Wife of Sir Isaac Harman*』, 논픽션 『한 영국인이 세계를 보다*An Englishman Looks at the World*』와 『전쟁을 종식시킬 전쟁*The War That Will End War*』을 출간함.

1915년 49세 헨리 제임스와 차츰 사이가 틀어지고, 웰스가 『분*Boon*』에서 그를 풍자적으로 묘사한 것 때문에 둘 사이의 불화는 회복할 수 없게 됨. 소설 『빌비*Bealby: A Holiday*』와 『위대한 연구*The Research Magnificent*』, 논픽션 『세계 평화*The Peace of the World*』를 출간함.

1916년 50세 프랑스와 이탈리아의 전선을 여행함. 전쟁이 소설 『브리틀링 씨는 그것을 꿰뚫어 본다*Mr Britling Sees It Through*』와 논픽션 『무엇이 다가오고 있는가*What is Coming?*』와 『재건의 요소들*The Elements of Reconstruction*』의 주요 주제가 됨.

1917년 51세 잠시 종교에 열중한 결과, 소설 『주교의 영혼*The Soul of a Bishop*』과 논픽션 『보이지 않는 왕, 하느님*God the Invisible King*』을 발표함.

1918년 52세 정보부의 전쟁 선전문을 쓰는 일에 징집됨. 국제 연맹 창설 위원회 위원이 되다. 『4년째 : 세계 평화의 기대*In the Fourth Year: Anticipations of World Peace*』와 『영국의 국가주의와 국제 연맹*British Nationalism and the League of Nations*』을 출간함.

1919년 53세 소설 『꺼지지 않는 불*The Undying Fire*』을 출간함.

1920년 54세 러시아를 방문하여 레닌Vladimir Il'ich Lenin과 트로츠키Leon Trotskii, 고리키 등을 만남. 『어둠 속의 러시아*Russia in the Shadows*』와 엄청난 인기를 얻은 『세계사 대계*The Outline of History*』를 출간함.

1921년 55세 워싱턴 D.C.에서 열린 세계 군축 회의를 취재하기 위해 미국을 방문함. 마거릿 생어Margaret Sanger와 연애함. 『새로운 역사 수업*The New Teaching of History*』을 출간함.

1922년 56세 『간추린 세계사*A Short History of the World*』와 개정된 『세계사 대계』, 소설 『심장의 은밀한 곳*The Secret Places of the Heart*』을 출간함. 노동당에 입당하여 하원 의원에 입후보하지만 낙선함.

1923년 57세 하원 의원 선거에 두 번째로 출마하여 또다시 낙선함. 프로방스의 그라스에서 겨울을 보내기 시작함. 오데트 쾽Odette Keun을 만나 연애를 시작함. 소설 『인간은 신을 좋아한다*Men Like Gods*』와 『꿈*The Dream*』, 논픽션 『사회주의와 과학적 동기*Socialism and the Scientific Motive*』와 『노동당의 교육 이념*The Labour Ideal of Education*』, 전기적 연구서인 『훌륭한 교장 이야기*The Story of a Great Schoolmaster*』를 출간함.

1924년 58세 『H. G. 웰스 전집*The Works of H. G. Wells*』 애틀랜틱판이 출간됨.

1925년 59세 소설 『크리스티나 앨버타의 아버지*Christina Alberta's Father*』와 논픽션 『세계 정세 예보*A Year of Prophesying*』를 출간함.

1926년 60세 『세계사 대계』에 대해 가톨릭 작가인 힐레어 벨록Hilaire

Belloc과 논쟁을 벌임. 소설 『윌리엄 클리솔드의 세계*The World of William Clissold*』를 출간함.

1927년 61세 오데트 쾽과 함께 프랑스 그라스에 집을 지음. 『H. G. 웰스 단편집』과 새로운 소설 『그동안*Meanwhile*』, 새로운 논픽션 『수정되고 있는 민주주의*Democracy Under Revision*』를 출간함. 10월 아내 제인 웰스 사망.

1928년 62세 제인에 대한 경의의 표시로 『캐서린 웰스의 서*The Book of Catherine Wells*』를 출간함. 그 밖에 논픽션 『세계가 나아가고 있는 길*The Way the World is Going*』과 『공개된 음모*The Open Conspiracy*』, 소설 『램폴 섬의 블레트워시 씨*Mr Blettsworthy on Rampole Island*』를 출간함.

1929년 63세 BBC 토크쇼에 처음 출연함. 독일 의회에서 연설함. 이 연설이 『세계 평화의 상식*Common Sense of World Peace*』으로 출간됨. 시나리오(『왕이었던 왕*The King Who Was a King*』)와 아동 서적(『토미의 모험*The Adventures of Tommy*』)을 출간함.

1930년 64세 아들 G. P. 웰스 및 줄리언 헉슬리Julian Sorell Huxley와 함께 『생명의 과학*The Science of Life*』을 출간함. 런던의 칠턴코트로 이사함. 소설 『파럼 씨의 독재 정치*The Autocracy of Mr Parham*』와 논픽션 『세계 평화로 가는 길*The Way to World Peace*』을 출간함.

1931년 65세 당뇨병 진단을 받음. 오데트 쾽과 결별. 이저벨 웰스가 사망.

1932년 66세 소설 『블럽의 벌핑턴*The Bulpington of Blup*』, 논픽션 『인류의 노동과 부와 행복*The Work, Wealth and Happiness of Mankind*』과 『민주주의 이후*After Democracy*』를 출간함.

1933년 67세 소설 『다가올 세계의 모습*The Shape of Things to Come*』을 출간함. 국제적 작가 단체인 펜클럽PENclub의 회장이 됨. 모우라 부드베르크Moura Budberg와 연애를 시작함.

1934년 68세　소련과 미국을 방문하여 스탈린Iosif Vissarionovich Stalin과 프랭클린 루스벨트Franklin Delano Roosevelt를 만남. 『자서전의 실험*An Experiment in Autobiography*』을 출간함.

1935년 69세　영화감독 알렉산더 코르더Alexander Korda와 공동으로 『다가올 세계의 모습』을 영화로 만듦(1936년 〈다가올 세계*Things To Come*〉라는 제목으로 개봉). 런던의 리젠트파크로 이사함.

1936년 70세　그의 70번째 생일을 기념하여 펜클럽 만찬회가 열림. 논픽션 『좌절의 해부*The Anatomy of Frustration*』와 『세계 백과사전에 대한 견해*The Idea of a World Encyclopedia*』를 출간함. 소설 『크로켓 선수*The Croquet Player*』를 출간함.

1937년 71세　〈과학 발전을 위한 영국 협회〉의 L 지구 의장이 됨. 소설 『태어난 별*Star Begotten*』과 『브륀힐드*Brynhild*』『캠포드 방문*The Camford Visitation*』을 출간함.

1938년 72세　소설 『돌로리스에 관하여*Apropos of Dolores*』와 『형제들*The Brothers*』, 논픽션 『세계 두뇌*World Brain*』를 출간함. 오스트레일리아로 강연 여행을 떠남.

1939년 73세　소설 『신성한 공포*The Holy Terror*』와 논픽션 『급진적인 공화주의자의 온수 찾기 여행*Travels of a Republican Radical in Search of Hot Water*』과 『호모 사피엔스의 운명*The Fate of Homo Sapiens*』, 『새로운 세계 질서*The New World Order*』를 출간함.

1940년 74세　독일군의 런던 폭격이 계속되는 동안 런던에 남음. 가을에 미국으로 강연 여행을 떠남. 논픽션 『인간의 권리*The Rights of Man*』, 『전쟁과 평화의 상식*The Common Sense of War and Peace*』, 『두 개의 반구냐, 하나의 세계냐?*Two Hemispheres or One World?*』, 소설 『어두워지는 숲 속의 아기들*Babes in the Darkling Wood*』과 『아라라트로 가는 배에 전원 승선 완료*All Aboard for Ararat*』를 출간함.

1941년 75세　마지막 소설인 『조심하는 게 상책*You Can't Be Too*

Careful』과 논픽션 『새로운 세계의 안내서 *Guide to the New World*』를 출간함.

1942년 76세 논픽션 『과학과 세계정신 *Science and the World Mind*』, 『시간 정복 *The Conquest of Time*』, 『피닉스 *Phoenix*』를 출간하고, 동물학 박사 학위 논문(「고등한 후생동물의 경우 개별적인 삶이 계속된다는 착각의 본질, 특히 호모 사피엔스와 관련하여」)을 발표함.

1943년 77세 이학 박사 학위를 받음. 『크룩스 안사타 : 가톨릭교회에 대한 고발장 *Crux Ansata: An Indictment of the Roman Catholic Church*』을 출간함.

1944년 78세 에세이집 『1942년부터 1944년까지 *'42 to '44*』를 출간함.

1945년 79세 『막다른 골목에 다다른 정신 *Mind at the End of its Tether*』을 출간함. 건강이 서서히 나빠짐.

1946년 80세 8월 13일 자택에서 세상을 떠남.

열린책들 세계문학 164 타임머신

옮긴이 김석희 서울대학교 인문대학 불어불문학과를 졸업하고 동 대학원 국어국문학과를 중퇴했으며, 1988년 한국일보 신춘문예에 소설이 당선되어 작가로 데뷔했다. 영어·프랑스어·일본어를 넘나들면서 존 파울즈의 『프랑스 중위의 여자』, 존 르카레의 『추운 나라에서 돌아온 스파이』, 짐 크레이스의 『그리고 죽음』, 폴 오스터의 『빵 굽는 타자기』, 『스퀴즈 플레이』, 『빨간 수첩』, 존 러스킨의 『나중에 온 이 사람에게도』, 허먼 멜빌의 『모비 딕』, 쥘 베른 걸작선집(전15권), 시오노 나나미의 『로마인 이야기』(전15권) 등 2백여 권을 번역했고, 역자 후기 모음 『번역가의 서재』 등을 펴냈으며, 제1회 한국번역상 대상을 수상했다.

지은이 허버트 조지 웰스 **옮긴이** 김석희 **발행인** 홍예빈
발행처 주식회사 열린책들 **주소** 경기도 파주시 문발로 253 파주출판도시
전화 031-955-4000 **팩스** 031-955-4004
홈페이지 www.openbooks.co.kr **이메일** literature@openbooks.co.kr
Copyright (C) 주식회사 열린책들, 2011, *Printed in Korea*.
ISBN 978-89-329-1164-9 04840 **ISBN** 978-89-329-1499-2 (세트)
발행일 2011년 3월 20일 세계문학판 1쇄 2025년 5월 30일 세계문학판 21쇄

이 도서의 국립중앙도서관 출판예정도서목록(CIP)은 서지정보유통지원시스템 홈페이지(http://seoji.nl.go.kr)와 국가자료공동목록시스템(http://www.nl.go.kr/kolisnet)에서 이용하실 수 있습니다.(CIP제어번호: CIP2011001007)

열린책들 세계문학
Open Books World Literature

001 **죄와 벌** 표도르 도스토옙스키 장편소설 | 홍대화 옮김 | 전2권 | 각 408, 512면

003 **최초의 인간** 알베르 카뮈 장편소설 | 김화영 옮김 | 392면

004 **소설** 제임스 미치너 장편소설 | 윤희기 옮김 | 전2권 | 각 280, 368면

006 **개를 데리고 다니는 부인** 안똔 체호프 소설선집 | 오종우 옮김 | 368면

007 **우주 만화** 이탈로 칼비노 단편집 | 김운찬 옮김 | 424면

008 **댈러웨이 부인** 버지니아 울프 장편소설 | 최애리 옮김 | 296면

009 **어머니** 막심 고리끼 장편소설 | 최윤락 옮김 | 544면

010 **변신** 프란츠 카프카 중단편집 | 홍성광 옮김 | 464면

011 **전도서에 바치는 장미** 로저 젤라즈니 중단편집 | 김상훈 옮김 | 432면

012 **대위의 딸** 알렉산드르 뿌쉬낀 장편소설 | 석영중 옮김 | 240면

013 **바다의 침묵** 베르코르 소설선집 | 이상해 옮김 | 256면

014 **원수들, 사랑 이야기** 아이작 싱어 장편소설 | 김진준 옮김 | 320면

015 **백치** 표도르 도스토옙스키 장편소설 | 김근식 옮김 | 전2권 | 각 504, 528면

017 **1984년** 조지 오웰 장편소설 | 박경서 옮김 | 392면

019 **이상한 나라의 앨리스** 루이스 캐럴 환상동화 | 머빈 피크 그림 | 최용준 옮김 | 336면

020 **베네치아에서의 죽음** 토마스 만 중단편집 | 홍성광 옮김 | 432면

021 **그리스인 조르바** 니코스 카잔차키스 장편소설 | 이윤기 옮김 | 488면

022 **벚꽃 동산** 안똔 체호프 희곡선집 | 오종우 옮김 | 336면

023 **연애 소설 읽는 노인** 루이스 세풀베다 장편소설 | 정창 옮김 | 192면

024 **젊은 사자들** 어윈 쇼 장편소설 | 정영문 옮김 | 전2권 | 각 416, 408면

026 **젊은 베르테르의 슬픔** 요한 볼프강 폰 괴테 장편소설 | 김인순 옮김 | 240면

027 **시라노** 에드몽 로스탕 희곡 | 이상해 옮김 | 256면

028 **전망 좋은 방** E. M. 포스터 장편소설 | 고정아 옮김 | 352면

029 **까라마조프 씨네 형제들** 표도르 도스토옙스키 장편소설 | 이대우 옮김 | 전3권 | 각 496, 496, 460면

032 **프랑스 중위의 여자** 존 파울즈 장편소설 | 김석희 옮김 | 전2권 | 각 344면

034 **소립자** 미셸 우엘벡 장편소설 | 이세욱 옮김 | 448면

035 **영혼의 자서전** 니코스 카잔차키스 자서전 | 안정효 옮김 | 전2권 | 각 352, 408면

037 **우리들** 예브게니 자먀찐 장편소설 | 석영중 옮김 | 320면
038 **뉴욕 3부작** 폴 오스터 장편소설 | 황보석 옮김 | 480면
039 **닥터 지바고** 보리스 파스테르나크 장편소설 | 홍대화 옮김 | 전2권 | 각 480, 592면
041 **고리오 영감** 오노레 드 발자크 장편소설 | 임희근 옮김 | 456면
042 **뿌리** 알렉스 헤일리 장편소설 | 안정효 옮김 | 전2권 | 각 400, 448면
044 **백년보다 긴 하루** 친기즈 아이뜨마또프 장편소설 | 황보석 옮김 | 560면
045 **최후의 세계** 크리스토프 란스마이어 장편소설 | 장희권 옮김 | 264면
046 **추운 나라에서 돌아온 스파이** 존 르카레 장편소설 | 김석희 옮김 | 368면
047 **산도칸 ― 몸프라쳄의 호랑이** 에밀리오 살가리 장편소설 | 유향란 옮김 | 428면
048 **기적의 시대** 보리슬라프 페키치 장편소설 | 이윤기 옮김 | 560면
049 **그리고 죽음** 짐 크레이스 장편소설 | 김석희 옮김 | 224면
050 **세설** 다니자키 준이치로 장편소설 | 송태욱 옮김 | 전2권 | 각 480면
052 **세상이 끝날 때까지 아직 10억 년** 스뜨루가츠끼 형제 장편소설 | 석영중 옮김 | 224면
053 **동물 농장** 조지 오웰 장편소설 | 박경서 옮김 | 208면
054 **캉디드 혹은 낙관주의** 볼테르 장편소설 | 이봉지 옮김 | 232면
055 **도적 떼** 프리드리히 폰 실러 희곡 | 김인순 옮김 | 264면
056 **플로베르의 앵무새** 줄리언 반스 장편소설 | 신재실 옮김 | 320면
057 **악령** 표도르 도스토옙스키 장편소설 | 박혜경 옮김 | 전3권 | 각 328, 408, 528면
060 **의심스러운 싸움** 존 스타인벡 장편소설 | 윤희기 옮김 | 340면
061 **몽유병자들** 헤르만 브로흐 장편소설 | 김경연 옮김 | 전2권 | 각 568, 544면
063 **몰타의 매** 대실 해밋 장편소설 | 고정아 옮김 | 304면
064 **마야꼬프스끼 선집** 블라지미르 마야꼬프스끼 선집 | 석영중 옮김 | 384면
065 **드라큘라** 브램 스토커 장편소설 | 이세욱 옮김 | 전2권 | 각 340, 344면
067 **서부 전선 이상 없다** 에리히 마리아 레마르크 장편소설 | 홍성광 옮김 | 336면
068 **적과 흑** 스탕달 장편소설 | 임미경 옮김 | 전2권 | 각 432, 368면
070 **지상에서 영원으로** 제임스 존스 장편소설 | 이종인 옮김 | 전3권 | 각 396, 380, 496면
073 **파우스트** 요한 볼프강 폰 괴테 희곡 | 김인순 옮김 | 568면
074 **쾌걸 조로** 존스턴 매컬리 장편소설 | 김훈 옮김 | 316면
075 **거장과 마르가리따** 미하일 불가꼬프 장편소설 | 홍대화 옮김 | 전2권 | 각 364, 328면
077 **순수의 시대** 이디스 워튼 장편소설 | 고정아 옮김 | 448면
078 **검의 대가** 아르투로 페레스 레베르테 장편소설 | 김수진 옮김 | 384면

079 **예브게니 오네긴** 알렉산드르 뿌쉬낀 운문소설 | 석영중 옮김 | 328면

080 **장미의 이름** 움베르토 에코 장편소설 | 이윤기 옮김 | 전2권 | 각 440, 448면

082 **향수** 파트리크 쥐스킨트 장편소설 | 강명순 옮김 | 384면

083 **여자를 안다는 것** 아모스 오즈 장편소설 | 최창모 옮김 | 280면

084 **나는 고양이로소이다** 나쓰메 소세키 장편소설 | 김난주 옮김 | 544면

085 **웃는 남자** 빅토르 위고 장편소설 | 이형식 옮김 | 전2권 | 각 472, 496면

087 **아웃 오브 아프리카** 카렌 블릭센 장편소설 | 민승남 옮김 | 480면

088 **무엇을 할 것인가** 니꼴라이 체르니셰프스끼 장편소설 | 서정록 옮김 | 전2권 | 각 360, 404면

090 **도나 플로르와 그녀의 두 남편** 조르지 아마두 장편소설 | 오숙 옮김 | 전2권 | 각 408, 308면

092 **미사고의 숲** 로버트 홀드스톡 장편소설 | 김상훈 옮김 | 424면

093 **신곡** 단테 알리기에리 장편서사시 | 김운찬 옮김 | 전3권 | 각 292, 296, 328면

096 **교수** 샬럿 브론테 장편소설 | 배미영 옮김 | 368면

097 **노름꾼** 표도르 도스토옙스키 장편소설 | 이재필 옮김 | 320면

098 **하워즈 엔드** E. M. 포스터 장편소설 | 고정아 옮김 | 512면

099 **최후의 유혹** 니코스 카잔차키스 장편소설 | 안정효 옮김 | 전2권 | 각 408면

101 **키리냐가** 마이크 레스닉 장편소설 | 최용준 옮김 | 464면

102 **바스커빌가의 개** 아서 코넌 도일 장편소설 | 조영학 옮김 | 264면

103 **버마 시절** 조지 오웰 장편소설 | 박경서 옮김 | 408면

104 **10 1/2장으로 쓴 세계 역사** 줄리언 반스 장편소설 | 신재실 옮김 | 464면

105 **죽음의 집의 기록** 표도르 도스토옙스키 장편소설 | 이덕형 옮김 | 528면

106 **소유** 앤토니어 수전 바이어트 장편소설 | 윤희기 옮김 | 전2권 | 각 440, 488면

108 **미성년** 표도르 도스토옙스키 장편소설 | 이상룡 옮김 | 전2권 | 각 512, 544면

110 **성 앙투안느의 유혹** 귀스타브 플로베르 희곡소설 | 김용은 옮김 | 584면

111 **밤으로의 긴 여로** 유진 오닐 희곡 | 강유나 옮김 | 240면

112 **마법사** 존 파울즈 장편소설 | 정영문 옮김 | 전2권 | 각 512, 552면

114 **스쩨빤치꼬보 마을 사람들** 표도르 도스토옙스키 장편소설 | 변현태 옮김 | 416면

115 **플랑드르 거장의 그림** 아르투로 페레스 레베르테 장편소설 | 정창 옮김 | 512면

116 **분신** 표도르 도스토옙스키 장편소설 | 석영중 옮김 | 288면

117 **가난한 사람들** 표도르 도스토옙스키 장편소설 | 석영중 옮김 | 256면

118 **인형의 집** 헨리크 입센 희곡 | 김창화 옮김 | 272면

119 **영원한 남편** 표도르 도스토옙스키 장편소설 | 정명자 외 옮김 | 448면

120 **알코올** 기욤 아폴리네르 시집 | 황현산 옮김 | 352면

121 **지하로부터의 수기** 표도르 도스토옙스키 장편소설 | 계동준 옮김 | 256면

122 **어느 작가의 오후** 페터 한트케 중편소설 | 홍성광 옮김 | 160면

123 **아저씨의 꿈** 표도르 도스토옙스키 장편소설 | 박종소 옮김 | 312면

124 **네또츠까 네즈바노바** 표도르 도스토옙스키 장편소설 | 박재만 옮김 | 316면

125 **곤두박질** 마이클 프레인 장편소설 | 최용준 옮김 | 528면

126 **백야 외** 표도르 도스토옙스키 소설선집 | 석영중 외 옮김 | 408면

127 **살라미나의 병사들** 하비에르 세르카스 장편소설 | 김창민 옮김 | 304면

128 **뻬쩨르부르그 연대기 외** 표도르 도스토옙스키 소설선집 | 이항재 옮김 | 296면

129 **상처받은 사람들** 표도르 도스토옙스키 장편소설 | 윤우섭 옮김 | 전2권 | 각 296, 392면

131 **악어 외** 표도르 도스토옙스키 소설선집 | 박혜경 외 옮김 | 312면

132 **허클베리 핀의 모험** 마크 트웨인 장편소설 | 윤교찬 옮김 | 416면

133 **부활** 레프 똘스또이 장편소설 | 이대우 옮김 | 전2권 | 각 308, 416면

135 **보물섬** 로버트 루이스 스티븐슨 장편소설 | 머빈 피크 그림 | 최용준 옮김 | 360면

136 **천일야화** 앙투안 갈랑 엮음 | 임호경 옮김 | 전6권 | 각 336, 328, 372, 392, 344, 320면

142 **아버지와 아들** 이반 뚜르게네프 장편소설 | 이상원 옮김 | 328면

143 **오만과 편견** 제인 오스틴 장편소설 | 원유경 옮김 | 480면

144 **천로 역정** 존 버니언 우화소설 | 이동일 옮김 | 432면

145 **대주교에게 죽음이 오다** 윌라 캐더 장편소설 | 윤명옥 옮김 | 352면

146 **권력과 영광** 그레이엄 그린 장편소설 | 김연수 옮김 | 384면

147 **80일간의 세계 일주** 쥘 베른 장편소설 | 고정아 옮김 | 352면

148 **바람과 함께 사라지다** 마거릿 미첼 장편소설 | 안정효 옮김 | 전3권 | 각 616, 640, 640면

151 **기탄잘리** 라빈드라나트 타고르 시집 | 장경렬 옮김 | 224면

152 **도리언 그레이의 초상** 오스카 와일드 장편소설 | 윤희기 옮김 | 384면

153 **레우코와의 대화** 체사레 파베세 희곡소설 | 김운찬 옮김 | 280면

154 **햄릿** 윌리엄 셰익스피어 희곡 | 박우수 옮김 | 256면

155 **맥베스** 윌리엄 셰익스피어 희곡 | 권오숙 옮김 | 176면

156 **아들과 연인** 데이비드 허버트 로런스 장편소설 | 최희섭 옮김 | 전2권 | 각 464, 432면

158 **그리고 아무 말도 하지 않았다** 하인리히 뵐 장편소설 | 홍성광 옮김 | 272면

159 **미덕의 불운** 싸드 장편소설 | 이형식 옮김 | 248면

160 **프랑켄슈타인** 메리 W. 셸리 장편소설 | 오숙은 옮김 | 320면

161 **위대한 개츠비** 프랜시스 스콧 피츠제럴드 장편소설 | 한애경 옮김 | 280면

162 **아Q정전** 루쉰 중단편집 | 김태성 옮김 | 320면

163 **로빈슨 크루소** 대니얼 디포 장편소설 | 류경희 옮김 | 456면

164 **타임머신** 허버트 조지 웰스 소설선집 | 김석희 옮김 | 304면

165 **제인 에어** 샬럿 브론테 장편소설 | 이미선 옮김 | 전2권 | 각 392, 384면

167 **풀잎** 월트 휘트먼 시집 | 허현숙 옮김 | 280면

168 **표류자들의 집** 기예르모 로살레스 장편소설 | 최유정 옮김 | 216면

169 **배빗** 싱클레어 루이스 장편소설 | 이종인 옮김 | 520면

170 **이토록 긴 편지** 마리아마 바 장편소설 | 백선희 옮김 | 192면

171 **느릅나무 아래 욕망** 유진 오닐 희곡 | 손동호 옮김 | 168면

172 **이방인** 알베르 카뮈 장편소설 | 김예령 옮김 | 208면

173 **미라마르** 나기브 마푸즈 장편소설 | 허진 옮김 | 288면

174 **지킬 박사와 하이드 씨** 로버트 루이스 스티븐슨 소설선집 | 조영학 옮김 | 320면

175 **루진** 이반 뚜르게네프 장편소설 | 이항재 옮김 | 264면

176 **피그말리온** 조지 버나드 쇼 희곡 | 김소임 옮김 | 256면

177 **목로주점** 에밀 졸라 장편소설 | 유기환 옮김 | 전2권 | 각 336면

179 **엠마** 제인 오스틴 장편소설 | 이미애 옮김 | 전2권 | 각 336, 360면

181 **비숍 살인 사건** S. S. 밴 다인 장편소설 | 최인자 옮김 | 464면

182 **우신예찬** 에라스무스 풍자문 | 김남우 옮김 | 296면

183 **하자르 사전** 밀로라드 파비치 장편소설 | 신현철 옮김 | 488면

184 **테스** 토머스 하디 장편소설 | 김문숙 옮김 | 전2권 | 각 392, 336면

186 **투명 인간** 허버트 조지 웰스 장편소설 | 김석희 옮김 | 288면

187 **93년** 빅토르 위고 장편소설 | 이형식 옮김 | 전2권 | 각 288, 360면

189 **젊은 예술가의 초상** 제임스 조이스 장편소설 | 성은애 옮김 | 384면

190 **소네트집** 윌리엄 셰익스피어 연작시집 | 박우수 옮김 | 200면

191 **메뚜기의 날** 너새니얼 웨스트 장편소설 | 김진준 옮김 | 280면

192 **나사의 회전** 헨리 제임스 중편소설 | 이승은 옮김 | 256면

193 **오셀로** 윌리엄 셰익스피어 희곡 | 권오숙 옮김 | 216면

194 **소송** 프란츠 카프카 장편소설 | 김재혁 옮김 | 376면

195 **나의 안토니아** 윌라 캐더 장편소설 | 전경자 옮김 | 368면

196 **자성록** 마르쿠스 아우렐리우스 명상록 | 박민수 옮김 | 240면

197 **오레스테이아** 아이스킬로스 비극 | 두행숙 옮김 | 336면
198 **노인과 바다** 어니스트 헤밍웨이 소설선집 | 이종인 옮김 | 320면
199 **무기여 잘 있거라** 어니스트 헤밍웨이 장편소설 | 이종인 옮김 | 464면
200 **서푼짜리 오페라** 베르톨트 브레히트 희곡선집 | 이은희 옮김 | 320면
201 **리어 왕** 윌리엄 셰익스피어 희곡 | 박우수 옮김 | 224면
202 **주홍 글자** 너새니얼 호손 장편소설 | 곽영미 옮김 | 360면
203 **모히칸족의 최후** 제임스 페니모어 쿠퍼 장편소설 | 이나경 옮김 | 512면
204 **곤충 극장** 카렐 차페크 희곡선집 | 김선형 옮김 | 360면
205 **누구를 위하여 종은 울리나** 어니스트 헤밍웨이 장편소설 | 이종인 옮김 | 전2권 | 각 416, 400면
207 **타르튀프** 몰리에르 희곡선집 | 신은영 옮김 | 416면
208 **유토피아** 토머스 모어 소설 | 전경자 옮김 | 288면
209 **인간과 초인** 조지 버나드 쇼 희곡 | 이후지 옮김 | 320면
210 **페드르와 이폴리트** 장 라신 희곡 | 신정아 옮김 | 200면
211 **말테의 수기** 라이너 마리아 릴케 장편소설 | 안문영 옮김 | 320면
212 **등대로** 버지니아 울프 장편소설 | 최애리 옮김 | 328면
213 **개의 심장** 미하일 불가꼬프 중편소설집 | 정연호 옮김 | 352면
214 **모비 딕** 허먼 멜빌 장편소설 | 강수정 옮김 | 전2권 | 각 464, 488면
216 **더블린 사람들** 제임스 조이스 단편소설집 | 이강훈 옮김 | 336면
217 **마의 산** 토마스 만 장편소설 | 윤순식 옮김 | 전3권 | 각 496, 488, 512면
220 **비극의 탄생** 프리드리히 니체 | 김남우 옮김 | 320면
221 **위대한 유산** 찰스 디킨스 장편소설 | 류경희 옮김 | 전2권 | 각 432, 448면
223 **사람은 무엇으로 사는가** 레프 똘스또이 소설선집 | 윤새라 옮김 | 464면
224 **자살 클럽** 로버트 루이스 스티븐슨 소설선집 | 임종기 옮김 | 272면
225 **채털리 부인의 연인** 데이비드 허버트 로런스 장편소설 | 이미선 옮김 | 전2권 | 각 336, 328면
227 **데미안** 헤르만 헤세 장편소설 | 김인순 옮김 | 264면
228 **두이노의 비가** 라이너 마리아 릴케 시선집 | 손재준 옮김 | 504면
229 **페스트** 알베르 카뮈 장편소설 | 최윤주 옮김 | 432면
230 **여인의 초상** 헨리 제임스 장편소설 | 정상준 옮김 | 전2권 | 각 520, 544면
232 **성** 프란츠 카프카 장편소설 | 이재황 옮김 | 560면
233 **차라투스트라는 이렇게 말했다** 프리드리히 니체 산문시 | 김인순 옮김 | 464면
234 **노래의 책** 하인리히 하이네 시집 | 이재영 옮김 | 384면

235 **변신 이야기** 오비디우스 서사시 | 이종인 옮김 | 632면

236 **안나 카레니나** 레프 톨스토이 장편소설 | 이명현 옮김 | 전2권 | 각 800, 736면

238 **이반 일리치의 죽음·광인의 수기** 레프 톨스토이 중단편집 | 석영중·정지원 옮김 | 232면

239 **수레바퀴 아래서** 헤르만 헤세 장편소설 | 강명순 옮김 | 272면

240 **피터 팬** J. M. 배리 장편소설 | 최용준 옮김 | 272면

241 **정글 북** 러디어드 키플링 중단편집 | 오숙은 옮김 | 272면

242 **한여름 밤의 꿈** 윌리엄 셰익스피어 희곡 | 박우수 옮김 | 160면

243 **좁은 문** 앙드레 지드 장편소설 | 김화영 옮김 | 264면

244 **모리스** E. M. 포스터 장편소설 | 고정아 옮김 | 408면

245 **브라운 신부의 순진** 길버트 키스 체스터턴 단편집 | 이상원 옮김 | 336면

246 **각성** 케이트 쇼팽 장편소설 | 한애경 옮김 | 272면

247 **뷔히너 전집** 게오르크 뷔히너 지음 | 박종대 옮김 | 400면

248 **디미트리오스의 가면** 에릭 앰블러 장편소설 | 최용준 옮김 | 424면

249 **베르가모의 페스트 외** 옌스 페테르 야콥센 중단편 전집 | 박종대 옮김 | 208면

250 **폭풍우** 윌리엄 셰익스피어 희곡 | 박우수 옮김 | 176면

251 **어셴든, 영국 정보부 요원** 서머싯 몸 연작 소설집 | 이민아 옮김 | 416면

252 **기나긴 이별** 레이먼드 챈들러 장편소설 | 김진준 옮김 | 600면

253 **인도로 가는 길** E. M. 포스터 장편소설 | 민승남 옮김 | 552면

254 **올랜도** 버지니아 울프 장편소설 | 이미애 옮김 | 376면

255 **시지프 신화** 알베르 카뮈 지음 | 박언주 옮김 | 264면

256 **조지 오웰 산문선** 조지 오웰 지음 | 허진 옮김 | 424면

257 **로미오와 줄리엣** 윌리엄 셰익스피어 희곡 | 도해자 옮김 | 200면

258 **수용소군도** 알렉산드르 솔제니찐 기록문학 | 김학수 옮김 | 전6권 | 각 460면 내외

264 **스웨덴 기사** 레오 페루츠 장편소설 | 강명순 옮김 | 336면

265 **유리 열쇠** 대실 해밋 장편소설 | 홍성영 옮김 | 328면

266 **로드 짐** 조지프 콘래드 장편소설 | 최용준 옮김 | 608면

267 **푸코의 진자** 움베르토 에코 장편소설 | 이윤기 옮김 | 전3권 | 각 392, 384, 416면

270 **공포로의 여행** 에릭 앰블러 장편소설 | 최용준 옮김 | 376면

271 **심판의 날의 거장** 레오 페루츠 장편소설 | 신동화 옮김 | 264면

272 **에드거 앨런 포 단편선** 에드거 앨런 포 지음 | 김석희 옮김 | 392면

273 **수전노 외** 몰리에르 희곡선집 | 신정아 옮김 | 424면

274 **모파상 단편선** 기 드 모파상 지음 | 임미경 옮김 | 400면
275 **평범한 인생** 카렐 차페크 장편소설 | 송순섭 옮김 | 280면
276 **마음** 나쓰메 소세키 장편소설 | 양윤옥 옮김 | 344면
277 **인간 실격·사양** 다자이 오사무 소설집 | 김난주 옮김 | 336면
278 **작은 아씨들** 루이자 메이 올컷 장편소설 | 허진 옮김 | 전2권 | 각 408, 464면
280 **고함과 분노** 윌리엄 포크너 장편소설 | 윤교찬 옮김 | 520면
281 **신화의 시대** 토머스 불핀치 신화집 | 박중서 옮김 | 664면
282 **셜록 홈스의 모험** 아서 코넌 도일 단편집 | 오숙은 옮김 | 456면
283 **자기만의 방** 버지니아 울프 지음 | 공경희 옮김 | 216면
284 **지상의 양식·새 양식** 앙드레 지드 지음 | 최애영 옮김 | 360면
285 **전염병 일지** 대니얼 디포 지음 | 서정은 옮김 | 368면
286 **오이디푸스왕 외** 소포클레스 비극 | 장시은 옮김 | 368면
287 **리처드 2세** 윌리엄 셰익스피어 희곡 | 박우수 옮김 | 208면
288 **아내·세 자매** 안톤 체호프 선집 | 오종우 옮김 | 240면
289 **폭풍의 언덕** 에밀리 브론테 장편소설 | 전승희 옮김 | 592면
290 **조반니의 방** 제임스 볼드윈 장편소설 | 김지현 옮김 | 320면
291 **의무론** 마르쿠스 툴리우스 키케로 지음 | 김남우 옮김 | 312면
292 **밤에 돌다리 밑에서** 레오 페루츠 지음 | 신동화 옮김 | 360면
293 **한낮의 열기** 엘리자베스 보엔 장편소설 | 정연희 옮김 | 576면
294 **아바나의 우리 사람** 그레이엄 그린 장편소설 | 최용준 옮김 | 392면